四川历史
名人丛书

小说系列

NOVEL SERIES

斜阳独立

圣朝名士苏东坡

余丁未　南枫东哥－著

四川文艺出版社

图书在版编目（CIP）数据

斜阳独立：圣朝名士苏东坡/余丁未，南枫东哥著.
—成都：四川文艺出版社，2020.10
（四川历史名人丛书小说系列）
ISBN 978－7－5411－5783－7

Ⅰ．①斜… Ⅱ．①余… ②南… Ⅲ．①长篇历史小说
—中国—当代 Ⅳ．①I247.5

中国版本图书馆 CIP 数据核字（2020）第 172735 号

XIEYANG DULI: SHENGCHAO MINGSHI SUDONGPO
斜阳独立：圣朝名士苏东坡

余丁未　南枫东哥　著

出 品 人　张庆宁
编辑统筹　宋　玥
责任编辑　梁康伟
内文设计　史小燕
封面设计　今亮后声 HOPESOUND
　　　　　panikouyvsgu@163.com
责任校对　蓝　海
责任印制　桑　蓉

出版发行　四川文艺出版社（成都市槐树街 2 号）
网　　址　www.scwys.com
电　　话　028-86259287（发行部）　028-86259303（编辑部）
传　　真　028-86259306

邮购地址　成都市槐树街 2 号四川文艺出版社邮购部　610031
排　　版　四川胜翔数码印务设计有限公司
印　　刷　成都东江印务有限公司
成品尺寸　168mm×238mm　　开　　本　16 开
印　　张　23.25　　　　　　　字　　数　370 千
版　　次　2020 年 10 月第一版　印　　次　2020 年 10 月第一次印刷
书　　号　ISBN 978-7-5411-5783-7
定　　价　108.00 元

"四川历史名人丛书"总序
——传承巴蜀文脉，让历史名人"活"起来

　　文化是民族的血脉，是哺育民族成长壮大的乳汁，是一个国家、一个民族的灵魂，文化兴国运兴，文化强民族强。从十八大到十九大，习近平总书记以政治家的战略眼光，以唯物主义的科学态度，从中华文化的思想内涵、道德精髓、现代价值和传承理念等方面多维度、系统化地阐述了对待中华文化的根本态度和思想观点。他将中华优秀传统文化提升到"中华民族的基因""民族文化血脉""中华民族的根和魂"和"中华民族的精神命脉"的崭新高度，指出"一个国家、一个民族不能没有灵魂"，"优秀传统文化是一个国家、一个民族传承和发展的根本，如果丢掉了，就割断了精神命脉"，要"加强对中华优秀传统文化的挖掘和阐发"，从传统文化中提取民族复兴的"精神之钙"，"对历史文化特别是先人传承下来的道德规范，要坚持古为今用、以古鉴今，坚持有鉴别的对待、有扬弃的继承"，努力实现传统文化的"创造性转

化、创新性发展"。总书记的一系列著名论断，从中华民族最深沉精神追求的深度、国家战略资源的高度、推动中华民族现代化进程的角度，把中华文化的发展提升到一个新高度，升华到一个新境界，推向了一个新阶段。

中华文化源远流长，积淀着中华民族最深沉的精神追求，是中华民族独特的精神标识，为中华民族生生不息、发展壮大提供了丰厚滋养。沧海桑田，古印度、古埃及、古巴比伦文明早已成为阳光下无言的石柱，而中华文明至今仍然喷涌着蓬勃的生机。四川作为中华文明的重要发源地之一，历史文化源通流畅、悠久深厚。旧石器时代，巴蜀大地便有了巫山人和资阳人的活动。新石器时代，巴蜀创造了独特的灰陶文化、玉器文化和青铜文明。以宝墩文化为代表的古城遗址，昭示着城市文明的诞生；三星堆和金沙遗址，展示了古蜀文明的不同凡响；秦并巴蜀，开启了与中原文化的融通。汉文翁守蜀，兴学成都，蜀地人才济济，文章之风大盛。此后，四川具有影响力的文人学者，代不乏人。文学方面，汉司马相如、王褒、扬雄，唐陈子昂、李白，宋苏洵、苏轼、苏辙，元虞集，明杨慎，清李调元、张问陶，近现代巴金、郭沫若等，堪称巨擘；史学方面，晋陈寿、常璩，宋范祖禹、张唐英、李焘、李心传、王称、李攸等，名史俱传。此外，经过一代代巴蜀人的筚路蓝缕、薪火相传，还创造了道教文化、三国文化、武术文化、川酒文化、川菜文化、川剧文化、蜀锦文化、藏羌彝民族风情文化等，都玄妙神奇、浩博精深。瑰丽多姿的巴蜀文化，是中华文化的重要组成部分，有着鲜明的地域特征和独特的文化品格，是四川人的根脉，是推动四川文化走向辉煌未来的重要基础。记得来路，不忘初心，我们要以"为往圣继绝学"的使命担当，担负起传承历史的使命和继往开来的重任，大力推动巴蜀文化的传承、接续与转生，让巴蜀文化的优秀基因代代相传，"子子孙孙无穷匮也"。

四川历史文化异彩独放，民族文化绚丽多姿，红色文化影响深广，历史名人灿若星辰，这是四川建设文化强省重要的文化资源。中共四川省委、四川省人民政府秉持高度的文化自觉和文化自信，借助四川文化资源富集的优势，持续深入推进文化强省建设，先后出台《四川省"十三五"文化发展规划》《关于传承发展中华优秀传统文化的实施意见》《建设文化强省中长期规划纲要》等一系列战略规划及措施，大力推进古蜀文明保护传承、三国蜀汉文化研究传承、四川历史名人传承创新、藏羌彝文化保护发展等十七项优秀传统文化传承发展工程，着力构建研究阐发、保护传承、国民教育、宣传普及、创新发展、交流合作等协同推进的文化发展传承体系，不断探索传承守护中华文脉的四川路径。

"四川历史名人文化传承创新工程"是四川启动最早、影响最广的一项文化工程。自2016年10月提出方案，经过八个多月的论证调研、市（州）申报、专家评审，最终确定大禹、李冰、落下闳、扬雄、诸葛亮、武则天、李白、杜甫、苏轼、杨慎为首批十位四川历史名人。这十位历史名人，来自政治、文化、科技、艺术等多个领域，他们是四川历史上名人巨匠的首批杰出代表，各自在自己专业领域造诣很高，贡献杰出：李冰兴建都江堰，功在千秋；落下闳创制《太初历》，名垂宇宙。李白诗无敌，东坡才难双；诸葛相蜀安西南，杜甫留诗注千家。大禹开启中华文明，则天续唱贞观长歌。扬雄著述称百科全书，千古景仰；升庵文采光辉耀南国，万世流芳。

十大名人之所以值得传颂，不仅在于他们具有雄才大略、功勋卓著、地位崇高、声名显赫，更在于他们身上所承载的思想理念、人文精神、气质风范、文化品格等，是中华民族和巴蜀文化的集中表达。大禹公而忘私、为民造福的奉献精神，李冰尊崇自然、求真务实的科学态度，落下闳潜心研究、孜孜不倦的探求意志，扬雄悉心著述、明辨笃行的学术追求，诸葛亮宁静淡泊、廉洁奉公的自律品格，武则天巾帼不让须眉的豪迈气概，李白"直挂云帆济沧海"的博大胸怀，杜甫心系苍生、直陈时弊的忧患意识，苏轼宠辱不惊、澄明旷达的坦荡胸襟，杨慎公忠体国、坚守正义的爱国情怀，都是中华民族优秀文化的浓缩和凝聚，是四川人民独特气质风范的体现，是社会主义核心价值观的本源和本质，是四川发展的宝贵资源和突出优势。

历史名人要有现实意义才能活在当下。今天我们宣传历史名人，不能停留在斯土有斯人的空洞炫耀，而要用历史的、发展的、辩证的思维去深入挖掘、扬弃传承、转化创新，不断赋予时代内涵，不断呈现当代表达，让历史名人及其文化"站起来""活起来""动起来""响起来""火起来"，真正走出历史、走出书斋、走进社会，走向世界、走向未来。"四川历史名人文化传承创新工程"实施三年多来，全社会认知、传承、传播历史名人文化的热潮蓬勃兴起，成效显著：十大名人研究中心全面建立，一批中长期规划先后出台，一批优秀成果陆续推出；十大名人故居、博物馆、纪念馆加快保护修复，展陈质量迅速提升；十大名人宣传片全部上线，主题突出，画面精美；名人大讲堂、东坡艺术节、人日游草堂、都江堰放水节、广元女儿节等品牌文化活动多地开花，万紫千红；以名人为元素打造的储蓄罐、笔记本、手机壳、冰箱贴等文创产品源源上市，深受民众喜爱；话剧《苏东坡》《扬雄》，川剧《诗酒太白》《落下闳》，歌剧《李冰父子》，曲艺《升庵吟》，音乐剧《武侯》，交响乐《少陵草堂》等一大批舞台艺术作品好戏连台，深入人心……

"四川历史名人丛书"的编纂出版，是实施振兴四川出版战略、实现文化强省目标的重要举措，其目的是深入挖掘提炼历史名人的思想精髓和道德精华，凝练时代所需的精神价值，增强川人的历史记忆、文化记忆，延续中华文化的巴蜀脉络，推动中华文化传承创新，彰显巴蜀文化的生命力和影响力。

"四川历史名人丛书"的编纂出版，始终坚持正确的政治方向、出版导向、价值取向，深入挖掘名人的精神品质、道德风范，正面阐释名人著述的核心思想，借以增强川人的文化自信，激发川人了解家乡、热爱家乡、建设家乡的澎湃力量；始终坚守中华文化立场，着力传承中华文化的经典元素和优秀因子，促进人民在理想信念、价值理念、道德观念上团结一致；始终秉承辩证唯物主义和历史唯物主义观点，用客观、公正、多维的眼光去观察历史名人，还原全面、真实、立体的历史人物，塑造历史名人的优秀形象，展示四川文化的独特魅力，让历史名人文化为今天的社会发展提供精神动能。

"四川历史名人丛书"的编纂出版，注重在创新上下功夫，遵循出版规律，把握时代脉搏，用国际视野、百姓视角、现代意识、文化思维，将思想性、知识性、艺术性、可读性有机结合，找到与读者的共振点，打造有文化高度、历史厚度、现代热度的文化精品，经得起读者检验，经得起学者检验，经得起社会检验，经得起历史检验；注重在质量和水平上下功夫，立足原创、新创、精创，努力打造史实精准、思想精深、内容精彩、语言精妙、制作精美的文化精品，全面提升四川出版的知名度和美誉度，为建设文化强省、助推治蜀兴川再上新台阶提供思想引领、舆论推动、精神鼓励和文化支撑，为增强中华文化影响力贡献四川力量。

"四川历史名人丛书"编委会

2019 年 10 月 30 日

目录

第一章　出生蜀地

1

　　蜀地的眉山县位于成都南面五十公里。眉山苏氏原籍赵郡，唐改赵州，宋朝升为安源府。唐朝神龙初年，苏味道任眉州刺史，生下一子留在眉州，苏姓人氏自此便在眉州世居。经过二百年的繁衍，到了苏泾这一代。

　　苏泾以前的人脉皆不详。

　　泾生斤，斤最小的儿子名"祜"，祜生杲，杲生序。到了苏序这一代已是"五世不显"，长子名澹，早逝，但生于真宗咸平三年（1000）的次子苏涣，却于仁宗天圣二年（1024）考取进士，二十四岁便轰动了全蜀。

　　那时，他的幼子苏洵才十五岁。苏洵生于大中祥符二年（1009），比他二哥苏涣小九岁。

　　苏洵，字明允，俗号老泉，因为苏家祖坟在蟆颐山东面二十余里，地名"老翁泉"，子孙遂皆以祖墓之地命名，称苏洵曰"老泉"。

　　苏洵出身中产之家，自小以来，他看见那些笔画繁多的文字头皮就发麻。这样的人一般性格内向、沉默寡言，但苏洵骨子里有一种反叛精神，成天在外游荡，喜欢结交城中斗鸡走狗之类的少年。

他从不干那些偷鸡摸狗的勾当，将功名利禄看得非常淡薄，其父苏序顺其自然，"放任自流"。亲戚们大惑不解，苏序却淡淡答道："你们不知道的。"

苏洵十九岁时，娶比他小一岁的眉山富豪大理寺程文应之女程氏为妻。程氏知书达礼，以其母家之富，下嫁到贫寒苏家已属百般委屈，夫婿如此不求上进，她竟毫无怨言，个中缘由已无法考证。

苏洵要外出求官时，她果断作出决定，从三代同堂的大家庭中迁了出来，在眉山城南纱縠行街上租了一栋宅子，经营布帛和织物生意。

苏洵从此谢绝他平时往来的少年，开始闭门苦读，时年二十五岁。苏洵在第一次《上欧阳内翰书》中说："洵少年不学，生二十五岁始知读书，从士君子游。"

程氏望着开始进取的丈夫，说道："你若有志，家中一切生计均由我承担！"接着，她把宋真宗的《劝学篇》背给夫婿听：

> 当家不用买良田，书中自有千钟粟；
>
> 安居不用架高堂，书中自有黄金屋；
>
> 娶妻莫恨无良媒，书中自有颜如玉；
>
> 出门莫恨无人随，书中车马多如簇；
>
> 男儿欲遂平生志，五经勤向窗前读。

然而，苏洵第一次出应乡试举人却遇落第，他焚弃了先前写出的数百篇旧稿，决心从头苦读。那时，他二十七岁。

程氏与苏洵成婚以后，接连生下两个女儿，不幸都夭折。适逢苏洵落第，心里烦躁，便来到城中玉局观游玩。传说有一道士张远霄，在道教名山青城山修道成仙，擅长弹弓绝技，面对那些作乱人间的妖魔鬼怪，他百发百中。不仅如此，他还是祈子之神，能"张仙送子"，张仙神像旁贴着对联，上联是：

> 打出天狗去

下联是：

引进子孙来

横批是：

子孙万代

苏洵梦到过张仙，他说那张仙手里捏着两个弹子。弹子即"诞子"之兆！别人说他家福运到了。

游览玉局观，苏洵无意间经过一家卜卦店，里面挂着一张画像，卜师无碍子说，那就是"张仙"，买回供奉，必会灵验！苏洵果断解下身上佩带的玉带，交换到了神像。

回家之后挂在房内，每日清晨上香求子，二十六岁时生下长子景先，未足三岁却不幸夭殇；翌年生下三女八娘。宋神宗景祐二年（1036），苏洵二十七岁，这一年的十二月十九日卯时，生下次子苏轼。

求子成功，苏洵再次前往玉局观，亲手在观内种下一棵树。后来，道观内的道人在树上挂了一盏灯，祈求保佑眉州一方百姓的平安，树被称为"神灯树"。

三年之后的宋仁宗宝元二年（1039），苏洵三十岁，二月二十日，三子苏辙出生。最终他们只有兄弟两人，苏辙所谓"兄弟本三人，怀抱丧其一"，说的就是这样的情况。

2

次子生下百日后，已是第二年（1037）春天，尚未取得一个合适之名，程氏暗暗有些着急。

苏洵见妻子六神无主之态，安慰她道："长子名景先，若按伯仲叔季之序，他是仲。待他长大上学之日再取名与字给他，未为迟矣。"

程氏是一个虔诚的佛教徒，她要求家人在她卧房门前挂起大红灯笼，门左边挂上一个弧状木弓，象征着这次她生下的是男孩，不单单象征男性之阳刚，还表达出她和苏洵为人父母之期待：此儿长大后，定能建功立业、报效家国！

想到这里，程氏说道："就叫他'和仲'吧。"

苏洵立即联想到了跟"和"字相关的健康、圆满等景象。此时，他的二哥苏涣已经出蜀，任主簿、司法、录事参军一类的官职。虽是小官，可也光宗耀祖啊。

当程氏生下苏家三子时，取名"同叔"。

夫君苏洵去外地游学，程氏请来年逾九旬的老尼姑给两个儿子讲故事。老尼姑一生未生育，对两小儿百般疼爱。

程氏对和仲说道："你若真心想听故事，不妨跟着大师奶进尼姑庵出家，那就能天天听到故事了。"

说者无心，听者有意，和仲仰起他天真的头颅，一脸认真地问道："此话当真？"

程氏随口说道："当真、当真。"

老尼姑笑得合不拢嘴，和仲、同叔天资聪颖，反应敏捷，她给他俩讲了花蕊夫人陪伴蜀主孟昶的故事。花蕊夫人美貌又有才，能唱能跳，能写能歌，她跟蜀主在摩诃池畔纳凉，写下的词牌叫什么？

叫"玉楼春"！

老尼姑尚记得全文，便一字一句地背诵给和仲、同叔听。和仲记忆力超群，多年以后，他年过四十，还记得此词首句为"冰清玉洁清无汗"，据此记忆，他写出了一首色彩香艳的词作《洞仙歌》。

程氏极有文化教养，虽说她知道诸如"望江南""南歌子"之类的词牌，并且经常哼唱几小段，但"玉楼春"这个牌子她还是第一次听说。老尼姑吟诵出来的词句竟如此空灵，她悄悄记住了。

没想到，老尼姑离去时，和仲竟真要跟着一起去。

老尼姑笑盈盈地说道："真要出家为僧，得你父亲同意才行。"

待到苏洵从外地游学返蜀，尚未进入家门，便听下人说起和仲要出家为僧之事。想到平日里和仲经常跟着僧人、道士、尼姑一起玩耍，苏洵便决定把和仲送到眉山天庆观北极院的乡校去读书。

在这里，和仲遇到了他人生的启蒙老师——道士张简易。

当时，张简易收下的学生有几百人，和仲在此读书三年，备受张道长青睐，另一个受青睐的学生就是后来载入《仙鉴》的知名道士陈太初。

常来道观走动的，还有眉山矮道士李伯祥。

李道士个子虽矮，却擅长作诗，虽然诗品不高，但和仲清楚记得他有一联断句写得十分有趣："夜过修竹寺，醉打老僧门。"

李道士一看到和仲就断言："此郎君定是贵人！"

陈太初后来中了进士，做过一阵郡小吏之后，便决意要去做道士。陈太初以道士身份向汉州太守吴师道化缘，化到的食物、衣物和银两全部散发给了街上无家可归的穷人，他自己则回到州府衙门外，坐在石阶上羽化了。

太守吴师道即命手下把陈道士的尸体运到野外丢掉。那个被派遣的小吏埋怨说："道士是个什么东西？大过年的，居然让我背死人！"

谁知，陈太初突然站了起来，对小吏说道："不麻烦你了。"然后，自己走到城外金雁桥下，仍旧打坐而化，活不见人、死不见尸！

那小吏吓得屁滚尿流，慌不择路跑回了府衙。

此事发生在几十年之后，那时的苏轼已经被贬黄州。

……

张简易赏识和仲的灵敏，和仲敬佩张道士渊博的学识及修炼的道术。于是结成忘年之交！不知有多少个夜晚，他二人夜不成寐盘坐于地，一个专心讲道，一个认真读经。

3

和仲的祖父名苏序，字仲先。和仲出生之时，他已经过了六十岁。他容貌英伟，为人慷慨，乐善好施，但他从小就不甚喜欢读书，略知大意即可，他对读书人却非常看重。

那一次，他的二儿子，即苏洵的二哥、苏轼的二伯父苏涣考中进士，苏洵的妻弟，即苏轼的舅舅也同科考中。适逢苏序已经喝醉，但他酒醉心明，随手将儿子的东西塞在包裹里，自己喝酒吃剩的一大块牛肉也一同塞了进去，他要亲自到剑门迎接高中的儿子。当他路过七家岭时，看到一座茅将军的大庙，苏序突然想到他头天晚上做的那个怪梦，一直受供奉的茅将军在梦中对他号啕大哭！他竟临时起意要拆掉大庙，大声叫道："妖神岂敢在此作怪？"

一名小庙吏赶紧走过来求饶，说茅将军知道第二日苏七君要来，求苏七君宽恕。

众人皆劝阻，苏序才作罢。

苏序走到哪里都快活，作为孙子的和仲很好地继承了这一秉性。他十一岁时得到一把神刀，便将这把刀放在匣子里，因为刀能驱除人人厌恶的老鼠。老鼠猖獗到吃掉人们的粮食，哪有不除之理？和仲虔诚地烧香拜佛，虔诚地跪地磕头，再将这把刀置于干净的几案之上。

室内从此再不见老鼠。

和仲将这把刀命名为"却鼠刀"，并写出一篇仅有二百八十余字的短文《黠鼠赋》，通过描写一只狡猾的老鼠以装死的策略，利用人们疏忽而逃脱的情节，展示了一个文人意气浓郁的故事。文中既有儒家刺时刺事的内涵，又有道家的气韵。

苏序看得爱不释手，把和仲的头摸了又摸。趁爷爷高兴，和仲特别将此文装裱起来，挂在自己房间的墙壁上。

不多久，这篇文章便被四邻八舍知晓，和仲开始声名鹊起。

其实，和仲在十岁时就能亲手动笔写文章了。

有一天，其父苏洵在给他诵读了欧阳修的新作《谢宣诏赴学士院仍谢赐对衣金带及马表》之后，就叫和仲仿作一篇。和仲很快就写出了拟作，其中那句"匪伊垂之带有余，非敢后也马不进"，表明他志向远大，苏洵窃喜了很久。

但苏洵当时仅说了一句："希望这句话将来你能自用。"

后来，苏洵又给和仲出了一个题目"夏侯太初论"，命他作文。在文中，和仲写出了"人能碎千金之璧，不能无失声于破釜；能搏猛虎，不能无变色于蜂虿"之句，意思是说，一个人再大胆，如果没有定力，那他也会被突如其来的变故惊吓得不知所措。所以，要做到"猝然临之而不惊，无故加之而不怒"，那实在不是一件容易的事情。

单凭这几句，苏洵就知道他子辈的文采将来会远胜于他，而且，子辈将来的出息也一定会超过他。

苏序心里装满了他的孙子有才华的那些事——

有一天，和仲和同叔读书累了，便跟同乡程建用、杨尧咨在草堂边吃馒头边游戏。突然，天空乌云密布，大雨滂沱。四人便商量着将此情此景联成一首完整的诗歌。

程建用吟出第一句：

庭松偃盖如醉

杨尧咨接着吟道：

夏雨初凉似秋

和仲跟着吟道：

有客高吟拥鼻

几个人齐声叫好，说这句诗用的是晋朝谢安的典故，有声有色、高雅含蓄。

这时，同叔看见大家只顾品诗顾不上吃馒头，又吟出一句：

无人共吃馒头

此句通俗易懂，巧夺天工，听罢此言，四人哈哈大笑。

可惜，苏序没有来得及看到两个孙子进士及第，庆历七年（1047）五月十一日，他撒手人寰。

临终之前，一想到两位孙儿以后要出蜀干一番大事业，必不可少一个好名字，他就特别赐名给他们：二孙和仲天真活泼，名"轼"，字"子瞻"。"轼"是车前面供人凭倚的横木，取其默默无闻却扶危救困、不可或缺之意。"轼"字出于《左传·僖公二十八年》："君冯（凭）轼而观之。"君王站在车上高瞻远瞩，所向无敌！期待此孙日后辅佐国君，成就大事。

三孙同叔性情沉稳，不愠不躁，名"辙"，字"子由"。因车上还有三根横木，一根叫"辂"，专供人牵挽；两根叫"较"，是车厢两边板上的横木，专供人倚靠。雁过留声，车过留辙，人过留名，《诗经·卫风·淇奥》说："宽兮绰兮，倚重较兮。"

苏洵后来专门写了《名二子说》一文，进一步勉励这对小兄弟。

然而，苏序离世时，苏洵在虔州游学，尚未回到蜀地的眉州。

那时，长子景先已经去世多年，十二岁的次子苏轼竟一下跪倒在母亲程氏面前，他要亲自给爷爷主持葬礼！

夫君不在家，公公突然离世，一向要强的程氏心慌意乱，杂七杂八的事情太多，就依了孩儿。

要到娘家去报丧。她和女儿八娘不便抛头露面，辙儿年幼……得有个跑前跑后、供人使唤的下人才好。

小苏轼又一次挺身而出，他要亲自去舅爷家。

他还要去给二伯父苏涣报丧，再去江南寻父归来。待父亲回家之日，再给爷爷行安葬之礼。

4

四佛寺和广济乡的连鳌寺、栖云寺是苏轼出入较多的地方，儿时的苏轼在长辈或兄姐的陪同下，经常到这些地方来读书、玩耍。到他十岁以后，经常邀约朋友到栖云寺等地游玩。

栖云寺位于连鳌山的山腰上，四围群峰耸峙，山清水秀，竹树葱茏，每个山头都酷似鳌头，故称"连鳌山"。

相传，一年的中秋月明之夜，苏轼兄弟邀约学友家定国、家安国和家勤国兄弟三人以及程正辅同登连鳌山，赏月赋诗。不多时已是皓月当空，他们指山说画，指水谈文。苏轼诗兴大发："连鳌山下论诗文，但愿他日得连鳌。"几个人就开始了对诗游戏。

六人共登连鳌山，而连鳌山正好"六鳌并举"，六人对六鳌，似乎是上天旨意，六人便想举行个仪式来纪念。

他们最后选中了一个大约一亩大的平整石壁，专门用来书写"连鳌山"三个大字，墨汁是粉刷庙宇用的红土浆水，笔则是用茅草扎成的大扫帚。

苏轼脱下身上长衫，抓起扫帚笔，往四下看了看，定了定神，深吸了一口气，在心里运足了力量，便甩开膀子提起扫帚笔，在山崖上写出了"连鳌山"三个大字，大若屋宇，笔力遒劲，雄劲飞动，宛如行云流水。

巧合的是，宋嘉祐二年（1057），"二苏"和"三家"果然同科考中礼部进士，同占鳌头。

栖云寺住持觉悟大师见到这古今罕见巨书，暗下决心要把这充满阳刚之气的书法留给更多人，甚至留给后代赏识！

他赶紧请来住在附近的老石匠。

老石匠自愿不要工钱，在一块约 700 平方米的石壁上，雕刻下了"连鳌山"这三个大字。其中，"连"字长 3.15 米，宽 3.2 米；"鳌"字长 3.5 米，宽 3.2 米；"山"字长 3.2 米，宽 3 米；深度约 0.1 米，成为现存苏轼所题最大石刻，也是现存苏轼最大书法遗迹。

石刻刻成以后，历代官府对它爱护有加，到清光绪六年（1880），丹棱县令庄定域对"连鳌山"三个大字进行了疏凿和加深，并设置石栏加以围护，还立了一块保护碑。

5

之前小苏轼热衷于佛事，如今却对道家着迷，母亲程氏忧心忡忡。丈夫在外游学未归，程氏便一人做主，让苏轼回到家中，自己给他当老师。

一日，苏轼又兴致勃勃地说起和小伙伴游古寺、对古诗的情景，程氏便起身走到书房，从书架上取下《后汉书》，翻到《范滂传》，逐字逐句给他讲解——

范滂，字孟博，河南漯河人，东汉时期党人名士。因被举荐为孝廉、光禄四行（敦厚、质朴、逊让、节俭），出任冀州请诏使。后来，皇帝下诏三府官员举报民情传言，范滂因此检举刺史、二千石等权贵豪门人物共二十多人。

尚书责备范滂弹劾之人太多，怀疑他有私心。

当时，品德高尚的士大夫、司隶校尉李膺和太仆卿杜密等人对宦官当权进行措辞激烈的抨击。

世道险恶！范滂便递上奏章，回家侍奉母亲。朝中太守宗资聘请他到郡府中功曹，把政事交给他处理。范滂将有节操之人从社会底层选出，把那些违背孝悌道义、不依仁义办事之人全都撤职驱逐。郡中中层以下官员都怨恨范滂，把他任用的人称为"范党"。

宦官党羽牢修诬陷指控"范党"有不臣之心，李膺等二百余人被诬为"党人"，太学生千余人遭捕。范滂被关进黄门北寺狱，史上有名的"党锢之祸"由此开始。

中常侍王甫指责范滂不图精忠报国。

范滂回答说："我上不辜负皇天，下不愧于伯夷、叔齐。我死之后，希望把我埋在首阳山边。"

王甫被他的言辞感动，遂将他们全部释放。

不到两年，汉灵帝刘宏又大批诛杀党人，督邮吴导不忍残害正直人士，遂关闭驿馆，趴在床上痛哭。范滂主动去监狱投案。县令郭辑大惊，愿意解下官印绶带一同逃走。

但范滂大义凛然地说："我死了，祸患就终结了，哪敢用一己之罪连累您，又让老母流离失所呢？"

范滂之母得讯前来与范滂诀别。

范滂说，以后让弟弟仲博孝敬母亲，自己在黄泉之下效忠皇上，生死存亡，各得其所。

范母听了泪流满面说："好名声和长寿不可兼得，你能够与李膺、杜密齐名，死了又有什么遗憾？"

范滂回过头来，对儿子说："想让你作恶，但恶事不应该做；想让你行善，但我就是行善的下场。我该怎么做呢？"

周围的衙役和路过的行人听了，无不掩面而泣。

范滂被斩时，年仅三十三岁！

……

读完《后汉书》中的《范滂传》，小苏轼的耳边听到的是萧飒风声，秋日夕阳照着黝黑色的大地，一切都显得那样凄清而肃穆。他掷地有声地对母亲说道："我立志要做范滂那样的人！"

程氏同样掷有声地说道："你既能做范滂，难道我就不能做范滂的母亲吗？"

苏轼少年时的书房前"竹柏杂花，丛生满庭，众鸟巢其上"，几年后，"皆巢于低枝，其毂可俯而窥也"，如此优美静谧的人鸟共处的环境，完全得益于其母程氏"恶杀生"、"儿童婢仆，皆不得捕取鸟雀"的品性。所以，常年生活在鸟语花香氛围中的苏轼苏辙兄弟，小小年纪就能博通经史，不能不说是程氏言传身教的结果。

而兄弟俩写出的经解和史论等文，连樟木箱也装不下了。

有一种羽毛非常美丽的桐花凤经常飞到他们家的园子里来，这种鸟难得一见，被人喻为"珍禽"。

他们在家读书的亭院当时名为"南轩"，后来被苏洵改为"来凤轩"。多年以后，苏轼写出散文《梦南轩记》，抒发他的怀念之情。

当苏洵从外地游学归来，见苏轼苏辙两个小儿在家中读书勤奋，生活节俭，经常以一撮白盐和一碟白萝卜就着一碗白米饭，吃一碗家人戏称的"三白饭"就应对过一餐，苏洵心中悔不堪言。

6

苏轼十三岁时，苏洵送他到眉山城西面的寿昌书院里读书，书院老师刘微之学识渊博。

一天，刘老师在课堂上吟诵了自己新创作的一首《鹭鸶》诗。

刚吟罢，他就看到有位学生手指轻敲桌面，轻声念着：

鹭鸟窥遥浪，寒风掠岸沙。

渔人忽惊起，雪片逐风斜。

刘老师问："苏轼，此诗如何修改才更完美？"

苏轼站起来说道："从整体上看，此诗写得很好，但有一点学生想请教老师，这后二句中的'雪片'，是不是鹭鸶受惊时的那一瞬间掉落下来的羽毛？"

"正是！"

"学生前几天在江边玩耍，亲眼目睹鹭鸶身上掉下的羽毛离地面很近，未见逐风斜飘。"

"既然不合事理，请你改一改吧。"刘老师又转向学生道，"大家动动脑筋，如何改才更有诗情画意？"

学生们都不说一句话。

苏轼沉吟片刻，说道："我看，可把'逐风斜'三字去掉，改为'落蒹葭'。"

刘老师称赞道："改得好！一个简单的'落'字，读起来铿锵有力，羽毛有了归宿，鹭鸶也有了藏身之地！意境更优美。"

但刘老师随即说道："老夫不可再当你的老师了，否则就是贻误天才，岂不是罪过？"

他告诫其他学生向苏轼学习，盼望和苏轼一起切磋诗文。

刘微之当晚上门拜访苏洵，建议让苏轼外出游学。

苏洵在眉州有知人之明，知道苏轼发愤学习，立志读尽人间书，就把他送到了中岩书院去读书，苏洵好友——青神县进士王方在此执教。

岷江之滨有青神县，《蜀中名胜记》载："县之名胜在乎三岩。三岩者，上岩、中岩、下岩也。今惟称中岩焉。"

过岷江入中岩山门，满眼细草微风，耳畔涧水潺潺。往前行走数十米，山青如黛，鲜花杂树中，飘着一丛丛乳白色的花，细观之，两瓣平举如翼，一瓣悬月如尾，一瓣如玉颈奋前，张头寻觅，且清香馥郁。若请教山中人此曰何花，山中人会说：形如飞凤，叫"飞来凤"。

中岩下寺丹岩赤壁下有绿水一泓，平静如半轮明月，相传为慈姥龙之宅。苏轼读书之暇经常临流观景，有一次，他突然大声叫唤："好水岂能无鱼？"

说罢，击掌三声。

奇了！岩穴中群鱼翩翩游跃，皆若凌空翱翔，竟随着苏轼来回晃动的手臂游来游去。

这一幕，早被站在不远处的王方老师尽收眼底。

王方早闻苏轼诗名，见苏轼聪明好学，性格开朗大气，万千喜爱荡漾在他心头。

苏轼见老师过来，喜上眉梢，二人追溯这些鱼究竟来自何处。鱼身上的颜色，有的黑白相间，有的通体透白，有的则五彩斑斓，一会儿游向东，一会儿游向西，令人眼花缭乱。

苏轼建议道："美景当有美名。"

王方老师问道："美名从何而来？"

"广征！对诗聚会，高手在民间。"

"中、中、中！"

王方的神态恰如与苏轼年岁相仿的青春少年，全然没有长辈和进士的矜持与稳重。

7

王方从不相信"女子无才便是德"的说法，但学堂里未见大户人家把女儿送去读书，他只能在瑞草桥的家中教授女儿习诗、画画。

他的女儿名叫王弗，幼承庭训，颇通诗书，年方十五，与小堂妹王闰之形影不离。

她们得知父亲正在为中岩寺下的绿潭征集名字，就跟父亲开起玩笑来："父亲，堂堂青神县进士，难道想不出一个让人欲拒不能之潭名？"

王方说道："民间卧虎藏龙！"

"那你是虎还是龙？"

"我不属虎，也未属龙，我意欲发现虎龙！"

王弗觉得父亲话中有话，遂转身离开。

那一日，王方老师邀请了青神县的文人学士来绿潭前投笔竞题。苏轼看到觉悟大师也来了。诸多秀才的题名，不是太雅就是太俗。

家定国见潭中的鱼儿忽前忽后，忽左忽右，一副信马由缰之态，遂脱口而出"鱼搅池"三字。

家安国见鱼儿不受周遭环境影响，一副我行我素之状，遂写下"鱼掀池"三字。

恰好此时，一阵风吹过潭面，这群鱼向着一个方向游去，浪花随之掀起，家勤国笑着说出了"鱼追池"三字。

白净而斯文的苏辙站在哥哥苏轼身边，不说一句话。

王方老师探询而期待的目光朝苏轼看过去，苏轼缓缓展出他的题名：唤鱼池。

众人拍手称好，一致叫绝。

苏轼正得意时，王弗让幼小堂妹王闰之从家中送了题名过来，红纸呈上展开，跃然而出"唤鱼池"三字，众人更为惊叹："不谋而合，韵成双璧。"此二位一男一女，年龄相当，才貌相当！

好事者说出了他们的心里话："真乃天合之美！恭喜、恭喜。"

之后，苏轼的"唤鱼池"三字被临摹下来，刻在池边的赤壁上，径可三丈，秀美峻拔。

不几日，王方老师的寿辰来到，苏轼与同窗到瑞草桥老师的家中去祝寿，席中劝酒又敬酒，竟醉倒在老师家中，睡至半夜才知道同窗都已回去，他执意要离去，却见老师端来一盆热水，手拿一块方巾站在旁边。

第二日清晨，当苏轼睁开双眼，再次看到老师站在跟前。正想询问什么，门帘后方晃过一个娇小的身影，不待看清容颜，倩影已风样消失，苏轼的心一阵狂跳。

接下来的二日均平静，但第三日，苏轼竟在自己家中看见了觉悟大师。觉悟大师是上门提亲来的，女方正是王方老师家的幼女王弗。

弟弟子由悄悄将此情告诉苏轼，因为子由不多言不多语，跟在父母身后，自然就听到了。

这是真的吗？

一丛一簇的飞来凤、"珍禽"桐花凤，一个地上长，一个天上飞，苏家的祥瑞，跟这个叫王弗的女子有关吗？

男女结成百年之好，须按照《礼法·昏义》所述的"六礼"程序。觉悟大师上门通聘，王方全家同意，即行"纳采"之礼；然后"问名"，问清女方生辰八字，苏轼母亲就去求神问卜；苏轼王弗二人八字准合，便行"纳吉"之礼。

接下来是"纳征"，程氏请求将"纳征"和"请期"放在一起，因为她见觉悟大师已经往返数次，劳累自是不说，其心诚意笃之态，她全看在眼里。

最后是"迎亲"。

苏、王两家在当地均不算富有，但也绝非清贫之家，"六礼"办得并非十分繁杂，每礼之间相隔的时间也不太长。

宋仁宗至和元年（1054），十九岁的苏轼和十六岁的王弗在四川眉州举行了一场毫不张扬的婚礼。

而在前一年的宋仁宗皇祐五年（1053），苏家却发生了一次不幸。

嫁给程氏娘家兄弟程浚之子程正辅的苏洵幼女八娘，得不到公婆及丈夫的喜爱，平日里常被恶语相向。婚后一年，八娘生下一子，不幸染病，程家对此不闻不问，更不求医问药。苏洵将其接回调养，程家又以其"不归觐"为由，强行将嗷嗷待哺的幼子从她怀中夺去！八娘病情加重而亡，距她生下孩子的时间仅一月有余。

苏洵心中极度不平，作了一首《自尤诗》哀悼其女（可惜此诗后失传），随后又作《族谱亭记》，痛言其乡风俗败坏，虽未指名道姓，但人人均知，苏洵痛骂的人正是眉山豪绅程浚！

苏洵宣布与程家从此断绝一切往来，告诫家人子弟须永远记住此禁令。

遭受打击最重的无疑是程氏，她不仅痛失爱女，而且断了娘家。骨肉亲情之间居然发生如此绝情的变故，她整天恍恍惚惚。但她把一切埋在心里，咬紧牙关，什么也不说。

苏轼结婚，让刚刚少了一个亲家的苏洵多了一个亲家。

这年七月间，礼部侍郎张方平以户部侍郎出知益州，于十一月到达成都。

张方平，字安道，号乐全居士，颖悟绝伦，天资强记，凡书一阅即能倒背如流，不再读第二遍，人称"天下奇才"。

苏洵带二子来成都求见张方平。

张方平一见苏轼，惊为"天上麒麟"，待以国士。这老少二人成都初见，奠定终生师友之谊，情逾骨肉。

至和二年（1055），苏洵为三子苏辙办了婚事，娶于史氏，新郎新娘年纪都还小，苏辙《寄内诗》所言"与君少年初相识，君年十五我十七"，这样的早婚，与苏洵决定下一年要带二子同赴京城应试有关。

第二章　兄弟同中

1

苏洵年近五十，依然是个布衣，他一心想为两个儿子谋取出身。

对于自己的谋仕之路，苏洵只剩伤感。

庆历五年（1045）春，游览蜀地的岷山、峨眉山后，苏洵乘船经夔州、巫州、三峡至鄂地的襄阳，然后由陆路步行至汴京。他与史经臣是好友，在京师同应茂材异等试，又未取上。

苏洵不甘铩羽而归，在京师逗留了一年多，终未求得一仕，一气之下漫游了河南嵩山、陕西华山和终南山；随后南下江西，在九江与雅州知州雷简夫（太简）订交。雷简夫除为他写了一份致朝中大臣韩琦、欧阳修的介绍信之外，又为他作书予张方平，请其为苏洵再请三请。

等了多日未见回音，苏洵登上庐山，拜谒圆通寺名僧居讷禅师，然后又赴虔州，直至得到父亲苏序仙逝的噩耗，他才赶回蜀地奔丧。

那时，苏轼已从张道士那里退了学，由母亲在家亲授。父子三人便有了诸多郊外踏青、共赴"蚕市"、命题作文的机会，他们还同读富弼的《使北语录》。

已在京师任职多年的苏涣返蜀守制，苏轼兄弟始识二伯父。

苏涣告诫两个侄子道："我少年时读书不让老师烦恼，年稍长学作文，每日有一定的课程，做不完决不停止。非独我如此，凡是我的朋友也都如此，不这样会被乡里看不起。读书人越来越多，从未听说有犯重大过错的！如果才不如人，但求寡过就好。"

苏洵听了，若有所思。

苏轼后来写诗回顾自己的学习情况：

我昔居家断还往，著述不暇窥园葵。

"窥园"源自董仲舒的典故"三年不窥园"。

宋代的科举制度比唐代优遇很多，一中进士便可做官，官俸甚厚，荫及子孙，读书求仕之风风靡全国。

北宋政风良好，大臣在京外任职，亦有发掘在野遗贤的责任。张方平初到益州，已知苏洵其人其文，待在成都见到苏洵本人，尤其是读到苏洵带来的《权书》和《衡论》等文后，他惊叹："此人是困于棘茨的鸿鹄！"

张方平遂留苏氏父子三人住在驿馆，状奏朝廷保荐苏洵代替黄柬为成都学官。

到嘉祐元年（1056）春，苏洵的荐状一直不见消息，张方平愤然说道："固永叔之责也！"

欧阳修（永叔）时为翰林学士，以爱才若渴著誉天下，张方平怀疑他因政见不同埋没苏洵这个人才。

张方平便劝苏洵道："西蜀僻远之地，不足以成君之名，何不到京师一求发展？"

苏洵却信心不足，一面作《上张侍郎第一书》，一面与张方平商议命二子在蜀先应乡试。

张方平鼓励他道："使从乡举，是乘骐骥而驰闾巷，足见大材小用。朝廷设六科，意在拔擢天下才俊，你家二子使从六科之选，恐不够骋其足力耳！"

将苏洵介绍给欧阳修才有用！张方平给欧阳修写了一封言辞恳切的信，要苏洵赴京面谒。

其时，苏家生计已是每况愈下，张方平还资助了苏洵旅费。而留在眉山的苏家十余口人的家庭重担，完全落在程氏一人肩上。

2

嘉祐元年（1056）三月，苏轼平生第一次离开自己生活了二十年的故乡眉州，跟着父亲苏洵，带着弟弟苏辙，从眉山出发至成都，经阆中再上终南山，走上褒斜谷迂回曲折、高悬天际的古栈道，进入凤翔府郿县的横渠镇，顺利住进崇寿院僧舍。

第二天走了整整一日，傍晚到达扶风凤鸣驿，驿馆破败无法居住，将就着蹭了一夜。再上路时，苏轼兄弟骑的两匹马竟相继累死在路旁。

苏洵只得就近买了两头毛驴。

苏辙想到骑在驴上作诗的唐代“诗奴”贾岛。

苏轼则想起唐代一位名叫齐己的“诗僧”写过一首《早梅》诗，中有“前村深雪里，昨夜数枝开”。

五月中旬，他们抵达京师汴京。

德香长老帮助他们住进国寺浴室院，侍者惠汶招待他们的起居。

苏轼压抑不住对京城的期待，独自一人来到龙津桥上观看夜市，龙津桥是蔡河上的大桥，南边是南薰门，北边是朱雀门。

八月，期盼已久的举子试开考，苏氏兄弟同来自各地的应试举人一起，跨进了景德寺的大门。

宋代的科举以贡举为常科，设进士、明经等科，皆秋取解，冬集礼部，春考试。明经科试“贴书”“墨义”；进士试诗、赋、论各一篇，策五道，帖论语十。

策论验实学，诗赋看辞章；前者定去留，后者分高下。礼部侍郎兼翰林侍读学士欧阳修之诗句“焚香礼进士，撤幕待诸生”，即指此。

欧阳修认为，读书人求出路，必须通过科举。当时的社会风气，天下士子莫不事先猜测下一科的主考官是谁。谁主考，谁的文章则成模拟诵习的范本，主试官的好恶意向可以领导风尚、开创文运。所以，树立试场评文新标准是真正改变文风的关键。

欧阳修以考试变革文风的手段非常成功。

嘉祐二年（1057）正月的礼部考试，主考官欧阳修就是在这次考试的试卷上认识了苏轼。

那一日，负责阅卷的梅尧臣拍案而起，惊呼发现了好文章！

在座诸位立即将目光投向兴高采烈的梅尧臣。

梅尧臣说道："此文风正是欧阳公倡导的文风！用词甚朴，毫无藻饰，脱却当下文章花拳绣腿之病，当取第一！"

欧阳修大惊。

小试官、国子监直讲梅尧臣与集贤院校理苏舜钦，皆为闻名于世的诗坛宿将，时号"苏梅"，此二人正锐意诗文革新，而这篇《刑赏忠厚之至论》，通篇洋溢着清新洒脱的文风。

文章只有短短六百余字，欧阳修难掩其欣喜之情："快哉！老夫当避此人，放他出一头地。"

后世流传的成语"出人头地"，即源于此。

梅尧臣赞曰："此文引经据典论证，力除五代文弊，符合皇上倡导两汉朴实之文风、革新古文之要求。我等主张将此文取为第一。"

欧阳修怀疑此文是他的弟子曾巩所作，把自己的弟子取为第一，难免让天下人笑话，遂正色说道："此文若是曾子固所作，取为第一定会招天下非议，实有不便。以老夫之意，抑为第二较妥。"

待欧阳修亲手拆开试卷封口，立即惊呼："苏轼！西蜀眉州苏子瞻，异人也！"

"苏轼，难道不是布衣苏洵之子吗？苏洵之文有荀卿之风，苏轼之文有孟轲之风。真乃天下奇才也！"

翰林学士王珪（禹玉），同知这次知举，后将苏轼的论与策两份原稿带回家秘密珍藏。

3

这一年二月举行了礼部复试，复试题目是《春秋》对义。

苏轼卷中所答，欧阳修非常满意。

上一次在翰林院，他与韩绛、王珪、范镇、梅尧臣、梅挚六人唱和时谈到此事，他为把苏轼抑为第二而后悔，始终不能释怀。这一次，他大笔一挥，给了苏轼第一。

殿试要等到三月。

日子并非度日如年，苏家父子三人的心中已经有了期盼。一天，苏轼在京城街头踯躅，忽见一列车驾前来，走在前列的衙役打着"肃静"牌子，道旁行人迅速往两旁避让，苏轼从旁人的低语中知道是丞相富弼和枢密大臣韩琦从此经过。

苏轼屏住呼吸，紧盯着大臣车驾，直至绝尘而去。

他想到了自己八岁那年入天庆观北极院随道士张简易读小学的情景。那一年，范仲淹、韩琦、富弼、欧阳修等人推行新政，消息传至眉山，苏轼见乡里老先生诵读当时的名士石介新作的一篇《庆历圣德诗》，对范仲淹等人的品行大加赞赏，心想"私识之"，就问道："先生说的这些人是什么人？"

先生不屑地说："小孩子知道这些干什么？"

苏轼用他稚嫩的童音反驳道："此人若来自天上，那我则不敢知；假若此人亦是凡人，为何不可以问？"

乡老先生遂告诉苏轼：韩、范、富和欧阳四人，乃当今天下人杰！

如今，这些被称为"人杰"的人，距离自己不再遥不可及。

在这期间，苏洵重温自己"兼济天下"之旧梦，他专门给当今权臣富弼和文彦博两位宰相、韩琦枢密使、田况枢密副使等人各写了一封信。这些当政者都很喜欢他犀利的文笔和朴实的人品，一时间，苏洵成为他们的座上客，经常出入达官贵人的门第并参加他们的酒宴，很快"名动京师"。

4

宋仁宗赵祯，宋朝第四位皇帝，初名赵受益，宋真宗的第六子，在位四十二年，是两宋时期在位时间最长的皇帝。

宋仁宗天性仁孝，对人宽厚和善，喜怒不形于外。

宋仁宗知人善用，善于纳谏，不仅成全了千古流芳的谏官包拯，还造就了"求之千百年间，盖示一二见"的范仲淹，以及领导北宋古文运动的欧阳修。

在威严的朝会上，宋仁宗问欧阳修道："欧阳爱卿，今年科考可有出类拔萃的士子？"

欧阳修头戴五梁帽，身着紫色朝服，腰扎玉带，手持象笏，上前一步，拱手答道："启奏皇上，今年应试学子当中，出类拔萃者应属眉州苏轼兄弟。"

这年三月，仁宗主持殿试。

仁宗早早来到集英殿，被念到名字的人成为"天子门生"，仁宗当场说出一个题目，士子以口赋诗，由在场文武百官评议，再由仁宗裁定第几甲。

当为进士唱名的老宦官嘴里念着"苏轼"时，仁宗即见到一个稚气未脱的后生从大殿外边疾速走入，此人在仁宗面前跪下行礼："西蜀眉州晚生苏轼叩见皇上。"

一听苏轼自称"晚生"，仁宗便喜欢上了，考完他的策论之才后，仁宗赐苏轼一甲进士及第。

这次殿试，章衡（子平）第一，苏轼第二，曾巩第三，苏辙第五。

仁宗回到后宫，主动对曹皇后说道："今日殿试，我为本朝觅得二位栋梁之材！"

曹皇后是仁宗皇帝的第二位皇后，她的祖父曹彬是北宋开国功臣，虽然她的容貌并不是特别出众，但她品德贤淑，从不恃宠而骄，也不干预朝政。她问仁宗道："这二位栋梁之材是哪里人氏？"

仁宗答曰："是来自蜀州的兄弟俩，年长者名曰苏轼，年少者名曰苏辙。"

曹皇后听闻此言，已料定今年朝中已招得贤才，但她也是熟读了四书五经之人，便趁机说道："蜀地出人才呢，翰林待诏李白不也来自蜀地么？"

曹皇后又说道："为何不将他二人诏进宫来，我等亦有当面听他讲解《策论》之机？"

仁宗说道："正合朕心意。"

5

省榜公示出来以后，落第举子气势汹汹，纷纷指责欧阳修挟有私情。看到欧阳修描摹考场即景的诗句"无哗战士衔枚勇，下笔春蚕食叶声"，更是怒不可遏！他们把欧阳修的名字写在牌位上，扔到其府中，或者当众烧毁。

但至殿试榜出，便无人再叫嚣了。

殿试结果悬榜公布：建安章衡得第一，为状元；眉州苏轼得第二，为榜眼，皆进士及第。其余同榜成进士者，有曾巩、苏辙、叶温叟、林旦、朱光庭、蒋之奇、邵迎、刁璹、苏舜举、张琥（后改名张璪）、程筠、傅方元、邓文约、冯弋、家定国、吴子上、陈侗、莫君陈、蔡元道、蔡承禧、张师道、黄好古、单锡、李惇等。

二子早把殿试经过告知了苏洵，苏洵心中五味杂陈，依然作诗记感：

> 莫道登科易，老夫如登天；
> 莫道登科难，小儿如拾芥。

放榜当晚，苏洵领着苏轼和苏辙二人前往欧阳修的府第谒谢，苏洵将自己的文章呈给欧阳修，期望得到他的引荐。

欧阳修赶紧将他三人让进屋来，吩咐落座。

在此之前，欧阳修已经接到张方平和雅州知州雷简夫推荐苏洵的信，也看过苏洵的文章。今日一见，不禁喜出望外，欧阳修叹赏苏洵是个"纯明笃实的君子"；当即决定将苏洵的文章呈献给朝廷，还写了《荐布衣苏洵状》，要求朝廷录用苏洵。

欧阳修想到自己和梅公在叹赏苏轼文章之时，看到苏轼在文中写道："当尧之时，皋陶为士，将杀人。皋陶曰'杀之'，三；尧曰'宥之'，三。"意思是说，唐尧时代，皋陶要杀人，连说了三次，表示坚决要杀；可尧主张不杀，也连说了三次。此语阐述了为君者宽仁笃厚的一面，但欧阳修和梅公二人竟都不知出处。

苏轼却答道："何必知道出处！"

难道是他杜撰？

苏轼坦承杜撰："尧帝有圣德，能够说出此语，当属意料之中。"

欧阳修听后，大胆预测苏轼的将来："此人可谓善读书、善用书，他日文章必独步天下。"

苏洵受宠若惊，连忙回应道："罪过罪过！小儿年幼无知，怎敢与欧阳公相提并论？"

等苏洵带着二子离去，欧阳修手拿苏轼的谢启，字里行间无不流露出苏轼对欧阳、梅二公的知遇之恩。便对其子欧阳奕说道："读他的文章，我的汗水不知不觉流出来了。记着我的话，三十年以后，无人再谈论老夫。"

6

欧阳修的科举之路可谓坎坷。

天圣元年（1023）和天圣四年（1026）两次参加科考，都意外落第。

天圣七年（1029）春天，由胥偃保举，欧阳修就试最高学府国子监。同年秋天，欧阳修在国子学的广文馆试、国子解试中均获第一，成为监元和解元；又在第二年的礼部省试中再获第一，连中三元。

欧阳修在广文馆有个同学，名叫王拱辰，刚刚十九岁，他也获得了殿试资格。一天晚上，王拱辰调皮地穿上欧阳修的新衣服，得意地说道："我穿状元袍子啦！"没想到，殿试那天，王拱辰真中了状元。

天圣八年（1030），由宋仁宗赵祯主持的殿试在崇政殿举行。殿试放榜后，欧阳修被仁宗皇帝点为十四名，位列二甲进士及第。据欧阳修的同乡、时任主考官的晏殊后来对人说，欧阳未能夺魁，主要是其锋芒过于显露，众考官欲挫其锐气，促其成才。

因自己的成才之路过于曲折，欧阳修提携后进向来不遗余力。

他对苏轼更是用尽全力，不仅将苏轼的《进策》二十五篇呈送给宋仁宗揄扬，还介绍苏轼去拜见宰相文彦博、富弼、枢密使韩琦，大家均以国士之礼待之："唯恨你不能一识范文正公。"

范仲淹已经于五年之前的皇祐四年（1052）逝世。而苏轼早为范公在《岳阳楼记》中唱出"先天下之忧而忧，后天下之乐而乐"的境界所折服，看到欧阳修所撰《范文正公墓志》，更是落泪，叹道："自读石介庆历圣德诗，中经十有五年，而不得一见其面，岂非命也？"

幼年时期与欧阳公神交，今日结为忘年之交。

那一日，苏轼在兴国寺浴室院昏昏欲睡，惠汶忽然进来，对苏轼苏辙二人说，外面有一瘦高个的年轻儒生求见。

苏轼好生奇怪，他们在京师尚无房产，怎会有人拜访？此地仅为一个临时居所，那人又是如何得知他们栖身于此？

屋外有人高声问候："小弟晁端彦，今日特来拜访学兄苏子瞻。"

苏轼赶忙开门出来，苏辙紧随其后。

晁端彦，字美叔，山东钜野人氏，欧阳修门生，因与苏轼同在此次应试中及第，但苏轼是一甲进士及第，而他仅为三甲同进士及第，故自谦地称苏轼为"学兄"。

晁端彦的侄子晁补之，后来与黄庭坚、秦观、张耒同为"苏门四学士"，其子晁说之，其侄晁冲之、晁祯之亦颇得苏轼青睐。

双喜临门，苏轼请晁端彦喝酒相庆。

晁端彦提议去他那里庆贺，因其父已为他租赁了一处屋舍。

晁端彦接着说出有哪些人将会参加他们的宴饮：曾巩、程颢、张载、朱光庭、吕大钧等人。

一提到曾巩，苏轼就想到王安石。

王安石，字介甫，号半山，临川（今江西抚州临川区）人，自幼聪颖，酷爱读书，过目不忘，下笔成文。待年岁稍长，便跟随其父宦游各地，接触现实，体验民间疾苦。宋仁宗景祐四年（1037），十六岁的王安石随父述职入京，以文结识好友曾巩，曾巩向欧阳修推荐其文，大获欧阳修赞赏，并作诗称颂：

翰林岁月三千首，吏部文章二百年。

老去自怜心尚在，后来谁与子争先？

宋仁宗庆历二年（1042），欧阳修擢王安石进士及第，终登进士榜第四名，授淮南节度判官。

任满后，王安石放弃京试入馆阁的机会，调为鄞县知县。

如今，王安石即将到常州出任知州。

此时的苏轼尚不知道，自己和王安石参加科举考试的年龄是一样的，只不过晚了十六年。

晁端彦盛情邀请学兄苏轼将家父带了同去。

苏轼一口回绝。但他兄弟二人高兴地参加了这次同科及第进士的聚会，有幸认识了诸多新朋。席间，苏轼看到了那位名曰欧阳阀的梅尧臣的弟子，此人比苏轼年长一岁，喜读诗词。可惜，二人间并未有太多交流。

7

终生难忘的三月就这么过去，草长莺飞的四月亦如匆匆流水。

五月末的一天傍晚，惠汶忽然匆匆进得苏洵房间来告，有一来自蜀地的老乡要面见苏家父子。

苏洵大惊，来自那么遥远的地方的家乡人，是如何得知他们在京城的住地的？又是什么消息，居然让他不顾千里之遥，非要亲口面告他们父子不可？

家乡来人告诉他们说，苏轼的母亲程氏已于当年（1057）的四月初八病卒于老家的纱縠行内，享年四十八岁。她虽然贤惠，但丈夫屡试不中，女儿早逝，娘家断交，致命打击一个接着一个，她终于没能等到儿子出息的消息，郁郁而终。

来不及打理和收拾什么，苏洵便带着两个儿子仓促离京，返蜀赴丧，依礼守制。

苏洵深感生命之脆弱，竟心灰意冷起来，成天闭门不出。

王弗堂妹王闰之的胞弟王箴（元直），那时还是个十多岁的小孩，但这并不妨碍苏轼和王箴二人成为好友，他们经常对坐在家门口，吃瓜子、炒豆子，闲话的内容杂乱无章，却无所不包。

嘉祐三年（1058），张方平调回京师，宋朝名相王旦之子、龙图阁学士王素从定州来知成都，派其子王巩（定国）去苏洵家中凭吊。其时，王巩已是张方平家的乘龙快婿，苏洵自不怠慢，由两个儿子和两位儿媳向王巩表达谢意。

半年过后的十一月，苏洵派长子苏轼去成都府回访镇府王素大人。王巩和苏轼早已相识，再次见面，自然十分亲热。

但王素却告诉苏轼，常州知州王安石已于近日呈送《上仁宗皇帝言事书》，号称"万言书"，提出了诸多改革朝政的意见，很多人都在关心此事。

苏轼即想到自己的殿试，那是由宋仁宗主持的，他同样问了自己治理大宋朝政的问题。再次提到这个问题，苏轼便以在籍进士的身份，说出了他关心朝中政事的心里话："今之饥者待大人而食，寒者待大人而衣，凡民之失其所、无处藏身者，待大人而安。蜀中百姓只求安居无事，以养生送死而已。请王大人深结蜀民之心。"

仅此一句话，就让王素对苏轼非常看重，王素后来让王巩跟随苏轼问学，二人成为患难与共的知交。

8

嘉祐四年（1059），苏轼妻王弗生下长子苏迈。

九月，妻丧终制，苏洵决定带全家离蜀。

十月，一家人自眉州入岷江，再下三峡，抵荆州度岁。

舟行六十日，水路已经行进了一千六百八十余里，过郡十一，县三十有六，在荆州登陆。经过三峡时，全家人登岸游览了诸葛亮的八卦阵、白帝城、屈原庙等历史遗迹。随后，父子三人在舟中把各自的见闻写出来，成一百篇诗赋，合为

《南行前集》。可惜，南行集没有传本，后人从三苏联集中寻绎出来，得苏轼作四十二篇，苏辙作二十三篇，加上苏洵所作，共计七十二篇，散佚逾三分之一。这是苏家父子三人唯一的一次同行唱和，所作诗文全都"得于谈笑之间"。

嘉祐五年（1060）正月初五自荆州启程，二月至许州，始识范仲淹次子范纯仁。范纯仁时任许州签判，范苏订交自此。

苏辙自荆州陆行京师，途中作诗三十八首，苏辙《栾城集》中仅存七首，共计四十五首，后人编为《南行后集》。

出发之时已是秋凉时节，苏洵带着两个儿子和儿媳开始走的是水路，过嘉州时，在落日苍茫的渡口，苏轼抬眼看到了郭纶。

郭纶逆光而坐，默数着河流中的船只。苏轼看到了他粗硬的轮廓，却无法想象蛰伏在那轮廓里的巨大能量，更不曾见过他身边那匹瘦弱的青白快马曾经像闪电一样，高速驰过瀚海大漠。这位从前的英雄，在河西一带曾无人不识！定川寨一战，当西夏军队自地平线上压过来时，郭纶迎着敌军方向冲过去，手中的丈八蛇矛将敌酋的脖子戳出一个血窟窿，热血喷溅成一片刺眼血雾！如此这般的勇猛，没有在西域的流沙与尘埃中湮没，却被一心媾和的朝廷一再抹杀。宋仁宗庆历四年（1044），宋夏和谈，战争结束，英雄从此失去舞台。

就在那一年，范仲淹写下了著名的《岳阳楼记》。

于是，郭纶骑上他的青白马，挎上曾让敌军胆寒的弓箭，孤单踏上远行之路，他不知道怎样来到四川，也不知道下一步要去哪里，只是在一个偶然的瞬间与苏轼迎面相遇。

他也不知道苏轼在暗暗观察他，更不知道苏轼写出了一首《郭纶》诗，表达对这位有志献身边防的勇士的期许，写尽英雄的失路之悲：

> 河西猛士无人识，日暮津亭阅过船。
> 路人但觉骢马瘦，不知铁槊大如椽。
> 因言西方久不战，截发愿作万骑先。
> 我当凭轼与寓目，看君飞矢集蛮毡。

9

这一日，仁宗下朝回到后宫，嘴里念着唐"百代文宗"韩愈的名篇《马说》："世有伯乐，然后有千里马。千里马常有，而伯乐不常有。故虽有名马，祗辱于奴隶人之手，骈死于槽枥之间，不以千里称也……"

曹皇后见此情景，问道："官家，今日哪里不省心了？"她边说边吩咐身边的宫女端来一碗莲子汤。

仁宗并不是一个心中想到什么就要说出来的人，但对于苏氏父子，他却说出了心中苦闷："先说那苏洵，之前召其考试策论，他不就；朝廷任命他一再推辞，嘉祐五年（1060）八月任为秘书省校书郎，他依旧不从。"

曹皇后沉寂了一会儿，回应道："苏洵该有五十出头了吧？校书郎官为八品，多少年后方可改官？垂垂老矣，不从也有不从之理啊。"

"苏洵以布衣之身不试而仕，这校书郎也是人所看重的清职，只要他忠君尽职，日后定有升迁希望。"

"苏洵认为俸禄太薄才不肯屈就的吧？"

"策之不以其道，食之不能尽其材，鸣之而不能通其意，执策而临之，曰：'天下无马！'呜呼！其真无马邪？其真不知马也。"

"官家何苦呢？来，先喝碗汤，一切自有办法。"

仁宗又说起了苏轼兄弟：苏轼被任命为河南福昌县主簿，苏辙被任命为渑池县主簿。兄弟俩均未赴任，在欧阳修和同知谏院杨畋等大臣的推荐下，他二人一同参加了秘阁制科考试。

制科殿试与进士科殿试稍有不同，进士科殿试人多，而制科殿试人少，皇上有机会与应试进士交谈。这一次，仁宗皇帝亲御崇政殿。

苏轼呈上的文章是《御试制科学》，他直言不讳地指出国家的形势是"天下有治平之名，而无治平之实"，宜"补偏救弊、宣故纳新，不可因循苟且"，以避免大宋表面和平的背后掩藏的深刻危机。

此谏言过于大胆！侍读学士王珪极为不满。但仁宗向来以直言极谏召天下敢言谏臣，他不会因此而将其治罪。

知制诰是皇上身边近臣，掌管起居诏令之事，品级不高，但朝中机要大事均可事先知道，仁宗有意把苏轼留在自己身边，并授苏轼这一职务。

宰相韩琦的字字句句却说得仁宗心有不悦："苏轼确具超凡脱俗之才，但他来自偏僻山野，且口出狂言，诽谤朝廷，攻击大臣，言过其实，言不符实，本属欺君罔上之罪！皇上今不治其罪，却要重用此有罪之人，如何能说服满朝文武？"

仁宗迟疑。

又想任苏轼为起居注。

韩琦仍在阻拦："起居注与知制诰两官相邻，品级相等，实无二异。此乃越级大用，如果破此先例，恐招朝廷上下非议。请皇上三思。"虽说韩琦欣赏苏洵的老道，多次力荐苏洵，但对其子苏轼政治上的稚嫩，他说得开诚布公。

将韩琦召进宫来就为商议此事，但韩琦之议却与仁宗本意相距甚远，仁宗脸色骤变，挥手让其退下。

曹皇后不愧有巾帼风度，听仁宗说完心中疑虑，她直言道："身为一国之君，若对朝中大臣和近臣存以敬畏之心，必将赢得朝廷乃至全国臣民的敬重！"

仁宗皇帝喃喃说道："看来，苏轼苏辙这二位太平宰相之才，只有留给后世子孙了。"

皇上那么看重苏轼兄弟，曹皇后自然记住了二人姓名，这已经不是第一次在后宫提到他们，只是曹皇后不知道，除了朝廷内外，京师的大街小巷，还有酒肆茶坊，都在竞相流传并模仿他们的文章，民谣里唱道：苏氏三父子，文名擅天下。

嘉祐五年（1060），王安石以提点江东刑狱召入为三司度支判官，至嘉祐六年（1061），他已为翰林院知制诰。他非常不欣赏苏轼文章中的策士气息，他曾公开说："如果我是考官，就不取他。"

王苏二人性格不合乃至日后的政治恩怨，始见于此时。

嘉祐六年（1061）八月，苏洵被任命为霸州文安县主簿，命同编纂礼书，适合苏洵的政治理想，他欣然接受。此时，他已经五十三岁，越五年而后逝，官止于是。

不几日，朝廷告下：授苏轼为大理评事，签书凤翔府节度判官厅公事。通判是州里的副职，协助太守管理地方，所有文件都要通判签字方可生效，这是宋朝行政制度中突出的一个职务。

苏辙因为要在京师陪伴父亲，便没有接受外放的职务。等到三年之后，苏轼从凤翔返京，他才外放到大名府中去任职。

苏涣本已调回朝廷为官，全家都搬进京师，恰巧那时，提点利州路刑狱的诏命刚下，二日之后便要离开京师，遂在家中设宴庆贺。

苏涣不由要给子瞻侄几句忠告："恰如你作《刑赏忠厚之至论》，首先想好论题及论证，此文才可写好。为政也一样，没有想出更好的处置办法，万不可先下手，好思想才会带来好行动。"

苏洵坐在一旁沉默不语。

苏轼则把二伯父的为政理念牢记心中，成为他终生的座右铭。

苏涣在京都的房屋本可留给苏洵一家居住，但苏轼在京师宜秋门旁已经买下一栋住宅，号曰"南园"，老苏及全家徙寓于此，门前有高槐古柳，屋后有小花园，侧面还有一块面积不大的种菜地皮。老苏又在庭前开凿了一口方池，从假山中引水流注入池内，另有一座以上等盛木制作出来的木根雕刻置于其侧，环境舒适，好不惬意。

第三章　衙前之役

1

最舍不得兄长远离的是苏辙。

苏辙原本授为秘书省校书郎，充商州军事推官，官阶八品。但王安石当知制诰，认为苏辙在对策中说古时的宰相专攻人主，遂驳回词头，不肯撰告。此理由便让苏辙不可入仕，出处未定而仅有任职资格。直到下一年（1062）七月诰命才下来，苏辙便以父亲身旁别无侍子为由辞不赴任，留在南园跟父亲一起学习《易传》。

而苏轼赴凤翔在即。

二人面临从小到大的第一次别离。

那一日，与苏轼同榜的曾巩、家定国和张瑑等人一直将他送到城外望京铺，一个名叫章惇的人引起了苏轼的注意：嘉祐二年（1057），二十二岁的章惇与二十一岁的苏轼同考，他也中了进士，但比他年长十岁的侄子章衡中了状元，他不能接受这个事实，自耻而弃封，竟不听劝阻，推辞敕令而出。两年后再次参加科考，中进士甲科，调为商洛令，与凤翔相隔不远。

章惇，字子厚，银青光禄大夫章俞之子。章俞为人没有操守，其岳母年轻时守寡，章俞遂与之私通，生下一个儿子，起名章惇。章俞见此儿五行甚佳，将大兴家门，特雇乳母侍养，章惇长大之后，性格高傲自负，但相貌俊美。

上一次见面是在当年琼林苑的琼林宴上，时隔三年，他赶来为苏轼送行，说道："苏氏兄弟的才华，早已传遍朝廷内外，被圣上赏识，乡野之地也是尽人皆知，以后定能平步青云。"

苏轼答道："子厚兄才是真正的才子。"（子厚是章惇的字）

"苏兄与我同科登第，又同在相邻之地任职，这是上天赐来的福分。"

"改日我定会登门拜访。"

"小小年纪却被圣上以师生之礼相待，凡人岂可企望？"

这时，一直紧随其后的苏辙开口道："子厚兄实属过奖，苏家兄弟仅是运气好而已，若再考一次，定会名落孙山，何谈效忠圣上、服务社稷江山？"

苏辙这是夸耀章惇连考两次，一次比一次中得高，以自己的"名落孙山"来反衬他的"步步高升"。

章惇大笑道："雕虫小技，不足挂齿。"

送行的人都走了，苏辙仍不肯离去，他坚持要把哥哥送到郑州，在西门外告别。苏轼扶住弟弟瘦削的肩头，依依不舍地说道："三年任期很快就会过去，你也将赴任他乡，到时我们定能互相往访。"

苏辙的眼泪禁不住流出来。

这时，与苏轼同行的朋友马梦得走上前来。

苏辙说道："哥哥，你要是想弟弟，你就作诗吧，我跟你唱和。"说完，就快速扭过头去。苏轼语音哽咽："我自然会为弟弟作诗写词的。"

气氛凝重，马梦得遂让苏辙就此返回。苏辙骑的那匹马又瘦又高，跟他本人清瘦而高大的体形相似。

苏辙又望了哥哥一眼，才勒转马头依依不舍地返程。

那时是嘉祐六年（1061）冬十一月十九日的黎明，虽未下雪，但朔风凛冽，苏辙戴着一顶瓜皮帽，他的头随着马的步伐时高时低地晃动。苏轼骑在马上，看着弟弟骑在瘦马之上颀长的背影。

忽然，那个背影被坡垄隔断了，只有弟弟头上那顶帽子一耸一耸地出现，苏轼心痛难舍。

弟弟的帽子越来越远，慢慢变为一个小黑点。

最后，连那个小黑点也不见了。

苏轼压抑住心头的不舍，想好一首诗《辛丑十一月十九日既与子由别于郑州西门之外马上赋诗一篇寄之》，其中有"寒灯相对记畴昔，夜雨何时听萧瑟。君知此意不可忘，慎勿苦爱高官职"的诗句。

往前行走，路过五年前曾经游历过的渑池。那时，苏辙为哥哥作过一首诗《怀渑池寄子瞻兄》，今日再访奉闲的精舍，从前接待兄弟俩的老和尚已经圆寂，只能看到庙宇后面一座新造的墓塔；而兄弟二人题诗其上的那面寺墙，早已斑驳不堪，依稀现出当年的字迹！万般感慨当中，苏轼写出《和子由渑池怀旧》一诗，节奏明快，意境恣逸，成为苏轼七律中的名篇。

苏轼和马梦得骑马走在前面，后面则是一辆马车，里边坐着苏轼妻子王弗和不满三岁的儿子苏迈，还有两三个婢仆，再就是一些衣物和日常生活用品。

杞人马梦得，字正卿，本为京师"太学正"的学官，生性耿直，读了苏轼一首题诗后，毅然辞去官职跟随苏轼前往凤翔当其幕僚。这个仅比苏轼小八天的马梦得，与苏轼的"不离不弃"自此时开始，日后的苏轼还将被贬谪到天南地北的诸多地方，但他心甘情愿陪伴苏轼到各地受罪挨穷。

马梦得究竟看了苏轼的一首什么诗呢？

一日，苏轼去访马梦得未晤，随手抓起毛笔来，在他的书斋壁上写下了唐代诗人杜甫《秋雨叹》中的一首。其中有一句"雨中百草秋烂死，阶下决明颜色鲜"，借资质明丽的决明草最终会在风雨中随百草一起烂掉，来比喻书生的命运。

杜甫所作，苏轼所传，传到马梦得心里，他便下定决心跟随苏轼，不惜辞官。

2

十二月十四日，苏轼到任凤翔府签判。

凤翔一带古称雍，是周秦发祥之地，华夏九州之一，唐代改为凤翔府。在凤翔县城东关，距离古城东门二三十步处有"饮凤池"。相传上古时期这里有一池清澈的水，周文王元年（前1046），瑞凤飞鸣过雍，在此饮水，后得名"饮凤池"。

另有一说，传秦穆公之女平日喜欢弄玉吹笛，引来善吹箫的萧史，知音相遇，终成眷属，后双双骑凤凰飞翔而去。

凤翔县令胡允文，在蜀地曾随老苏问学，大苏来此任职，他兴高采烈。

凤翔现任太守宋选，进士出身，在这一年的八月才来凤翔，温文尔雅，颇得同僚敬重。他待苏轼尤其温厚，这便使得苏轼日后与他的儿子、宋代画家宋汉杰结为知交。

苏轼在凤翔任上除掌管文书、佐助太守之外，还要负责京都竹木供应和西部边塞军需物资供给；另外，还要经常到凤翔府所属各县衙去裁决囚禁诉讼，春夏季节祈雨救灾之事也在他的分管之列。

苏轼一家的住舍在府衙东北角，为州长官官邸的西邻。苏轼按照"南园"的建筑风格，在宅后搭建一座亭台，加建回廊；在宅前凿下一口池塘，栽花草点缀，又在池中种莲、养鱼；他手植桃、杏、松、桧树三十余种，与原有槐、榆相映；老槐树上早有野鹤巢居，苏轼买来一丛牡丹花，栽种在池塘北面。

苏轼跟马梦得商议，将城北凤凰泉内的水引到饮凤池来，涝时蓄水，旱时浇地。

太守宋选来凤翔时间不长，却即将卸任。苏轼去府衙找其陈述引水规划，得其支持。

又一日，当宋选亲临如火如荼的施工现场，看到不辞辛苦劳作的人群，兴奋说道："谁说苏进士不会办实事呢？"

苏轼羞涩道："小生初涉民间事务。"

路过的民工插话道："苏贤良为民做好事，我等心服。"

这是宋选初次听到以"苏贤良"之名称呼苏轼，便说道："听，百姓的评判何其朴实。"

过了些时日，宋选又去看饮凤池，走到大门口便看到门匾上的"东湖"二字，那正是苏轼遒劲的墨迹。

苏轼特为此赋诗《东湖》，苏辙也寄来和诗。此诗流传甚广，京城很多人读到，凤翔府从此多了这颗秦川大地上绝无仅有的熠熠明珠。

3

这一日，苏轼正忙着在园中给花树剪枝，忽见马梦得领了一个青年走进园来。那青年衣衫朴素，领口袖口均见破迹，但他脸色红润，精神抖擞，尚未走到面前便向苏轼施礼。

苏轼连忙请坐、沏茶。

来人名叫董传，字至和，洛阳（今属河南）人氏，家境贫寒，从小饱读诗书，满腹经纶。

初次见面，苏轼尚未看到董传的诗词。

董传遂跟苏轼说起凤翔附近的名胜及古物，特别说到凤翔北街的开元寺，那里陈列了诸多先秦的诅楚文碑、吴道子画的佛像，还有盛唐诗人王维画的竹。

苏轼当即相约去开元寺。

刚走到城门外，忽听到一阵年轻女子的啼哭之声！此女哭得死去活来，另有一个小女孩的头上插着一根长长的彩色鸡毛，是要把她卖掉的标志，她的神情却十分麻木。一个老头气若游丝，坐着不说话。

见苏轼走过来，老头缓缓说道："不把她卖出去，她爹哪能回来？一家子哪去找活路？"

坐在地上的年轻女子捏着小女孩的左手，苏轼这才看清她的右手一直贴在腹部，一动不动，原来她是个残疾人。

"她爹"定是老头的儿子、年轻女子的丈夫、小女孩的父亲了。为何非要卖掉亲生骨肉？

苏轼吩咐马梦得将随身银两都拿出来，递给奄奄一息的老人。

老人伸出双手，将银两放在面前一块脏兮兮的方块布上。然后，对小女孩说道："你就跟着这几位大爷，去吧。"他一边说，一边收拾面前的方块布，不拿眼睛看看身边憔悴的女子，想必他要回家了。

年轻女子听老人说完这句话，将双手撑在地上，试图用力站起，整个身体竟"咕咚"一声倒了下去，想必她一直被哀痛情绪所笼罩。

苏轼说道："老伯，我们不要你的孙女儿，快带她一起回去吧。"

这时，旁边有人愤然说道："回去是死路一条！怎不将她带走呢？"

马梦得问道："究竟发生了什么事？"

又围上来好几人，七嘴八舌说道："那该死的'衙前之役'，让我等越欠越多！"

"河里什么时候涨水，什么时候断流，我们哪能事先知道？木头丢了，凭什么要我们赔偿？"

"以往是来年赔，现在为什么要当年赔？灾年没有收入，拿什么赔呀？"

"不想当年赔就去坐大狱啊！"

"不想坐大狱，那就卖儿卖女呀！"

原来如此！

北宋差役很多，其中一种叫"衙前"——

凤翔一带每年要砍伐上好竹木，先堆放在山上，雨季过后再编成大竹筏、大木筏，从渭河推入黄河，让其顺着河水流下，经三门峡砥柱之险后到达京城，在码头上由朝廷衙役登记验收。京城皇宫里声势浩大、逶迤连绵的宫殿和陵寝，均用此松柏、桧栎等古木建成。

然而，河流涨水和落水的日期，当地山民始终摸不着规律。因此，放筏日期和到达日期均难准确确定。

水枯时不能放排，山洪暴涨时竹木筏会被冲下，沿途护送的山民往往筏散人亡，衙前水工淹死无数！不管冲丢了多少根竹木，朝廷都要山民按数交上罚银。山民便把衙门前的竹木筏登记验收制度称为"衙前之役"。

以往是来年赔，一根竹木赔一两银子；现在却要当年赔，赔不起就关进大牢，须缴纳数倍罚银才可放人！罚银制度和牢狱制度有增无减，甚于人吃人。

苏轼上奏《上蔡省主论放欠书》，欲借朝廷明文为百姓说话。

4

嘉祐七年（1062）三月，凤翔久旱无雨，田地干得开裂，苏轼带人祈雨于太白山上的上清宫。

数日之后，天空下了一阵微雨，无法满足春播春耕，苏轼再陪宋太守亲往祭祷。返程路上，大片的云朵聚集，如群马奔突，不多久，大雨倾盆而至。

苏轼在东湖一临湖的亭子正巧于求雨后建好，看到百姓满脸的喜悦，想到雨水在农耕中所起的作用，苏轼将此亭命名为"喜雨亭"，并作《喜雨亭记》："'五日不雨，可乎?'曰:'五日不雨，则无麦。''十日不雨，可乎?'曰:'十日不雨，则无禾。'无麦无禾，岁且荐饥，狱讼繁兴……则吾与二三子，虽欲优游以乐于此亭，其可得邪?"

但是，大雨会让河中涨水，将木头冲走，"衙前之役"又会如期而至。

苏轼整夜未眠，在油灯下，写成了准备呈送给朝中宰相的《上韩琦论场务书》。凤翔百姓最恐惧的莫过于"衙前之役"，家资两百千者都须服役。事实上，连盘碗锅罐都计算在内，家资不满两百千的百姓比比皆是!

苏轼请求朝廷允许百姓根据潮水上涨和汛期到来的时间，自行安排放筏的时间，"自择水工，以时进止";如果实在是因为天灾人祸竹木受损或丢失，允许百姓在下一年再补上罚银，定能取得"衙前之害减半"之效。

实行"怀柔政策"，大宋朝政方可长久。

王弗见夫君一夜辛劳，天还未亮，她就起床熬了一锅稠粥，加了几颗红枣，盛了一碗送到苏轼书房里来。

苏轼问妻曰:"看看此文写得如何?"

王弗快速浏览此文，赞赏道:"夫君果然抛弃了五代以来华而不实的文风!单有华丽的辞藻而无实质的内容，反映不出百姓惨淡的生活现状，那种文章写来又有何用?"

苏轼打算再去找太守说说。

一觉竟睡到中午，刚刚吃完饭，忽有家仆来报：门外有人求见。

仆人已经带着董传走进了厅堂。

董传右手紧紧抓住一只老母鸡，对苏轼说道："我回家跟家母说起过苏大人，家母不知有多喜爱苏大人，便让我把家里喂养着的这只老母鸡抓了来。"

苏轼连连摆手，说道："这不明明是让我折寿吗？"

董传不管这些，径直将鸡放到了厨间。

董传接着说道："凤翔有块宝地，苏大人还未去过。今日前去看看，如何？"

"什么宝地？以前怎未听说过？"

"去了就知道了，苏大人定有兴趣。"

董传这次带苏轼去的地方，依然是开元寺。

除了品味吴道子的画和王维笔下的竹，董传还给苏轼讲了一件宝物的事：从前，唐明皇在长安城里专门建有一座藏经龛，四面都开有门，门板皆为吴道子画佛像的真迹！阴面是天王像，阳面是菩萨像，一共十六扇。谁知道，"广明之乱"时，居然有贼兵放火，一把火要将藏经龛烧掉！可怜有个不知名的和尚，竟然冒死从兵火中抢出门板四扇，沿路跑啊、跑啊，首先是扛着门板跑，后来是在门板上打透一个洞，套上绳索吊在颈子上跑，这才跑到凤翔府，寄居在开元寺，不然哪来这件宝物？

那位行善的和尚去世，距今已有一百八十多年。

董传尚未说完，苏轼就动了心。

开元寺里的佛印大师仿佛事先知道苏轼要来，笑成了一尊活菩萨，他吩咐小和尚倒茶、请坐，说道："苏大人光临寒寺，寒寺蓬荜生辉，三生的造化啊！"

苏轼又一次朝佛印大师施礼。

那四尊菩萨眉目传情，苏轼犹如被其消融：一尊慈眉善目，似笑非笑；一尊勇猛刚烈，钢筋铁骨；一尊飘飘欲飞，如仙似梦；一尊金刚怒目，威猛异常。

等苏轼气定神闲，佛印大师问道："苏大人英明大度，果敢清除衙前之役，放掉牢狱所关之人，减免百姓赊欠的银两物资。措施如此不落凡俗，难道还相信佛法吗？"

苏轼怔住。

佛印大师又问道："苏大人经常阅读哪些书籍呢？"

苏轼答道："在下除研究《大藏经》《药师经》《观音经》《阿弥陀经》之外，还潜心阅读《易经》所指《连山》《归藏》《周易》，此乃文明的源头活水，为群经之首，儒家、道家共同的经典！在下只是略知一二。"

佛印大师赞道："善哉！苏大人果然名不虚传，学贯古今，不愧为一代天骄，实为我大宋难得之才。"

5

苏轼的身体时好时坏，感冒多次，王弗心中着急，摸苏轼的额头，并不烫手，便说道："夫君正值身强力壮之年，何不出外走一走观看秀美河山？岂可在庭院之间耗费大好时光？"

苏轼把王弗熬好的姜汤喝完，又想去开元寺观看王维的壁画。

这次他是一个人悄悄去的，残灯壁影下的画中僧人，个个都做出振翅欲飞之样，他们想飞到哪里去呢？

苏轼的心平静下来，他的心跟禅静联系在一起。对"诗佛"的笔墨，苏轼内心自然有了更深一层的领悟。

观摩良久，他一个人又悄悄离开寺院。

没想到，刚走出寺门，就看到一个武士打扮的人，牵着一匹马往他家那个方向行走。那人若有所思地回过头来，恰巧望见了苏轼探寻的目光。

原来是章惇："这不是贤弟吗？愚兄正要往贵府上去拜访。"

苏轼客气道："有失远迎，子厚兄千万不要怪罪。"

章惇说："怎会怪罪呢？自京师一别，你我二人已好久未见，今日特来请贤弟去我商州小聚。"

苏轼曾承诺会登门拜访，今章惇上门来邀请，苏轼哪有不从之理？

如果回家，王弗定会留下以酒食相待。苏轼没有多想，便随着章惇去了商州。章惇当晚在商州府设宴，盛情款待苏轼。

第二天一大早，他们便兴致勃勃地上路了，走到一处不知名的小庙，二人乘兴坐在小庙大门旁喝酒。正兴起间，忽然传来焦虑的呼喊："有老虎、有老虎！"

一只凶猛的老虎睁着半醉半明的双眼，正朝他们这边窜过来！

二人立即策马扬鞭朝那只老虎奔过去。老虎只有一只，未见其伙伴。

在离老虎尚有百十步的地方，两匹马竟一齐停了下来，怎么也不肯再往前走，拿鞭子抽它们，它们就在原地打着转转。

山风一吹，苏轼酒醒了一半，瞬时吓出一身冷汗：赤手空拳斗老虎，这不是自投虎口吗？他顺势勒住马头往回躲。

章惇却不怕，他迅速下得马来，眨眼就跑回庙里，不知从哪里找来一面破锣，气定神闲地往石头上一撞！那老虎没有动静，他就将破锣往石头上不停地敲打，那老虎回过头去，眨眼就逃走了。

章惇得意说道："将来你定不如我！"

苏轼忙问："子厚兄缘何下此定论？"

章惇依然得意："人畜一般，你拿出点威猛来，它就怕你了。胆小不得将军做，无毒不丈夫！"

苏轼听了，无言以对。

他二人本来是结伴去芦关游览的，听章惇说，在那刀劈斧砍的群峰包围之中，在那终南山深处的仙游潭的水面底下藏着一个大"水怪"，经常把潭水搅得风生水起，还经常从水底溜出来四处作怪。

苏轼问道："那水怪长了几只手？几条腿？"

章惇兴致更高，一一回答苏轼，说得活灵活现。

听了章惇一番鼓动，苏轼就想去看一看。但他俩此时心有余悸，就这么往回走又心有不甘，遂重新上马，不声不响地走了大半日。

暮色四合，路旁有一座不知名的小寺庙，他们将马系在庙侧的一棵小树上，不声不响走进庙里。几只野鼠见人进来，立即向旁边的废墟逃窜；小庙里边的佛像早已东倒西歪，上面蒙了厚厚的一层灰尘；而燃蚀台上烧纸点香的灰末，竟有滴滴水迹，那灰尘便与水珠咬在一起，结成一个个小小的灰色的疙瘩。

章惇从院内那块巨石旁扯下一大把枯草来，铺在供台边上，满脸笑容地对苏轼说道："神不知、鬼不觉，苏贤弟，今晚我们就在这里凑合一夜吧。"

说完，他便和衣卧下。

苏轼也顺势躺下。

二人很快便打起了均匀的鼾声，周围的风声、野兽叫声，他们听不见；周围的山火、野火及天上的漫天星光，他们也未看见。

6

第二天一大早，他们就醒来了。走到庙门外，两匹马还在那里。

此处森林苍翠，潭水清澈，百鸟飞鸣。二人来到一处有飞瀑的峭壁下，至一悬崖深涧处，飞瀑之水流下百尺悬崖，对面是巍峨绝壁，中间只有一根横木相通，下方是深渊万丈。

那根横木已经有些年头了，非常老朽，一经触碰便会落下。

章惇怂恿苏轼走过去："子瞻，你书法好，到对面石壁上题个字吧。"激流从独木下穿过，对面的岩壁更显光滑，上边长满绿色青苔。若无供手攀缘、供脚踩踏的方寸之地，苏轼心中绝无跨过独木桥的勇气，他俯身望望潭下，雾气氤氲，深不见底，心里直打寒战，连连摇头，说："不敢、不敢。"

章惇竟从腰间摸出一根绳子来，一头缚在自己腰部，一头捆在头顶的树枝上，把长袍塞在腰间便抬脚过桥，面不改色，抓住从上面垂下来的一根青藤，宛如一只轻捷的燕子荡到对面岩石上，脚尖轻轻一点便站稳了。苏轼清楚见他从腰间摸出一支毛笔，在石壁上流畅地写下了"苏轼章惇来此一游"几个大字。然后，他原样走了回来，满脸平静，看得苏轼心惊肉跳。

章惇如此胆大，苏轼半玩笑半认真地说道："有一天你会杀人！"

章惇反问道："何以得出一个我要杀人的结论？"

苏轼答道："你不把自己的生命看得重，别人的生命断然不会被你看得更重！假以时日，子厚兄定会杀人。"

章惇悻悻地望着苏轼，过了半天才说道："你我情同手足，当互勉互励才是。"

章惇对苏轼热情而尊重，苏轼自然愿意把他当作好朋友。但没过多久，苏轼妻子王弗便颠覆了他心中对章惇的印象。

那一日，苏轼正坐在书房中为弟弟子由作诗，马梦得走进来，悄声对他说道："商州章县令章惇来访。"

事先并未预约，他何以至此？

走出书房，苏轼吩咐王弗赶紧备茶。

当苏轼赶往前厅时，见章惇已经落座，便客气招呼道："是什么风把子厚兄吹来了？"

章惇哈哈大笑起来，他说："上次路过你家门而未入，心中歉疚不已，特登门拜访。"

不知怎么，他们的话题转移至苏辙身上，章惇说到苏辙来商州辞不赴任之事。苏轼从弟弟的来信中已经知道，他担心作为商州县令的章惇心中不悦，便道歉说："子由年幼无知，还望章大人多多包涵。"

章惇却说："商州根本不是人待的地方。"

苏轼吃惊问道："为何？"

章惇说，商州人说话就像鸟语，一句也听不懂，不知他们叽里呱啦说些什么。这且不论，这里的人普遍都得了一种十分奇怪的大脖子病，头在脖子上转动一下都很吃力。可见苏辙是何等聪明！

子由是要在家孝父呢，还是真有先见之明？若此地流行这种奇怪的病，章惇不是好好的吗？苏轼不便作答。

章惇又告诉苏轼，这年（1062）的三月，圣上诏富弼为相，富弼却执意辞职归隐。六月，圣上诏司马光知谏院，王安石知制诰；八月，圣上拜曾公亮为相，欧阳修参政。

欧阳修是苏轼的恩师，苏轼听了，心里高兴，但章惇又告诉苏轼，凤翔新太守陈希亮快到任了，宋选改任他处。

苏轼听得云里雾里。正纳闷间，忽听得苏轼之子苏迈在堂后大声啼哭起来，尚可听见王弗哄劝他的絮语。

苏轼面露窘色。

一个婢仆急急走入厅堂来，对苏轼说道："老爷，夫人请你去内室，好像少爷贵体欠安。"

苏轼忙对章惇歉意说道："子厚兄，稍安顿，我去去就来。"

章惇只得就此告辞。苏轼连说道歉。章惇则连说："没事、没事。"

苏迈不满四岁，在王弗怀中嗷嗷大哭。奇怪的是，苏轼一走到他的身边，从王弗手中将他接过来抱在怀里，他立刻就不哭不闹了。

苏轼一边哄着他，一边要他跟着家中的婢仆到旁边玩去，但苏迈不依，苏轼只好将他放在自己的大腿上坐着。

这时，王弗开口说道："夫君，刚刚你与章县令的谈话，妾站在帘子后边都听到了。与此人交往，你得小心啊。"

"此话怎讲?"

王弗不紧不慢地说道："章惇作为一县之令，妾以为他说话小则挑三拣四，大则挑是拨非。为政之道，妾以为不宜如此。"

"切不可这般恶人恶语！"见王弗不语，苏轼又说道，"夫人请细细道来。"

"子由弟商州任职之事，不去自有不去的道理，不论对错，哪会是害怕患上那大脖子的怪病呢？章县令在此任职良久，他为何不害怕患上此怪病？"

苏轼大笑道："真乃妇人之见也！说明章县令对我及我弟关心，岂可胡思乱想其他？"

"可那章县令说出朝廷中一连串人名，如富弼、司马光、王安石、曾公亮、欧阳修等人的任职情况，是否说明他在觊觎其职其位？"

苏轼没想过这些，他怔怔地望着王弗。

"在其位则谋其政，章县令把商州一县之事谋划好，才是名副其实的好县令，议论朝廷又是为何？"

苏轼不作声，王弗又说道："新任太守陈希亮尚未到任，须小心他什么呢？有意交恶吗？"

苏轼劝王弗不要把别人想得那么坏，但王弗的话，依然在他心中掀起了阵阵波澜。

后来苏章交恶的原因，有这么一说：子厚出生时，父母都不想要他，想把他放在水盆里溺死，被人救止，其父章俞雇请奶妈把他养大。元丰年间，苏轼权知湖州时曾与章惇一起游玩，却将此事写进诗中赠送章惇：

方丈仙人出渺茫，高情尤爱水云乡。

功名谁使连三捷，身世何缘得两忘。

早岁归休心共在，他年相见话偏长。

只因未报君恩重，清梦时时到玉堂。

苏轼本是说他大难不死，必有后福，但章惇认为苏轼这是在嘲讽他为"私生子"，遂数日不乐。

也不排除文人相轻相嫉，章惇不甘为人下风，遇到苏轼，算是撞上了他"五百年前的孽冤"！论才学，苏轼远远超过同僚，其他人不可能与他一较高低。

最主要的原因还是政治，苏轼日后被章惇这个政敌整得死去活来，那是后话。

第四章 亡妻丧父

1

嘉祐八年（1063）三月，仁宗皇帝驾崩于福宁殿。

是年四月初一，皇太子赵曙即位，是为英宗。英宗自小体弱多病，遂由仁宗的皇后曹氏权同处理国事，是为曹太后。

正月，眉州青神县人陈希亮（公弼）自京东转运使来凤翔接任。陈希亮身材矮小，但双目澄澈，为人处世大义凛然，不讲人情世故。

为老太守宋选举办的送行酒会和为新太守就任的迎新酒会放在一起。

那天中午，陈希亮在署衙里见到了凤翔府中所有在职官吏，他坐在那张象征着太守职位的台案后方，下面依次走过的官员，报上自己的姓名和职务后，小心翼翼地站在一旁，等候新太守的问话。在场官员全部走过后，他问立在一旁的宋选道："签书判官呢？"

签书判官就是苏轼，之前告诉过他新太守要跟署衙官吏见面，他还是出去了。宋选便说："本官让他去催办'编木伐竹，东下河渭'之事去了。"

陈希亮眼珠一转："真有此事？"

宋选说："是。"

陈希亮再看其他官员，均不置可否。

傍晚时分，酒宴即将开席，苏轼匆忙来到宋选的休憩室，宋选把当日在新太守面前撒谎的过程说了一遍，问他今天干什么去了。

苏轼回应道："陪太守的相公陈慥（季常）射猎去了。"

"你居然有心射猎？"

"只射得几只旱獭，那些猎物太狡猾，不容易射到的。"

"既是跟了他的公子一块儿去的，他也应该知道了。"

苏轼不吱声，宋选又问道："你说的那几只旱獭，都是让他的公子提回家了吗？"

"都给他了，他非要拿一两只予我，我未要。"

原来，陈希亮带着家人来到凤翔府之后，其幼子陈慥不知从哪里得知苏轼来自蜀州，而苏轼妻王弗居然同是青神县人！陈慥自小便爱交朋结友，他自然"人来熟"，主动找寻同乡苏轼去了。

在酒宴上，陈希亮看着前来施礼的苏轼，竟然没了往日惯常的傲慢，抓起苏轼的双手说道："你不正是王家的女婿吗？陈家王家原本世交。"说完，他主动抓起酒杯来跟苏轼对饮。

苏轼忙说道："小生苏轼给陈太守敬酒。"他仰起脖子，一饮而尽。

陈太守还没喝，苏轼又敬了第二杯。

陈太守说道："想当初，我跟你岳父王方、堂叔王介都是好朋友，经常在一起读书、玩耍。"

有人过来听太守说那些陈年往事。

见苏轼又要倒酒，陈太守也不阻拦，继续说道："那年一起去眉州城寿昌书院读书的，就是我们三个人。你岳父读得最好，一篇文章读两三遍就可倒背如流，令老夫佩服！他中进士比我还早两年。"

苏轼已经喝下了第三杯敬酒，白皙的脸庞泛起红晕。他身材略显清瘦，并非十分强壮。

接连有人要跟陈太守对饮，陈太守却继续对苏轼说道："你岳父那人，为何偏偏要守在穷乡僻壤教书，不愿意出来做官呢？否则，他早就是宰辅了。"

苏轼不说话，其他人趁机敬酒。

2

一日清早，一位村夫找到署衙里来，指名道姓要找"苏贤良"，正巧让陈希亮太守听到了，他嘀咕道："什么贤良？贤在何处？良在何方？"

村夫见太守刚从一乘彩轿上下来，知道他官居上位，就不敢作声。陈太守怒道："何来如此称谓？拖下去，责打二十大板。"

村夫大喊冤枉。恰在此时，苏轼赶到署衙，那位村夫适时躲到苏轼身后。

陈太守没再言说什么，径直朝门里走去。

不多久，七月十五到了，这是传说中的鬼节，道教称为"中元节"，系中国民间最大的祭祀节日之一。凤翔府中举办烧香祭祖、许愿祈福之类的活动，苏轼再次缺席。

苏轼一个人到庙宇里看古董去了，字字句句读完《石鼓文》后，他写下了《石鼓歌》。

无人知道他的去向，陈太守抓住这一点，上奏朝廷弹劾苏轼！

不几日，朝廷传来消息：罚苏轼铜八斤。

苏轼心中郁闷，再一次独自一人去了终南县的太平宫道观。他想念弟弟，遂作诗《和子由闻子瞻将如终南太平宫溪堂读书》一首：

> ……桥山日月迫，府县烦差抽。王事谁敢诉，民劳吏宜羞。中间罹旱暵，欲学唤雨鸠。千夫挽一木，十步八九休。渭水涸无泥，蒭堰旋插修。对之食不饱，余事更追求。……

此诗述说了苏轼任职时的挫折经历和心中矛盾，对朝廷摊派给百姓的苛重徭役，更是流露出不满情绪。

3

陈希亮作风官僚，只要有同僚晋见，便任其在客座中等候，久不出来，以至有人在客位上睡着。

他对下属严厉，对苏轼更甚。

苏轼不知道屈就和退让，便作诗《客位假寐》来讽刺陈希亮，其中的诗句"岂唯主忘客，今我亦忘吾"写得非常浅显，同僚担心陈希亮看明白以后，二人又会起纷争。

陈希亮却有一事求于苏轼：他在廨宇的后圃筑造了一座凌虚台，站在上面，不仅可将凤翔城全貌一眼望透，还可瞭望终南山。建好之后，请苏轼写一篇台记。

苏轼继续引经据典，讽刺这位大人。

他引阿房宫为例：公元前 212 年，秦始皇征发七十万刑徒，在西周沣镐附近兴建阿房宫前殿，阿房意即近旁，离咸阳城近之意。但前殿尚未建成，秦始皇便死去。秦朝末年，项羽一把大火烧掉阿房宫，大火持续三月不熄，凌虚台又能算什么？

《凌虚台记》十分明显地流露了苏轼心里的愤懑，可陈希亮看过之后，如没事人一般，不仅在府中同僚间传诵，更说本府得到了一位才子。

苏轼又听说陈希亮正让人物色上好石头制作石碑，四处找寻手艺绝佳的石匠，要把这篇台记雕刻在石碑上，他心中的惊奇有增无减。

在一个夜深人静的夜晚，苏轼曾悄悄去查看过这块石碑，悄悄抚摸过上面的每一个字，抬头仰望天空，满天星星闪烁，无人注视他。

若干年后，陈希亮去世，其子陈慥请苏轼写墓志铭。苏轼在铭文中深悔自己年少不懂事，不理解长者良苦用心，陈慥因此成为苏轼的莫逆之交。这是后话。

陈希亮自然不会再弹劾苏轼，苏轼不久后写出了极论民生国是的文章《思治论》：世有三患，终莫能去，一是宫室祠祷繁兴，钱币茶盐法坏，加以庞大的军事费用，天下常患无财；二是自"澶渊之盟"后，辽与西夏日益骄横，而宋则战不胜，守不固，天下常患无兵；三是选举法严，吏不重视考功，考铨之法坏，天下常患无吏。

苏轼忽然想到章惇曾对他说过，新即位的英宗不想改革，仅安于现状，却能听取王安石的变法主张，王安石写的《上仁宗皇帝言事书》虽已经六年，但其中称"吏不良，则有法而莫守；法不善，则有财而莫理"，因此一定要"善法""择吏""以理天下之财"，均得到英宗认同。

既然如今之势呈现"有立法之弊，有任人之失"，那就应该适用"课百官""安万民""厚货财""训兵旅"等具体主张，以变革时弊的宏图大志，携手共商治国大计。

自己的文章与王安石的意见有着诸多相似之处，苏轼尽展舒颜。王弗问他因何事而高兴，苏轼和盘托出。

王弗停顿了一下，指出公爹苏洵几年前曾写下一篇檄文《辨奸论》，矛头所指就是王安石。

4

王安石是一个怪异之人。

昔时，他与司马光同为群牧司判官，赫赫有名的包拯包青天是他们的上级。那一年，雨水充沛，阳光灿烂，署院内牡丹盛开，包拯邀请衙中同僚们一同赏花。赏花吟诗之后，包拯设酒宴招待。

司马光不喜饮酒，但碍于包拯的情面，还是将杯中酒一饮而尽。

王安石则不同，他不喜饮酒，却说道："事先我已说过，本人滴酒不沾，你等偏要斟满！"

司马光感叹道："没想到这王安石，一点小事也要执迷不悟。"

有一个小故事可以看出王安石的机智。科考前一日，王安石见马员外家门口的灯笼上书："走马灯，灯走马，灯熄马停步。"王安石沉吟片刻，对应不出。第二日，王安石交卷后，主考官欧阳修留下他当面考试，指着大堂内的飞虎旗说："飞虎旗，旗飞虎，旗卷虎藏身。"王安石心中甚喜，他不假思索地以"走马灯，灯走马，灯熄马停步"相对，欧阳修及众位考官拍手称赞。

王安石走到昨晚那扇大门前，恰巧与马员外相遇。王安石随口道："飞虎旗，旗飞虎，旗卷虎藏身。"马员外攥住王安石的手大呼："真乃吾之贤婿也！"原来，灯笼上的对子是爱好文学的马小姐为选丈夫而出的，许久无人能对。如今，对子对出了，佳偶也觅得了。

就在他们成婚拜天地时，官府小吏来报：王安石金榜题名，进士及第。一日之内双喜临门，王安石挥笔在红纸上写出一个"喜"字，接着在后面又写了一个"喜"字，合成"囍"，并在下面批了一行小字："巧对联成双喜歌，马灯飞虎结丝罗。"

从此，"囍"字便流传开来，并风靡后世。

苏轼至今尚未与王安石共事，但对其名作《元日》赞不绝口：

爆竹声中一岁除，春风送暖入屠苏。

千门万户曈曈日，总把新桃换旧符。

当年，王安石的《上仁宗皇帝言事书》在朝廷传开以后，达官贵人已熟知其名，在争权夺利风气嚣张之日，王安石竟能做到屡诏不起，甘做地方小官，他在等待一个什么样的机会呢？

那时，王安石抵京后，欧阳修曾劝苏洵结交这位名士。

苏洵却愤愤说道："大凡不近人情者，他日必将成为天下之患。"老苏羞于接触王安石这样的名士，作出一篇文章《辨奸论》，尖锐指出："误天下苍生者，必此人也。"

七年之后，吕海上疏弹劾王安石，说他"大奸似忠，大诈似信"，"外示朴野，中藏巧诈"，并断言"误天下苍生者，必此人也！"吕海的话与苏洵的《辨奸论》如出一辙！苏洵事实上是代表旧党发出了攻击王安石的第一声。

王安石不注意自己的饮食和仪表，衣裳肮脏，须发纷乱，仪表邋遢，老苏形容他"衣臣虏之衣，食犬彘之食"，"囚首丧面而谈诗书"。

有一次，王安石去拜访书法家蔡襄。蔡襄又是茶道大家，清洁了茶器，选择了绝品佳茶，王安石却从口袋里掏出一撮药末撒入茶杯中，晃荡几下便一饮而尽。蔡襄大惊失色，王安石却说："茶味很好。"

还有一次，宋神宗请大臣们到御花园里去钓鱼，不管是谁钓上鱼来，一律交给御厨去做。唯独王安石坐在一旁发呆，把手边的鱼饵往嘴里送，一会儿就把一盘鱼饵吃光了。

神宗似未看见，大臣们则不敢吱声。

王弗的话提醒了苏轼，既然已把《思治论》写出来了，苏轼不会就此匿名。第二日，他派了一个差吏骑上快马，将此文送到京城交到宰相韩琦手中，意在上奏给英宗皇帝。

韩琦并不看好政治上略显幼稚的苏轼；再说，是曹太后掌管着国事，韩琦依然打压。但苏轼给英宗呈上一篇《思治论》的消息，却在士大夫间悄悄流传开来。

5

这一日是苏轼的休憩日。

一大早，陈慥忽然找上门来，见面就说道："家父没告诉你，他是在替仁宗皇帝考验你的才学、矫治你的弊害吗？"

苏轼惊问道："考验我什么？矫治我什么？"

陈慥说起那年仁宗皇帝想把苏轼留在身边充当知制诰，后来苏轼却被任为凤翔签判的事。

此时，帘后的王弗快步走出，对陈慥说道："难得仁宗皇上对我家夫君一片赏识之情，多谢太守大人的栽培之心。"

"家父并未委托我向你等说出这番肺腑之言。"

苏轼注意到，王弗用手使劲压住了胸口。

6

嘉祐八年（1063）十一月，与苏轼同年进士、任凤翔法曹的张璪调职回京。

张璪，初名琥，字邃明，滁州全椒（今安徽）人。自小父母双亡，由其兄长张环抚养成人，未到二十岁就考取进士，入仕后初授凤翔法曹，在凤翔与苏轼同事二年，交游颇密。

但张璪是个阴险贪婪的势利小人，元丰年间，他官知谏院兼侍御史知杂事，与李定共同发起"乌台诗案"，欲置苏轼于死地。这是后话。

送走张璪，苏轼便在心中默默盘算着自己的归期。

英宗即位后，各地官员均有升迁，苏轼在凤翔本为大理评事，这一年晋升为从八品的大理寺丞。

翌年，改元为英宗治平元年（1064）。

不幸的是，在这一年的八月，西夏大举进攻大宋边境，民心惶恐，风声鹤唳，草木皆兵，整个西北地区为之动荡。

所幸的是，苏轼在凤翔三年任期届满，官职升至殿中丞。

十二月十七日，苏轼离任。

忽有一位年轻后生飞奔过来，跪在地上，哽咽着说道："苏签判，后生来迟了。"

来人是董传，苏轼上前拉起他，说道："快快请起。"

"你走以后还来看我们吗？"

"会来的。除了诵习诗文，你还要写作诗文。"

"新来的签判是否如苏签判这般为民办事、替民说话？"

苏轼想到"水能载舟、亦能覆舟"那句古语，遂随口吟道：

> 粗缯大布裹生涯，腹有诗书气自华。
>
> 厌伴老儒烹瓠叶，强随举子踏槐花。
>
> 囊空不办寻春马，眼乱行看择婿车。

得意犹堪夸世俗，诏黄新湿字如鸦。

可惜，董传于宋神宗熙宁二年（1069）离世，苏轼最终没有跟董传有过文字上的交集，这是苏轼心中一块痛处，促成了日后苏轼与"苏门四学士"及"苏门六君子"诗词上的交往，在中国古典文学史上堪称佳话。

凤翔是苏轼文学创作的一个新起点，仕途的历练也让苏轼的政治主张开始走向成熟。

7

苏轼带着一家人从凤翔出发，途经长安路过骊山时，想到在骊山曾经发生过的三次改变国家命运的大事件，一是周幽王举烽火戏诸侯，西周东迁；二是秦始皇发动大批劳工兴修阿房宫和骊山陵，六年后秦朝灭亡；三是唐玄宗修建华清宫，而唐朝自"安史之乱"后由盛转衰。

苏轼写出《骊山三绝句》。

时值寒冬腊月，王弗的咳嗽日甚一日，苏轼要去给她抓中药，她却一直拦着他。小苏迈懂事地说道："父亲母亲，我不哭不闹，你们放心赶路。"说得王弗泪水如注："迈儿如此懂事，听你说话，为娘的病就好了一大半。"

又逢雨夹雪，一家人强留在华阴的一家旅舍中度过了这一年的除夕。治平二年（1065）正月，苏轼抵京，与父亲和弟弟团聚。

原以为，英宗御览过《思治论》后对苏轼会委以重任，但再次奉诏，苏轼仅得到一个判登闻鼓院的职位，其职能即掌管文武官员及士子百姓的章奏表疏，类似于收发传递性质的小门吏。

王弗更是睡不好觉，咳嗽更加严重。

那一日大清早，王弗悄悄起床，突然听到书房里传出一阵高亢而尖细的争论声，其中一人是子由。

晁端彦愤慨道："当年，仁宗皇帝想让子瞻兄入翰林，知制诰，宰相韩琦从始至终反对，王安石说什么若他是考官，不会取用苏轼，终让子瞻兄去了凤翔；

如今，英宗皇帝想让子瞻兄入翰林，王安石在江宁居丧，不可来京反对，却冒出一个翰林侍读学士王珪！"

王弗一惊，停下脚步。

晁端彦对子由说道："宰相韩琦到底有何居心？竟建议苏轼再去参加秘阁考试，据其成绩授予相应职位。"

子由未接话。

晁端彦继续说道："子瞻兄诗才闻名天下，还用得着考试吗？如今，他在凤翔顺利度过文资三年，政绩有目共睹，民众依依难舍。"

听到这里，王弗的眼睛湿润了，但她胸口发闷，呼吸急促，几乎站立不住。苏轼来到她的身边，将她背进房间。

这时，秘阁修撰曾孝宽来了。不一会儿，文与可又至。

文与可，名同，字与可，蜀中梓潼郡永泰县人，曾任洋州知州，在凤翔府与苏轼相识，特别擅长画竹，有"墨竹大师"之称，他却说："我只不过是把胸中的竹子画出来罢了。"苏轼为其竹画作有《文同画竹赞》一文，"胸有成竹"这个成语，就是苏轼称赞文与可的话。

曾孝宽是同平章事曾公亮之子。曾公亮与韩琦位居宰辅，韩前曾后，韩琦拼命打压苏轼，曾公亮却仗义执言，力挺苏轼。

安置好王弗，苏轼急忙来到书房。

尚未走入，他听到曾孝宽激越的声音："再考一次怕什么？子瞻兄学富五车，还怕考不出一个好成绩？"

苏轼快步走入书房，请大家在他府舍中小饮。苏辙适时相邀。但曾孝宽坚持不在苏轼宅中就餐，苏辙执意相留也无用。

席间，文与可跟苏轼说起他二人互赠诗画的故事。

有一次，有人拿绸缎来换文与可的画，文与可性情清高，把绸缎扔在地上，说此绸缎只会用来做袜子。那人不甘心，文与可就说，苏轼画竹更厉害，请去找苏轼，文与可附上二句诗"拟将一段鹅溪绢，扫取寒梢万尺长"，苏轼看了，说道："竹子万尺长，得用二百五十匹绸缎来画，你懒得动笔，那就把绸缎都送来让我画吧。"

文与可抵赖不肯给他绸缎，说道："你说我说错了，世上哪有万尺高的竹子呢?"

苏轼说:"你看月光斜照,庭院里竹子的影子不就有几千尺高吗?"

文与可笑答:"不管你怎么说,绸缎我是不会让给你的,我得留着置地养老呢!"就把他自己画的一幅《筼筜谷偃竹图》送给了苏轼,称"此竹数尺而有万丈之势"。说到这里,桌上几人全都哈哈大笑起来。

其时,马梦得已经依照苏轼所开药方抓回了中草药,正吩咐仆佣在厨房煎熬。

8

二月,文与可接到诏书,如愿以偿知汉州通判,尽孝老母身边。

老苏以文安县主簿留京,在太常礼院编修礼书,日夜忙碌。

苏轼参加秘阁考试,入三等,韩琦授予苏轼一个直史馆的官职。宋设三馆:集贤院、史馆与昭文馆,掌管典籍与图书事宜。而馆职首重文才,一经入选便为名流,其职位高者为修撰,次为直馆,再次为校理,卑者曰校勘、检讨等。

闲居南园已三年的苏辙出任大名府推官,带着妻儿离京赴任。

而王弗一直生病,拖到当年的五月二十八日。苏轼担心自己诊疗缺乏经验,特别吩咐马梦得去请了有名的郎中来给王弗拿脉、诊断、开药方。

似是回光返照,这一日,喝了汤药的王弗脸色十分红润,精神很好,她让苏轼俯在自己的病榻边,一字一句地说道:"夫君,我走之后,一定要为迈儿——"

难道她在交代遗言?他才三十岁,她才二十七岁,他们的迈儿尚不足七岁呀!苏轼未语泪先流:"你说这些不吉利的话干什么呢?"

"夫君,你要为迈儿找个、找个——好娘亲,好好疼爱——这无娘——却聪明的——孩、孩子。"

"你的病一定会、一定能好起来的。"

"另外,那几人、那几人的为政之道,你、你可千万要——要——借鉴、啊。"苏轼知道王弗说的是章惇,这个不尊重自己生命却满脑子文才的人,王弗一再阻拦他们深层交往。

"还有那个、那个——不让你追寻——追寻禅静，以为你从佛印大师那里——大师那里求得了——求得了、长生不老配方的人——长生、不老——"

苏轼回想起来，那一日，忽有一位名曰李定的同年，特别从京城赶来凤翔，向苏轼求取所谓配方。据说，按此配方服药，起码能活百岁以上。

苏轼从未相信过这些毫无根据的误人谣传，但他很奇怪，刚被王安石推荐入京、尚未任职的李定，处在遥远的京城，何以得知苏轼手中握有此配方？

李定告诉他说，是另一个同年张璪告诉他的，张璪在凤翔曾与苏轼同游真兴阁寺。苏轼重复道："苏轼未跟佛印大师谈过长生话题，无长生配方。"

李定只有讪讪离去。

这一切，均被王弗站在帘后听到，弥留之际，她不忘劝告夫君。

苏轼泪如泉涌。

小苏迈不知何时来到他们身边，见父亲大哭不止，他像个小大人一般，紧紧抱住父亲的双肩。

交代完了心事的王弗已经不能再开口说话，直到看见公爹苏洵和子由一家人来到他们的府第，她才安详地闭上了眼睛。

从嘉祐二年（1057）四月到治平二年（1065）五月，短短八年时间，苏洵失去了妻子，如今又痛失长媳。

可怜苏轼刚刚三十，这么年轻便要承受丧妻之痛！

苏洵压抑住心中难言的苦痛，见苏轼不吃、不喝、不睡，跪在王弗灵前，遂劝慰他道："千言万语，难以言说王弗对我家的深情大义，你要把她送回眉山去，埋葬在你母亲墓旁。"

苏轼连夜写出一篇《亡妻王氏墓志铭》，先将王弗暂时殡葬于京城之西的一个寺庙里；并上疏朝廷，请求赐一封号。不久，英宗亲笔下诏，赐封"通义君"。

苏轼一家暂得些许慰藉。

然而，过度的悲伤加上夜以继日的编书劳作，一年未尽，苏洵也病倒了。他跟姚辟合修的《礼书》，由参政知事欧阳修上奏英宗，英宗阅后下诏，重赐书名《太常因礼革》。看到皇上的朱笔题字，老苏终究得到了丝丝安慰。

子由未归，他给子瞻留下遗言："我走之后，一定要请欧阳公修撰墓志铭。"

"轼儿已经记住，但轼儿哪里还能承受？"

"欧阳公位居宰辅，对我一家有恩。当初擢你为第二，如今又屈尊顾问吾一九品小吏，此大恩大德，世代不可忘记。"

"轼儿谨听父嘱。"

苏辙已快马赶回京城家中，苏轼带他来到父亲病榻前，再次聆听父亲教诲："你二人，一定要代父——完成——《易经》的修——撰。"

兄弟二人不敢哭出声，使劲点头。

"你们的大伯父、二伯父已经离世，他们的子孙未立，你二人——一定要——设法——照顾他们。"

二人再次沉重点头。

"父走后，你等万不可收受他人馈赠，做人——要有——骨气。"

治平三年（1066）四月二十五日，老苏终于咽下了最后一口气，享年五十八岁。

苏轼仿佛看见父亲着一身素服，坦然从一摞摞古朴的经典书籍中抽身。远方寺庙里的钟鸣声混合着诵经声一起拥进室内，那巨大佛像前燃灯、烧香之人，虔诚地跪着磕头、祈祷。从天外照射过来的束束光芒，有如一根根香，斜插在他们的心上。

他闻到了供品的气味，除了食之不尽的苦，还有吐之不出的酸。父亲那无处安放的灵魂，今日也该超度了。

而他们兄弟二人的魂魄，今后将何处陈设？二人的家室子女，又将何以为继？想到这里，苏轼、苏辙全身无力，号啕大哭。

苏洵去世震动朝野，天子与布衣齐声哀痛。

参知政事欧阳修受苏洵生前委托，特别作了墓志铭。

宰相韩琦对苏洵早亡心生愧疚，写出《苏洵员外挽词》。

英宗从未接见过苏洵，但久闻其文名，特赐苏家银一百两，帛一百匹。苏轼没有接受，请求赠父亲一官职。英宗特赠苏洵光禄寺丞，并敕官府备船，载苏洵灵柩返回故里。

得到英宗如此厚禄，苏轼、苏辙兄弟便拒收韩琦和欧阳修等人的赠银。烧过"三七"，苏轼遣人将父亲和王弗二人的灵柩抬上官家大船，一舟二棺，自汴江进入淮河，后沿长江逆流而上，返回故乡眉州。

韩琦和欧阳修得知消息，带着一行人赶到江边，向船上的灵柩施礼。而僧人们则忙着焚香诵经，他们要为老苏超度留在人世间的亡灵。

第二年四月，他们终于回到了眉州。八月初，遵照父亲的遗愿，苏轼和苏辙合力，将父亲和母亲合葬于彭山县安镇乡可龙里的老翁泉边。苏轼再将妻王弗葬于父亲墓旁，因为他希望将来也一定会像父母亲那样，与亡妻"死能同穴"。

兄弟二人安安静静地守丧三年，日子过得非常平静，又像幼时在一起读书吟诗那样，安然度过了一个又一个日出日落的日子。

岳父王方不忍心苏轼以后再过那种残破无常的生活，待熙宁元年（1068）七月守丧期满，他亲自去了堂弟王介（君锡）家，将其幼女、年仅十九岁的王弗堂妹王闰之（季璋）撮合给苏轼，二人于当年十月成婚。

王闰之胞弟王箴已十八出头，比以往懂事了许多。见到苏轼兄弟，刚开始有些害羞，一二日之后便跟以往一样，经常对坐在家门口，吃瓜子、炒豆子。除此之外，他还从苏轼问学。

第五章　熙宁变法

1

宋英宗赵曙极为孝顺，嘉祐八年（1063）四月初一即皇位之后，就想为仁宗守丧三年，命令韩琦代理军政事务。宰相大臣等不答应，赵曙遂收回成命。

四月初四日，赵曙生病，派韩贽等人向契丹报告英宗即皇帝位的消息，曹太后开始垂帘听政。宦官趁机向曹太后说赵曙的不是，致使两宫嫌隙萌生。

此前，宋仁宗赵祯的三个儿子全部早夭，景祐二年（1035），幼年赵曙被仁宗接入皇宫，赐名赵宗实，交曹皇后抚养。

为了调解两宫矛盾，韩琦和欧阳修先对曹太后说："您侍候先帝多年，您是一个贤德、宽厚、仁慈、通达的人，天下皆知，为何会与儿子过不去呢？"

他们又去对英宗说："自古以来，天下贤明君主不计其数，人们为何独独称颂舜为大孝子？您只管尽您作为人子的孝心，太后一定不会亏待于您。"

在大家的劝解下，两宫之间的矛盾逐步缓和。

治平元年（1064）农历五月，赵曙病体恢复，曹太后撤帘还政。

同年，西蕃瞎毡的儿子瞎欺米征归附宋朝。

治平三年（1066）十一月初八，赵曙再次生病。同年十二月，在宰相韩琦的建议下，立长子赵顼为太子。

有一天，赵曙对赵顼说："按照国家的旧制度，士大夫的儿子有娶皇帝女儿的，公主们都因自己身价高而避开公婆的尊长地位，这势必有悖于一般的人伦长幼之序。可以下诏改掉这个规矩。"

可惜，赵曙身体一直不好，最终没有实现这一愿望。

治平四年正月八日丁巳（1067年1月25日），赵曙因病驾崩于福宁殿，享年三十六岁，殡于殿西阶，庙号英宗。

太子赵顼继位。

宋神宗赵顼，初名仲鍼，宋英宗长子，北宋第六位皇帝，时年十九岁。

次年改元熙宁。

赵顼即位时，北宋的统治面临一系列危机，军费开支庞大，官僚机构臃肿而政费繁多；加上每年赠送辽和西夏的大量岁币，北宋财政年年亏空。治平二年（1065），宋朝财政亏空已达一千七百五十余万。农民由于豪强兼并、高利贷盘剥和繁重的赋税徭役，屡屡暴动反抗。

宋神宗深信变法是缓解危机的唯一办法，《宋史》说他："其即位也，小心谦抑，敬畏相辅，求直言，察民情，恤孤独，养耆老，振匮乏。不治宫室，不事游历，励精图治，将有大为。"

遂召来仁宗时期几名改革派的重臣询问。

首先试探文彦博，宋神宗说："天下敝事何其多也，不可不革。"

文彦博对答说："当前我大宋朝政，恰如琴瑟不能和弦，不如拆下重新调配。"

神宗心里一喜："大宋最大的困难是兵力不足，须财源充足。"

文彦博听神宗此言，竟默不作答。

又一日，神宗召汝州府富弼入见，问当前朝政的重点在何处。

富弼回答说："陛下即位不久，应对百姓广施恩泽，二十年不言兵，亦不重赏边陲功臣。如若发生战争，臣民必会竭其所能。"

神宗听了，黯然无语。这几人都是仁宗时期范仲淹的追随者，此时距离"庆历新政"的失败已经十七年，他们内心早已失去改革的锐气。

其时，左相韩琦专权，右相曾公亮向神宗推荐王安石，想以王安石来制约韩琦，王安石深受神宗信任。韩琦固受同僚排挤，终至求去，以司徒兼侍中，判相州。

2

熙宁二年（1069）的春节刚过，苏轼兄弟返回京城。喜庆气氛尚存，晁端彦把年逾六旬的翰林学士范镇以及年岁相当的曾孝宽、曾巩和王巩等人带到苏轼的南园。

他们谈得最多的人是王安石。

范镇说，神宗皇帝试图成就一番大业，革除时弊当在情理之中。

曾孝宽知道其父曾公亮支持王安石的意见，并看好苏轼，素来打压苏轼的韩琦已离京，他想探听一下苏轼兄弟对变法的态度。

曾巩则不同，他针对范镇所谓的"商议"之势，说道："王安石今年为参知政事以后，设立了'制置三司条例司'，这是皇上特命设置的专门制定户部、度支和盐铁三司条例的机构，也是王安石推行新法的主要机构。新法正在推行，没有议定好能够推行么？"

苏轼心里惦记着恩师，问道："子固兄，欧阳公最近可好？"曾巩摇头说："你是说欧阳公吗？他被自己那位人面兽心的小舅子害得好惨！"

欧阳修夫人薛氏有个兄弟叫薛宗孺，因犯法遭御史弹劾。为保住官位，薛宗孺向姐夫欧阳修求救。欧阳修却铁面无私，非但没有为小舅子求情，反而在皇帝面前表态说，不要考虑我是副宰相，望朝廷秉公处理。

薛宗孺因此恨透了这位姐夫，遂设损招报复欧阳修。

在此之前，欧阳修已经被贬过两次——

宋仁宗天圣八年（1030），范仲淹上奏一幅《百官图》，批评当时的宰相结党私营，因而被贬至饶州。欧阳修对范仲淹的改革主张、为政清廉历来尊重，遂公开发表言论支持，竟被贬到湖北夷陵。这是欧阳修第一次被贬。

范仲淹在推行"庆历新政"的过程中，遭到很多保守派的强烈反对，有人攻击他利用少壮派打击元老派，是在搞派系斗争。仁宗皇帝左右为难，不知如何收场。

此时，西北边事吃紧，仁宗听从韩琦的提议，把范仲淹调去守边。朝官忙于你死我活的派系争斗，关系到大宋生死存亡的边境问题，却无人敢轻易接招。

"庆历新政"终以失败告终，欧阳修于庆历五年（1045）的秋天再次被贬。

欧阳修被贬出京后，在地方上辗转了十来年，至和元年（1054）才被召回京，到了八月，欧阳修又遭诬陷，说他徇私袒护受过处分的朋友之子，又被贬为同州（今陕西大荔）知州。

诸多正直朝官见欧阳修再一次遭人暗算，纷纷上书仁宗。

贬谪命令刚刚下达，仁宗就后悔了。欧阳修上朝辞行之时，仁宗挽留道："爱卿不要去同州了，留下来修《唐书》吧。"就这样，欧阳修做了翰林学士，开始修撰史书，与宋祁同修《新唐书》，又自修《五代史》。

薛宗孺对不愿徇私包庇自己的姐夫深为嫉恨。

治平四年（1067）正月，宋英宗去世，宋神宗即位。国丧期间，天气非常寒冷，欧阳修穿衣服颇多，一时疏忽，竟内穿紫袄，被御史刘庠看见。

宋英宗在位虽只有短短五年，但他在朝中发起对生父赵允让名分的讨论却旷日持久。治平二年（1065），诏议崇奉生父濮王典礼。侍御史吕诲、范纯仁、吕大防及司马光、贾黯等力主称仁宗为皇考，濮王为皇伯；而中书韩琦、欧阳修等人则主张称濮王为皇考。英宗因立濮王园陵，贬吕诲、吕大防、范纯仁三人出外。史称"濮议之争"，后亦借指朝中的争议。

"濮议之争"后，朝中不少人对欧阳修恨之入骨，借机弹劾欧阳修。刚登上皇位的宋神宗深知得到这位"三朝元老"辅佐的重要性，就派内使悄悄告知欧阳修，让他尽快换掉紫袄。

薛宗孺来到集贤校理刘瑾府上，对他说：欧阳修和其儿媳吴春燕有染。吴春燕是三司盐铁副使吴充的女儿，欧阳修长子欧阳发之妻。

此消息很快在士大夫中间传播开来，传到与欧阳修素来不和的御史中丞彭思永耳里，他便找到属下蒋之奇。

蒋之奇，字颖叔，又号荆溪居士，常州宜兴人，嘉祐二年（1057），蒋之奇举进士第，同年中有苏轼兄弟、曾巩、胡宗愈、单锡等。不久，蒋之奇考中

"春秋三传科"，被擢升为太常博士。后又考中"贤良方正科"，升为监察御史。宋神宗即位，转为殿中御史。蒋之奇参加科考的主考官正是欧阳修，他本人亦是欧阳修一手举荐的后进之辈，此时却背叛了恩师！

彭思永大喜，立命蒋之奇上书皇帝弹劾欧阳修。

此时的宋神宗虽然还不到二十岁，又刚刚即位，但他决不相信年过花甲的欧阳修会做出如此丑事。他命人诘问蒋之奇，此消息源自何处？

蒋之奇说是从彭思永那儿听到的。宋神宗又派人诘问彭思永。彭思永含糊回答："得自风闻。"

宋神宗明白，欧阳修又受到了小人诬陷！很快就把彭思永和蒋之奇贬出了京城；并亲手给欧阳修写信，意思是说，朕把诽谤你的大臣都已贬出，并把他们的罪恶张榜朝堂，让朝廷内外都知道他们所言虚妄之事，你就安心理政吧。

欧阳修自感在朝中任职如坐针毡，便强烈要求退出朝政。后以观文殿学士、刑部尚书的身份出任亳州知州。从此，欧阳修辗转于青州、蔡州。

欧阳修能被此类子虚乌有的事件所击倒，也许与他平时的风流不羁而又写了不少艳词有关，他的一首词《生查子·元夕》令人遐想：

> 去年元夜时，花市灯如昼。
> 月上柳梢头，人约黄昏后。
> 今年元夜时，月与灯依旧。
> 不见去年人，泪湿春衫袖。

听曾巩讲完欧阳公的近况，苏轼十分担心。

3

十多年前，王安石写下长达万言的《上仁宗皇帝言事书》，痛陈国家积弱积贫的现实：经济困窘、社会风气败坏、国防安全堪忧。

这纸万言书一举奠定了王安石后来的政治地位。

熙宁元年（1068）四月里的一个早晨，宋神宗为摆脱宋王朝所面临的政治、经济危机以及辽、西夏不断侵扰的困境，召见久慕其名的王安石。

四十六岁的王安石踩着夜里飘进宫殿的飞絮，沉静如水地走进宫去，大宋王朝的命运将在这个早晨发生转变。

十九岁的宋神宗身着庄严而华丽的龙袍，他问王安石："朕治理天下，当先从哪里入手？"

王安石答曰："选择治术为先。"

"卿以为唐太宗如何？"

"陛下当法尧舜，唐太宗又算得了什么！尧舜之道，至简而不烦，至要而不迂，至易而不难。只是后来的效法者不了解这些，以为高不可及罢了。"

王安石提出"治国之道，首先要确定革新方法"，勉励神宗效法尧舜，简明法制。神宗认可王安石的相关主张，要其尽心辅佐，共同完成这一任务。

王安石随后上《本朝百年无事札子》，阐释宋初百余年间太平无事的情况与原因，指出此时危机四伏的社会问题，期望神宗在政治上有所建树，认为"大有为之时，正在今日"。

自那一天起，年轻的宋神宗就把所有信任都给了王安石，并几乎罢免了所有反对派，包括吕公著、程颢、杨绘、刘挚等。这就有了历史上著名的"王安石变法"，也称"熙宁变法"。这是两宋历史上一场空前绝后的大变法，在政治、经济、军事等方面的诸多改革，对赵宋王朝产生了巨大影响。

"果于自用"的王安石，听不进任何反对意见，更不屑于从"庆历新政"的失败中吸取教训。宋神宗"求治太急，听言太广，进人太锐"，王安石主持的《免役法》《均输法》《方田均税法》《农田水利法》《保甲法》《市易法》《将兵法》等一系列法令，十分顺利地以朝廷名义颁布。

王安石又启用章惇为三司条例官，曾布检正中书五房公事，推荐吕惠卿同为条例司的检详文字；还将舒亶、张璪及李定等人调入京城，参与变法。

至熙宁二年（1069）二月，王安石开始执政。

这个月，苏轼兄弟才刚刚回到汴京。

4

王安石已呈神宗《乞改科条制度札子》，提出废弃诗赋考试，专用策论录取进士；还主张兴学校，各路分设学官。

苏轼就此写了《议学校贡举状》，反对王安石变革科举兴办学校。

苏辙写了丰财强兵奏折。

神宗阅过这两篇疏状，将苏家兄弟二人同时召入宫中。

苏轼苏辙诚惶诚恐地走到崇政殿殿门前。

老太监一边用又细又高的嗓音尖叫："苏轼、苏辙奉诏到——"一边引导他二人走进大殿。

苏轼兄弟口呼万岁，俯身叩头。听到神宗"爱卿，平身"之后，他们才缓缓站起身来，缓缓抬起头来仰视，已经有五位执政大臣端坐于大殿上方，分别是：左右相曾公亮和富弼，三位副宰相唐介、赵抃和王安石。

神宗开口问道："子瞻爱卿，乘舟水路往返蜀地，护丧途中可一路顺利？"

苏轼再次下跪行大礼，苏辙跟着下跪，磕头。

神宗让他们平身。

神宗再次开口言道："子瞻爱卿，你的议状上有段文字，'自唐至今，以诗赋为名臣者，不可胜数，何负天下而必欲废之？兴学置官，既耗财又费力，不如沿用隋唐科举取士之法，取天下英才而用之！'朕阅至此，以前的疑惑顿感退去。"

神宗此言，王安石最觉意外。左右宰相和二位副宰相均吃一惊。

王安石从座位上站起来，愤怒说道："陛下，管子曰：'一年之计，莫如树谷；十年之计，莫如树木；终身之计，莫如树人。'兴办学校，设置学官，乃百年树人之大计，大宋江山借此方可固若金汤，大宋朝借此方可兵壮国强，岂容苏轼在此一派胡言！"

王安石借训斥苏轼之机责备神宗，神宗却面无表情。众人皆不敢发声。

很久以后，神宗问苏轼道："方今政令，过在何处？失在何处？虽朕过失，指陈可也。"

苏辙暗暗拉了一把哥哥的衣襟，苏轼明了弟弟的用意，说道："陛下天纵文武，不患不明，不患不勤，不患不断，但患求治太急，听言太广，进人太锐。切望陛下镇以安静，待物之来，然后应之，则无往而不胜也。"

曾公亮、富弼、唐介和赵抃几人，佯装平静，脸色铁青。

神宗没有发怒，说道："苏爱卿之言，朕当熟思之。"

苏轼再对神宗施礼，说道："陛下乃尧舜明君！孔圣人曰：'君子之过也，如日月之食焉；过也，人皆见之；更也，人皆仰之。'汉朝恒宽曰：'多见者博，多闻者智，拒谏者塞，专己者孤。'过则匡之，患则救之，失则革之，我大宋社稷江山何愁不会万年之久？"

王安石劝神宗效法尧舜，神宗欣喜不已，苏轼直接把神宗比作尧舜，神宗心中波澜荡漾，脱口言道："苏爱卿以殿中丞直史馆判官告院，留在朕身边草拟诏命，可否？"

苏轼第三次下跪，对神宗施礼："微臣决不辜负陛下期望。"

苏辙则因其丰财强兵的疏章得到神宗重视，被神宗提议去了制置三司条例司。这是王安石主持变法的机构，王安石本人主领其事，他安置苏辙道："苏家三父子，文名擅天下。小苏屈就检详文字之职，一同草拟新法吧。"

5

熙宁二年（1069）七月，知谏院范纯仁奏言王安石变祖宗之法度，掊克财利，民心不宁；又进所作《尚书解》，阐明尧舜禹汤文武的行事。

而神宗皇帝急于求治，轻易不见小臣。但是，御史中丞吕海却列举了王安石的十大罪状，弹劾宰辅王安石。而这上呈皇上御览的奏折，竟转到了王安石手中，他怒目圆睁，怒吼道："骂我者可，坏我新法者难！"

骂完亦不解恨，竟称不干了。

神宗皇帝接到王安石的辞职奏折之后，亲手下诏，让吕惠卿去王府传圣旨，极力挽留王安石。君臣和好如初。

宰相曾公亮得知此事，退朝后回到府中，对其子曾孝宽言道："上与介甫形如一人，此乃天意也。"

苏辙获知此情形赶到书房，跟哥哥商议道："曾相都知介甫专为皇上传话，若妄加品评，祸将至矣！"苏轼黯然无语。

苏辙劝苏轼道："哥哥不要急躁为好。"

苏轼答道："皇上既是'改过不吝，从善如流'，我等议论几句有何不可？"

苏辙说："哥哥难道忘了家父先前写过的《辨奸论》一文？王安石今得皇上支持，又有参知政事的官位相助，我等应小心为妙。"

转眼到了年底，神宗打算让太监到市面上去压低价格购买四千盏浙灯，以装饰皇宫，热闹过新年。众大臣沉默不语，神宗便将此问题拿到早朝上。

吕惠卿是王安石心仪之人，但他是排在班列最后的小朝官。神宗刚刚发问，他便倒地叩头，大声喧呼愿效犬马之劳，以供陛下耳目口体之遣。

神宗见地上黑乎乎的一团，面露不悦。王安石上前一步，大声告曰："此人乃吕惠卿也，字吉甫，泉州晋江人氏。聪明机灵，微臣将他提拔以著作佐郎为太子中允崇政殿说书，现任制置三司条例司检详文字。"

神宗的脸色稍稍缓和了一下。王安石又大声说道："前几天，就是此人将皇上手诏亲自送到微臣府上的。"跪在地上的吕惠卿连连插话道："正是小人前往宰相府传达圣旨。"

听到这里，神宗说道："购买浙灯之事交与你去经办。"

吕惠卿回答说："小人万死不辞！"

苏轼耳边回响起神宗曾对他说过的话语"虽朕过失，指陈可也"，遂走出班列，拱手施礼，大声言道："陛下且慢。"

神宗见是苏轼，眉头舒展开来："但说无妨。"

"微臣苏轼有一想法，定与圣旨相连，万请陛下切勿追责。"

"但说无妨。"

苏辙惊慌，已经阻止不住。

朝堂之内鸦雀无声，苏轼环顾了一下四周，说道："大宋百姓借来青苗费耕种田间，加上服劳役，一年过完尚不能还本付息；趁岁末年初农闲之际制作几盏浙灯，权作衣食之计。作为百姓的父母官，陛下应该添价购买百姓的浙灯，以赈济长年累月衣不掩体、食不果腹的百姓，方可安抚百姓之心，稳定大宋之局。怎可反其道而行之？"

神宗脱口说道："爱卿所言极是，朕就下旨，不买浙灯。"

群臣惊讶得张大了嘴巴。苏辙痴痴站在原地。

王安石更是佩服苏轼的胆量，但他绝不会附和苏轼的想法。

五十三岁的枢密副使司马光，十分欣赏才三十三岁的苏轼有条有理的表达和表里如一的忠君节操。他刚想开口劝说神宗两句，却又听苏轼说道："陛下，目前我大宋仓廪并不殷实，应将有限的国力用在富国强兵上，而不应耗费在此无用之玩上。万望陛下三思。"

神宗低声说道："爱卿所言极是，朕已打消购灯之念。"

苏轼再次跪下叩头，山呼万岁。

下朝时，苏轼看见的是一脸气恼的王安石，他的一席话让神宗否决了王安石的意图，也让王安石失去了一次效忠之机。

6

熙宁三年（1070）春天，监察御史程颢、左正言、李常等一批官员，因批评新法被免职，御史中丞吕公著等七位御史，因公开反对《青苗法》亦被免职；欧阳修的得意门生曾巩，因经常发不满言论，已被神宗调离京师，任职越州；张方平出知陈州（今河南周口淮阳）；继韩琦求去之后，范镇亦请求辞职；三朝元老富弼疑虑神宗重用王安石，以病请辞；司马光本是一位德高望重的重臣，因全盘否定王安石的变法主张被降级，遂辞职，一心编撰《资治通鉴》。

苏轼被调知开封府暂摄推官。

开封府是京都的一个区，刑狱之事甚多，掌管刑狱之事的推官，经常忙得发辫竖起，若向包拯学习，"敢为天下先"，以王安石对苏轼的了解，苏轼定会陷身于头绪不穷的狱案之中，来皇宫面晤神宗都很困难，哪还能干预王安石的变法？

性格沉稳的苏辙原在制置三司条例司中任职，张方平辟苏辙为陈州推官。

二月，苏辙离京去上任。

苏轼作有《次韵子由初到陈州见寄》一诗。

作为张方平的女婿，王巩经常来往于南京（商丘）应天府与京城之间。那一日，苏轼办完公事回到家中，发现晁端彦和王巩二人已到多时，连忙施礼，吩咐夫人王闰之上茶。

苏轼最关心张方平的健康，王巩告诉苏轼说，岳父大人的身体每况愈下。

苏轼说道："君者，舟也；庶人者，水也。水则载舟，水则覆舟，君以此思危，则危将焉而不至矣。"

此语出自《荀子·王制》，唐代魏征说得更为透彻："水能载舟，亦能覆舟。"唐太宗李世民常用此话告诫众人，便成为他的"名言"。而魏征因直言进谏，辅佐唐太宗共同创建"贞观之治"的大业，被后人称为"一代名相"。

听闻苏轼此言，王巩哽咽道："朝廷要我岳父致仕。"

一定是变法派所为！

王巩又说道："岳父特要我来转告于你，切勿以口舌招祸，当好自为之。"

苏轼说道："在仁宗朝，我是极言直谏科及第。我若不直谏，不是冤枉了出身？神宗多次嘉纳于我，我不直言，该谁直言？"

晁端彦说道："苏大人所思所想，定会一吐为快！不然，即如苍蝇在腹！"

"苍蝇在腹？"在场之人大笑起来。笑毕，苏轼正襟危坐，说道："朝廷如若杀我，区区微命，何足惜哉？"

大家打了个冷噤。

晁端彦说道："如此多的重臣，不是调离京城就是免职，若非请辞就遭致仕，何其可惜！"

王巩已口齿不清："难道、这就是——你所盼望的——下——下文吗？"

恰在此时，苏辙回来了，他一进门就告诉大家一个沉重的消息：时年六十有五的范镇，因写了一份奏疏极言《青苗法》之害，落入王安石之手，他竟亲手起草诏命，令范大人以户部侍郎致仕。今日早朝结束之时，王安石宣布了范大人的致仕诏命。

范大人对神宗说：只愿陛下再听老臣一言，望陛下集群议为耳目，以除壅蔽之奸；任老成为腹心，以养中和之福……

然而，没待范大人说完，神宗皇帝就摆了摆手，示意他退下。

7

冥思苦想了多日，熙宁四年（1071）二月，苏轼写成三千四百余字的《上神宗皇帝书》呈了上去，期待变法须遵从循序渐进的道理，遵从大宋国情民情，切不可贸然剧变，宜"结人心、厚风俗、存纲纪"。否则，在最底层与百姓打交道的微臣小吏，定会打着"神宗支持"这块招牌，将变法变为他们明目张胆搜刮和巧取豪夺的"护身符"！执法过程变了样，本质违反了初衷，从利民为民走向害国害民，这才是最最可怕的。

三月，朝廷诏令各路监司实地考察"青苗抑配"情形，拟选择三路试办。

苏轼又写《再上神宗皇帝书》，对新法做了全面批评，他严厉指出："今日之政，小用则小败，大用则大败，若力行不已，则乱亡随之。"他分析道，"自古以来，国家存亡寄托在四种人的身上：一曰民，二曰军，三曰吏，四曰士。这四种人的人心一失，足以生变，今陛下一举而兼犯之。"

苏轼两上皇帝书，极论时事，在王安石看来，即是破坏变法，他寝食难安，思忖不把苏轼抑制住，变法岂有坦途？

心中想机会，机会就来了。

御史中丞李定以前为泾县主簿时，闻其母仇氏病故，李定竟匿不服丧，还说什么"实不知为仇所生，故疑不敢服"。

按朝廷规矩，父母病故之后，在职官员应向朝廷报告，在原籍所在地为父母守孝，称为"丁忧"。丁忧期限三年，子女应守在家中不外出，不能任官，不宜婚娶，不参加酒宴及歌舞娱乐。而李定贪恋官职，未奔母丧，更未守孝，实属不孝，应受惩处。朝内士大夫群起而攻之，借李定之事来反对王安石。

苏轼突然想起这样一件事：从前，知广德军的朱寿昌，其父朱巽为长安太守时，其生母刘氏另嫁，那时的朱寿昌才七岁，母子断绝消息长达五十年。朱寿昌找到其母时，母亲已经七十多岁了，遂弃官入秦，尽行孝道。苏轼百感交集，作有《朱寿昌郎中少不知母所在刺血写经求之五十年》一诗。

朱寿昌孝母之事传至神宗耳中，他将朱寿昌召至京城，正赶上朝内重臣群攻李定不服母丧的热潮，苏轼写出如上之诗，李定更如热锅上的蚂蚁，一刻也坐不住了。傍晚时分，他赶到王安石府中商议对策。

王安石授李定河中府通判，希望他快点离开。

苏轼诗中"此事今无古或闻"和"西河郡守谁复讯"二句，极容易被人牵强附会地联想到王安石在袒护李定这不孝之人。这已经不单单是保守派与变法派之间的"党争"了，而是让苏轼与李定二人结下私怨，导致日后的"乌台诗案"，苏轼被李定等人折磨得九死一生。

李定聪明，他在离开京城之前，暗中和张璪议论了一个办法：让王安石弟媳之兄谢景温出面奏劾苏轼。

谢景温何许人也？原是淮南转运使，王安石变法伊始，荐其为工部郎中兼侍御史知杂事。但谢景温贪心，调入京城之后还想朝中得官，设法将自己的亲妹妹撮合给王安石之弟王安礼，两家遂成姻亲。

这一次由谢景温发难，奏劾苏轼于英宗治平三年（1066）为丁父忧扶丧归蜀时，利用官船贩卖私盐、苏木和瓷器，牟取暴利，应予重处！他还找来时任天章阁待制的李师中为此事做证。此事拿到早朝中议论，神宗不相信。

吕惠卿将苏轼《国学秋试策问》一文断章取义，写出一份奏折，仅凭苏轼引经据典就断言苏轼不忠君。

王安石急问此折神宗御览过没有。吕惠卿答曰皇上让其转交给王大人的。

神宗想，当初苏洵去世，英宗因羡苏洵文名，特赐苏家银一百两、帛一百匹。而作为苏洵之子的苏轼并未接受，只恳请赠其父一官职。之后，苏轼苏辙兄弟又拒收韩琦赠银三百两和欧阳修赠银二百两。

既如此，苏轼何以会贩运私盐和其他贵重物品呢？

王安石向叫班太监使了个眼色，太监唤李师中出列，当朝做证。

苏轼在凤翔开元寺里购得的四尊菩萨像，全部陪葬在其父墓中。可见苏轼并非贪财小人，而是有情有义的名士。

朝廷下文到苏轼返蜀的沿途州县去调查此事，就连当年服役的士兵和船夫，都费尽周折抓来严刑拷打、刑讯逼供，结果仍然一无所获。

闹得沸沸扬扬的"贩运私盐案"终以查无实据而收场。

至熙宁四年（1071）七月，身心俱疲的苏轼乞求补外，远离京城的党争。神宗并未特别挽留苏轼，反批示："与知州差遣。"

中书认为不可，拟令通判颖州。神宗只得再次改批："通判杭州。"

杭州当时是政治、交通、商业、文化的重镇，占重要地理位置。苏轼任杭州通判，说明他虽然反对新法，但神宗皇帝还是倚重于他。

"夺官遣去不自觉，晓梳脱发谁能收。"这是苏轼规劝文与可不要把夺官的事看得太重，就好像早晨梳头，头发随着梳子掉下一样。

而现在，苏轼将去杭州，文与可写来书信劝慰苏轼，特别叮嘱曰："北客若来休问事，西湖虽好莫吟诗。"

第六章　不辞歌诗劝公饮

1

王闰之对苏轼说："神宗青睐你，却不重用你，为什么？王安石佩服你，亦处处提防你，这又是为什么？"

比他年轻十来岁的妻子竟有此等察阅官场黑暗之能力，跟随自己带着去年刚出生的次子苏迨四处奔波，苏轼百感交集，将她深情地拥入怀中。

王闰之叮嘱道："夫君要慈悲为怀，不可被这等得势小人吓着。"

"子瞻知道了。"

"离开京城，当是重生之机。"

"谢谢夫人。"

连夜收拾好一家人的行李，天还未亮，苏轼便带着家人从南大门走出京城。

按照大宋惯例，馆职任期届满后，如果没有特别优秀的政绩，均会到地方出任通判一职。

为苏轼送行的人很多，有司马光、李常、孙觉、刘挚、章惇、晁端彦、王巩、李清臣、刘邠，还有曾巩之弟曾布、驸马都尉王诜等人。

王诜身高六尺，人高马大，却一脸落寞。苏轼非常佩服王诜的人品。在他新婚那一日，因他娶的是英宗皇帝的女儿、神宗皇帝的妹妹魏国长公主，宴席非常隆重。左相韩琦、右相曾公亮以及欧阳修、富弼、梅尧臣等重臣均早早入席，王安石到来喜宴即开始。

但王安石却迟迟未到。

酒菜均已上桌，歌舞班列候在大厅之中，章惇、舒亶、李定、张璪匆匆赶来，对新郎王诜父母解释道："王大人正为圣上起草一份税赋之法，不多久便可赶到。"王诜年轻，挥手命开宴。

王诜走到苏轼和马梦得二人中间，小声说道："子瞻兄，多谢王大人离间，成就你杭州之行。"

苏轼回应道："是我自己要求的补外。"

"有你本人要求，王大人的做法就更有托词了。"

苏轼满脸疑惑地望着王诜。

"你主动补外，皇上开始是有些犹豫的，王大人却求之不得！皇上只好朱批'与知州差遣'，王大人不愿意让你做知州，拟令你'通判颍州'，皇上做主，改为'通判杭州'。"

苏轼将信将疑，皇上批阅之内情，王诜有办法知道吗？王诜指了指谏议大夫司马光。司马光慢条斯理的转述，似乎从侧面印证了王诜的话——

那日早朝，王安石拿出苏轼贩运私盐的话题，让文武重臣议论其真伪。苏轼不在朝，无辩白之机；苏辙已除河南推官，未在班列。在王安石与苏轼二人的矛盾中，神宗已明显站在了王安石一方，一旦皇上口谕在先，再想挽回就难乎其难。

想到这里，司马光毅然走出班列，对神宗言道："王大人所言差矣！苏轼何以会贩运私盐和其他贵重物品？其辛苦程度自不必说，有损名士气节也不说，苏轼难道不知朝官贩运私盐，朝廷会严惩不贷，直至罢官、满门抄斩、贬出京师吗？"

神宗没有反应，王安石便没有声张。

司马光继续道："王大人素来厌恶苏家父子，陛下难道未曾亲耳听闻？再说，谢景温的妹夫乃王大人之亲弟弟，既是有了这层姻亲，难道可轻易排除谢景温接受王大人之授意，以伪证陷害苏轼之嫌疑？再者，王大人的门生李定，乃牛马不如之禽兽，不服母丧倒也罢了，竟然否认是他亲母所生！难道他是天上掉下的、地里冒出的不成？"

一句质问之辞引得满堂大笑，这是愤怒的笑声、鄙视的笑声。

司马光接着说："苏轼虽口无遮拦，但忠君爱民，能办实事，为民消灾，比那李定要好上百倍尚不止！今日若要严惩苏轼，那就请先从老夫身上开始吧！"铮铮铁骨之言掷地有声，神宗皇帝和王安石面面相觑。

2

王安石究竟是一个什么样的人呢？

他出身仕宦家庭，自幼博览群书，二十二岁（1042）中进士，历任淮南推官、鄞县知县、舒州通判、常州知府、江东刑狱提典等职，能体察民情，为地方除弊兴利。治平四年（1067），王安石受神宗器重，开始变法。

王安石评价苏轼说："不知更几百年方有如此人物。"而苏轼在读到王安石《桂枝香·金陵怀古》后，赞叹"此老乃野狐精也"。因为此词风格豪纵沉郁，同范仲淹的《渔家傲·塞下秋来风景异》共同开启豪放词之先声，给后来词坛以良好影响。

以苏轼的豁达和王安石的耿直，二人极有可能成为难得的挚友。但他们的政治见解有着太大不同，注定他们道不同不相为谋，恩怨难明。

苏轼与王安石第一次相见是在恩师欧阳修家里。

苏轼尚未走进厅堂，就见一人坐在那里侃侃而谈，内容是关于大宋政治安宁和百姓生活的三大弊端：一是冗官太多，领取俸禄而无所作为；二是冗兵太多，疏于训练而难以御敌；三是僧尼过多，影响国民的政治信仰，让人意志消沉。而北方的契丹和西边的西夏，一直对大宋抱有觊觎之心，大宋年年送与库银及绢纱，无异于养虎为患！

王安石见有客人前来拜访，遂起身告辞。

欧阳修这才将王安石介绍与苏轼认识，王安石客气了几句，匆匆离去。

苏轼更为看重的，是王安石作为大宋有名的文人及其对诗词的千锤百炼。

其诗《泊船瓜洲》如下：

京口瓜洲一水间，钟山只隔数重山。

春风又绿江南岸，明月何时照我还？

第三句的那个"绿"字，苏轼为之拍手叫绝。

欧阳修还给苏轼讲了王安石不近声色的事情。

朝内重臣一般都有三妻四妾，并蓄有家妓，王安石任知制诰时，其妻吴氏想为其置办一妾，在王安石吃饭时，让那女子前去伺候他。因王安石从未见过，遂问曰："你是谁？"女子说自己因"家欠官债、被迫卖身"而来。王安石听罢，不仅没收她为妾，还送她银两，帮她还清官债，促其与家人团圆。吴氏唉声叹气了许久，却不敢当面责问王安石。

苏轼听了，异常诧异。

欧阳修又讲了一个王安石清廉朴素的故事。

王安石做宰相时，其儿媳娘家的亲戚萧公子来到京城拜访，王安石招待他吃饭。萧公子盛装前往，料想王安石一定会盛宴招待。然而，到了中午，王安石却未前来，他觉得很饿，却只能强忍着，王安石到来之后，并未准备菜肴，萧公子喝了几杯酒，王安石才命人送上两块胡饼，又送上四份切成块的肉，上饭后，简单安置了菜羹。一贯骄横放纵的萧公子，只吃了胡饼中间的一小部分，四边均留下。王安石把所剩之饼拿过去吃下，萧公子惭愧告辞。

这样一个人，却成了加害苏轼的政敌。

3

司马光跟苏轼似乎有说不完的话："子瞻你就放心地去吧，用不了多久，老夫也会离开京师的。"

苏轼吃惊地问："此话怎讲？"

"王安石怎会容忍我这'反对派'老朽？"

是啊，王安石当年得了曾巩引荐，如今也将曾巩逐出京师，他还有什么做不出来的？

苏轼安慰道："万不可将如此碎念强压心上。"

司马光大笑，说道："陛下虽然年轻，但毕竟不是昏君。新法并非一无是处，陛下能够体谅你的一片忠心，子瞻千万不可灰心。"

"子瞻定会不忘初心。"

司马光叮嘱苏轼道："路过陈州和颍州时，定要代我去看望张安道和欧阳公。"苏轼点头答应。

苏轼向送行的人们再次施礼，吩咐船家启航。

水天相接之处一片灰色，而两岸黛青色的山岭上，生长着一片永不倒塌的青葱林木，庄稼绿油油的，但愿今年有个好年成。

"不以物喜，不以己悲。居庙堂之高则忧其民；处江湖之远则忧其君。是进亦忧，退亦忧。然则何时而乐耶？其必曰'先天下之忧而忧，后天下之乐而乐'欤。噫！微斯人，吾谁与归？"这是范仲淹在《岳阳楼记》中阐述过的思想，补外的苏轼正全身心地体味其中的含义。

经过多日航行，船到陈州，张方平和子由都在这里。

兄弟二人已有半年多未见面。苏轼刚走出船舱，一眼就看见了站在岸上的弟弟，弟媳史氏和侄子们都跟着来了。此时，岸上的苏辙也看到了哥哥，他高高举起双手，不停地向哥哥挥手致意。

王闰之带着已经十三岁的长子苏迈和不到两岁的次子苏迨从船舱走出，马梦得站在旁边的甲板上。

苏辙走到水边迎接哥哥，但苏迈已经抢先一步跨上岸去，紧紧抓住叔叔的衣襟。其母王弗离世之后，他更是沉默，但他每次见了叔叔，却能说得滔滔不绝，见了父亲又不说话了，叔叔对他更加怜爱。

苏迨见到这么多生人，就想挣脱其母怀抱，但王闰之不撒手，直到安全上岸，才将他放在地上。

苏轼见弟弟深凹的眼窝以及越发显得瘦高的个子，把舌尖的话语忍了回去。

苏辙说："是不是先去拜访张公？"

苏轼说："先安置下来再言其他。"

王闰之和史氏已经商议好，七月天气太过炎热，先回家去吃饭、换衣，休息好了再作他计。兄弟二人的家眷和小孩跟在马梦得后面，上了苏辙一家先前雇来的马车。而苏迈依然紧紧贴着叔叔。看来，他暂时不愿意先回到叔叔家去，三个人就一起往前行走。

陈州是蔡河上的一个商埠，除了专为南来北往的商贾提供食宿，街道十分繁华，商铺整齐排列；春节时贴在门面上的鲜红对联还在门框上，招徕此来彼往的过客，苏轼想到了眉州的蚕市。

苏辙牵着苏迈站住，问道："哥哥，你在想什么呢？"

苏轼不停步，答道："没有想什么，走吧。"

苏辙跟了上去，留下苏迈站在原地，父亲一定睹物思情了。

苏辙聪明："哥哥，你是想作诗了？还是想起了蜀地？"

"先不说作诗。"他又想到两年前（熙宁二年，1069），秀州（今浙江嘉兴）僧人本莹（字慧空）到京都专门拜访，他的禅房取名"静照"，苏轼动情地写下了《秀州僧本莹静照堂》一诗，这次去到杭州，一定要多多游览寺庙，多多结交僧人。

苏辙知道哥哥心中难受，他追上去劝慰哥哥说："一会儿见了张公，一定要装作没事一般，局外人一般。"

"这是自然的。"

4

张方平是苏洵的故友，宛如苏轼兄弟的父辈一般。突然见到兄弟俩带着孩子苏迈前来州衙，那突然而至的欢欣竟使老人泪流满面。

苏轼上前搀扶住张方平的双臂。

张方平这才吩咐他们落座，并让仆人倒茶。回过头来，他不停地朝苏轼苏辙前后仔细打量，埋怨他们为何不将妻子儿女都带来。又叫自己的儿子张恕领着苏迈出去玩。

张恕比苏轼年轻，却比苏辙年长，苏迈至少应该叫其"叔叔"才是，但张方平让张恕带苏迈去书房或后花园赏玩，一方面说明张恕孝顺，另一方面足以表明张方平对苏轼兄弟喜爱之深。

张方平兴致未减，跟苏轼兄弟谈起唐诗来，着重谈到了杜甫。

韩愈有诗曰："李杜文章在，光焰万丈长。"而如今，宋人只崇尚李白，浮夸了李白的浪漫，写起文章来行云流水，实则没有实在内容；忽略了杜甫以诗文深刻反映社会现实的功效！中唐元稹为杜甫作墓志铭时，有一段文字表明杜甫之文源远流长的原因："杜子美盖所谓上薄风雅，下该沈宋，言夺苏李，气吞曹刘，掩颜谢之孤高，杂徐庾之流丽，尽得古人之体势，而兼今人之所独专矣。"

张方平诗兴大发，吟出一首《读杜诗》。

苏轼忘了文与可的劝告，吟出《次韵张公安道读杜诗》。

张方平称赞道："好诗，既不失李白诗的豪放与粗犷，也不失杜甫诗的严谨与工整。"苏辙在旁边不说一句话。

从此，张方平与苏轼兄弟天天在一起饮酒赋诗，不谈时事，一晃过去一个多月。

5

这一日，苏轼起得很早。

他沿着弟弟的府宅转了一整圈，听得见鸡鸣犬吠，看得见远远近近的农舍上冒出的炊烟，苏轼心中颇感安慰，辛苦一季可以填满肚子，新法竟要农人一年接一年地偿还那永远偿还不尽的债务！想到这里，苏轼的心又沉重起来。

本想找块空地好好练剑，无奈他没有剑。那一年在凤翔，太守陈希亮每日清晨在府衙的院落里练剑，苏轼竟未学来。早年间，苏轼深受母亲程氏的影响，程氏是虔诚的佛教徒，不乏打坐之功。如今的苏轼又兼收道家之精华，怎会放弃静坐？

他还是想多跟弟弟待在一起。想到这里，他便快步往弟弟的书房走去。

其时，已经有一个书生模样的年轻人坐在那里，猛然间看到有人走近，他一下便局促不安起来，连忙站起准备施礼。

苏辙说道："哥哥，快请进。"

苏辙介绍道："此人乃迁居楚州（今淮安）之张耒，原籍亳州谯县（今安徽亳州），自小便受其祖父和父亲影响，长于写诗，十三岁而好作文。"

听闻此言，苏轼忽然想到那年在凤翔结识的董传，可惜未见董传的诗词。况且，董传已不在人间，苏轼哀伤不已。

苏辙兴致很高，说道："张耒今年才十七岁，但他已写出《函关赋》这类好文。"

"何不拿来看看？"

张耒递上一摞文稿，苏轼一页一页地品读。

苏轼对《偶题·相逢记得画桥头》爱不释手：

相逢记得画桥头，花似精神柳似柔。

莫谓无情即无语，春风传意水传愁。

"好一座烟柳画桥！好一个花似精神！你是领悟了白乐天（白居易）的诗髓吗？"

张耒听到这番赞叹，又惊又喜。

苏轼柔声问道："你经常阅读哪类书籍？"

张耒竟答非所问地应道："予淮南人也，自幼至壮，习于淮而乐之。"

苏轼兄弟满眼疑惑地看着张耒。

张耒意识到自己的反常，以一种十足的书生气回答道："经常诵习的，皆为四书五经之类，除此之外，就是特别喜爱看苏先生你的诗词了。"

"竟有此事？"

"我会背诵苏先生的上百首诗词呢。"

自此，张耒便成为苏氏兄弟的门下客，并在苏轼的引荐之下应举姑苏。熙宁六年（1073），张耒二十岁，由神宗亲策为进士，王安石负责提举，授临淮（今安徽泗县）主簿，张耒开始步入仕途。

苏轼说道："将他带往张公府，如何？"

张耒原本在陈州一带游学，苏辙点头应允。

苏轼苏辙刚刚迈进州衙大门，就听张方平小声言道："先来饮酒吧，老夫今有一事相告。"张方平已经看清他二人背后站着一位眉清目秀的青年，不是来过若干次的苏迈。

苏轼笑道："张公有何佳作，快吟给我等听听。"

张公从酒桌后的橱柜中拿出了一份朝廷送来的公文，上面写着张方平不日将离开陈州，知南京（今河南商丘）御史台。

"这是怎么回事？"

"原因在我，我多次向朝廷请求就此致仕，回归故里。今后，老夫将不闻窗外事，可皇上只答应我先回南京，司御史台之职，过些时日，再请致仕。"

张方平接着说道："这样也好，御史台不比知州，操心之事少了大半。我要写个谢恩札子，先送往朝廷。"

苏轼苏辙二人手足无措，张方平大度说道："罢了，不如此，又有何法？"

事先已经说好，不谈政治，不议朝中之事。但多日的诗酒唱和，他们谈话的落脚点依然回归到"政治"这个关注点上。

苏轼的眼泪夺眶而出，而苏辙十分平静。

张方平又说道："可怜子由，来陈州仅有几日，人事尚且不熟，地理尚处陌生，老夫离去之后，还望多加保重。"苏辙走过去，扶住张方平的双肩。"陈州上下，支持新法的人太多，小心谨慎为宜。"

张耒坐在角落里一动不动。

苏辙的眼泪终于流了下来。张耒走到苏辙身边，挽住其臂膀。

张方平知道这青年定是有才，才深得苏家兄弟赏识，不禁叹道："可怜老夫，会如此力不从心下去吗？"

6

苏轼欲送张方平去南京，再去颍州（今安徽阜阳）看望恩师欧阳修，苏辙说道："哥哥，我跟你一起去看恩公吧。"

在弟弟家住了七十多天，已是九月份，太阳依旧耀眼。湖面平坦如镜，将近处低矮的茅草房倒映在水里，几只鸭子在湖边杨柳树下扑腾着翅膀，扯起嗓门叫喊，有人走过也相安无事，若发现行人欲行不轨，便会划起脚掌向水中央逃去。

师徒三人在颖州西湖边的一间小亭子里见面了，那里有石质桌子和板凳，欧阳公把夫人薛氏带了同来。

苏氏兄弟准备施礼，欧阳修拦住他们，说道："先让老夫好好瞧瞧，你们哪里变了？"

苏轼身体一动也不动，说道："哪里都没有变，还跟以前一样呢。"

欧阳修充满爱怜地将双手搭在他的肩膀之上，说："那就好。"

苏辙跟在哥哥后面，脸上漾满微笑，始终不怎么说话。

苏轼比欧阳修年轻三十岁，但苏轼能够后来者居上，欧阳修不但没有一点嫉妒之心，反而加以扶持，积极向朝廷推荐。他们的关系，既是北宋时期的诗文好友，又是名副其实的"伯乐"与"千里马"。

薛氏和家仆已在石桌上摆好了茶具，苏轼阻拦道："夫人，要喝茶我们自己来，您先就座吧。"

薛氏说道："这有什么？你们来了，我们心中高兴呢。"

"我们过来看恩师是应该的。"

"平时没事之时，他经常拿出自己的文章朗声诵读，若哪里读不下去，他非要更改不可。我说，你一把年龄，何苦费这心思？难道还怕先生骂不成？"

欧阳修抢过话头，说道："文章写得不够好，是该修改。"

薛氏心疼地说道："你眼睛看不见了，耳朵也听不清了，终年牙疼，还有那消渴疾（糖尿病），你过的——什么——什么——日子呢？"

薛氏的嗓音已带有明显的哭腔。

苏轼起身，站在欧阳修身边。

宋仁宗天圣七年（1029 年）春天，由胥偃保举，欧阳修就试最高学府国子监。同年秋天，欧阳修参加了国子监的解试，在国子学的广文馆试、国学解试中均获第一名，成为监元和解元，又在第二年的礼部省试中再获第一，成为省元，是少有的"连中三元"。

宋代有"榜下择婿"的风俗，朝中高官经常在新科进士中挑选乘龙快婿，欧阳修刚中进士，就被恩师胥偃定为自己的女婿。

只可惜，胥氏夫人新婚不久便去世了，第二任妻子杨氏也因病去世，在欧阳修第一次被贬后不久，他续娶了已故宰相薛奎的二女儿。而薛奎的大女婿，正是跟欧阳修一起参加殿试而获得状元的王拱辰。王拱辰的夫人去世后，他又娶了薛奎的三女儿，继续做薛家的女婿、欧阳修的连襟。欧阳修写诗调侃他道："旧女婿为新女婿，大姨夫作小姨夫。"

见欧阳修的第三任夫人薛氏如此贤惠，苏轼兄弟心中倍感安慰。

这时，欧阳修说道："只恐以后，这样的时刻不多了。"

苏轼惊问道："恩公何出此言？"

欧阳修望着水平如镜的湖面，手捋银须，异常平静地说道："那一年贬放滁州，老夫自号'醉翁'；在亳州，老夫六请致仕，不允；到蔡州又请致仕，才得以到颍州，以太子少师致仕，老夫不得不以'六一居士'自居了。"

在滁州做太守时，政事之余欧阳修经常带着吏民出去游玩，将随身携带的口粮在山野中煮熟，饮酒游山，醉后仍迷迷糊糊地看着大家玩乐，因为智仙和尚在山上盖了凉亭，欧阳修写出流传古今的散文名篇《醉翁亭记》，刻于石上赠送滁州之人。

欧阳修离开滁州十年之后，太常博士沈遵前往滁州游玩，以琴声仿真水声作了《醉翁吟》。后来，欧阳修和沈遵相会于河北，沈遵奏琴，欧阳修唱歌，合作《醉翁吟》以纪念此事。

守旧派的压制，并未影响"醉翁"的好心情："太守与客来饮于此，饮少辄醉，而年又最高，故自号曰'醉翁'也。醉翁之意不在酒，在乎山水之间也。山水之乐，得之心而寓之酒也。"

那是过去，现在的"六一居士"又是如何呢？

欧阳修明白苏氏兄弟的想法，随手一指，说道："我府中有藏书一万卷，集录着三代以来金石遗文一千卷，书房里有琴一张，客厅中有棋一局。心里高兴了，就把那壶酒抱过来痛饮一番，有何不可？"

苏辙说道："心情郁闷也是可以开怀畅饮的。"

苏轼问道："这还是'五一'，另外那个'一'呢？"

欧阳修大笑曰："以我这一老朽之身，日日游荡在此五物之间，不正好补上此一，六六大顺吗？"

薛氏插话道："那王大人可是防不胜防啊！"

一语惊醒梦中人，苏辙问道："什么王大人？哪位王大人？"

薛氏愤愤说道："王介甫！"

此时，一路人带一小孩经过，小孩少不更事，将一块顽石投入湖中，一阵涟漪从水花中央向岸边激荡过来，被湖岸抵挡回去之后，又向湖中荡去，一点点消弱，最后归于平静。

欧阳修说道："何须贪图富贵、迷恋官位？我这把年龄，不是高寿，也算长寿，我很知足，何曾有过延富贵的苟且之念？"

薛氏却忍不住心中怒气，说道："你知道自己有一把年龄了啊？介甫说的那番话，想起来就是污人清白！"

苏轼苏辙好生奇怪，同声问道："是哪番话呢？"

薛氏说道："唉，还不是为了《青苗法》之事！"

欧阳修说道："那还是青州任上的事，我上书请求皇上下诏停发青苗贷款，神宗必是意识到变法过急会引发民不聊生之苦，遂召老夫面商。王大人却指责我当初不该追捧韩琦，推韩琦为保护社稷之大臣；还说什么我'在一郡则坏一郡，在朝廷则坏朝廷'，岂有此理！"

恩师致仕原来有这方面的原因，这不是王安石故意吗？

但恩师做到了别人难以做到的事情，想到这里，苏轼对薛氏说道："夫人请不要再难过，恩公过好后面的生活才是正理。"

薛氏听了，泪水流出来，她说道："只有子瞻子由才会说出此等知冷知热的良心话。"

苏辙说："哥哥在路上就想作诗，请为恩公作一首吧。"

家仆在石桌上已经摆好了酒具，往每只酒杯中倒满了酒；并且变戏法般地上好了五碟下酒菜：一小碟白色腐乳、一小碟兰花豆、一小碟干鲜豇豆、一小碟晒干后腌制的马齿苋、一小碟腌鲫鱼，旁边还摆放着一只圆溜溜的西瓜。

家仆在石桌四角点燃了象征吉祥的四支红烛。

欧阳修顺势拿起桌上一个小酒杯，说道："白乐天的《思归》诗是怎么说的？'且进一杯酒，其余皆付天'，跟老夫待在一起，还客气什么？来，干掉这一杯。"

苏轼喝酒向来就没有酒量，一杯下肚，他的脸色已微微泛红，说道："恩师，学生已酝酿好一首诗，吟诵出来，祝您老健康、快乐、长寿！"

欧阳修和薛氏同声说道："赶快念来。"

苏轼吟出《陪欧阳公燕西湖》："……插花起舞为公寿，公言百岁如风狂……已将寿夭付天公，彼徒辛苦吾差乐……不辞歌诗劝公饮，坐无桓伊能抚筝。"

听完苏轼吟诗，薛氏泪流满面。而欧阳修再也顾不得年高体弱，顾不得尊长矜持，紧紧抱住苏轼，喃喃自语道："老夫得一苏轼，死而无憾！"

当日，欧阳修让薛氏吩咐家仆安置好苏轼兄弟及妻儿一行人的住处。第二日，兄弟二人特别为欧阳修收藏的一件古屏风题诗，欧阳修十分欣赏苏轼在凤翔所作《石鼓歌》，竟能将在历代文字间流传的人物一一引进诗中，赋予石鼓以鲜活的生命。

一想到恩师的健康，苏轼便心痛不已。一夜未眠，苏轼写出《欧阳少师令赋所蓄石屏》，当读到文中"我恐毕宏韦偃死葬虢山下，骨可朽烂心难穷……古来画师非俗士，摹写物像略与诗人同。愿公作诗慰不遇，无使二子含愤泣幽宫"时，欧阳修与薛氏再一次流下了真挚的泪水。

即将去往杭州，苏轼舍不得恩师，欧阳修又哪里舍得苏轼？弟子如爱子，他知道苏轼重情重义，笃信佛教，遂向苏轼推荐道："西湖僧惠勤甚文而长于诗，子闲于民事，求人于湖山间而不可得，则往从勤乎？"

苏轼点头说："知道了，弟子去了杭州，定会拜访此人。"说此言时，他斑白的鬓角和头顶依稀的华发，欧阳修全看在眼里。

欧阳修虽然病得不轻，但谈锋甚健，苏轼在他家住了二十多天，于十月才离开，并和弟弟分别。

直到下一年（熙宁五年，1072）九月二十二日欧阳修离世，他与苏轼没能再见面。他二人终生的友谊，是诗情画意的永恒体现，具有模范当时和引领后世的作用。

第七章　暂得中隐

1

告别欧阳修和弟弟后，苏轼乘舟由颍入淮，路过泗州时与旧时相识的庵僧相遇，别来不过五年，僧人满头白发。

途经润州（今江苏镇江），苏轼特意去金山寺看望老友佛印大师，他现在是金山寺住持。

登到半山腰时，苏轼远远看见佛印大师高高坐在法座上讲经说法。其时，佛印已经看见苏轼，大声惊呼："此人不正是大名鼎鼎的苏学士吗？这里没有你坐之地。"

佛印说的是禅机。

佛教以地、水、火、风为四大，佛印早早来到此地，已占据天时地利，苏轼遂说道："无处可坐，何不借大师四肢用作禅床？"

佛印说道："贫僧这里有一佛语上联，学士如能对答出来，当从所请；若对不上，就请留下你腰间玉带，永作镇山之宝。"

苏轼平时对佛学颇有研究，遂点头应允，并随手解下腰间玉带，放在香案之上，说道："请出上联吧。"

佛印高声念出：

四大皆空，五蕴非有，学士欲于何处坐？

佛教以色、受、想、行、识为五蕴，若四大皆空，哪里才是人的落脚之地？再将五蕴掏去，人体岂不沦为一躯空壳？

苏轼对不出这样的对子。

佛印见状，忙命小和尚道："把玉带收起，永镇山门。"又让人取来一件袈裟回赠给苏轼，并赋诗二首，暗示苏轼应穿上衲衣，就此离开仕途。

但苏轼并未听从劝告弃官出家，以追求佛家的遁世，"治国平天下"的理想自小就埋存心间，从未消失过。佛印喜爱那条玉带，那就送给他作镇山之宝，不失为世间做了一件善事。

那条玉带长约三尺余，宽约二寸，带上缀着一块块米色玉石，有长方形、圆形和心形，一共二十块，精美绝伦。此后一直保存在金山寺中供人观赏。苏轼写有一诗：

病骨难堪玉带围，钝根仍落剑锋机。

欲教乞食歌姬院，故与云山旧衲衣。

佛印以一幅衲衣相赠。

苏轼想到佛印出家为僧的缘由——

佛印三岁就能诵读《论语》、诸家诗，五岁即诵诗三千首，被称为"神童"。熙宁年间，因准备参加礼部考试，始来京师暂住。那时，苏轼在直史馆任职，佛印慕名来访，一见如故，又经常在一起论文赋诗，遂成莫逆之交。

谁又知道，佛印竟是为了一饱皇上眼福而做了和尚呢？

那一日，佛印邀苏轼上樊楼品茗。苏轼悄悄告诉佛印道："天时亢旱，皇上要在大相国寺设斋求雨，命愚兄我作《祈雨斋文》，并充当主斋行礼官，协助操办一切事宜。"

佛印问道："兄长可否带小弟进去观礼，以一睹御驾龙颜？"

苏轼知道不便办好此事，泄漏出去更有欺君之罪，就附在他耳边说："你若真的想去，可扮成侍者在斋坛上执役，待圣驾来时，便可看个清楚。"

佛印答应。

大相国寺气势雄伟，殿宇宏大。天王殿、大雄宝殿、八角罗汉殿，还有藏经楼，一座座庄严壮丽的建筑依次巍峨，两边有钟楼与鼓楼、东西配殿和十六丈高的砖砌楼阁式琉璃塔。当时定为皇家寺院的禅院共六十四座、铜铸罗汉五百尊，还有高二丈的木雕千手千眼观世音巨像。该寺僧人已逾千名，被誉为"天下第一名刹"。

举行祈雨典礼那天，五鼓鸣钟聚众，各路高僧登坛诵经作法，香烟缭绕，灯烛辉煌，五彩幡幢飘扬，八音乐器嘹亮。忽传御驾已到，佛印面热耳赤，心跳加快。心神稍定，来到大雄宝殿，混杂于侍者当中添香剪烛。

神宗皇帝坐着龙凤轿子，在执宰大臣的簇拥下出了宣德门，经过御道来到大相国寺。

苏轼和众僧列队迎接，将神宗迎入大殿。

礼毕，驾临藏经楼休憩，佛印献上香茶。

佛印因大殿行礼，不曾将神宗看得仔细，特地充当献茶侍者就近瞻仰，神宗果然与众不同。

神宗接过香茶，见佛印身材高大，方面大耳，眉清目秀，气宇不凡，心中诧异，随口问道："侍者何名？何方人氏？在寺几年？"

佛印大惊，急中生智叩头奏道："臣姓林名佛印，字觉老，饶州（今江西景德镇）人氏，新来寺中出家。今日有幸得瞻天容，欣喜无量。"

"既名佛印，可通晓佛法？"

"臣素喜礼佛听禅。佛学经典，略知一二。"

"既如此，朕赐卿法名'了元'，紫袈裟一领，金钵一只，羊皮度牒一道，就在御前披剃为僧吧。"

古代僧道出家，须向政府缴纳一定数额的银两，由政府颁发凭证。侍者得到皇上诸多赏赐，岂不是千古奇遇？

佛印原打算赴京应试的，才华和苏轼不相上下，实指望金榜题名建功立业，怎肯出家做和尚？但君命难违！他怎敢说出是假冒侍者不愿为僧？

他只能假戏真做，叩头谢恩。

当下，住持引佛印重来正殿，拜过如来佛祖，再带到御前，给他剃度受戒，披上袈裟。佛印便由一名乡贡成为英俊的和尚。

佛印心中好生后悔，不该为一览皇帝容颜而出家，从此功名无望。

苏轼完全没有想到，自己的一句闲话竟连累佛印做了和尚。

事已如此，后悔也没有用，只能好言劝慰。

从此，佛印舍去功名，皈依佛门，先后在江州（今江西九江）的承天寺、庐山的开先寺、润州（今江苏镇江）的焦山寺等地出家。经过一番苦心修道，被升为润州金山寺的住持。

他不忘作诗、写字，经常与苏轼等文人墨客交往唱和，终于成为江南一带著名的诗僧和书法家。

佛印见苏轼既没换上袈裟，也未再将玉带系在腰间，已经明白苏轼用意，心中高兴，遂带苏轼登临金山绝顶，看长江滚滚东流。

其时，太阳已沉入水天连接线以下，这个红色的圆球慢慢去掉了最下边的圆弧，又一点点去掉了三分之一的圆、二分之一的圆。

"苏学士感悟到什么了？说出来，让老衲跟着受益一次。"

苏轼半睁半闭着双眼，嘴里念念有词："阿弥陀佛、阿弥陀佛、阿弥陀佛……"

那半轮红球仿佛突然腾空而起，更似一条蛟龙不甘俯首就擒，把江水搅得沸腾起来，水面像撒满了碎金，让人眼花缭乱，不知是在人间，还是已入仙境。

苏轼竟站立不稳，有些恍惚，完全沉浸在这物我两忘的境地。他盘坐在地，接纳他身体的土地布满大大小小的山石，有棱有角，隔着衣袍仍刺得他麻酥酥地发疼。

佛印大师看出了异样，忙问道："苏学士怎么了？"

苏轼半卧半躺，一动不动。

"苏学士是不是遇到江神了？"

苏轼有些疲累，但内心感受又是那么强烈：不管内心是否抵制神佛，他不能拒绝自己就是一个不出家的佛教徒。

他想到那个"大千为床"的故事。

有一次，苏轼见佛印大师，并事先写信，叫大师像赵州禅师迎赵王一样，不必出来迎接。

苏轼以为了解禅的妙趣，佛印大师应以最上乘之礼来迎接他——不接而接。可是，他却看到佛印大师跑出寺门相迎，终于被他抓住取笑的机会，遂说道："你的道行没有赵州禅师洒脱！叫你不要来接我，你却赶出寺门来迎接。"

苏轼以为将了大师一军，大师却以一首偈子作答：

> 赵州当日少谦光，不出山门迎赵王。
>
> 怎似金山无量相，大千世界一禅床。

意思是说：赵州不起床迎接赵王，那是赵州不谦虚，不是境界高，而我佛印出门来迎接你，大千世界都是我的禅床！虽然你看到我起床出来迎接，但我仍然坐在大千禅床上睡觉。你知道的只是肉眼所见的有形的床，而我佛印的床，是尽虚空遍法界的大广床！

他二人在山顶上一直流连至深夜。

事后，苏轼专门为此作《游金山寺》诗，结尾部分是"江山如此不归山，江神见怪惊我顽。我谢江神岂得已，有田不归如江水"的诗句，表明他对仕途的厌倦以及日后辞官归隐的决心。

2

土地肥沃的长江三角洲地区，至宋朝时已经有了"苏常熟，天下足"的美誉，这一带习称江南，经济富裕物产丰富，能左右大宋的财政经济，被称为"天下谷仓"。

这里的水路四通八达，各地生产的粮食和大宗民生物资，汇集至以杭州作为南端起点的大运河边，航运京师，供养都城中的百万民众。连同北面的苏州城，均为支撑江南经济命脉的中心都市。

熙宁四年（1071）七月，苏轼从京师出发，到达杭州已是十一月二十八日。宋仁宗曾为杭州题享"地有湖山美，东南第一州"，苏轼当然不肯错过杭州的任何一处景色。

杭州太守沈立，历阳人，字立之，此年正月调来杭州，尚不足一年，性情好，精勤吏事，是个人见人爱的好官。苏家三父子都是有名的文人，他看重苏轼。

太守五品，通判六品，苏轼见了沈立，忙跪在地上欲行大礼。沈立太守吓了一跳，七尺苏轼竟给自己施礼，定是个有情有义、脚踏实地的好人！沈太守忙从地上拉起苏轼，责怪道："这是为何呢？"

苏轼笑着回应："应该。"

杭州府衙设在凤凰山右麓，苏轼在凤凰山通判北厅里安置好他的通判案牍，妻儿老小随着安排妥当。推开南面的窗子，钱塘江的滚滚浪潮扑进眼帘，不用等到八月十五观潮之日，每一日的钱塘江水都涌起无数浪花，狂呼怒涌，诗情画意，气势豪迈而雄伟，每日每夜均在江潮陪伴之下，知遇之恩顿时溢满苏轼心间。

来到杭州的第一夜，他睡得格外舒适。等他睁眼醒来，已经临近第二日午时，王闰之不忍叫醒他。当苏轼穿好衣服来到客厅，杭州府书办早坐在那里，他是受沈太守之命前来邀请苏轼及家人参加接风洗尘宴的。

苏轼一身轻松地前往。

然而，宴会始终离不开变法气氛的萦绕，王安石恰如一个无处不在的话题，举国上下均为之不宁！

沈太守原本想探听一下苏通判日常业务，不知怎么竟说到"问囚决狱"之事上。苏轼早就预言新法必将产生数不清的恶果，在杭州，他必将再一次面临亦如当初他在凤翔面对的"衙前之役"那样的困境！

《募役法》已受到百姓的广泛抵抗！地方上的大地主，每户缴纳六百贯免役银即可免掉差役。百姓就不同了，他们本已服惯差役，只要不另加苛捐杂税，基本上是无人反对的，因为单丁女户毕竟是少数。而《青苗法》的流弊顽固不化，上一年的债务竟流向了下一年！受贷百姓服了差役，还要还上银两！还不出银两来，只有被官府逮捕、拷打、追保，以至入狱。这一连串的惨剧，天天都会在公堂上演。

苏轼从事的竟是如此不堪的工作！他没有能力、更无权力将这些"因债而囚"的犯人放回家去。想到这里，苏轼眼含泪水。

沈太守早已观察到苏轼的举止神情，他半是客套半是关切地询问道："苏判官怎么了？"

苏轼站起来，拿起酒杯斟满酒，说道："在下再敬太守一杯。"

沈太守喝净杯中之酒。

府衙里的推官、同僚全部到场，他们全部站起来，举杯敬酒。

沈太守悄悄问苏轼是否不胜酒力。苏轼却说道："大丈夫活在当下，岂管往日忧愁？"说罢，又将杯中之酒饮了个底朝天。

沈太守觉出苏轼的豪爽侠义，就不再言语，而王闰之不想夫君伤害了身体，笑着对太守说道："沈太守，小妾敬你一杯！"

3

北宋时期，全国有僧侣二十万，寺院近四万所，仅杭州这座城市，"内外湖山之间，唐以前为三百六十寺，及吴越立国，增为四百八十寺"。杭州寺院中名气最大的是灵隐寺，当时有僧众三千余人；其他如下天竺法镜寺、中天竺法净寺、下天竺法善寺、智果寺、梵天寺等，都是"历史悠久，和尚众多"的天下名寺。众多朝廷高官，如富弼、张方平、文彦博、欧阳修、司马光、王安石、吕惠卿等都醉心佛法，以致司马光说："近来朝野客，无坐不谈禅。"

来到杭州的第三日清晨，苏轼和马梦得二人悄悄坐上一辆驴车，从西湖岸边北往孤山，去拜访惠勤、惠思二位诗僧，恩师欧阳修已经跟他二位交往了三十年。

孤山在西湖的北边，距离杭州府衙不太远，因为四面环水，孤立于湖中，故称"孤山"，山腰处的智果寺，就是惠勤、惠思二僧所在寺庙。

凤凰山上看西湖是居高临下，西湖水边看西湖是陶醉在其中，与身心息息相融。西湖用整湖流动的水，将蓝色、灰色、黛色，还有红色的云包裹其中，西湖就灿烂起来了。

小驴车停在寺庙的山门之外，马梦得快速下得车来，不轻不重、不徐不疾地敲了三下山门。伸出一个小沙弥的头，他看着苏轼身上之衣既非官服，也非破衣烂衫，判断不出他们的身份，便缩回头，飞快禀报住持去了。

一会儿工夫，山门豁然被推开，从里面依次走出三位高僧，前面二位的眉毛和胡子全白了，后面那位三十开外，长相标致，身材挺拔。

苏轼急上前拱手施礼，朗声介绍道："新任杭州府通判苏轼，得恩师欧阳修的介绍，特来拜访几位高僧。"

走在最前面的那位僧人回应道："小僧正是惠勤，欢迎苏施主驾临僧舍。"

后面两位僧人迅速上前，走到惠勤身边。

惠勤将他的左手掌向右边展开，说道："这位是惠思贤弟。"

又将他的左手掌向左边伸开，说道："这位是道潜，惠思贤弟的高徒，名参寥子，先前住在於潜，才来孤山不久。"

苏轼合十施礼，口中称念："阿弥陀佛……"

惠勤、惠思在前面引路，苏轼紧随其后，后面是道潜，最后是马梦得，一行人顺序走进山门。走了百十步远，面前呈现一列高耸的台阶，上方是绿叶，看不到最高处。

苏轼像是在跟前面二位说话，更像是喃喃自语："眼睛所见之物，依稀是梦中所见。从此台阶往上，直到忏堂，一共要走九十二级台阶。"

道潜大惊，问苏轼道："你怎么知道得如此详细？可否说说堂内外的陈设？"

停留片刻，苏轼说："此忏堂，地面由红石铺就，一次可容十人忏悔，但惠勤大师不允许如此多人同时忏悔，每次仅允许三人进去，最多五人。忏堂后面是住持居住的方丈。方丈东院是佛祖大殿，一共五座，最后那座大殿紧靠崖壁。方丈西院是僧舍，方丈后方是座花园，园内竹木参天，夏日百花争艳，冬日百草凋零。园中有条小径直通孤山顶峰。因平日无人行走，小径早被草木封死，僧人若想上山，须步出山门，走另一条山路。而这条上山小路知道的人不多。"

走在前面的惠勤、惠思同时停下了脚步，目不转睛地望着苏轼。

道潜已闭上双眼，双手合十，不停念叨着"阿弥陀佛"。

苏轼解释道："从小受到家母影响，家母说我的前身是位云游四方的和尚，有可能在此寺住过数日，遂对此寺情形略知一二。"

一行人大惊，苏轼可是第一次来到杭州啊！

在此时代，人们普遍相信有前生，如张方平，有一天他前往游庙，告诉别人，他前生曾在那庙里做过住持，抄写过经书，如若不信，那本经书尚未抄写完毕。同行友人去到楼上一看，果真那本佛经没有抄完，字体跟张方平手写的一模一样。张方平本人也为眼前情景称奇，遂拿起笔来，在前生停下的地方接着往下抄写。

众人很快便走入了方丈，主客坐定之后，有小沙弥泡好了茶水。苏轼刚呷了一口，便赞道："这是白云茶吧？产在下天竺白云峰。"

惠勤、惠思依旧目不转睛地望着苏轼。

道潜问道："施主对此茶有专门研究？"

"前日，下官不胜酒力，太守大人专门命人给我泡了白云茶解酒；他说，白云茶是西湖龙井中的上品，专供皇室的贡茶。下官听闻此言，酒已解了一半。"

闻听此言，惠勤、惠思一改先前庄重、肃穆的神色，和苏轼一起大笑，气氛十分融洽。

苏轼忽然想起一事，问惠思道："听说惠思大师与宰相王安石私交不浅，宰相大人曾写诗《送惠思归钱塘》赠大师，'渌净堂前湖水绿，归时正复有荷花。花前亦见余杭姥，为道仙人忆酒家。'"

听闻此言，惠思顿消活泼神色，恢复惯常的平静，说道："那是昔日之事，王大人入朝执政之后，我们便断了往来。贫贱友谊贵时了！古今同理。"

苏轼觉得与这俗世之外的人谈论政事多有不宜，便沉静下来，谈起了诗书话题，道潜适时给苏轼递上他的诗歌《江上秋夜》：

雨暗苍江晚未晴，井梧翻叶动秋声。

楼头夜半风吹断，月在浮云浅处明。

苏轼称赞道："诗句清绝，可与林逋相上下，而通了道义，见之令人肃然。"

道潜听了，再次双手合十，不停念着："阿弥陀佛、阿弥陀佛……"

回到府上，苏轼写出一诗，名曰《腊日游孤山访惠勤惠思二僧》，写毕，他在书房中朗声吟诵起来。王闰之听了，快速走到书房之内，焦急地说道："夫君，难道你忘了好友文与可赠予你的那二句诗：'北客若来休问事，西湖虽好莫吟诗'吗？"

"没有忘记，心里高兴，非诗书不足以表达。"

王闰之自责地说道："都怪贱妾识字少，不懂诗词歌赋，否则，还可经常与夫君唱和。贱妾这就去炒三两小菜，让夫君一边品酒，一边忘掉过去的烦恼。如何？"

"有感而发，何须想太多？"

"夫君，佛家原有'绳蛇'的比喻：一度着蛇咬，怕见断井索。还是小心谨慎为好，日子一天过不完。"

苏轼一惊，妻在他精神松弛之时予以提醒，是源自切肤之痛，还是爱之愈切？其时，王闰之又有了怀孕迹象，苏轼张开双臂，将她深情地拥入怀中。

有一件事令苏轼夫妇找不着解决之法，只好求助于法师。苏轼结交的南北诸山众僧中，他与上天竺的辨才法师的交谊甚厚。苏轼次子苏迨，长得高颅巨颡，家人昵称为"长头儿"，从小便体弱多病，过了三岁仍不会走路，苏轼夫妇怕他养不大，遂求辨才法师在观音菩萨座前为他落发，做了沙弥，取名"竺僧"。

没想到，几日以后，小苏迨就能像正常儿童一样行走了。

辨才本是律宗，苏轼感叹道："乃知戒律中，妙用谢羁束。"

4

灵隐寺位于杭州城侧，面朝飞来峰，背靠北高峰，始建于东晋咸和元年（326），北宋庆历年间，灵隐寺已成天下禅宗圣地。

苏轼来杭州不久，遇到这样一个案子——

灵隐寺有位法号"了然"的和尚，虽为出家人，却长得一身花骨、花心，是大家心照不宣的"花和尚"，他不尽心尽力于佛经佛法，也不常伴于青灯古佛，反而最喜风花雪月之地，是勾栏青楼的常客，竟跟一位名叫"秀奴"的年轻名妓产生了私情，几月贪欢，甚得艳福。

了然常常偷用香火之资光顾秀奴，二人相处甚欢。

秀奴每次都对了然柔情蜜意，了然以为她对自己动了真情真意。岂不知，风尘女无情，名妓更无情！等到了然床头金尽，秀奴便不再肯见他，任凭了然如何敲门、如何求情，秀奴均绝情地闭门不出，了然思念成疾，夜不能寐。

一天夜里，了然相思难耐，酒醉后又去找秀奴，仍是吃了闭门羹。了然一时迷了心窍，强行夺门而入！秀奴不让他靠近，他便掐住秀奴的颈部，仅片刻，秀奴便在了然残忍的十指下咽了气！

这起人命官司是个再简单不过的情杀案，却因为主审官苏轼的一首诗词而流传千古！因为苏轼在审讯了然时，发现他的胳臂上竟刺有两句诗："但愿同生极乐国，免教今世苦相思。"

这个杀人的和尚居然是个多情儿郎，苏轼感慨不已，当即写下一首小调《踏莎行》：

> 这个秃奴，修行忒煞。云山顶上空持戒。一从迷恋玉楼人，鹑衣百结浑无奈。　　毒手伤人，花容粉碎。空空色色今何在？臂间刺道苦相思，这回还了相思债。

苏轼哪里知道，他在杭州为官，还会改变许多名妓的命运。

沈立为苏轼接风后不多久，便调京为审官西院，福建侯官人陈襄自陈州以尚书刑部郎中移知杭州，于熙宁五年（1072）五月间莅任。

陈襄，字述古，文惠公尧佐长子，历知县事。熙宁初，因富弼之荐入京为知谏院，因上论"青苗法为商鞅之术，乞贬王安石、吕惠卿以谢天下"而遭忌恨，终被外放。苏轼专为陈襄作过一诗《和陈述古拒霜花》，以霜花抗拒霜雪欺凌、最终开出魁伟奇葩来颂赞陈襄的风骨。

而陈襄对苏轼的刚劲，更是直竖大拇指——

熙宁四年（1071）五月，高丽始来入贡。在此之前，高丽被辽阻隔，不通大宋已达四十三年之久。这一年，福建转运使罗拯令商人黄贞出面招待通好，高丽王趁机托黄贞移牒福建，表示愿意备礼朝贡大宋。

罗拯奏上，朝议认为可以结合高丽共谋北辽，最终决定接受。

高丽王遂派其国侍郎金悌等由登州上陆，入贡京师。

自此，朝贡不绝。

那时苏轼尚未到任杭州，一批高丽朝贡使者来到杭州后，自以为是外国特使，不把州郡长官放在眼里；而担任押伴的使臣，原本是本路的管库官，只是暂时兼差，却假借外国贡使之名作威作福，甚至要与铃辖分庭抗礼。

苏轼上任不久即得知此情，遂命人警告他们道："远夷慕化而来，理必恭顺，竟敢这样横暴放肆，不是你们教唆，绝不至于此，倘不立刻悛改，我这边马上出奏。"

押伴者获知后大惧，气焰顿时低下去不少。

然而，高丽使者紧接着发来公文，只书甲子而不写年号。苏轼退还来文，拒不接受，谕之曰："高丽称臣本朝，而公文上不禀正朔，我怎敢收？"高丽使者急忙换文再来，恭书"熙宁某年"。

由是，时人莫不钦佩这位通判遇事刚健不屈，处理得体，陈襄更是由衷敬佩。

熙宁五年（1072），苏轼的三子苏过出生。

这一日，苏轼带着长子、次子和马梦得、家仆等人畅游西湖，出门时尚见艳阳高照，但行至湖边不久，天边的乌云便汹涌翻滚起来，接着便刮起了狂风，隆隆雷声在耳边响起，岸边的树木朝一个方向歪倒，湖边的小船被风掀起又抛下，船家惊惶失措，却又不敢离开。

返回府上还要在水边走很远一段路，苏轼急中生智，果断让家人到湖边昭庆寺，躲进望湖楼暂避暴风雨。

新上任的杭州太守陈襄和僚属们，偕官妓正在此楼中饮酒赏雨，听说苏轼来了，忙命人楼下有请。

中国历史上的娼妓可追溯到很早的管仲时期，设军妓以鼓舞士气。宋代也不例外，不仅有官妓，而且开妓院也属正常行当。所以在当时，官员们在庆典和宴会上与陪酒的歌妓厮混均属"正常"。要想成为有名的歌妓与名妓并非易事，必须具备能歌善舞的才华和超常的文学天赋。

苏轼来到楼上，陈襄看见他就说道："贤弟爽快，快请入席。"

苏轼回应说："多谢太守大人盛情。"

陈襄又说："贤弟不要忘了吟诗助兴哟。"

陈襄不仅请来了杭州城有名的绅士，还有红红绿绿的一大群人，各界名流、商界精英外加他们的眷属，人数不下百人。除此之外，另请官妓一队十余人。这次宴会的规模和参加人数，远远超过沈太守的接风洗尘宴，苏轼心中暗自吃惊。

马梦得悄声告诉苏轼道："这次的官妓，原本由杭州城大牌歌妓周韶和琴操领衔。但只有琴操一人到，周韶三请四接均无回音。"

怪不得上楼时，苏轼发现不少色彩艳丽的轿子，还有一长溜垂着流苏、撑着彩幔的马车，此等场合，只有在汴京方可亲眼一见。上楼来的短短时间，马梦得便获知这些消息，苏轼并不多问。

前来赴太守宴的贵宾贵妇们，突然看见苏轼通判，真是百闻不如一见！他高高的个子，飘拂的胡须，开朗的笑容，亲切自在的神情，就算未跟苏通判说上一句话，他们都觉得苏通判已是自家人一样了。

苏轼心中暖融融的。

陈襄太守极其善于制造气氛，他首先将杯中之酒斟满，踱着步来到苏轼身边，主动给苏轼敬酒。

苏轼好酒却无酒量，极易脸红。年龄未至四十，已是两鬓白发。

又一杯酒下肚，他的脸已微微泛红。

马梦得迅速站起来，跟苏轼耳语了几句什么。

苏轼却接二连三地饮酒，酒宴的氛围慢慢到达高潮。

阵阵丝竹之声传入耳鼓，歌舞表演开始了，一位歌妓怀抱琵琶，唱起那曲《薄命佳人》。

苏轼吃了一惊，这不正是前些日子，自己审理秀奴的案子，怜惜这些风月场中弱女子的命运而写下的诗词吗？仅靠口口相传，这么快就流传开了？

那位唱歌的女子，年龄不过十五六岁，模样清纯，她如泣如诉地弹唱，四位更加年轻的女子在一旁翩翩起舞，曼妙的舞姿，配上婀娜的造型，博得阵阵不息的掌声。

　　唱歌女子见苏轼正凝神望她，满脸溢满羞怯之色，急忙将头低了下去。她的穿着不算珠光宝气，脸上却是浓妆艳抹，梳着歌妓们常见的那种高髻，上穿一件对襟小裳，下穿一件落地长裙，五颜六色全部衬托在她娇小的身躯之上。

　　此时，马梦得又凑近苏轼的耳朵说："此女正是琴操。"

　　她是杭州歌妓的大牌，居然如此害羞。

　　陈襄太守过来催促苏轼作诗，苏轼酒醉心明，随口吟道：

　　　　　　　黑云翻墨未遮山，白雨跳珠乱入船。

　　　　　　　卷地风来忽吹散，望湖楼下水如天。

　　　　　　　放生鱼鳖逐人来，无主荷花处处开。

　　　　　　　水枕能令山俯仰，风船解与月徘徊。

　　　　　　　未成小隐聊中隐，可得长闲胜暂闲？

　　　　　　　我本无家更安往，故乡无此好湖山。

　　从诗中不难看出苏轼的隐居之意，但他怎么隐得了？大隐朝市隐不住，小隐丘樊难成行，不如中隐杭州，隐在这通判任上！

　　似出疑似处，非忙若非闲。

　　于是乎，苏轼要把杭州当成他的第二故乡了。

第八章　明年花好与谁同

1

　　苏轼的诗词翰墨永远比官名流传得更快，大凡朝野里的重臣，都想得到他的墨宝；而高丽、辽等外国使节，也不惜重金托人四处购买他的亲笔；甚至英宗皇帝在位时，每得到苏轼作品，便会命人精心裱制，置于御案之侧。而如今，政客名流以及朝廷派驻到杭州来的官员，纷纷邀请苏轼参加宴会，朝夕饮宴几无虚日。

　　苏轼的肠胃却受不了，他经常向亲近的朋友诉苦道："到杭州来做通判，真是入了酒食地狱。"

　　马梦得劝苏轼平日多饮茶水。

　　和尚们知道苏轼讲究茗饮，都以上好泉水烹茶招待他。苏轼一日之内能饮酽茶七盏，欢喜得连羽化登仙都不稀罕，他题诗孤山道：

　　　　示病维摩元不病，在家灵运已忘家。

　　　　何须魏帝一丸药，且尽卢仝七碗茶。

由此可见，苏轼精研佛经，对《维摩诘经》中的典故如数家珍；其次，苏轼对茶的特性和效用非常熟悉，不仅以卢仝《走笔谢孟谏议寄新茶》中的"七碗茶诗"用典，并且懂得以茶汤来疗病。

马梦得说："茶水洗净人体的污秽，比深藏身中要好。"

马梦得是一语双关吗？苏轼睁大眼睛："此话怎讲？"

"不管苏大人你口渴与不渴，多喝茶水自会对身子有利。"

王闰之已经将烧好的一壶茶水送到苏轼书房中。

苏轼是品茶高手，不满足于只是品茶，他掌握了一手煮茶的绝活：先将从旷野之地汲来的新鲜泉水在瓦瓯中以文火慢慢烧烤，水煮沸时，他已用精巧石碾将绿色茶饼碾细透研。此时，将茶末均匀投入瓯中，待水与茶混在一起如水乳交融时，方可倒出饮用。

马梦得早被茶香感染。不过，马梦得想给苏大人讲述周韶的另一件事情："苏大人，你知道周韶姑娘有什么心事吗？"

周韶的心事，像马梦得这种经历的人未必能够懂得。况且，周韶又怎会借马梦得之口，向苏通判转述她的请求呢？

周韶那次缺席望湖楼中陈襄太守的宴饮，马梦得告诉他，是因其母病重。

周韶姑娘如此贤孝，不如让她安心孝母。

杭州有三位颇负盛名的官妓：周韶、胡楚、龙靓，周韶专喜茗茶。

苏轼问马梦得道："她经常饮什么茶？"

"单是杭州本地的宝云茶和白云茶，周韶姑娘专门取了'三沸'之水来点制，她要点出西湖之不俗！不是有'杭州之有西湖，如人之有眉目'之说吗？"

苏轼让他说说何谓周韶的"三沸"之水。

煎茶之水在瓯中初开时，水泡小如螃蟹之眼，稍待片刻，水泡睁大若鱼眼，伴随鼎沸之声，此时方为"一沸"之水。若以这"一沸"之水煎茶，茶汤则太淡，再扇旺炉火，让瓯中之水再次涌动，恰如散乱之珍珠朝四面八方滚涌，浩荡之声动人心扉，此时可谓"二沸"之水。以此"二沸"之水煎茶最佳。

此时，炭火不熄，将瓯水再一次滚涛，那便成"三沸"之水了，用此"三沸"之水煎茶，则嫌老矣。

苏轼很惊奇，民间能人太多了。

马梦得接下来说出的话，更是让苏轼叹为观止：蔡襄是当代有名的书法大家，也通茶道，一日，周韶与蔡襄斗茶，竟然斗赢了蔡襄！有言在先，蔡襄将自己的一件已用锦绢裱好的墨迹送给周韶，以示愿赌服输。

　　自此，周韶善茶之名更甚。

　　而苏轼尚未见过周韶本人。

　　马梦得说："'自古以来，忠孝实难两全'。如果周韶姑娘脱离乐籍，便可回家中一心一意伺候母亲，若碰上如意人家就可出嫁。也是一个两全之策。"

　　宋代朝廷定下特别的娼妓制度，隶身乐籍的妓女一律由官府派员监督管理，称为"官妓"或"营妓"，她们的义务只应官府征召，工作限于歌舞侑酒，不能以官员为营业对象。官员与官妓有私即属违法，如蒋堂知益州，被人检举与官妓私通而降官，祖无择因为与官妓薛希涛有私情而为王安石所弹劾。

　　苏轼明白马梦得在说什么。

　　不几日，苏轼携马梦得至西湖水明楼游览，顺便参加陈襄太守的宴请。宋时来杭州为官者，春游则集于柳洲亭，竞渡则集至玉莲亭，登高则集于天然图画阁，看雪则集在孤山寺，寻常宴客则多半集于镜湖楼。苏轼竟然碰上早就慕名的周韶。

　　周韶也早闻苏通判诗名，忙下跪行大礼。

　　马梦得上前拉起周韶。周韶的眼泪溢出眼眶。她斗胆陈情，并援例陈状，要求就此脱离乐籍。

　　苏轼知道，太守陈襄暗中爱慕此女已久，若就此允了周韶之请，恐有所不宜，事先没有跟太守商议过，日后与太守相处，岂不是就此生隙？遂于周韶的陈情书上提笔判了一行字："慕周南之北，此意诚可嘉；空冀北之群，所请宜不允。"

　　周韶泪雨滂沱。

2

　　熙宁四、五年间，王安石制定的新法已经陆续颁行天下，浙江西部各地除了《青苗法》《免役法》《市易法》之外，又推行了《水利法》和《盐法》。

食盐占据着不可或缺的地位，一向是朝廷搜刮民脂民膏、用以富国强兵的最重要的税源之一，宋代将盐和茶定为朝廷专卖物资，相当于如今的"垄断"。

愈是缺衣少食的穷人，对盐的需求愈是居高不下。

朝廷在江南各地遍设榷场，低价统一购进，高价统一售出，盐民捉襟见肘，致使产盐者无银购盐，只有偶犯《盐法》贬运并走私食盐！只要被盐官抓获，犯法的百姓便发配到边疆地区充军！而百姓的反抗情绪无法阻止，这个地区便滋生出一、二位领头者来，他们集结百姓公然跟朝廷作对，暴力抗税、武装贩盐！

朝廷兵力一直在穷于应对大宋北面的高丽和辽国以及西面的西夏，没有更多兵源来镇压各地起事的盐民；况且，除去贩运私盐，他们并未再干其他坏事，朝廷因此绥靖处理。

当贩运私盐的队伍越来越多，明显影响到大宋财力国力时，朝廷就不得不管了。

但苏轼认为，百姓是为了糊口才触犯法律，遂作一诗《熙宁中轼通守此邦除夜直都厅因系皆满日暮不得返舍因题一诗于壁》，为被囚禁的百姓鸣不平。

熙宁五年（1072），朝廷派卢秉提举两浙盐事，打着"振兴盐业、改善盐民生活"的幌子，实则是以更为酷烈的刑罚杜绝私盐的贩卖。

盐户历年来欠下的亏课均无法按期清偿，刑狱有增无减，甚至发生了母亲手刃亲生儿子的惨事。苏轼亲眼所见，"两浙之民，以犯盐得罪者，一岁至万七千人而莫能止"。王安石却强辩道："捕盐法急，可以止刑。"

转运使邀苏轼前往杭州仁知县的汤村，这里的赭山岩门开设有一个盐场，而卢秉正主持从该村开挖一条运盐河，征集而来的一千余名农夫站在浓浓的泥浆之中，正在开挖这条夺人性命的运河。天气晴朗的日子，滚滚暑气"上晒下蒸"。

苏轼是督役，来回奔波在泥泞中。

晚上，苏轼寄宿在当地的水陆寺中，写出《汤村开运盐河雨中督役》诗，他羡慕司马相如为官的轻松，更羡慕陶渊明的归隐山林。想起尚在陈州的弟弟子由，苏轼遂引后汉马援的典故，写了《山村五绝》。

苏辙不会这么想，比起哥哥浪漫而豪放的处世态度，他显得老成而稳重，他写下一首《次韵子瞻山村五绝》劝慰哥哥：

> 贫贱终身未要羞，山林难处便堪愁。
>
> 近来南海波尤恶，未许乘槎自在游。

其时，苏辙随张方平去陈州为学官，三年已届任满。正遇文彦博罢枢密使，以司徒兼侍中出判河阳，原拟征辟苏辙为河阳学官，但苏辙未赴任；适逢齐州太守李师中邀去济南，为齐州掌书记。

李师中因屡次上疏攻击西征军，且在苏轼诬案中拒作伪证，已被调知登州，现自登州移守齐州。苏辙谦虚地称自己在陈州三年无功，已经不配再做学官，临去济南之前，作有《自陈适楚戏题》一诗。

3

汤村在杭州城北，从那里回到府衙，必经西湖。

这一日，苏轼从汤村开凿运盐河的工地归来，想到已有多日未见惠勤、惠思二位诗僧，便对同行的马梦得说，他打算沿着西湖岸边往北面走一走。

马梦得问道："是去孤山拜会二僧吗？"

苏轼说："是。"

不知到底走了多久，那小驴居然将苏轼带到孤山下寺庙的山门前，自己停了下来。小和尚已不是第一次看见苏轼，问他这次为何一个人前来。

苏轼大口喘气，一边将身上绯红色的官袍、袍内的小褂、头上的四梁帽，以及脚上的长靴统统脱下来，赤着上身，全身仅穿了条长裤。

小和尚从里间搬出来一张竹躺椅，他从未看过苏轼脱成这样，眼光在苏轼身上晃来晃去。

"你还待着干什么呢？"

小和尚如梦初醒，依旧痴痴看着苏轼。苏轼伸手想摸摸他的头，他却趁势将头一歪，从苏轼的手臂之下躲开。

苏轼光着膀子躺在竹躺椅上，不一会儿就发出一片如雷的鼾声，嘴里却咕哝有声：

晋太元中，武陵人捕鱼为业。缘溪行，忘路之远近。忽逢桃花林，夹岸数百步，中无杂树，芳草鲜美，落英缤纷……

他的嘴角流涎，他不知道。

他的眼泪从眼角流出来，他不知道。

蒙眬之中，他听到另外一阵吟诵，不徐不疾：

此人一一为具言所闻，皆叹惋。余人各复延至其家，皆出酒食。停数日，辞去。此中人语云："不足为外人道也。"

苏轼慌忙睁开眼睛，看见佛印大师正站在竹躺椅旁边自己跟前。

原来，他在睡梦中朗读陶渊明的《桃花源记》，而佛印大师和自己接诵。

"你怎么突然来到此地？"

"你怎么光着膀子睡觉？"

苏轼忙用双手抚摸了一下手臂，四下里一望，没有闲杂人等，又急急问道："你怎会在此地？"

"老衲虽来无踪、去无影，不过是走该走之路，说该说之语，干该干之事。"

不容二人细细陈情，那小和尚跟在一位年岁稍长的和尚身后，朝他二人走过来，前面那位和尚说："惠勤住持吩咐，请二位进去说话。"

苏轼懒洋洋地穿好衣服，跟在二位和尚身后走进方丈。

惠勤、惠思、道潜三人，早在里边静候了。

苏轼走到惠勤身边施礼。

惠勤这才说道："刚刚接到颍州来书，太子少师欧阳修……"

苏轼惊惶不已，他的心中涌起一阵可怕的预感。

惠勤住持继续言道："太子少师欧阳修已于熙宁五年（1072）九月二十二仙逝……"

预感被证实，天旋地转！悲哀从他心里生起来，恰如一个天罗地网，紧紧地缠住了他，让他呼吸困难，站立不稳，身体重重摔在脚下冰凉的石板上。

佛印大师连忙上前将苏轼扶起。

上一年在颍州与恩师的相遇，不想竟成为他和恩师的诀别！苏轼泪水长流。

他浑身都被一种撕扯不去的悲哀所包围，他恨不能折掉自己的阳寿以延长恩师的生命！恩师对他们父子三人都有举荐之功，不管苏轼从前、现在和以后做出任何一件事，都难报恩师恩情于万一。

苏轼情思奔涌，写出《祭欧阳文忠公文》。

惠思吟出一首悼亡诗。苏轼次韵再和出一首《哭欧阳公孤山僧惠思示小诗次韵》。

当日晚上，惠勤、惠思在山寺中设立祭坛和灵堂，在寺中诵念《阎罗王经》，修撰《亡人斋》，以超度欧阳公的灵魂早归净土。

4

从孤山上下来，苏轼依然不能接受恩师已经离世这样的事实。

只有投入工作中，让身体更劳累，才可将内心的伤痛打压下去，他于是往西边方向，去到距离杭州一百余里的於潜县察看县政。

他还要去游一游寂照寺，以平复内心。

苏轼虽不能算是一个虔诚的佛教徒，但他精研佛法，最喜欢上山寻寺与和尚打交道。结识惠勤、惠思、道潜之后，他又认识了包括清顺、守诠、惟肃、仲殊、道臻、可久、慧辩、大通、惠觉、怀琏等一大批和尚。他的寺院朋友中有一个以杭州为中心，辐射苏州、无锡、镇江、常州的"和尚圈"。苏轼说，吴越高僧他大都熟悉，"默念吴越多名僧，与予善者常十九"，其中不乏文坛翘楚。

到达寂照寺时，天色已近黄昏，他站在绿筠轩旁默默观看竹林。小沙弥见了苏轼，急忙去向住持惠觉禀报，惠觉出来请苏轼吃斋饭。

苏轼挥手说道："不用了。"

惠觉早就获知苏轼诗名，寺院中到处是幽幽浮动的竹影，遂说道："施主诗情富有，请一吐为快。"

苏轼抓住惠觉的手，问："你说谁诗情富有？"

惠觉挣脱苏轼的手臂，说道："说的就是苏通判啊，难道本僧失言？"

惠觉命小沙弥备好文墨，苏轼挥笔写下后来流传千古的《於潜僧绿筠轩》一诗：

> 可使食无肉，不可使居无竹。无肉令人瘦，无竹令人俗。人瘦尚可肥，俗士不可医。旁人笑此言，似高还似痴。若对此君仍大嚼，世间哪有扬州鹤？

於潜僧，名孜，字慧觉，少时在於潜县南二里的丰国乡寂照寺出家，寺内有绿筠轩，以竹点缀环境，十分幽雅。苏轼写此诗，是借题"於潜僧绿筠轩"歌颂风雅高节，批判物欲俗骨，借典而颂扬於潜僧。

惠觉和尚拍手称赞："好诗。"

夜色像一块黑色的幕布，悄悄将他们包裹起来，苏轼惠觉毫无察觉。

5

大通和尚的性情与道潜、惠觉等人似有不同。

那一日，苏轼与几名和尚在山间游玩，其中有一名官妓，大家知道大通和尚的老规矩，都站在山门外等候；唯独苏轼，不等小沙弥出来，带着那名官妓就往里走。

大通和尚见苏轼领了一位妇人进来，断定此妇是官妓，神情不悦。因为大家闺秀进寺院烧香拜佛，必定带着丫鬟和婆子，断然不会裹在几个和尚之间，更不会直闯方丈！

大通和尚便有意落在苏轼身后。苏轼停下来，和颜悦色地说道："大师，你若肯把诵经的木鱼借出来供此女受用，我则愿写一首诗，叫她唱给禅师听，算是苏某对大师致歉。"

"此话当真？"

"苏某何曾戏言过？"苏轼词《南歌子·师唱谁家曲》就此诞生：

> 师唱谁家曲，宗风嗣阿谁？借君拍板与门槌。我也逢场作戏、莫相疑。　　溪女方偷眼，山僧莫皱眉，却愁弥勒下生迟。不见老婆三五、少年时。

此调侃之作竟使大通和尚开怀大笑，忘了佛家清规戒律，与这名歌妓一见如故。

苏轼见大通和尚动了凡心，戏谑笑道："今日我参破老僧禅矣！"

而戏谑仅是令大家开怀一阵子的事，苏轼想到马梦得曾经说过的话："'自古以来，忠孝实难两全'。如果周韶姑娘脱离乐籍，便可回得家中一心一意伺候母亲，若碰上如意人家就可出嫁。也是一个两全之策。"

苏轼心中似有块疙瘩。

过了几日，陈襄的挚友苏颂自京城来到杭州。

苏颂字子容，福建泉州府同安县人，庆历二年（1042）进士及第。后来官至吏部尚书，他对科学技术特别是医药学和天文学有突出贡献，他领导制造了世界上最古老的天文仪器"水运仪象台"，开启了近代钟表擒纵器的先河。

陈襄设宴款待苏颂，招周韶侑酒。

"从来名人能评水，自古高僧爱斗茶"，苏颂不是和尚，周韶会敬茶于他吗？

苏轼突然想到范仲淹《斗茶歌》："北苑将期献天子，林下雄豪先斗美。"又想起自己所作《次韵曹辅寄壑源试焙新芽》一诗：

> 仙山灵草湿行云，洗遍香肌粉未匀。
> 明月来投玉川子，清风吹破武林春。
> 要知冰雪心肠好，不是膏油首面新。
> 戏作小诗君一笑，从来佳茗似佳人。

最后一句"佳茗似佳人"，是不是苏轼为周韶这类人所作？

上一次，周韶要求脱离乐籍的陈情苏轼不允，这一次，她对苏轼依然敬重有加。看她一身洁白素服，苏轼便知她母亲已逝。

酒过三巡之后，舞伎们开始表演歌舞。周韶唱曲是每次酒宴必有的流程，陈襄一边欣赏周韶优美婉转的唱功，一边对苏颂说道："此妓文采飞扬，少有能及之人。"苏轼听了，趁机说道："只是她一心脱籍，不知大人意下如何？"

苏颂愿意放她远走高飞。他抬起头来，正巧看见酒楼的屋檐上歇着一只雪白的鹦鹉，便灵机一动，指着鹦鹉说道："周韶姑娘能否作诗一首，以助在座各位雅兴？"苏颂想，若周韶借笼中白鹦鹉表达自己的从良意愿，作出一首好诗，则准了她的脱籍请求。

周韶当然明白。

正要提笔作诗，忽听通判苏大人说道："此女身穿白衣，是因为她正在居丧期间，其母刚刚去世不久。"

周韶眼圈红了，提笔写出一首七绝：

陇上巢空岁月惊，忍看回首自梳翎。

开笼若放雪衣女，长念观音般若经。

苏颂一声嗟叹，毫不犹豫准了周韶的请求。

众官妓见此情景，纷纷跪在地上，向苏轼、苏颂和陈襄等人叩拜。

不多久，杭州府批准周韶的脱籍申请。

苏轼成全了周韶，却又担心惹恼陈襄，下一年，他在常润道中写下《有怀钱塘寄述古》一诗，代陈襄惋惜。诗的最后一句"记得金笼放雪衣"，指的就是陈襄批准周韶脱籍一事，但苏轼又自注"杭人以放鸽为太守寿"九字，实为掩饰。

6

周韶成功脱籍，姐妹们均有诗相赠，琴操夜不成寐。

胡楚诗云："淡妆轻素鹤翎红，移入朱栏便不同。应笑西园旧桃李，强匀颜色待东风。"

龙靓诗云："桃花流水本无尘，一落人间几度春。解佩暂酬交甫意，濯缨还作武陵人。"

琴操坐不住了，一切发生着的事情，不过是首次重复着自己！今夜若有人重生，该是她了。

琴操苦于没有机遇跟苏通判相会，却听到一个小姐妹说起了这样一件事，也许是见周韶出籍简单，一外号为"九尾野狐"的年老营妓陈状，要求出籍从良。苏通判竟未允！判曰："五日京兆，判状不难，九尾野狐，从良任便。"

昔人以此来证明苏轼文思敏捷。然而，他的敏捷，对妓女来说是有些残酷！可见北宋朝廷是如何严加保护官妓制度，戴在在籍妓女头上的帽子又是如何难以摘除。

而琴操不愧为杭州城的大牌歌妓——

这一日，苏轼率领一行小吏来到西湖的白堤，只为勘测钱塘江和西湖的水情。酷热难当，苏轼带领大家走到一个凉亭中休息。

西湖装载着千顷碧波，宛如一面硕大无朋的铜镜，将天上的朵朵白云囊括其中。而堤岸一带的荷叶，生长在一块块方形的池塘中，属于不同的主人。这种画地为牢的种植，不利于西湖疏浚，在洪水多发季节极易形成内涝。

苏轼叹了一口气。

荷叶片片如伞，浓浓的碧绿仿佛会从脉络间流淌出来。恰在此时，苏轼听到一阵银铃般的歌声：

把酒祝东风，且共从容，垂杨紫陌洛城东。总是当时携手处，游遍芳丛。　聚散苦匆匆，此恨无穷，今年花胜去年红。可惜明年花更好，知与谁同？

这不正是恩师欧阳修的名作《浪淘沙·把酒祝东风》吗？单从声音就可判定，演唱此词之人是琴操。那一次在望湖楼，她演唱的是自己的《薄命佳人》，这次她演唱的是恩师佳作，苏轼为之感动。

顺着声音望过去，湖面上漂荡着一只四周缀满了璎珞的兰舟，两名船工一前一后地划着桨。而那一阵阵伴随着古筝琴音的歌声，就是从兰舟的船舱里边传出来的。

兰舟抵达湖岸，门帘揭开，一位神情端庄的少女缓步走出。那女子满脸羞怯神色，穿着不算珠光宝气，脸上却是浓妆艳抹，梳着歌妓们常见的那种高髻，上穿一件对襟小裳，下穿一件落地长裙，五颜六色全部衬托在她娇小的身躯之上。

琴操衣着装扮跟上次在望湖楼一模一样。

好一个有心人！

苏轼站起身来。在离苏轼尚有十来步远之地，琴操站住了。她向苏轼深深施了一礼，说道："贱妾琴操拜见苏通判。"

苏轼挥手说道："免礼。"

兰舟上已走下多人，他们都是随同琴操在西湖上诗词唱和的。

琴操向苏轼说道："贱妾一向喜欢诗词，至今却未得大人一件墨宝，实在遗憾之至。"苏轼经常在歌妓的扇子或者披肩上题诗，她们均以得到苏轼真迹为幸事！

苏轼本想问，她何以会在湖上兰舟中演唱恩师的大作，却改口问道："下官若现在作诗，你可否当场唱出？"

琴操喜极，再次施礼道："贱妾荣幸之至。"

八十开外的老词人张先，此次正好与苏轼同行，因他买下年仅十八岁的小妾时，苏轼作诗调侃过他，这一次，他便开玩笑道："苏大人，良辰美景之时，作妙手回春之诗，过逍遥自在之日。"

苏轼这首描写西湖风光、记载富有情趣的巧遇之词《江城子·湖上与张先同赋时闻弹筝》，稍候即成：

> 凤凰山下雨初晴，水风清，晚霞明。一朵芙蕖，开过尚盈盈。何处飞来双白鹭？如有意，慕娉婷。 忽闻江上弄哀筝，苦含情，遣谁听？烟敛云收，依约是湘灵。欲待曲终寻问取，人不见，数峰青。

拿到苏轼墨迹，琴操便开始清唱。

"一朵芙蕖"即芙蓉，指的是荷花，就像弹筝演唱的琴操，被摧残之后依然保持"盈盈"之态，这才惹人爱怜。跟苏轼一起游湖的刘姓二兄弟，他们身着丧服，穿一身白衣裳。按照当年的礼法，居丧之人不能"冶游"，所以，苏轼称他们"双白鹭"，但此二人见琴操如此美貌，脖子就伸长了。

恰在此时，佛印大师不期而至。

佛印大师刚从洛阳来到杭州，在灵隐寺挂锡。从到来的第二日开始，他便在灵隐寺连续三日为僧众和居士讲经。近几日，他正"躲"在大雄宝殿里静悄悄作"指画"。

佛印大师将蒲团放在地上，说了句"老衲在此，阿弥陀佛……"便闭目打坐。

有了佛印，"上天无路、入地无门"该改成"上天有路、入地有门"了。唱完苏轼词章的琴操，从贴身衣襟中取出陈情书，要求苏通判准许其脱离乐籍！

张先开口说道："苏大人向来体恤民情，哀民生之多艰，可操办此事吧？"

琴操听了，急忙转过身来，朝张先施礼。不知她是否明了张先的身份，一口气竟道出了一长串："贱妾出身官宦之家，因父亲不幸获罪，十三岁那年不得已流落风尘。已经入行三年，刚过十六岁。生之艰难，不是局内人所能知晓。请大人慈悲为怀，将贱妾渡到对岸、解除乐籍！"

张先望着苏轼。

众人皆望着苏轼。

苏轼站到盘腿坐在蒲团上的佛印身后，同样双手合十，双目微闭，问琴操道："现在就开始超度吧？"

琴操心有灵犀："好。"

众人异口同声："好。"琴操感激地回望了众人一眼。

苏轼望着眼前的西湖，问道："何谓山中景？"

琴操机灵："明月松间照，清泉石上流。"

苏轼又问："何谓景中人？"

琴操得心应手："竹喧归浣女，莲动下渔舟。"

苏轼再问："何谓人中意？"

琴操早谙此道："柴门闻犬吠，风雪夜归人。"

113

苏轼本以为第三句琴操会回答"门前冷落车马稀，老大嫁作商人妇"，却听她如此回答，心中恍然大悟。

琴操追问道："贱妾斗胆问一句，何谓普度菩提？"

苏轼不假思索曰："不求己身得安乐，但愿众生出离苦。"

话一出口，苏轼便知已中琴操"圈套"。

不是后悔说出此言，而是后悔说出太早。

不是后悔说出太早，而是后悔他二人的"风雅"早早结束。

苏轼指着佛印说道："琴操姑娘，我代佛印大师将你收为佛门弟子，真正的师父是他，还不赶快上前叩拜？"

周围一片喝彩，年老的张先拍手称快。

琴操已经说什么就是什么了，她走到佛印跟前，只管跪地而拜。

施礼之后，琴操重回兰舟。小舟渐渐远去，"双白鹭"竟目送之。

第二日，琴操拿出多年的积蓄赎了身，在临安玲珑山出家为尼。八年后去世，年仅二十四岁，就葬在临安的玲珑山上。

这座小山中有了这一方坟冢，就和苏轼扯上了关系，正如《玲珑山志》开篇八字："玲珑虽小，苏轼曾登。"于是，琴操因苏轼而名闻天下，八方文人到玲珑山来发思古之幽情。

第九章　最忆是杭州

1

苏轼性格活跃，除了参加官府邀名歌妓参与的交际场合外，杭州的名歌妓多主动邀请他参加宴会谱词唱曲，但他没有与任何一位名歌妓有风流韵事，仅畅饮吟诗。

他的兴趣并不在此，从汤村开挖运盐河现场回到杭州之后，他便在州衙内对陈襄太守和盐官诸人极言水利不便，反对在汤村开挖运河，挖河行为必须立即停下！措辞之严厉，绝无仅有。

但盐官不愿与苏轼议论，他有皇帝朱笔签发的圣旨。

消息传到转运司官员耳中，苏轼便被派到湖州实地考察，去看看不修湖堰洪水危害百姓的情形。湖州距杭州城一百八十里，位于太湖南岸。湖州知州孙觉将太湖南岸原有的木造堤防全部改用大石块重筑，堤高八尺有余，长达百余里，以图一劳永逸。改造堤岸仅是权宜之计，若遇淫雨，水位上涨的高度超过堤岸，必将溢水为患，木造石造后果都一样！

苏轼看出筑石堤并不是彻底解决问题的方法，自己并不是水利方面的专家，却被委派了这么一个差事，岂一个窝囊了得？

孙觉，字莘老，高邮人，相貌奇丑，曾经问学于陈襄，登进士第，熙宁初知谏院，因与王安石异议，出知广德军，现任知湖州事。

苏轼带着马梦得和几个小吏坐官船去湖州。

沿途稻田里，即将成熟的稻梗歪倒在泥水中，这些将要到手的口粮，多半会腐烂在稻田里。一位农妇正在稻垅间走来走去，神情凄惨，她忽然朝苏轼官船方向走过来，要求乘坐他们的船到河对岸去，她要去丈夫和儿子的坟墓前烧些纸，跟他们说几句知心话。

同行小吏极不耐烦，欲将农妇轰下船去。

苏轼从船舱中走出来，问道："你——你要去对岸——干什么呢？"

农妇见苏轼模样并非凶神恶煞，咳了一声，低声说道："每一年的忌日太多，我哪来那么多闲银？活一日是一日啊。"

苏轼问道："到处是水，没有银两，没有纸银，就是去了墓地，又能怎样呢？"

农妇抬起头来，一字一句地说道："那该死的豪吏，打着朝廷打着圣旨的名义，庄稼还没成熟，就挨门挨户催收。"

苏轼吃惊问道："竟有此事？"

农妇说道："今年久雨不晴，稻谷都遭水灾，好不容易等到天晴收上来了，官府竟将粮价压得如此之低！原本指望纳米交银，新法实行后，到处都是银荒米贱，官吏要银不要米，我等将米换成银，只能赎得一半的价值！这是不是——"

说到这里，农妇突然意识到面前站着的是官府之人，她后退一步，欲离去。

苏轼叫住她，又将马梦得唤到跟前耳语几句。

马梦得迅速走向官船，手拿些银两，迅速塞进苏轼手中。

苏轼掂起银两，快速塞进农妇手中。农妇惊恐不已，哆哆嗦嗦说道："官人带我过河去，已是天大的人情，我哪能要官人的银子？"

苏轼用手挡住农妇攥着银子的手，说："你先拿着吧。"

农妇道："这加倍的纳税，本是农人承受，哪能让官人……"

她接着说："官府要银不要米，如今，家里米也没了，只好将牛卖掉——没了米，没了牛，来年的日子可怎么过啊？呜——呜——"

苏轼怔怔地望着农妇。

农妇说："十有八九，我这次去了当家的和儿子的墓地，以后再也去不成了。我得、我得跟他们说上几句——呜——呜——"

马梦得走过来，将农妇牵到船上。

船划到对岸，农妇要给苏轼施礼，被苏轼拦住，遂快速走下船去。

苏轼回过头来，竟看见那些银子被农妇原封不动地搁在苏轼刚刚坐过的位置上。宁愿自己受苦受罪，丧夫失子，家破人亡，还要承受朝廷这不合理的重负。忍辱负重的农人啊！

悲愤满腔的苏轼有感而发写出二诗：一首寓言诗《鸦种麦行》，写出地方豪强掠夺农民辛勤劳动果实的悲惨情景；另一首《吴中田妇叹》，前一段写水患，后一段写虐政，是一首立场鲜明的政治现实诗。

2

苏轼与孙觉事先相约，在酒席上只行酒令，莫谈时事，违令者罚酒一大盏。

苏轼《赠孙莘老七绝》中的第一首却是：

> 嗟予与子久离群，耳冷心灰百不闻。
>
> 若对青山谈世事，当须举白便浮君。

这首诗日后却成为"乌台诗案"的罪证之一。

苏轼在湖州结识了好几个不得志的穷朋友，最重要的是，苏轼此时始知世有黄庭坚其人。

一日酒后，孙觉取出一篇诗文稿，请苏轼评判。

苏轼仅读了几行文字，就掩不住内心的激动。

孙觉把苏轼的反应看在眼里，未置一辞。

过了很久，苏轼问孙觉，此文由谁而作？

孙觉遂说出自其女婿黄庭坚笔下。

苏轼忽然想起一件事，那还是在熙宁初，自己正在眉山丁忧，有一日，王闰之的胞弟王箴不知从哪里手抄来一篇诗文，苏轼看了，认为超凡绝尘，卓然独立于千万诗文之中，世上已好久没有这样的佳作了！王箴似乎说出过"黄庭坚"这个名字。但那时，他对黄庭坚一无所知。

　　孙觉告诉苏轼道：治平四年（1067），黄庭坚考中进士，任汝州叶县县尉。熙宁初参加四京学官的考试，由于应试文章最优秀，遂任国子监教授，留守文彦博认为他有才能，留他继续任教。

　　苏轼那时看到的，极有可能就是黄庭坚的应试诗文。

　　孙觉继续说："庭坚诗文之好，人人皆知，只是少了一个像你这样的人物为之称扬。"

　　苏轼惊问道："此话当真？"

　　"当真。"

　　可惜此时，黄庭坚在国子监任教授，和东坡一个滞留北方，一个徘徊江南，一直未有谋面之机。直至大宋改年号"元丰"之后，苏黄间才有诗书往还，二人亦师亦友，黄庭坚比苏轼小九岁，终成"苏门四学士"之一。

　　在杭州，苏轼又遇晁补之。

　　晁补之，字无咎，号归来子，济州钜野人，工书画，能诗词，善属文，与张耒并称"晁张"，曾任吏部员外郎、礼部郎中。晁补之有很强的记忆力，王安石之弟王安国见到他就倍感惊奇。十七岁那年，其父到杭州做官，他随同前往，荟萃钱塘山川风景人物之秀，写成《七述》一书，其父带他去见苏轼。

　　苏轼读了他的书赞叹说："这都是我心里想写却一直未写的文字，今日被你写尽，我只好搁笔！"

　　晁补之父子听闻此言，惊异无比。

　　苏轼称赞他的文章写得博雅、隽永、瑰玮，超过一般人远甚，日后定会显名于世。

　　晁补之是晁端彦之侄，苏轼与晁端彦同是欧阳修门生，同次应试及第的老熟人，苏轼自然对其爱护有加，晁补之也顺利成为"苏门四学士"之一。

3

熙宁六年（1073）二月，苏轼视察富阳、新城、风水洞、桐庐，过严陵濑后返回杭州，特作一词《祝英台近》，哀民生之多艰。苏轼欲摆脱愁绪，从幻想中去寻找慰藉，借历史神话以讽刺积贫积弱的宋王朝现实，抒发心中的忧民之情：

> 挂轻帆，飞急桨，还过钓台路。酒病无聊，敧枕听鸣舻。断肠簇簇云山，重重烟树，回首望、孤城何处。　　闲离阻。谁念萦损襄王，何曾梦云雨。旧恨前欢，心事两无据。要知欲见无由，痴心犹自，倩人道、一声传语。

这年秋天，言官罗拯上书朝廷：两浙淮南东路灾伤，乞行贷恤，诏赐两路粮三万石。

十月，沈括奏派朝廷察访两浙，奏言常、润二州，岁旱民饥。漕司奉诏后，即邀杭州通判苏轼赴常、润一带赈饥放粮。苏轼与柳瑾同行，于十一月启程。

柳瑾，字子玉，丹徒人，善作诗及行草书。与王安石同年进士，其子柳仲远是苏轼二伯父苏涣的女儿小二娘的丈夫，即苏轼的堂妹夫。柳瑾比苏轼高一辈分，是苏轼的姻丈，家住金山。

他二人乘船北上，经过苏州、无锡、常州、丹阳，到达润州的那一日，天上飘起了鹅毛大雪，柳瑾命其子带着家人在码头上迎接。

还未上岸，柳瑾就向苏轼介绍他的"犬子"，此人身材高大，满脸浓密的络腮胡，却显得十分羞涩，说话也不多，对苏轼拱手施礼后就忙着跑前跑后，只听其父吩咐。小二娘没有前来，两个外甥柳闳和柳癖跟着来了，他们跪在柳仲远的身后向苏轼叩拜，嘴里高喊着"二舅、二舅"，苏轼忙拉他二人起来，问他们今年几岁了，平时读些什么书，他们会些什么。

两小儿一一作答。

天气冷得出奇，但两小儿的脸蛋始终红扑扑的，两双水汪汪的大眼睛始终跟着苏轼前后转动。他俩的模样像极小二娘，苏轼回想到小时候跟子由、小二娘一起嬉笑疯闹的情景。

马车很快就到了柳家宅院。

未等苏轼双脚落地，一个清脆而干净的妇人声音就朗然传来："哎呀呀，我说是哪门子的风把我那多才的二哥吹到我家来了啊？菩萨有眼、菩萨有眼，我家吉星高照、吉星高照！"

苏轼朝那个声音冲了过去，紧紧抓住她的双手："小妹——小二娘，我们有多少年没见面了？"

小二娘嗔怪二哥苏轼不该见面就称她小名，两个孩子都长成小大人的模样了。接着，她便问二哥有几个孩子，二嫂平日里待他如何。

苏轼想到很多人传言的那位"苏小妹"，佛印大师亲口跟苏轼讲述他听到的苏小妹新婚之夜三考新郎秦观的故事，更是传得有鼻子有眼——

第一考是对对联："东厢房，西厢房，旧房新人入洞房，终生伴郎。"

秦观被苏小妹的深情打动，说道："南求学，北求学，小学大试授太学，方娶新娘。"

第二考还是对对联："小妹虽小，小手小脚小嘴，小巧但不小气，你要小心。"

秦观来回踱步，冥思苦想苏小妹粉面含羞之模样，很快便对出下联："少游年少，少家少室少妻，少见且又少有，愿娶少女。"

第三考依然是对对联。秦观拆开信封一看，只见花笺上写着："抬手推开窗前月。"这个对子出得非常奇巧，秦观左思右想，想不出好的对句来。

越急时间过得越快，三更的鼓声很快响起，秦观越来越焦急。

正巧这时，苏轼没睡，他见秦观在庭中徘徊踱步，口中念着"抬手推开窗前月"七个字，右手做推窗之势，知道是被苏小妹的题目难住了。苏轼有心相助，一时却想不出好对子来。四下里一瞧，见庭中有一只花缸，盛着满满一缸清水，水中映着一轮皎洁的明月。秦观信步走来，倚着缸边出神。苏轼脑中蓦地闪出一个佳句，待要说出告诉秦观，又怕伤其尊严，便躲在阴影处，拣个小石子投向缸中，一缸清水霎时搅乱，水中明月散若碎银。秦观见状，茅塞顿开，脱口而出："投石击破水中天"。

秦观忙取笔墨写出，递给丫鬟呈请小姐过目。

一会儿，房门"呀"的一声开了，面如桃红的苏小妹，含情脉脉地走到秦观身边，端起桌上的玉杯，斟满喜酒，双手捧给秦观。秦观执杯绕过苏小妹的手，二人十分默契地交杯饮下，然后，携手走进洞房。

其实，苏轼哪有小妹，他最小的姐姐小八娘比他还年长一岁，在她十八岁那年，与舅舅的儿子程正辅（之才）结婚。遗憾的是，婚后仅一年，她便去世了。而自己的堂妹小二娘嫁给柳仲远之后，生活美满。

也许是人们见苏洵、苏轼、苏辙父子三人文学成就极高，并且同情小八娘的悲惨遭遇，才将这聪慧女子富有传奇色彩的故事编到了苏家，希望苏轼有个才华横溢的小妹，怎不叫人万千感动。

秦观，字少游，一字太虚，江苏高邮人，宋神宗元丰八年（1085）进士，熙宁十年（1078），苏轼自密州移知徐州后，秦观前往拜谒，才与苏轼相识相知，最终成为"苏门四学士"之一。

面对小二娘，苏轼不由得想到这些传说。

宋仁宗嘉祐七年（1062）八月，二伯父苏涣在利州提点刑狱任上仙逝以后，小二娘便嫁到了柳家。按照礼法制度的规定，女子死了父亲，如果家中没有长辈，允许破例出嫁；男子在居丧期间绝不允许娶妻，纳妾也不允许，甚至不许喝酒、看戏。

算起来，他们兄妹已有十余年未曾见面了，气氛有些伤感。但小二娘性格活泼，她才不愿意伤心伤肝呢！她不仅大声劝二哥喝酒，更是代表公婆和丈夫给二哥敬酒。她的"敬酒令"一出，柳瑾父子迅速起身敬酒。

小二娘在丈夫耳边嘟哝了几句，柳仲远便快速离席，很快领来一个家妓，说她会吹笛，让二哥随便点曲。

晚饭后，两个小外甥又来到苏轼面前，重新跪下。苏轼诧异。原来，他们想拜二舅为师，好好学习书法。

唐代元和年间大书法家柳公权是柳家先祖，柳瑾也是草书了得，柳侯运笔如电闪，苏轼怎敢班门弄斧？

两个小外甥却口齿一致地说道："二舅，我们就是喜欢你写的字，我们还喜欢你写的诗，《游金山寺》我们已经背得烂熟了。"

言毕，屋内顿时响起口齿清晰的童音。

苏轼与任何人相处，都能发现别人身上的优点，遂随口吟道：

退笔如山未足珍，读书万卷始通神。

君家自有元和脚，不厌家鸡更问人。

吟罢，苏轼问道："可懂其意？"

柳闳不说话。柳癖言道："用坏了的笔堆成山，也未必能写出好字，多读书才能写出好作品。"

柳闳言道："每个人的书法都有他自己的个性和风骨，应该像柳公权学习书法那样，不要认为自己写的肯定好不过别人而去盲目地模仿别人。"

"正是。"

柳瑾手捋白胡须，一脸笑意。

柳仲远则吩咐家仆给苏轼添茶水，小二娘心里暗暗称道：多年未见，二哥该成"精"了。

4

苏轼忙于处理繁杂赈务，多半时间奔波在去各地的路途之中，这一年的除夕，苏轼竟一个人睡在船舱里度岁，通宵不寐，索性挑灯起坐，写成二诗《除夜野宿常州城外》。

熙宁七年（1074）春，苏轼陪柳瑾又回金山，在润州逗留至四月底。五月至常州，然后到无锡、苏州，至炎炎六月才回到杭州，此行的时间足有七月余。

各地农民起义不断小规模地爆发，威胁着大宋江山，已当权五年的王安石主动上书辞相。

新法实施后的不良反应不断传入深宫中，宋神宗愁苦不堪。

这一日的早朝之后，光献太皇太后见神宗面露不悦，便说道："老身平日虽在深宫，但也耳闻什么'天变不足畏、祖宗不足法、人言不足恤'的口实，这分明是反对王安石的做法，是不是也算'大逆不道'呢？"

神宗不语。

太皇太后又说："青年本以耕作为主，但他们贷得青苗银之后，就贪恋起了不劳而获的生活，一年中的大半时间不思劳作，竟迷上了酒食和赌博。赌博可是无底洞啊，仅靠那几斗几石成熟的粮食，哪里偿还得了官债？拿什么当口粮？那些还不起债的罪贼囚犯，大牢里已经关满了是不是？"

神宗感到好奇，问道："太皇太后怎知道这些内情？"

太皇太后叹了口气，说道："总有办法知道的。可见得，祖宗法度不宜轻改，《青苗法》还是免了吧。"

神宗辩解道："朕颁布的《青苗法》意在为民解困，对民有利，从根本上来说，并非使民更穷苦。"

"那怎么执行起来就变样了呢？依老身看来，全是王安石此人结怨太多，不听逆耳忠言，好心却办起了贻误大宋国民的事件，他不是有个'拗相公'的名号吗？依老身看，还是先将他外放任职，待这段灾害过了再视情而论。"

神宗却想起了前朝的重臣范仲淹，当年却被派往西北边地，解决那令人头疼的西夏国的公然挑衅！

本朝能臣除了王安石，还有谁能胜此重任？

祖母与皇兄的对话，恰好被此时进宫的岐王赵颢听见，他在一旁帮着祖母说道："陛下，太后所言乃本朝实情，不保民生还要保大宋江山！"

太皇太后说说也罢，皇弟有何资格训斥皇上？宋神宗的怒火爆发出来，颤抖着手指着岐王说："是不是朕要王安石变法就是败坏天下呢？难道大宋江山要毁坏在朕的手中？那你来做皇上，我来做皇兄好了！"

岐王平时跟皇上见面不多，兄弟之情再浓，也让位于君臣关系。他慌忙跪在地上，说道："罪臣该死、罪臣该死。"他一边说一边用手扇打自己的嘴巴。

太皇太后大惊失色，抓住神宗的手喊道："陛下、陛下。"

神宗抽回自己的手，不接祖母的话。

太皇太后说道："岐王年幼无知，不要听他胡言乱语。常言道，'宰相肚里能撑船'，陛下心中装下了大宋江山，想的都是社稷之事，何必跟自己的小弟计较？不如让他趁早回去，发奋读书，多长点见识。"

神宗很不耐烦地对岐王甩了甩手。

太皇太后见机对岐王说道："还不快平身谢皇上？"

岐王赶紧从地上爬起来，向皇上和太皇太后谢恩后仓皇离去。

许多消息源源不断传到宫中，太皇太后得知后坐卧不宁。

又过了几日，宋神宗刚下早朝，太皇太后便找到他，尚未开口已泪如雨下。

神宗惊慌不已。

见神宗惊异，太皇太后反而心定了，说道："皇上可知道，民间已经发生易子而食的惨事？"

"那不是人吃人吗？悲乎！"

"陛下所言极是。"

神宗望着自己的祖母，终于流下泪来。

太皇太后说道："牢里关押的囚犯实在太多，人满为患，长此以往，一旦有人从中煽风点火，他们冲出大牢，那几个狱卒哪里抵挡得了？"

神宗心里紧张起来：他们会跑到哪里去呢？

太后的说法更加深了神宗的忧虑："这伙罪贼，在家无田可种，逃到哪里都是死路一条！哪里还能待到官府派人去抓他们？他们干脆拿起种田用的农具，什么铁锹呀、锄头呀、三齿叉呀——"

"他们拿这些钩钩耙耙干什么？"

"他们逃到山上占山为王！谁说他们不会造大宋的反呢？"

"真有此事？"

"千真万确，王安石已经乱了天下！"

宋神宗开始坐卧不宁。

正值此时，汴京城看守城门的一位名叫郑侠的小官吏，因近两年经常看到来自河东、河北、陕西等地流亡到京城的难民形容憔悴，破衣烂衫，纷纷以树皮和草根为食。

郑侠遂将他平日所见绘制成一幅《流民图》。开始时，阁门官吏不肯接受，郑侠遂在图中夹了一道奏疏，其中说："陛下征伐外夷，别人所上皆为国家盛强的图录，没有人画出天下流离失所、饥寒交迫之状进献御前的。此图百不及一，但经圣览，亦可流涕。陛下观臣之图，行臣之言，天如不雨，乞斩臣宣德门外，以正欺君之罪。"

门吏这才收下此图，由内侍呈送给宋神宗。

神宗看完此图，长吁短叹，晚上带至深宫，上上下下认真细看，整夜难眠。第二日早朝，神宗未跟任何人商议，突然下诏，下令开封府停收免行钱，命司农发常平仓救济灾民，命三司查察市易的弊害，停止青苗免役的追索，并罢却方田等，一共十八项。

神宗又诏王安石以观文殿大学士出知江宁府；并听从他的建议，以韩绛代替王安石为同平章事，吕惠卿为参知政事。

那时是熙宁七年（1074）的四月。

吕惠卿是阴险毒辣之小人，他知道宋神宗对王安石信任未衰，便挑起了王安石之弟王安国与李士宁之狱，凡可以陷害王安石者，无所不用其极！就连与他同时并起的老搭档曾布，因为市易发生过争执，也被他设计挤出京城，落职出知饶州。同时，吕惠卿又竭力排挤韩绛，韩绛虽然执掌中书，但碌碌无所作为，大权遂落入吕惠卿一人之手。

而画了那幅《流民图》的郑侠，亦被吕惠卿随便定了个罪名，流放到遥远的边地。

5

苏轼从常州、润州归来不久，太守陈襄任期已至，朝廷下诏，他与应天府的杨绘对调。

陈襄选在八月十五这一天约苏轼同游西湖，并特别招来官妓画舫，要苏轼亲自点名。苏轼却道不带官妓："游船上要载酒菜，要摆放酒桌酒具，还要击乐唱歌，另有船工厨师等人，容量有限，载不了那么多。"

陈襄走到苏轼身边，说道："不知贤弟是否更加垂青雏鸟儿？"

一位亭亭玉立的小女子已经站在画舫门边，正笑意盈盈地望着苏轼。不待苏轼说话，小女子走到苏轼身边，向苏轼深深施了一礼，用一种十分好听又十分柔和的声音说道："小女子仰慕苏大人诗名已久，今特来为苏大人献曲一首，万望赐教。"

伴奏的乐音缓缓响起，众人皆屏住呼吸，听她一字一句地唱起来：

伫倚危楼风细细，望极春愁，黯黯生天际。草色烟光残照里，无
言谁会凭阑意？　　拟把疏狂图一醉，对酒当歌，强乐还无味。衣带
渐宽终不悔，为伊消得人憔悴。

柳永的怀人之作《蝶恋花》，直把苏轼唱得不知身处何地，多少年没回蜀地
故乡了？

陈襄见状，已然心知肚明，附在苏轼耳边说道："贤弟，把她领回府去吧。"

苏轼不置可否地微笑，问陈襄道："小女子姓甚名谁？"

"姓王名朝云，刚买进来的小官妓，不足十三岁。"

苏轼不说话，一时默然。

陈襄说道："贤弟就依了本府吧。"

苏轼对身边的马梦得挥了挥手。

马梦得跨到小女子身边，问道："你是哪里人氏？"

"小女子钱塘人氏。因家道衰落，父母早亡，不得已入的乐籍。"

稍后又补充了一句："至今不足一年。"

苏轼忍不住走过去，亲口问："朝云姑娘怎会唱如此令人落魄失魂的曲子？
何人何处学来？"

"回苏大人，朝云是从周韶姐姐处学来。"

"就是那位已经脱籍的周韶姑娘吗？"

"正是，周韶姐姐极喜名人名词，一旦得到，非要亲自谱曲不可。然后，再
一句一句教小女子演唱。"

苏轼无语回应。

"只可惜，小女子尚未得到苏大人的诗词。"说到此，王朝云又要向苏轼施
礼。苏轼连忙拉住。

妓女们"请诗"，他从不回绝，已经传唱出去多少首他也不知道。是她贪心
想独得一首吗？

一切尽在陈襄太守的掌控之中！

士人不得志于仕途时，往往会逃进醇酒妇人的圈子中去麻醉自己，但苏轼恰恰相反，只乐于与朋友群居，"性不昵妇人"，从未发生过任何与各类妓女有染的事。那时的苏轼年龄不足四十，但头发早白，他自以年老，不宜唐突美人。

陈襄走到王朝云身边，说道："朝云姑娘，请登船。"

站在画舫上正待陈襄太守点名的其他官妓顿时小声叽喳起来，她们非常羡慕王朝云，更是惊异于苏通判的做法。

王朝云何德何能？

马梦得催促苏轼道："陈太守请你上船了。"

游船慢慢向有美堂划去。

苏轼似有心事，只是低头望湖。

陈襄说："朝云姑娘，你为苏大人唱首曲吧。"

"不知苏大人想听哪首？"

"姑娘就随意唱吧。"

大雨已从东面的钱塘江上飞驰过来，汹涌的江水恰如杯中的酒水，雨点如千万只鼓槌敲打羯鼓一样急促，仿佛倾倒鲛室而滚出的粒粒珍珠。

王朝云拨动古筝丝弦，唱起苏轼上一年的《有美堂暴雨》：

> 游人脚底一声雷，满座顽云拨不开。
> 天外黑风吹海立，浙东飞雨过江来。
> 十分潋滟金樽凸，千杖敲铿羯鼓催。
> 唤起谪仙泉洒面，倒倾鲛室泻琼瑰。

虽然西湖上飘着雨水，但场面上的气氛其乐融融。

6

游船到达有美堂，众人入座陪酒。

王朝云已经换了一身淡装，白衣素净，淡雅清新。

刚刚上得楼来，陈襄太守就叮嘱苏轼通判吟诗助兴，苏轼想到上一年他描写西湖景色的佳句《饮湖上初晴后雨二首》其二，遂命人准备好文房四宝，当场挥毫：

> 水光潋滟晴方好，山色空蒙雨亦奇。
>
> 欲把西湖比西子，淡妆浓抹总相宜。

此诗一出，在咏西湖诗中可谓"前无古人，后无来者"，打动了后世无数代人。

哪里都不缺乏懂得苏轼之心的人，这场酒宴之后，他们就把王朝云买下，直接送到了苏府，说是来伺候王夫人的月子、照顾苏通判最小的儿子苏过的。

其实，苏轼妻的月子早就过了，照顾苏过仅是个"夫人买婢"的托词，因家中有奶妈。

三十九岁的苏轼比王朝云整整年长二十七岁，长子苏迈比王朝云还大三岁，只好先把她当作一个小丫头来使唤。这一年（熙宁七年，1074）的秋后，苏轼离开杭州，王朝云终于成为苏轼的侍妾，最终成为苏轼贬谪生涯中不弃不离的伴侣。

王朝云如果不是遇到苏轼，很可能不会如此年幼便"从良"。苏轼在杭州为一州的副首长，亦不能没有家妓，他惯常向客人介绍道："有几个擦粉的虞候，出来支应。"熙宁七年，十二岁的王朝云进入苏府，即扮演了这样一个角色。

词人张先在八十岁时娶了一个十八岁的小妾，与其常有诗词唱和的苏轼问其有何感想，喜气洋洋的张先随口念出和小妾的唱和诗：

> 我年八十卿十八，卿是红颜我白发。
>
> 与卿颠倒本同庚，只隔中间一花甲。

风趣幽默的苏轼当即和诗一首：

十八新娘八十郎，苍苍白发对红妆。

鸳鸯被里成双夜，一树梨花压海棠。

唐代诗人白居易的《忆江南》深入苏轼心中，那些画面快速闪过：

江南忆，最忆是杭州。山寺月中寻桂子，郡亭枕上看潮头。何日更重游？

第十章 密州任上

1

这年（1074）八月，京东、河北二路发生蝗灾，"上翳日月，下掩草木，遇其所落，弥望萧然"，蔽天的飞蝗蔓延于江浙一带，农作物倍受其害。苏轼被派赴临安、於潜、新城一带督导各县捕蝗。

苏轼想起两年前（熙宁五年，1072）的八月十五，他第一次前往观看钱塘江大潮的情景。

观潮台的地势比周围要高出很多，一条白色的水线从远方浩荡奔涌而来，涌至观潮人的眼底之下，变成立身站起的水柱，后方的水柱继续奔至，前呼后拥地重叠在一起，比三个后生的身高还要高！浩浩荡荡地扑向江岸，其声如雷，其速如电，蔚为壮观！

若有三千弓箭手将手中之箭呼啸射出，那起落的潮头会不会霎时落下？苏轼面对大潮，突发奇想：

> 江神河伯两醯鸡，海若东来气吐霓。
>
> 安得夫差水犀手，三千强弩射潮低。

忽然听到阵阵哭声，苏轼问身边的马梦得道："是不是弄潮儿出事儿了？"

马梦得径直离开。

马梦得返回时，俯身告诉他说，每年的八月十五，一位民妇都会前来这里寻找她的儿子。观潮人自己组织了一些趣味比赛：跳跃时间最久者、跳跃距离最长者、跳跃次数最多者，均可获得数目不等的物质奖励。而这位民妇的儿子，那一年在参加比赛后，就再也没有回来，活不见人、死不见尸！

朝廷不是明令禁止冒险弄潮吗？

可以肯定，这位民妇的儿子在比赛当天被大潮卷走。八月十五，天上月圆，地上人却难团圆。

没有粮食，活命艰难，团圆更难！

苏轼连日都在田野间察看飞蝗的来势。到了晚间，则与同行人员商讨捕蝗的方法，每日都劳累不堪，当他走到临安和於潜二县间的山间，体力更是透支殆尽，于是作诗《捕蝗至浮云岭，山行疲茶、有怀子由弟二首》。

2

幸而苏轼的任期即将届满。因为弟弟在齐州（今山东济南），苏轼便上章朝廷，请求委派一个山东的差使，以便与弟弟能够经常会面。

熙宁七年（1074）九月，告下："苏轼以太常博士直史馆权知密州军州事。"密州，就是现在山东潍坊的诸城市，苏轼如愿以偿，谢表中写下诸多感激之言。

九月二十日，苏轼往别西湖南北二山中的道友，实际上是与西湖告别的最后一游。道友们一如既往请苏轼吃斋饭，喝白云茶。如果没有白云茶，他们自会泡出一杯又浓又暖的其他茶水，苏轼特别作一诗《过旧游》：

前生我已到杭州，到处长如到旧游。

更欲洞宵为隐吏，一庵闲地且相留。

杨绘（元素）从应天府任上调来杭州，到任不久便逢朝廷告下，苏轼将由杭州去密州，二人相处的时间极短。在这个极短的时间之内，依然游宴不绝。

这一日，杨绘有事于湖州，与苏轼同舟离杭，张先、陈舜俞、刘述约苏轼同访湖州太守李常，相与同行。他们这六个毫无政治野心的朋友，相聚湖州，日日饮酒，几无虚日。

今日离去，不知何日再来，苏轼压抑住心中"早晚复相逢"之念，与一行人款款告别。

与杨绘的分别不同于与陈襄的分别，不久前，苏轼特意为陈襄填了一首《菩萨蛮》。今日，他为杨绘作《醉落魄·席上呈杨元素》：

> 分携如昨，人生到处萍漂泊。偶尔相聚还离索。多病多愁，须信从来错。　尊前一笑休辞却，天涯同是伤沦落。故山犹负平生约，西望峨眉，长羡归飞鹤。

不太轻易感伤的苏轼，此词却充满了哀戚，充满了怜悯。因为他与杨绘同为蜀人，从那万山怀抱之中温暖而富饶的盆地到京城，初出茅庐却身中小人谗言，得罪外放。如今流落在东海之滨，归乡无期！

苏轼又想到东晋陶渊明的《归去来兮辞》，便在心中默默诵出开篇一段：

> 归去来兮，田园将芜，胡不归！既自以心为形役，奚惆怅而独悲？悟已往之不谏，知来者之可追。实迷途其未远，觉今是而昨非。舟遥遥以轻飔，风飘飘而吹衣。问征夫以前路，恨晨光之熹微。

3

不久前，子由写信给苏轼，说史氏又生下了一个儿子，名叫虎儿。苏轼便想去看看这位小侄，颍州一别，至今已三年有余。只是无奈，六个朋友在一起耽搁的时间太久，苏轼必须尽快赶到密州到任。时值寒冬，不能通航。

摇摇晃晃的马车上，王闰之抱着两岁的苏过，她让苏迨紧紧坐在自己身边，而苏迈静静地看着这一切，不说一句话。

苏轼骑着一匹老马，跟马梦得并排行走，王朝云骑着一匹小白马，紧一步慢一步跟在马车后方。

苏轼突然停下来，待王朝云走至身边，轻声说道："朝云，我刚刚想好了一首词《沁园春》，就称'赴密州早行马上寄子由'吧。我先一字一句念给你听，你能不能记下来？"

"苏大人，我能记住。"

苏轼清了清嗓子，吟咏道：

> 孤馆灯青，野店鸡号，旅枕梦残。渐月华收练，晨霜耿耿；云山摛锦，朝露溥溥。世路无穷，劳生有限，似此区区长鲜欢。微吟罢，凭征鞍无语，往事千端。　　当时共客长安，似二陆初来俱少年。有笔头千字，胸中万卷；致君尧舜，此事何难？用舍由时，行藏在我，袖手何妨闲处看。身长健，但优游卒岁，且斗樽前。

王朝云仅听了一遍，就轻声唱出来了。

马梦得问道："苏大人诗词之中所云二陆定有所指，苏大人引自何典故，敬请告知。"

苏轼说道："这二陆啊，指的是陆机、陆云兄弟二人，西晋著名文学家。太康末年，他们一起到洛阳之时，陆机不过才二十岁，陆云则仅有十六岁。但有志不在年高，他们有才华、有人品，深得当时的宰相张华的器重，故时人称之为'二陆'。"

王朝云说道："这二陆不正好就似苏大人兄弟二人吗？那张华宰相，不正好就似求贤若渴的欧阳公吗？"

马梦得恍然大悟："言之有理！"

王朝云继续说道："苏大人，你诗词中'胸中万卷，致君尧舜'一句，是否得益于'诗圣'杜子美老先生的'读书破万卷，下笔如有神'和'致君尧舜上，再使风俗淳'二句？"

4

熙宁七年（1074）十一月初三日，苏轼到密州任上。

密州居潍河上游之东岸，在山东半岛的西南部，一入密州境内，苏轼就看见农民忙着用蒿蔓将死去的蝗虫包裹起来，放进事先挖好的埋坑中埋掉。

他走下马车，向路边的农民询问灾情，那农民面露无奈之神色。

随即围上来一群农民，大问苏轼："今年活命的口粮在哪里？"

"朝廷到底管不管百姓的死活？"

令苏轼意想不到的是，密州当地的官吏竟讳言道："蝗不为灾！蝗虫来了，是为田地除杂草！"

真是闭着眼睛说瞎话，岂有此理！

这只不过是京东的蝗虫，其中一部分飞入淮浙的余波而已，可以想见，京城等地蝗灾的严重，京东的官吏却说"蝗不为灾！"

沿途都是饿殍遍地，甚至有人还未断气，张大嘴唇喘气，却被其家人弃于荒野路途。

苏轼于到任后的第二十天上奏朝廷，如实报告了蝗灾的严重程度，并请求朝廷豁免秋税，或用以冲抵青苗贷款，以资救济。同一日，苏轼又上书宰相韩绛，除蝗虫之外，又说到《手实法》的流弊。

这一日，苏轼刚刚起床不久，忽然听到一阵婴儿的哭声，遂沿着哭声的方向走了过去，竟一直走到了大门外——王朝云正望着地上那个被破棉衣包裹着的婴儿。

苏轼正欲往前行，忽然又听到了一阵撕心裂肺的哭声。

他的眼光往旁边一看，还有一个！

王闰之怀抱着苏过走出府门。

苏轼对王朝云说道："你先把这两小儿抱进府中。"

王朝云爽快回应。

王闰之对苏轼说道："夫君，把这两小儿抱进府中，吃一顿吃两顿自然没问题，若是天长日久，该怎么办？"

"先不考虑那么远。"

"只怕今日进来了，要想出去就难上加难。"

这婴儿安置在自家，终究不是长久之计，苏轼遂前往密州府衙。

周围有多位郡中贤才仰慕苏轼的文才和人品，像苏轼的上级京东东路转运使藤元发、京东东路转运判官李察、京东路提刑段绎，以及密州的同级通判刘庭式、下级诸城县令赵昶、诸城州学教授赵明叔、章传道、陈开和诸城乡老、士子等，他们都与苏轼有着亲密友好的关系。

苏轼首先找密州通判刘庭式协议此难题。

他二人商定，马上在密州城内人来人往的热闹地段张贴公告，今后不许弃婴！凡养活不起婴儿的人家，每月拨粮六斗。另外，对于弃婴，他们还发动官员去捡，然后分别安排到各家抚养，府衙按月、按人头拨给抚养的银两。

事实证明，一年以后，少有弃婴流离失所和暴死野外的景象。

苏轼于密州的两年任期之内，竟救活四十人之多。

除此，还在密州城找寻到一处闲置未用的民房，由府衙出面并雇请妇孺，专门照料这些有人生、无人养的小孩。

5

常山位于诸城城南二十里处，原名"卧虎山"，人们在此祈雨常常应验，遂改名为"常山"。

密州久旱无雨，加剧了蝗灾灾情。

苏轼进行了一系列的祭祀活动：他先后六次祭祀常山，其中四次是求雨，两次是因祈雨有应而报答山神。在常山神庙门西南十五步的地方有泉，熙宁八年（1075）五月祈雨后，苏轼给泉取名为"雩泉"，并在上面建亭，取名"雩泉亭"，写了《雩泉记》，并立石于常山上。

辞旧迎新之际，上了年岁的老人们在家门口扎上了彩灯，贴上了对联，放起了鞭炮，但依旧衣食无着。

王闰之不敢面对苏轼唉声叹气，比平日沉默了许多。

正月二十那天晚上，苏轼的思念终于化成了梦境：家乡的窗前，美丽的王弗正对镜梳妆。那时，她是多么年轻啊，她是他结发的妻子，温柔贤淑，与苏轼恩爱情深。苏轼难以入睡，十年前，二十七岁的妻子病逝的那一幕又一次在苏轼眼前重现，他想抓住什么，但抓不住；他想留下什么，同样留不住。

如今，亡妻远葬千里之外，四十岁的苏轼想到自己被贬外放的坎坷遭遇，肝肠寸断！他含泪挥毫，用他美妙绝伦的书法写下千古绝唱《江城子》：

> 十年生死两茫茫，不思量，自难忘。千里孤坟，无处话凄凉。纵使相逢应不识，尘满面，鬓如霜。　　夜来幽梦忽还乡，小轩窗，正梳妆。相顾无言，唯有泪千行。料得年年肠断处，明月夜，短松冈。

6

熙宁八年（1075），大宋北方边界战事频繁，宋将王韶率军抵御西夏入侵，取得了宋朝开国后的最大胜利，收复大量失地。

但北宋却向辽国割地七百余里。

战争胜利，苏轼内心倍受鼓舞，却又因为割地的屈辱而倍感痛心。在远离边关的密州，他豪放的诗人秉性在波澜不惊中逐渐恢复。

苏轼莅任的第二年（1075）四月，旱蝗相继为害，他便斋戒蔬食，继续去常山向山神祈祷求雨。不多久，真的下了一场大雨。

但仅仅过了一个月，密州再次干旱，苏轼再次祈雨于常山。

十月，苏轼带着僚属又去常山，举行一年一次的冬祭。

密州通判刘庭式先于苏轼若干年来到密州，深知密州民风凶悍，抢劫杀掠时有发生。每逢灾年，便有人潜入深山，昼伏夜出，明抢暗盗，善良百姓的生活更为艰难。提起这些，刘庭式便苦不堪言。

苏轼沉着说道："重赏之下，必有勇夫！能够捕捉盗贼者，本府将予以重赏！"

刘庭式应道："但这样一笔支出，朝廷断然不会同意。"

苏轼说："来密州不久，我便给朝廷上奏了《论京东河北盗贼状》，皇上一定明白'京东之贫富，系河北之休戚；河北之治乱，系天下之安危'的道理！本府坚决主张镇压那些盗贼，目的在于杀一儆百，早日归还天下一个宁静。所以，必须施以严刑，不可减刑免死！"

刘庭式惊奇说道："其实，已有十余人联手，于近日捕获到盗贼五人！原来是苏大人用重赏激励之法捕捉的。"

苏轼答道："我还给朝廷上奏了《上文侍中论强盗赏钱书》，看来已经起作用了。"

刘庭式说："老夫惭愧之至。"

"尽心尽力尽责罢了，何来惭愧？"

说罢，扬起鞭子，抽了坐骑一鞭，那黄膘马抖擞精神，长啸而去。

这匹马专供知州大人，不知已有多少岁数，全身的颜色都是黄栗色，非常纯；鬃和尾巴的毛色却是白色，苏轼第一眼看见就深深地爱上了它，蹄大腿细，健步如飞！

当苏轼行至半山腰，再回头望去，冬祭的队伍浩浩荡荡，一直绵延至山脚，有人骑马，有人步行，有人扶老携幼，只为灭掉蝗灾，减少赋税；只为今年有个好年成！

苏轼忽然发现，前方有二人背上背着弓箭，牵着一条土黄色的猎狗。见他们骑马过来，这二人也无意避让。苏轼头戴锦蒙帽，身穿貂皮袄，加上那匹黄膘马，他们不知道来人是密州知州吗？

马梦得首先上前。

前方二人慌忙跪在地上，脸色已吓得苍白，一连磕了三个响头，说道："知州大人，小民愚昧无知，有眼不识泰山，未向苏大人请安，万望苏大人海涵！"

苏轼示意他二人起身。

二人接连说道："小民家大口阔，难以糊口，打算祭祀完后，就去铁沟打几只野鸡野兔。"

"铁沟，不就是常山之下黄茅冈边的那条沟吗？"

"正是、正是。"

"这附近没有崇山峻岭，有虎狼出没吗？"

"铁沟树大林深，常有豺狼虎豹出没，说不定哪天它们饿晕了，也会出来伤人呢。"

"那你等今日出来，就是为了打豺狼虎豹吗？"

"正是、正是。"

这个世界太神奇，你心中有豺狼虎豹，就会遇见豺狼虎豹；你心中有神佛，神佛就会保佑你平安度日！

而苏轼心中，致君尧舜的信念不灭。

刘庭式适时说道："冬祭过后，我等一起去铁沟狩猎，何如？"

苏轼已心领神会，点头回应。

猎户兄弟二人眼尖，突然发现山坡上摇动着一面皂旗！

他二人大惊失色，说起话来口齿也不伶俐了："苏大人，你请赶快、赶快命大家后退，回到山脚下，这一大帮人行走，容易、容易出事，因为、因为沟里发现了老虎。"

"真有老虎吗？"

"千真万确！你看，皂旗晃动，指的就是有老虎；黄旗晃动，则是出现了金钱豹；红旗晃动，就是有豺狼；白旗晃动，只是出现了小兔子野狐狸，不足为惧；而现在，皂旗晃动得这么剧烈，很有可能、很有可能、老虎离人不远。我等、我等得想办法，赶紧去打虎救人！"

兄弟二人的手脚都在发抖。

苏轼好生奇怪：他二人信誓旦旦地说，今日出门就是为了打豺狼虎豹，遇到豺狼虎豹却浑身哆嗦个不停，这怎么能成就一件事呢？

苏轼脸色铁青，掷地有声地说道："为官一方，就是要造福百姓，不虚此行，不辱此行。"

苏轼向在场所有人巡视了一圈，说道："苏某人今日亲自与你等一起前往现场！"猎户兄弟听闻此言，身上的哆嗦顿时消失，坚定地站在苏轼的黄膘马旁。

苏轼继续说道："其余人等，一律随刘通判一起往山下撤退！"

通判刘庭式大声叫道："刘某也要与苏大人一起亲临打虎现场！百年不遇之机，老夫不容错过。"

苏轼没有多想，点头答应。

马梦得带人后撤。

抉择过程最艰难，射杀老虎的行动仅为短短一眨眼！片刻工夫，猎户们就"呼呼啦啦"地抬出了一只血淋淋的老虎。

马梦得还没带人走到山下呢，谁也不愿错失知州大人亲自射杀老虎的场面。

苏轼动容了，他跟他们一起在山间野林点燃了在佛像面前烧的香；跟他们一起祭拜天地；跟他们一起将带来的酒酹满……

刘庭式通判笑容满面，对苏轼说道："今日值得纪念，恰好归途，不可无诗。"

苏轼亲情奔涌，写出《江城子·密州出猎》：

> 老夫聊发少年狂，左牵黄，右擎苍，锦帽貂裘，千骑卷平冈。为报倾城随太守，亲射虎，看孙郎。　　酒酣胸胆尚开张，鬓微霜，又何妨！持节云中，何日遣冯唐？会挽雕弓如满月，西北望，射天狼。

这首词的意义不仅在于充满爱国激情，还在于它一扫传统词缠绵绮靡的风格，开创出一代词风。苏轼在给朋友的信中说："虽无柳七郎风味，亦自是一家。"写完后，"令东州壮士抵掌顿足而歌之，吹笛击鼓以为节，颇壮观也"。

7

朝廷大权落入吕惠卿一人之手后，韩绛虽然碌碌无为，但他对吕惠卿恨得牙痒痒。韩绛没有能力制服吕惠卿这匹政治上的劣马，但吕惠卿制定并实施的《手实法》，弄得大宋秩序混乱，民不聊生，韩绛遂以此为借口，密请神宗复用王安石。

神宗听从其请。

吕惠卿得知此情，图穷匕见，列数王安石兄弟的缺点，上奏神宗。

而神宗对王安石的信赖，不是吕惠卿此等小人可以撼动的！

宋神宗将此奏派人送给了王安石。

王安石读完此奏后，上表痛言道："忠不足以取信，故事事欲须自明；义不足以胜奸，故人人与之立敌。"

熙宁八年（1075）二月，王安石奉诏入京，重掌宰相职位。

秋冬间，韩绛、吕惠卿二人皆罢黜。

对于朝廷如此朝三暮四的人事变易，苏轼作有《盖公堂记》一文，喻之为"三易医而病愈甚"。朝廷如此用人，已经完全失去了原则，只能沦为争权夺位的政客们的工具，假如再不持之慎重，杂药乱投，国家危亡可以立待！

但苏轼从不以沦落者自居，而是积极地上书言事，很多时候是冒着风险为民请命。

苏轼走遍了密州的山山水水，这里的马耳山、九仙山、常山等，楚汉相争时韩信与龙且大战潍水的潍河，他都去过。一些较平常的山水，一经他题咏，便有了文化的含义。

苏轼经常深入村落，广泛交友。"城里田员外，城西贺秀才"，都是他的好朋友，他在《蝶恋花·密州上元》中写道：

> 灯火钱塘三五夜，明月如霜，照见人如画。帐底吹笙香吐麝，更无一点尘随马。　　寂寞山城人老也，击鼓吹箫，却入农桑社。火冷灯稀霜露下，昏昏雪意云垂野。

上元，即是正月十五元宵节，这一年的春节，苏轼在密州度过。

住过一年之后，当地的风土人情苏轼均已熟悉，遂差人到安丘、高密的山上去采伐木材，用以修理破败的官舍、荒芜的庭园。动工之后，苏轼惊异地发现庭园北面竟有一座废旧的城台。台上视界极好，往南方眺望，可以看见若隐若现的马耳山、常山；往东方看，则可看见卢山；向西则可看见穆陵，隐然如城；往北则可看见浩渺的潍河，风景壮阔！

花费些人工和木材精心葺治，这里一定可以成为一座高而安、深而明、冬暖夏凉的休闲之地！苏轼从庄子哲学中体会出：生命之最高价值在于精神的独立与自由！

遂差人精心修缮。

苏轼给弟弟子由写了一信，请他为此台命名。

身在齐州的苏辙很快接到了哥哥的信，他从老子《道德经》中取了"虽有荣观，燕处超然"之句，是想要哥哥想得开，超然于物外，不要计较官场那些得失。他给此台取名为"超然台"，理由是："天下之士，奔走于是非之场，浮沉于荣辱之海，嚣然尽力而忘返，亦莫自知也，而达者哀之，非以其超然不累于物耶！"

苏辙说自己已作《超然台赋并序》一文，随信寄给哥哥。苏辙文中有"至今东鲁遗风在，十万人家尽读书"的诗句。所谓"东鲁遗风"，盖指其兄苏轼治下的诸城乃至整个密州的社会风气，而这一良好的文化氛围最早肇自东鲁时期，具有三个方面的内涵：读书之风、治学之风、艺文创作之风。

苏轼被弟弟的诗句深深感动，引发其千古名篇《超然台记》横空出世！

全文如下：

凡物皆有可观。苟有可观，皆有可乐，非必怪奇玮丽者也。餔糟啜醨皆可以醉，果蔬草木，皆可以饱。推此类也，吾安往而不乐？

夫所为求福而辞祸者，以福可喜而祸可悲也。人之所欲无穷，而物之可以足吾欲者有尽。美恶之辨战乎中，而去取之择交乎前，则可乐者常少，而可悲者常多。是谓求祸而辞福。夫求祸而辞福，岂人之情也哉？物有以盖之矣。彼游于物之内，而不游于物之外；物非有大小也，自其内而观之，未有不高且大者也。彼挟其高大以临我，则我常眩乱反复，如隙中之观斗，又焉知胜负之所在？是以美恶横生，而忧乐出焉，可不大哀乎！

余自钱塘移守胶西，释舟楫之安，而服车马之劳；去雕墙之美，而庇采椽之居；背湖山之观，而适桑麻之野。始至之日，岁比不登，盗贼满野，狱讼充斥；而斋厨索然，日食杞菊，人固疑余之不乐也。处之期年，而貌加丰，发之白者，日以反黑。予既乐其风俗之淳，而其吏民亦安予之拙也，于是治其园圃，洁其庭宇，伐安丘、高密之木，以修补破败，为苟全之计。

而园之北，因城以为台者旧矣，稍葺而新之，时相与登览，放意肆志焉。南望马耳、常山，出没隐见，若近若远，庶几有隐君子乎！而其东则卢山，秦人卢敖之所从遁也。西望穆陵，隐然如城郭，师尚父、齐桓公之遗烈，犹有存者。北俯潍水，慨然太息，思淮阴之功，而吊其不终。台高而安，深而明，夏凉而冬温。雨雪之朝，风月之夕，予未尝不在，客未尝不从。撷园蔬，取池鱼，酿秫酒，瀹脱粟而食之，曰："乐哉游乎！"

方是时，予弟子由，适在济南，闻而赋之，且名其台曰"超然"，以见余之无所往而不乐者，盖游于物之外也。

仕与隐的矛盾、儒与道的矛盾，贯穿着苏轼生活的始终，在密州这段还算平静的日子，苏轼广泛地交游酬和，思索人生，写作风格渐趋成熟，后人评曰：

> 若无子由明兄意，神州哪得超然台？
> 优游物外迪心智，诸城至今寻旧台。

8

熙宁九年（1076）八月十五，苏轼与僚友饮于超然台上。

这个中秋节，是他来到密州后度过的第二个中秋节，堪称来密州之后最快乐的一次盛会，因为苏轼请来了二位挚友。

一位是赵杲卿，字明叔，密州人，少年即中进士，为山东青州府宋代四十五名进士之一。苏轼知密州时，赵杲卿为教授，他虽然比苏轼年长十多岁，但二人相交甚笃，经常在一起煮酒论诗。

他常常不择酒质的优劣而酩酊大醉，醉酒便手舞足蹈，放声高唱："薄薄酒，胜茶汤，丑丑妇，胜空房。"苏轼认为，此句俗语"其言虽俚而近乎达"，就扩充其意，特为其作《薄薄酒二首》，其二如下：

薄薄酒，饮两钟；粗粗布，著两重；美恶虽异醉暖同，丑妻恶妾寿乃公。隐居求志义之从，本不计较东华尘土北窗风。百年虽长要有终，富死未必输生穷。但恐珠玉留君容，千载不朽遭樊崇。文章自足欺盲聋，谁使一朝富贵面发红。达人自达酒何功？世间是非忧乐一来空。

另一位则是密州通判刘庭式。刘庭式是齐州人，他在参加学究科考试时，由两家长辈出面，订了婚约，但妻子还未过门。后来，刘庭式考中，那女子的眼睛却瞎了，便不敢再提婚约之事，有人劝刘庭式迎娶那户人家明眸皓齿的幼女，刘庭式却笑曰："我的心已经许给她了，虽然她眼睛已瞎，我怎能辜负我当初的心意呢？"最终，刘庭式娶了那位盲女。

不幸的是，那盲女在密州病故，一年之后，刘庭式也无再娶之意。

饮酒之余，苏轼问刘庭式道："按照一般人的想法，悲哀生于爱，而爱生于美色。你娶了一位盲女，并与之一起生活到老，这是在坚守道义。你的爱从何而来？你的悲哀又从何而来？"

刘庭式答道："我只知道我失去了妻子，她有眼睛也是我的妻子，她没有眼睛也是我的妻子。如果我因为美色而产生爱，因为爱而产生悲哀，那么，如果美色衰减，爱就会废弃，我的悲哀也会忘掉！这么说来，那些沦落风尘的女子，不是都可以做妻子了吗？"

苏轼被他的话深深打动，说道："你一定会是取得功名富贵之人啊。"

没想到，他二人所说，全被一旁的赵杲卿听见了，遂说道："怎么会呢？"

苏轼说："从前，羊叔子娶夏侯霸的女儿为妻，夏侯霸叛逃入蜀之后，他的亲戚全部与他断绝了往来，而羊叔子却安守其妻，并对她更加礼遇。由此可以断定：羊叔子不是钓名沽誉之徒！他一定会取得尊位。后来，他真的成为晋朝的元老重臣。"

刘庭式听完苏轼一席话，眉开眼笑。

苏轼接着说道："因为刘庭式也是差不多的人啊。"

赵杲卿说道："不如像我一般，不问世事，只喜饮酒。不如像苏学士一般，旷世贤达，酒后吟诗。"这句话仿佛是在提醒在场之人，刘庭式便说道："今日高朋满座，哪能不作诗？"

他的话刚落地，就听赵呆卿摇头晃脑地吟诵起来：

> 青天有月来几时？我今停杯一问之。
> 人攀明月不可得，月行却与人相随。
> 皎如飞镜临丹阙，绿烟灭尽清辉发。

不知是这首咏月抒怀诗太有感染力，还是赵呆卿的举动触动了大家的内心，众人竟一齐朗诵起来：

> 但见宵从海上来，宁知晓向云间没？
> 白兔捣药秋复春，嫦娥孤栖与谁邻？
> 今人不见古时月，今月曾经照古人。
> 古人今人若流水，共看明月皆如此。
> 唯愿当歌对酒时，月光长照金樽里。

苏轼泪水夺眶而出，他想到弟弟子由。原以为，来到这齐鲁之地任职，跟弟弟的距离近了，见面会容易一些，哪知仍是如此艰难。

诗吟完毕，刘庭式提议道："苏大人，我等就随了李白'青天有月来几时？我今停杯一问之'之意，填词一首？"

赵呆卿附和道："苏学士，我本粗俗之人，今日愿附学士风雅。"

苏轼连忙摆手，笑道："说哪里话！"

马梦得急速走到苏轼身边，低语道："苏大人，让朝云带几名家妓上得台来。可否？"

"去吧。"

众人见苏轼神魂倾倒之样，知道一首千古名篇已呼之欲出！

此时，皓月当空，银辉遍地。苏轼正了正衣冠，用手捋了捋二三寸长的白色胡须，随口将《水调歌头·明月几时有》吟咏出来：

丙辰中秋，欢饮达旦，大醉，作此篇，兼怀子由。

明月几时有？把酒问青天。不知天上宫阙，今夕是何年。我欲乘风归去，又恐琼楼玉宇，高处不胜寒。起舞弄清影，何似在人间！

转朱阁，低绮户，照无眠。不应有恨，何事长向别时圆？人有悲欢离合，月有阴晴圆缺，此事古难全。但愿人长久，千里共婵娟。

此词全篇皆是佳句，体现出苏词清雄旷达的风格，《苕溪渔隐丛话》评价说："中秋词，自苏轼《水调歌头》一出，余词尽废。"

第十一章　徐州治水

1

熙宁九年（1076）十一月，苏轼接到诏命，以祠部员外郎直史馆移知河中府。其时，他在密州任上尚未到期，况且，河中府仅是山西西南部一个不太大的州府。

从三十九岁到四十一岁，他人生韶华中最生龙活虎的两年是在密州度过的，如今离去，离京城倒是近了许多。

年底，孔宗翰由虔州接任密州，正值苏轼离别，孔宗翰自荆林马上寄诗相告。

苏轼作答诗《和孔郎中荆林马上见寄》：

> 秋禾不满眼，宿麦种亦稀。永愧此邦人，芒刺在肤肌。平生五千卷，一字不救饥。方将怨无襦，忽复歌缟衣。堂堂孔北海，直气凛群儿。朱轮未及郊，清风已先驰。何以累君子，十万贫与羸。滔滔满四方，我行竟安之。何时剑关路，春山闻子规。

苏轼将此诗移交给孔宗翰，表达对密州百姓的歉疚之情。

见苏轼心里难过，孔宗翰遂将自己之前绘成的《虔州八境图》出示，请苏轼按图题诗，以便寄回虔州，镌刻于石，以图永存。

苏轼逐一观赏之后，觉得妙不可言，犹如人间仙境，欣然作诗八首并序，题于图上以志。

元丰元年（1078），孔宗翰着人将诗镌刻于虔州石楼，"虔州八景"及八境台由此名扬天下，这已是后二年的事。

苏轼于熙宁十年（1077）正月踏上了征途。

从密州出发之前，苏轼写信告诉弟弟，这次经过齐州定会前去看望。抵达齐州城郊的那一日，天上飘起了漫天大雪，三个侄儿苏迟、苏适、苏远站在城外雪地里，衣领高高竖起，蜷缩在城墙边迎接伯父。

大侄儿苏迟上前施礼，告诉苏轼，其父苏辙已经罢官进京，带着奏章要面见皇上！苏轼大惊："这是何时之事？"

苏迟说道："至今已一月有余。"怪不得没有接到弟弟的回信。

熙宁八年（1075）二月，王安石奉诏重掌相位之后，吕惠卿被贬知陈州。章惇于当年十月从三司使之职位上被贬至湖州，出任知州。他派人从湖州给苏轼送来一封信和一首诗，在信中，章惇对苏轼在阳羡购置新居羡慕不已。苏轼和章惇所写诗韵，写下了《和章七出守湖州二首》。

吕惠卿反复上书宋神宗，攻击王安石尽弃所学、崇尚纵横之术，瞒上欺君；并揭发王安石在写给他的信中，有"无使上知"之语！

朝廷哗然。

王安石再度称相后，神宗皇帝对变法的信心已大不如以前，王安石遂有称病离去之意。恰在此时，王安石之子王雱患病而亡。突然遭受丧子之痛，王安石万念俱灰，力请解职。

神宗遂于熙宁九年（1076）十月，再度罢去王安石相位，诏命其出知江宁府，归居金陵；以吴充、王珪为中书门下平章事。

吴充，字次卿，与王安石是同年进士，年龄相仿，又是儿女亲家，私人关系非常人可比。但他一上台，便处处显现出与王安石的不同，不但请神宗召回了司马光、吕公著等人，还力荐因与王安石论事不协而遭贬的李常、程灏等诸人；又稍变新法，多处修正，甚至连王安石兄弟之间不和睦的家常私事，也一一在神宗面前提起。

神宗皇帝的意向以及吴充的做法，均显示出这是大宋朝廷在政治上一个转变的关键！

其时，苏辙适罢齐州掌书记职务，一向沉稳的苏辙此次进京，是希望东山再起！他来不及等待哥哥苏轼，就携带改革政治的重要表章先行入京。

苏辙在京，寄寓郊外范镇的东园。

苏轼预感凶多吉少，连忙带同苏迟、苏适、苏远，带着自己的家眷，赶到齐州弟弟府上。

在齐州的李常得知苏轼到来的消息，作诗欢迎苏轼，苏轼作《至济南李公择以诗相迎次其韵二首》相和。又邀请苏轼游大明湖，不仅临水设宴，还举行折花盛会。趁苏轼心情激越之时，李常取出其外甥黄庭坚的一束诗稿，请苏轼指教。

这是苏轼第三次听说黄庭坚其人。

今日再听李常说起黄庭坚，虽然他仍在国子监任教，依旧无缘相见，但苏轼对这位学养深厚之人，自然有了更深一层的印象。

李常又拿出一束诗文，请苏轼过目。

苏轼看过几行就大赞不止："难道此人仍是黄庭坚？"

李常答曰："非也。"

"何人所作？快快说来。"

"扬州高邮人秦观，字太虚。"

"此人现在何处？"

"此人已年近三十，尚未得解，将赴京应试。"

在弟弟家逗留了一个月光景，苏轼于二月上旬带着家人离开齐州。大雪漫天，早已得知消息的苏辙出京迎接，两家人在距离京城不远的陈桥驿相见。

不料此时，一道诏命传来，任命苏轼以尚书祠部员外郎直史馆，改权知徐州；已至京师的苏辙，却为门官所阻，因为当时有旨，外官若非奉诏，一律不许进入京师。

兄弟二人再次寄寓京师郊外范镇的东园。

在东园一住就是两个多月。这期间，苏轼忙于为长子苏迈完婚。苏迈已经十九岁，娶的是范镇的孙女。范镇是蜀人，跟苏家是同乡，那时，苏氏兄弟携带家眷住在他家，情理上说得过去。

苏辙的长女二女均已成年待嫁，苏轼说，文与可家的次子文逸民人品好，文与可现知陈州，可派人去与之议婚。

对于这类家事，苏辙一向听从哥哥的安排，他同意将其长女嫁给文逸民。

2

熙宁九年（1076），西夏骁将聚兵于洮、岷二州，胁迫已经归附宋朝的羌人，合谋侵犯大宋边境，情势危急。十二月，宋神宗派遣内侍押班李宪措置边事，并下诏沿边诸将，并皆服从李宪的节制。

朝廷谏官无不竭力反对，用宦官领兵挂帅，后患无穷。

而神宗不听。

不久，被召入京的张方平奉旨任为宣徽南院使（即南京留守、今河南省商丘市）兼判应天府。而苏辙尚无去处，在京时虽得人荐举，改官著作郎，其实并无实职，且在候补中。

张方平得此消息，大喜，即辟举苏辙为签书应天府判官。

神宗临御已久，群臣畏其威严，皆不敢规劝，张方平慨然道："该有人说出逆耳忠言！我已七十一岁，老且将死，祸福在所不计。死后见先帝于地下也有话说。"于是，由张方平出面，苏轼主稿，撰写《谏用兵书》一文。

这篇犯颜极谏的文字一经奏上，立即传遍朝廷内外，万人争诵！神宗阅后亦极感动，但他并未就此改变其决策，及至元丰年间兵败，果然"哀痛悔恨"，但败局已经无可挽回。这是后话。

张方平是苏轼父亲苏洵的好朋友，当他得知兄弟俩已经好久不见，这次见面机会难得，便特许苏辙到徐州居住一段时日。

苏辙遂陪伴哥哥一起赶赴徐州，熙宁十年（1077）四月二十一日，苏轼抵达徐州，进谢上表。

徐州是个大城市，自古就为华夏九州之一，地控鲁南，后世的江苏省西北部和安徽省的东北部都属其内。下车伊始，苏轼即公务繁忙，无暇陪伴弟弟，心里非常难过，遂作诗安慰子由。

到任不足三月，忽传七月十七日，黄河决口于澶洲的曹村！澶洲地处河北（指黄河北面）濮阳西南，距离黄河主河道仅有三十五里，决口之水一泻千里，最先流入山东巨野，再灌东平。

黄河决口，大水奔涌！水还未至，人们便吓得惶惶不可终日，有个叫应言的僧人想到一个办法，就是凿开黄河故道的清冷口，将灌入东平县的大水引入黄河已废弃的旧河道，使之北流，然后向东入海。

这个主意非常好！那旧河道便派上了用途。

清冷口地势较低，刚刚被凿开，浩瀚大水便沿着已经清理好的旧河道哗哗向北流去！悬挂在人们心头已久的"水祸"，一下就流逝无踪。

东平无祸！没有人担心黄河之水还会涨到徐州城来，日子重新回到之前的平淡。

一个风雨之夜，苏轼和弟弟同宿逍遥堂。苏辙想起当年赴京应试，曾在怀远驿发愤苦读的情景，遂作《逍遥堂会宿二首》。苏辙向来随遇而安，而这一次，他却意外地流露出无限的凄凉。

苏轼读了一遍就悉知弟弟心头的悲伤，那时的青葱少年，如今皆已双鬓斑白，他紧紧搂住弟弟的双肩，未语泪先流。苏辙也不去劝慰，任凭哥哥流泪。

熙宁十年（1077）的中秋节，不论对苏轼还是对苏辙来说，都是他们入仕以来过得最愉快的一个中秋节，甚至可以说是他们一生中过得最愉快的一个中秋节。

是夜，苏轼邀请府中同僚来逍遥堂为弟弟饯行，充满了兄弟即将分别的伤感。

席上，苏辙填了一首《水调歌头》送给哥哥：

> 离别一何久，七度过中秋。去年东武今夕，明月不胜愁。岂意彭城山下，同泛清河古汴，船上载凉州。鼓吹助清赏，鸿雁起汀州。
>
> 座中客，翠羽帔，紫绮裘。素娥无赖西去，曾不为人留。今夜清樽

对客，明夜孤帆水驿，依旧照离忧。但恐同王粲，相对永登楼。

此词语意悲切，苏轼即和一首，词前有序：

> 余去岁在东武，作《水调歌头》以寄子由。今年子由相从彭门百余日，过中秋而去，作此曲以别。余以其语过悲，乃为和之，其意以不早退为戒，以退而相从之乐为慰云。

写到此处，苏轼告诉弟弟，自己已在阳羡买田置地产，以备日后归隐。
苏辙听了，转悲为喜。
所有同僚一齐倒满杯中之酒，对着明月举杯同饮。
一饮不够，再饮；再饮仍不够，三饮！苏轼激情澎湃，写出此词的正文：

> 安石在东海，从事鬓惊秋。中年亲友难别，丝竹缓离愁。一旦功成名遂，准拟东还海道，扶病入西州。雅志困轩冕，遗恨寄沧州。
> 岁云暮，须早计，要褐裘。故乡归去千里，佳处辄迟留。我醉歌时君和，醉倒须君扶我，唯酒可忘忧。一任刘玄德，相对卧高楼。

无须苏轼吩咐，王朝云已将此词品味完毕，她放声高歌起来。
晚宴后，苏轼陪弟弟在逍遥堂外赏月，他一再劝慰弟弟对暂时的分别不必过于伤感，吟出一首咏月思亲的名作《中秋月》：

> 暮云收尽溢清寒，银汉无声转玉盘。
> 此生此夜不长好，明月明年何处看？

苏轼与苏辙是兄弟，是师生，是诗词唱和的良友，是政治上荣辱与共的伙伴，是精神上相互勉励的知己！他们在患难中一同度过人生的起伏跌宕，很好地诠释了"兄弟"一词的含义，"古来兄弟相亲相爱相知之乐，未见有过二苏者"。

3

刚送走弟弟没几日，这一年（1077）八月二十一，南清河水暴涨，恰逢日夜不停的瓢泼大雨，在澶洲的曹村，之前黄河的决口越撕越大，无异于再一次决口！仅仅一天工夫，就淹没了四十五个县、三十万顷良田！"彭门城下，水二丈八尺"，洪水声势浩大，苏轼这样描写道："夜闻沙岸鸣盆盎，晓来雪浪浮鹏鲲。"

再有一天时间，洪水就会直达徐州城下！

在黄河再次决口之前，苏轼命人将徐州城墙上一间亭子的三面筑牢，权当瞭望台之用。而现在，面临黄河即将决口，作为徐州太守的苏轼必须当机立断，尽快修筑好一条防水长堤！此堤长度须达到九千八百四十尺，厚度须达到二十尺，高度须达到十尺，方可抵挡得住滔滔洪水！

暴雨连绵，狂风怒吼，对百姓来说，那是何等不堪的劳作！

正在苏轼愁肠万端之际，忽见徐州通判傅裼慌慌张张跑过来，口不择辞地抱怨道："太守大人，你看那些不仁之商，平常时节赚足了不义之财，这阵子正拖家带口要奔出城去！"

苏轼大吃一惊：生死存亡关头，此举不是涣散人心、动摇军心吗？富人怕死，穷人的命难道就如此低贱吗？

苏轼义正词严地问道："那些人现在何处？"

傅裼双手往徐州城门方向一指："你往那里看！富人想趁早离开这祸患之地，百姓也想离开！堵在那里，谁也不肯礼让谁。"

苏轼厉声说道："竟有此等之事！"

"大难临头各自飞呀！"苏轼回头一看，原来是即将卸任的京东路提点刑狱李清臣愤然出语。苏轼立即拉上他二人，往城门口方向奔去。

那群人见苏轼身着官服，全都哭丧着脸，不敢说一句话，推搡拥堵的动作全停下来。

政者，正也，其身正，不令而行；其身不正，虽令不从。

苏轼走到这群人面前，抹了一把脸上的雨水，拱手施礼，大声喊道："诸位乡亲父老们，本官为徐州太守，姓苏名轼字子瞻！特来跟各位一起，保卫我们的父母之邦——徐州城！"

有胆大者说道："父母之邦？恐怕难保啊。"

此语如一声闷雷，在人群中快速扩散，大家的心思更加不安。

众人抬眼朝城外看去，徐州城南，两山环绕，又有吕梁和百步洪抵挡于下，所以，大水就从东、西、北三面触山而上，在城外形成一片汪洋大海。水流无处宣泄，遂沿着徐州城的墙壁往上漫延，已经涨至一丈九寸的高度！若城墙不堪重负倒塌下来，徐州城则全城淹没，困守城中乃自取灭亡。

苏轼激愤地喊道："乡亲父老们，如果今日我等弃城而去，那不是置祖宗之家业于不顾吗？不仅不孝于祖宗，我等的后代也将无处栖身！对上有愧先人，对下有愧子民，我等还有何颜面面对列祖列宗？"

胆大者继续说道："苏大人说的自有道理，但我等也不可坐在此地等死啊！"

"不可能等死！本官的先人不在徐州，徐州也无本官的任何基业，留下来是为了什么？本人是朝廷命官，有我在，决不可让洪水败城！"

为了稳定人心，苏轼临阵宣布了一条"临时政策"："当前，抗击洪水乃徐州军民第一要务，据《大宋律》定，凡携家带口临阵脱逃，官者，革职免官，并杖刑二十！商者，没收其家全部财物，并杖刑二十！"

人群开始动摇起来，滂沱大雨之中，就是能够逃出徐州，出城之后的去向依然艰难，不如留在此地，在苏大人的带领之下，群策群力保家园，生死与共保徐州！

成功劝阻富庶之人逃离徐州，苏轼暗暗松了一口气。

但是，如果大雨一直这么狂下不止，只需一天时间，大水就会冲进徐州城内，如此恶劣的天气、大量的土石外加大量的劳力，一时之间苏轼到哪里筹措？若筹措不来，岂不是有负徐州百姓？

想到这里，苏轼走上城楼的脚步无比沉重。傅禓曾任国子博士，此时此刻，他真不愧为博士，他竟想到了一个通天的主意：禁卫军！

而禁卫军直接受皇上指命，没有皇上的诏书，谁敢犯上调用？

京东路提点刑狱李清臣冒出一句："若有皇上的诏书，哪怕仅是口诏，徐州城也不至于……"

分明是他二人向苏轼支招！苏轼感激地看了他们一眼，说道："要不，我这就去武卫营，请求其首领的援助！"

傅裼和李清臣二人异口同声说道："我们与苏大人同行！"

禁卫军首领是个血气方刚、果敢勇猛之人，当他听到苏轼陈情："河将害城，事急矣，虽禁军且为我尽力。"其执着担当便表露无遗，"太守大人既不避水，这正是我等的效命之秋！"

他命令守城兵卒穿上短衣短裤，光着脚板，手持畚锸之类的工具，会同征招过来的民夫一同抢险。

宋真宗天禧年间，徐州曾筑二条防水堤岸，一条从小市门外沿城壕向南，接到戏马台的山麓；另一条自新墙门外沿壕向西，接到城下南京门之北，防水十分有效。

被征召过来的民夫连同武卫营的禁军，日夜不停地施工，从戏马台开始，直到徐州城下，活生生筑起了一道东南长堤，跟苏轼事先预想的完全一样，全长为九百八十四丈，高一丈，厚二丈！

而那几百艘公私船只，因有风浪不能行驶，苏轼下令集中系缆于城下，以减缓大水冲激城壁的力量。

一天傍晚，马梦得匆匆赶到苏轼的瞭望台，他身后有几名守城的士兵，押着一个身上和脸上都涂满泥浆的身材高壮的男子，说此人身背一个大包袱，顺着绳索偷偷吊至城墙外，被守城士兵当场抓获。

原来他们抓到了一个逃兵！

为表明苏太守当初制定"临时政策"的公平公正，以警示告诫众人，特押来请苏大人处置！

苏轼定睛一看，那人的衣服上，多处的泥浆已经干枯，将衣服扯得皱皱巴巴；有些部位被雨水冲洗，显得比较干净。这一身衣服跟他高大的体型以及憋屈的表情结合起来，使他看起来既不像人，也不像鬼！

当衙役为他洗去脸上的泥巴时，苏轼大吃一惊，此人竟是府衙参军胡衍富！

衙内每人都被苏轼安排了任务，每人各司其职，苏轼日夜惦记着水位离城墙到底相隔了多少丈多少尺，多数时候无心清点人数，胡衍富竟趁人多眼杂，思想开了小差，岂不是将苏轼的"军令"视作了儿戏？不杀一儆百，哪能统领全城军民？

不等胡衍富跪在地上哭爹喊娘地求情，苏轼便毅然将手一挥，对马梦得高喊道："押下去！"胡衍富鬼哭狼嚎起来，马梦得愤怒地打断了他："苏大人早已有令，你没长耳朵？"

胡衍富连忙跪下，高声叫道："苏大人，我能背诵你不少诗词呢。"话音未落，他便自顾自地吟诵起来，"江南腊尽，早梅花开后，分付新春与垂柳。细腰枝，自有入格风流。仍更是、骨体清英雅秀……"

苏轼听出来了，这是他在此年三月间应友人之邀，以拟人方法作的词《洞仙歌·咏柳》。

胡衍富是个有心人，但他的"心"与"情"全都用错了地方，就不能怪苏轼冷酷无情了。

苏轼双眼一闭，再一次沉着而果断地挥了挥手，两名衙役连忙将胡衍富拖下了瞭望台。

4

至九月二十一，水高已达二丈八尺九寸，水位已经远远超过了城中地面，徐州城犹如茫茫泽国中的一片孤独的坑洼，而城外百姓的民房全部被卷走，来不及转移的百姓全部被水冲走，仅有少数求生欲望强烈之人，爬上百年老树的顶端，有气无力地对着徐州城方向呼救。苏轼站在高高的瞭望台上，派人划船将他们一个一个安全载至城中。

大水被这道新筑的长堤挡住，祸不及城，民心始定。

而大雨还在不停地下，苏轼派人测量了一下水位，城墙不浸水者，只剩下最后三板。

决不能回家！

苏轼日夜在城上巡防，组织官、军、民并肩作战，筑堤抢险，他本人亲荷畚锸，布衣草履，"结庐于城上，三过家门而不入"；州府官吏们分头把守，夜晚跟苏轼一起宿在城上。

苏轼忽然想到这一年的七月，曾经遣人凿开过黄河故道的清冷口，将灌入东平县的大水引入黄河已废弃的旧河道，东平县因之解除了水患。那么，能否在东平县和徐州城之间再开挖一条河道，让围困徐州的洪水，如黄河的一条支流复入故道那样，徐州不是一劳永逸了吗？这是一个兴师动众的浩大工程，但若能造福于徐州百姓，何乐而不为？

有人建议，可在荆山下筑沟容水。此法非常便捷，可以起到立竿见影之效。

苏轼遂与同僚二人前往实地察看，发现这个地方遍地乱石，尚不知地下隐埋了多深的石层，无法施工，遂作罢。

直到十月初五，大雨停止，徐州的洪水终于回到黄河旧水道，东流至靠近海州处入海，威胁徐州城四十五日的洪水开始消退！

而此次大水，前前后后共经历了七十余日。

全城已经得救，百姓欢天喜地。

百姓没有银两，遂不约而同地宰杀了家中的猪羊，一齐上府慰劳苏大人。

苏轼百般推脱不掉，遂命家人先将猪肉切成块状，再将生姜、酱油、红糖、葱、料酒、陈皮等佐料，一齐加到生水中熬制，用文火反复焖熟后从铁锅中取出，将一块块香嫩酥烂的猪肉分发给百姓食用。

吃过的人都称这肉是"肥而不腻""酥香味美"，大家便一传十、十传百，纷纷仿效苏大人的做法，竞相烹制，因为是苏大人回赠给他们食用的，百姓称此肉为"回赠肉"。

今年的水患消除了，来年怎么办？

苏轼遂提出"筑堤防水，利在百世"的主张，上书朝廷，请求免除徐州赋税，增筑外小城，以加固内城；创建石堤，以防患于将来。

苏轼乞求朝廷于十二月内下旨。然而，一直等到第二年（元丰元年，1078）正月，也没有等来朝廷的消息。

苏轼遂请求改筑"木岸"。同时，苏轼致函时任国史馆编修官的刘邠，托他就近协力让神宗皇帝同意此项计划。

元丰元年（1078）二月初四，神宗皇帝终于降敕奖谕，苏轼行跪拜大礼，听朝廷特使念出圣旨：

敕苏轼：

　　省京东路安抚使司、转运司奏：昨黄河水至徐州城下，汝亲率官吏，驱督兵夫，救护城壁，一城生齿并仓库庐舍，得免漂没之害，遂得完固事。

　　河之为中国患久矣，乃者，堤溃东注，衍及徐方，而民人保居，城郭增固，徒得汝以安也，使者屡以言，朕甚嘉之。

并诏赐：二千四百一十万钱，犒赏夫役四千零二十三人，又发常平钱六百三十万，米一千八百余斛，准予募民夫三千零二十人，改筑外小城，修建木岸四条，堵塞十五处大坑。

苏轼用朝廷的赏赐在徐州城外筑小城（护城大堤）、修木岸。

他又一次忙得不亦乐乎。

而这一次的修建，不同于前期的抢险救灾，他可以回家了。

既是"筑堤防水，利在百世"，苏轼继续带领民众筑堤"七百九十丈"。这些用顽石修筑的长堤，终于和苏轼的名字一样，历千年而不朽！

徐州城现存城墙西边有一个石砌高台，据说是苏轼的抗洪指挥部，高台上建有一座"望洪亭"。苏轼在《登望洪亭》诗中写道："河涨西来失旧洪，孤城浑在水光中。忽然归壑无寻处，千里禾麻一半空。"为了避免那一幕悲剧重新上演，只有筑城修堤！

但在施工过程当中，苏轼发现徐州城子城的东门被大水冲毁得厉害，而徐州的府库即在此处。这里的地势非常狭窄，空间十分有限，如果继续作城，留给行人和车马的道路几乎没有。如果强行留下一条道路，势必会经常发生人仰马翻的悲剧，伤人毁财，实属不宜。

苏轼果敢做出决定：取消道路，将此处的城门扩大，护以砖石；然后在城门上建一大楼。

旧时有一厅堂，建于徐州府廨内，民间传闻是项籍所造，人称"霸王厅"，苏轼听闻此事，厌烦之至，果断下令将此厅堂拆毁，将拆下来的材料拿到东门上去建大楼!

有人竟然知道苏轼的祖父苏序当年路过七家岭，因不能容忍妖神作怪，愤然拆掉茅将军大庙之事! 到底是苏序的孙子，有着跟苏序一样豪迈而正直的勇气。

徐州军民均慨然从之。

东门上兴建大楼，垩以黄土，苏轼名之曰"黄楼"，取的就是金、木、水、火、土五行中的土能克水之意。

苏轼将这次抢救水灾的经过写成《奖谕敕记》一文，打算连同皇上的诏书一起，刻石志于黄楼，以备后人参考。

黄楼尚未建起，苏轼一连见到了四五位重要人物。

5

第一位是秦观。

元丰元年（1078）五月，秦观入汴京应试，就想借路过徐州之机拜谒苏轼，一则能亲聆苏轼的教诲，二则执弟子礼拜恩师。苏轼此时正在徐州知州任上，已是举国众多学子追慕的文坛翘楚。欧阳修去世之后，文坛盟主之名即降到苏东坡头上，文人儒生皆以"夫子"呼之。

那时，秦观已接到李常写给他的书信，知道李常已经当面向苏轼推荐过他。为此，秦观还请了另外一位前辈——孙觉写推荐信。孙觉与秦观是同乡，是诗人黄庭坚的岳父；而李常是黄庭坚的舅父，他二人都是苏轼的至交，有了他们的联合推荐，秦观的心激动难耐。

那一日的早晨，太阳爬到了很高的树梢，苏轼才起床，漱洗完毕，正吃早餐之时，忽见马梦得领着一位不足三十的青年走进厅堂来。

他看苏轼的眼光非常之清纯，风流倜傥的外表，方正不苟的神情，说话语音清晰，有条有理，言辞婉转，苏轼对他印象很好。

一看到孙觉的文字，苏轼就知道他是扬州高邮人秦观。

苏轼问他为何直到今年才来。问到了秦观的伤心处，他年近三十，依然功不成、名不就，只有一颗痴爱诗词的心。

遂吟出自己的诗《春日》：

一夕轻雷落万丝，霁光浮瓦碧参差。

有情芍药含春泪，无力蔷薇卧晓枝。

苏轼称道："好诗！与杜子美的《春望》有异曲同工之妙。"

第二日，秦观出外游玩，很长时间没有回来，苏轼惦记他，便写信询问他的情况。

秦观写了一封很奇怪的回信，全文只有十四个字，在信上排成一圈：

苏轼连声叫好。

原来，秦观写了一首回环诗，诗中描写了自己在外的生活情趣，内容是：

赏花归去马如飞，去马如飞酒力微。

酒力微醒时已暮，醒时已暮赏花归。

马梦得本不懂诗词，有一日晚饭后，趁苏轼休息，他悄悄对秦观说道："苏学士夸耀你的诗文美玉无瑕，若能更进一步精雕细琢，世上绝难找到匹敌之人！"

秦观听了，非常吃惊，连连说道："过奖！年少时喜欢作赋，雕琢的习惯已经养成，无知无觉罢了。"

马梦得说："于细微处见真情，也许不无道理。"

秦观答道："对于炼字，我乐在其中，从未畏难过，只是——"

"只是什么？"

"窃以为，如果雕琢太过，反会辞华气虚。"

"是这样？我等还是请教苏学士好了。"

秦观有自知之明，后来，李清照将秦观的词定性为"小家碧玉"，元好问将秦观的词定性为"女郎诗"，指的就是他的诗词过于婉约，而少了些阳刚气韵。

苏轼却将秦观视为"异代之宝"！

不过，读书之人只有参加科举考试这一条出路，否则，一辈子就只能屈身于泥潭。苏轼对秦观最大的关切，莫过于他的考试，遂赠诗《次韵秦观秀才见赠秦与孙莘老李公择甚熟将入》，中有"江湖放浪久全真，忽然一鸣惊倒人。纵横所值无不可，知君不怕新书新"，对秦观的诗学才华给予了很高的评价，对他的科举之路也极尽期待与鼓励。

只恨不在京城，无法推荐秦观。

因考期临近，秦观在徐州不可久留，苏轼约他考完之后再来徐州。黄楼正在兴建，届时，务请秦观为黄楼作一篇赋文。秦观爽快答应。

告别之前，秦观投诗《别子瞻》为赞，其中有一句"我独不愿万户侯，唯愿一识苏徐州"。

当秦观吟完此诗，二人皆不能自持。

第十二章　相忘忙归

1

秦观来访，李常功不可没。其在齐州的任期将满，移官至淮南西路提点刑狱。趁此机会，于元丰元年（1078）三月寒食节，从济南到徐州来访苏轼。

李常是个非常严肃的学者，苏轼作《送李公择》诗，深感故人虽多，出处却各不相同，真正志同道合的朋友只有区区几人，而今又天各一方。

李常去后不久，一心沉湎诗学的黄庭坚从京城国子监给苏轼寄来了两首诗，以示敬仰求教之心。

黄庭坚出生于庆历五年（1045），比苏轼小九岁，时年三十四岁。从母舅李常为学，尽读李常的藏书，学杜为主，兼得韩愈和孟郊之长。

苏轼读完黄庭坚的诗后大加赞赏，以为"超轶绝尘，独立万世之表，驭风骑气，以为造物者，非今世所有也"，遂作和诗二首相赠。

除赠诗外，苏轼更有一函《答黄鲁直》，其中说道："我一直诚恐不能与君结交，而君今日不惜辱没才华，如此礼待我，喜愧之怀，几乎难以承受。"

因苏轼赏识，黄庭坚一生坎坷，这是后话。

在苏轼的众多门生和崇拜者中，他最欣赏和重视四人，最先将他们的名字并提外加宣传的就是苏轼本人，他说："如黄庭坚鲁直、晁补之无咎、秦观太虚、张耒文潜之流，皆世未之知，而轼独先知。"（《答李昭书》）由于苏轼的推誉，四人很快名满天下，称"苏门四学士"。

苏轼在徐州跟陈师道见面了。后来，陈师道成为"苏门六君子"之一（"六君子"是在"四学士"之外，再加陈师道与李廌）。

陈师道，字履常，一字无己，号后山居士，彭城（今江苏徐州）人。他出身于仕宦家庭，幼年时，家道已经衰落，但这并不妨碍他勤奋好学，虽然经常饿肚子，却依然以读书为乐。

当时，朝廷用王安石经义之学科取士，陈师道不以为然，一直没有去应试，所以他仕途艰难。

苏轼在密州任上，陈师道便与苏轼开始了书信交往，但两人面对面的交流则始于苏轼调任徐州时。熙宁十年（1077），苏轼到徐州不久，陈师道即往拜谒，从此两人交往日益增多，陈师道以弟子礼尊敬苏轼。

苏轼在徐州赏识的青年朋友，还有王回、王适兄弟。

王回，字子高，关于此人，有个神秘的传说，说他曾有与仙女周瑶英同游芙蓉城的艳遇，故事情节惟妙惟肖，与唐人传奇无异。苏轼听后十分好奇，就问王回是否确有其事，而王回娓娓陈述事情的经过，亦如重温那不可多得的柔情。

苏轼遂作《芙蓉城》长诗，记下了这个故事。

其弟王适，字子立，为徐州的州学生，贤而有文，性情朴实而厚重，喜怒不表露于神色，与苏辙十分相似，很得苏轼器重。后经苏轼搭桥牵线，将苏辙的一个女儿嫁给了他。

王氏兄弟从此就住在苏轼的官舍里。

2

一日，苏轼登上徐州名迹——燕子楼，在"明月如霜"的园子里，感受到了"好风如水""曲港跳鱼"的情致，甚至连"圆荷泻露"的滴答声也能隐约听见，苏轼泪流满面，决定夜宿燕子楼。

那燕子楼，关盼盼曾经住过啊。

关盼盼何许人也？为唐代徐州尚书张愔的小妾。初嫁张愔时，她才艺出类拔萃，张愔在府中宴请客人，丝竹弦音三日不绝。唐代"诗魔"白居易为校书郎时，曾经参与张尚书家宴，亲眼见过关盼盼，白居易惊为天人，并特意为之留下墨宝，其中有"醉娇胜不得，风袅牡丹花"之语。

张愔因病离世，关盼盼发誓不嫁，住在张愔旧居燕子楼内，销声匿迹般度过了十余年。

白居易再过徐州时，又作《燕子楼三首》，其三为：

今春有客洛阳回，曾到尚书墓上来。

见说白杨堪作柱，争教红粉不成灰。

关盼盼读到此诗，知道白居易讽刺她为何不死，遂哭泣曰："妾非不能死，恐我公有从死之妾，玷清范耳！"

于是，关盼盼写诗四首，除《和白公诗》之外，也作《燕子楼三首》，其三为：

适看鸿雁岳阳回，又睹玄禽逼社来。

瑶瑟玉箫无意绪，任从蛛网任从灰。

写完之后开始绝食，一旬而后死。

苏轼百感交集，遂作《永遇乐·彭城夜宿燕子楼》一词，晁补之对其中"燕子楼空，佳人何在，空锁楼中燕"极为叹赏，认为"只三句便说尽张建封事"，所以成为千古名句。

徐州城恰巧有一位官妓，名曰"马盼盼"，是王巩的闺中密友。前二三年，王巩因为牵涉赵世居谋为不轨的政治案子，被迫"两官""勒停"（降官两级、勒令停职）。

苏轼非常记挂这位失意的朋友，一再托人邀他到徐州一游。不想，王巩未到，苏轼与马盼盼就先见面了——

元丰元年（1078）八月十一日，黄楼草成。苏轼家中接连有两桩喜事：十一日，苏辙嫁女给文与可之次子文逸民，苏轼派长子苏迈前往帮忙；而接下来的十二日，苏迈之子、苏轼长孙苏箪出生。

这一年的中秋，徐州是一个秋高气爽、明月高挂的日子，苏轼想念弟弟，就写了《中秋月寄子由三首》。

不几日，苏轼收到了弟弟寄来的《中秋见月寄子瞻》诗，这是苏辙的佳作之一。从此，"金丸"和"婵娟""玉兔"一样，成为月亮的著名的代称。

读罢此诗，苏轼再写《中秋见月和子由》寄给弟弟。

想到建造黄楼的过程，苏轼打算自撰一篇记文。没想到，子由已经寄来一篇《黄楼赋》，苏轼看后已知其大略，决定自己不再写，将弟弟此赋亲手书写刻于碑上，立于黄楼内。

弟作兄书，无疑是再好不过的纪念。

苏轼登楼之前，早有人备好了桌椅和文房四宝。有多少人想收藏苏轼的墨宝啊，亲眼看见苏轼书写，也是荣幸之事。

马梦得发现一位妙龄女子身穿礼服，手托一只精致托盘，盘中存放着一只透明的高脚水晶酒杯。

马梦得知道此女为官妓，阻止已来不及，因她已走到苏大人面前。

待该女施礼之时，众人才看清，原来是官妓马盼盼！

但苏轼不开口，傅袆和李清臣二人就不说话，其他人皆不作声。马盼盼机灵，开口言道："为衬托今日场面之隆重，渲染今日喜庆之气氛，小女子愿为苏大人、愿为所有到场之嘉宾献歌一曲。"

说话间，几个伶人带着琴弦翩然而至。

马盼盼见苏大人未置可否，就开口唱了起来。她唱的是上二年（熙宁九年，1076）苏轼在密州作的《望江南·超然台作》：

　　春未老，风细柳斜斜。试上超然台上看，半壕春水一城花。烟雨暗千家。　　寒食后，酒醒却咨嗟。休对故人思故国，且将新火试新茶。诗酒趁年华。

唱得如此珠圆玉润，苏轼欣然上前一步。通判傅裼趁机示意，马盼盼将水晶酒杯捧给苏轼。苏轼抬头，将杯中之酒一饮而尽。

京东路提点刑狱李清臣说道："苏大人在半醒半醉之间写出的文字，定会墨迹留香、珠玑存世！"

苏轼曾告诉友人，他微醉时所书，灵感随着酒气从十指间拂拂而出，很多从嘴角中不敢流露出来的意思，皆通过文字表达出来了。

苏轼快步移至桌边，挥毫书写起来。

他正准备写"山川开合"四个字时，马梦得快步走到他的身边，轻声说了句："王大人王巩、秦秀才秦观已至府中。"

这二位贵客可谓"神来之笔"！苏轼放下手中之笔，匆匆下楼。

众人皆不知苏大人为何下楼，也不知要过多久才会重上楼来，遂沉默等待。好久未见苏大人，便围在桌边观摩苏轼刚刚抄写了一半的《黄楼赋》。

马盼盼很有书法天赋，斗胆说了一句："诸位大人，苏大人回府迎接贵客未归，小女子有意代苏大人写上几字。"

众人无语。马盼盼以为众人默许，即刻便来了精神，抓起笔来，酣畅淋漓地写下了"山川开合"四个大字。

众人皆惊吓得说不出话来。

徐州通判傅裼连忙走过去，意欲从马盼盼手里夺过毛笔。马盼盼连忙将笔胡乱摆放在桌子上。傅裼大声呵斥道："眼不见为净！你最好快快下楼，离开此地！"

"小女子自取其辱！"

"大胆贱人还敢顶嘴！还不快快跪下。"

马盼盼双膝跪在桌边。

迟疑了一下，傅裼对马盼盼说道："快快起来，快快离开此地，要不然……"

马盼盼跪在地上不动。

正在此时，苏轼和马梦得一前一后走上楼来，后面跟着王巩和秦观。

王巩见此人多的场面，忽然开口大声言道："诸位大人，今日除了庆祝黄楼初成，在下还有一事向诸位通报：满腹诗书的扬州高邮人秦观，拜于苏学士门下，正式成为苏学士的弟子！"

包括苏轼在内的所有人，无不神情惊喜。马盼盼趁机从地上站起。

秦观今年去汴京应试，满心期待会高中，不料落榜，听到王巩如此介绍，顿显手足无措，事前毫不知情。

秦观外表风流倜傥，神情方正不苟，众人便目不转睛地盯着他。马梦得对秦观说道："拜师必喝酒，秦秀才先喝为敬吧。"

秦观的眼光再次投向苏轼，而苏轼正笑眯眯地望着他。

马盼盼机灵过人，见此情景，她快步走到那几位手执琴弦的伶人身边，拿出一只酒杯倒好酒，走到秦观面前。

秦观面无惧色，一饮而尽。

马盼盼再倒，秦观再饮。

马盼盼三倒，秦观三饮。

掌声瞬息已排山倒海，苏轼在心里念道："少游已矣，虽万人何赎。"

3

隆重的拜师礼举行过后，神情落寞的秦观一再声称将要返回高邮去，苏轼一再挽留他。

为了安慰秦观，苏轼说待到九月初九重阳节，他将举行酒会庆祝黄楼落成，届时请秦观务必参加。

秦观也写出了一篇《黄楼赋》，苏轼阅后，盛赞他有"屈宋之才"，再次作诗为谢。

鉴于王安石在北宋文坛上的地位，苏轼特地主动给王安石写信，介绍秦观的诗歌。

不多久，苏轼接到王安石的回信，称许秦观诗"清新妩丽，鲍、谢似之"。并说，"公奇秦君，口之而不置；我得其诗，手之而不释。"

此时，秦观留在苏轼府中尚未离去，苏轼的去信和王安石的回信他都看了，他泪水长流，答应苏轼，回到高邮之后一定发愤苦读，准备第二次赴京参加科考。

苏轼连连点头称是。

到了重阳节那一日，苏轼在新落成的黄楼上举行盛大酒会，全城万人空巷前来庆贺！只见黄楼高高耸立于东门之上，下面立有五丈余高的旗杆。三十余位从京城、洛阳、杭州等地赶来的贵宾及本地名流前来祝贺。

苏轼高兴地写了《九日黄楼作》这首诗，去年抗洪惊心动魄，风雨泥泞；今年与民把酒赏花，优游从容：

> 去年重阳不可说，南城夜半千沤发。水穿城下作雷鸣，泥满城头飞雨滑。黄花白酒无人问，日暮归来洗靴袜。岂知还复有今年，把盏对花容一呷。莫嫌酒薄红粉陋，终胜泥中事锹锸。黄楼新成壁未干，清河已落霜初杀。朝来白露如细雨，南山不见千寻刹。楼前便作海茫茫，楼下空闻橹鸦轧。薄寒中人老可畏，热酒浇肠气先压。烟消日出见渔村，远水鳞鳞山齾齾。诗人猛士杂龙虎，楚舞吴歌乱鹅鸭。一杯相属君勿辞，此境何殊泛清霅。

酒会以远道而来的王巩为主宾。

王巩竟带来了马盼盼、张英英和卿卿三位丽人！王巩身材矮小，体形清癯，而与他随行的颜复则是个大腹便便的胖子。

是日，高朋满座，红粉成行，衣香鬓影之间，笙歌不绝，笑语声喧。苏轼喝得酩酊大醉，竟说肚中酒满已至肚脐之下，引得宾主开怀大笑。

马盼盼嚷着吵着要苏大人填写新词，她唱出来，定会给人添福、添寿、添好运！

那一日，苏轼返回黄楼之后，因众人的注意力都集中到秦观拜师一事上，无人细究"山川开合"的任何破绽，苏轼将此赋镌刻成碑，并依据此赋内容，绘制了六幅黄楼盛景图。

而后世流传的《黄楼赋》碑文中的"山川开合"四个字，实为马盼盼的笔迹。

马盼盼一再请求，苏轼遂和王巩联韵作诗一首，其中有"相忘不用忙归去，明日黄花蝶也愁"之句，马盼盼唱得笑中流泪，泪中有笑。

苏轼忽然明白过来，马盼盼为什么没有像杭州的周韶和琴操那样，对他提起出籍的要求。

诗酒过后，一行人还要乘船往游泗水，北上圣女山，南下百步洪。苏轼惊呼道："那岂不要到夜半三更？"王巩和三位丽人皆笑而不语。

苏轼接着说道："老夫头晕目眩，不胜酒力，未必可以同行呀！"

王巩和三位丽人不知苏轼此话是真是假。

苏轼又说道："要不，我就在黄楼等候诸位，并置酒相陪。可否？"未等回应，马梦得说道："苏大人所言极是！今日喜庆，诸位玩得尽兴才合情理。"

便无人强求苏大人随同前往。

等他们夜半时分返回黄楼之时，只见苏轼身着一件羽衣。这是仿照古人以鸟羽为衣，模拟神仙飞翔之意。是时，苏轼站在黄楼之上，遥望一小船从远处缓缓而来，月光均匀地照在水波上，而笛声响彻山谷。小船越行越近，近到可以看清每个人的脸庞，大家从容上岸，相视一笑。

苏轼欣然说道："自李太白离世之后，世间再无此乐事，不知不觉，三百多年过去了。"

4

王巩乃真正性情中人，知道自己不能久留，不久之后的九月十七日，趁苏轼得闲，他力邀苏轼同登徐州城东云龙山之黄茅冈。

苏轼欣然应允。

同行者还有颜复和云龙山的道长张天骥，苏轼又一次喝得酩酊大醉。但他醉中写下了《登云龙山》一诗，其中有"醉中走上黄茅冈，满冈乱石如群羊。冈头醉倒石作床，仰看白云天茫茫"之句，可见得，苏轼醉倒之后，是和衣着地、以石为床的，哪管"歌声落谷秋风长，路人举首东南望，拍手大笑使君狂"呢？

苏轼在云龙山上结识了隐士张山人，十分羡慕那与蓝天白云、草地山冈为伴的生活。上一年，徐州暴发洪水，洪水漫到云龙山张山人的大门口。洪水退去之后，张山人就搬到原来住屋的东面，在东山的山脚下。张山人登高眺望，找到了一块奇异的地方，就在它的上面建造了一座亭子。徐州地方的山，冈岭四面围拢，隐约像个大环，而张山人的亭子正巧对准那个缺口。春夏两季交替之时，草木茂盛，似要接近天空；秋月冬季，广阔大地一片洁白；在刮风、下雨、阴暗、晴朗等不同的天气，景色瞬息万变。

不仅如此，张山人还育有两只白鹤，白鹤十分驯服。早晨，张山人望着西山的缺口把白鹤放出去，不论它们飞到什么地方，到了傍晚，它们都会向着东山飞回来，张山人遂将此亭命名为"放鹤亭"。

苏轼特别作有《放鹤亭记》一文，透露出在政治失意之后崇尚隐逸、消极避世的情绪。

苏轼惦记这个地方，后来，他偕同僚、友人多次来此，作有诗词《访张山人得山中字二首》。

返回徐州不几日，王巩离去，苏轼请他隔日再来，王巩笑应。

王巩刚走不久，杭州诗僧道潜从於潜来徐州拜访苏轼，令苏轼大吃一惊。

去杭州任通判的第三日，苏轼遵从恩师欧阳修的嘱托拜访惠勤、惠思二诗僧，就此认识了惠思的高徒、字曰"参寥子"的道潜。但是，很奇怪，苏轼对惠勤、惠思二人大有"相见恨晚"之意，对道潜却无类似感觉，虽然他们在一起喝茶时，道潜给苏轼递上他的诗《江上秋夜》，苏轼阅后连称"好诗"；虽然有一次他与道潜同登方丈，还未去到忏堂就知道要上九十二级台阶，并且知道忏堂内外的陈设，让道潜折服不已；虽然恩师欧阳公仙逝时，道潜和惠勤、惠思、佛印等人安慰他，但是很可惜，苏轼与道潜却从无过密私交。

这一次，道潜主动前来，居然是因为他与秦观交好，受了秦观的引荐。苏轼遂安排他在虚白堂住下。

那天，苏轼设宴招待完客人，身边正好有一大群官妓，就未让她们离去，直接带到道潜这里来了。

带着官妓去拜访和尚，本来就违背礼俗，苏轼看道潜，却带上一群官妓！

苏轼悄悄让马盼盼上前向道潜求诗。

道潜镇定自若，写了一首绝句：

寄语巫山窈窕娘，好将魂梦恼楚王。

禅心已作沾泥絮，不逐春风上下狂。

道潜称马盼盼为"窈窕娘"，可见马盼盼的确妖娆美丽。然后，又用了"巫山"和"楚王"两个典故，将苏轼调侃了一番，因苏轼调侃在先。

道潜就像一位心理学家，一眼便看出苏轼的心思与尴尬：对于官妓马盼盼，苏轼内心宠爱，却不能动真情。马盼盼何曾不是对苏轼情深意重？只是碍于她的官妓身份，苏轼不敢跨越雷池半步，他的政敌正担心他不犯错误呢！

所以，这首诗由马盼盼传给苏轼后，苏轼对道潜的调侃没有正面回答，反是避重就轻，将道潜夸耀一番："我也曾看见柳絮落入泥中，心想可以入诗，想不到被你抢先了！"

5

俗话说，大水过后必有大旱。

元丰元年（1078），徐州再遇旱灾，"东方久旱千里赤，三月行人口生土！"

对于此次旱情，苏轼在《徐州祈雨青词》中有所描述："水未落而旱已成，冬无雪而春不雨，烟尘蓬勃，草木焦枯。今者麦已过期，获不偿种；禾未入土，忧及明年。"

每任职一处，他都要求雨，在凤翔求雨，在密州求雨，到了徐州，大水灾后又要求雨，苏轼已经没有脾气了。

徐州的状况似乎比密州要好些，那时的密州还有漫天遍野的蝗灾。苏轼尊重风俗民情，同百姓一道来到城东老龙潭求雨。

老龙潭最早叫"石潭"，传说潭中有一条龙，但这条龙很懒，终日窝在潭中，龙不上天，怎么能下雨呢？老百姓中便流行着一个说法，就是把一个虎头投至潭中，让龙虎相斗，龙就会上天行雨了。

当时苏轼专门作了一首诗《起伏龙行》，小序中写道："徐州城东二十里，有石潭。父老云：与泗水通，增损清浊，相应不差，时有河鱼出焉。元丰元年春旱，或云置虎头潭中，可以致雷雨。"诗中有"赤龙白虎战明日，倒卷黄河作飞雨。嗟我岂乐斗两雄，有事径须烦一怒"之句。

"天地本无功，祈禳何足数"，苏轼并不迷信祈禳，不过是尽知州"守土之责"罢了。但是十分巧合，不多久，徐州真的下了一场喜雨！

善良的百姓把这场雨的功劳归于他们的父母官——苏轼！

一场喜雨缓解了旱情，苏轼再次带人赴老龙潭举行盛大的谢雨仪式。途中，苏轼亲眼看到旱情缓解、丰收在望、农民喜气洋洋的场景，深情地写下了《浣溪沙·徐门石潭谢雨》词五首。

其五为：

> 软草平莎过雨新，轻沙走马路无尘。何时收拾耦耕身？　　日暖桑麻光似泼，风来蒿艾气如薰。使君元是此中人。

这组词描绘了一幅仲夏麦收时节雨后农村的风光，充满生活情趣，比较真实地反映了苏轼与徐州百姓的深厚感情。

因为写作《浣溪沙·徐门石潭谢雨》词五首，苏轼成为宋代为数不多的撰写农村题材的词人。

如果说百姓身份低微，那么，囚犯则更甚。

而苏轼恰恰是关心囚犯健康的人，这在当时的太守中绝无仅有！他亲自视察监狱，并且上书宋神宗，要求州县牢狱中皆选差曹司、医人，专门负责为囚犯治病。为此，犯人家属万分感激。

他还改革陋规，整治地方军政。

当时的朝廷有一条十分荒谬的法令：低级军士因公出行某地必须借贷，官家不负责差旅的银两，回来后得连本带利加倍偿还！以至于上行下效，刻扣军饷，军队管理混乱不堪！有人实在还不起债务，只得出逃为盗，这跟逼良为娼没有什么差别。

苏轼来到徐州以后，坚决改革了这项法令：每年节省下来部分银两用于出行，严禁贷款之后，收本之外另付高息。仅仅一年时间，"士皆饱暖，练熟技艺，等第为诸郡之冠"（《徐州上皇帝书》）。

苏轼听说徐州地下蕴藏石炭，就开始遣人各处勘寻，终于于元丰元年（1078）十二月，在徐州西南五十里处的白土镇之北访获煤矿，用于冶炼，打造出来的兵器，犀利更胜往常。

为此，他写下徐州人民开采煤矿的壮丽诗篇《石炭并引》：

> 彭城旧无石炭。元丰元年十二月，始遣人访获于州之西南，白土镇之北。以冶铁作兵，犀利胜常云。

> 君不见，前年雨雪行人断，城中居民风裂骭。湿薪半束抱衾裯，日暮敲门无处换。岂料山中有遗宝，磊落如䃜万车炭。流膏迸液无人知，阵阵腥风自吹散。根苗一发浩无际，万人鼓舞千人看。投泥泼水愈光明，烁玉流金见精悍。南山栗林渐可息，北山顽矿何劳锻。为君铸作百炼刀，要斩长鲸为万段。

煤炭解决了百姓的冬季燃料问题，将煤炭用于冶铁，可以有效增高炉温、加速铁矿石冶炼的过程、改善钢结构，促进利国监冶铁业的发展。

当然，在为大宋提供武器和赋税来源的同时，苏轼此举自然也引起了一些劫掠巨盗的注意。

为加强利国监的防务，苏轼向朝廷建议，每个冶户抽调十人，三十六冶户计三百六十人，组成冶户自卫队，既掌控了强悍之民，又为国家训练了一支武装。

6

又到了朝廷开考时节，不少学子赴京之前，专程赶到徐州拜见苏轼。被誉为"苏门六君子"的晁补之、张耒、陈师道等人，均先后来到徐州，与老师一叙离情别绪。

苏轼很有自知之明，他深知自己一生因为个性太耿直才处处碰壁，所以没有多少称心如意之事，唯有选拔人才，才是他最快乐的事情。所以，他在《答李昭玘书》中写道："轼蒙庇粗遣，每念处世穷困，所向辄值墙谷，无一遂者，独于文人胜士多获所欲。"

他明确表示，要使宋代文学顺利发展，就要培养新一代文坛盟主。而对知识尚浅的后辈，苏轼也热情帮助。

如山东举子吴彦律进京赴试，先到徐州请教苏轼学问之道，苏轼认真对待，写了一篇近六百字的《日喻》文章给他。

然而，苏轼的好心情并未持续多久，元丰二年（1079）春节刚过，尚在正月，苏轼忽然得一讣告：文与可殁于陈州。

就算不说文与可与苏氏家族的姻亲，苏轼又怎能忘记在去杭州之前，性格沉稳的弟弟子由曾经用手捂住苏轼的嘴，要他"三缄其口"，而文与可更是作诗"北客若来休问事，西湖虽好莫吟诗"，对苏轼婉言劝告！

苏轼论文与可四绝：一诗、二楚辞、三草书、四画，将其引为知己。文与可则曰："世无知我者，唯子瞻一见，识吾妙处。"

但苏轼却无法请假去参加文与可的葬礼，并为之诵经做法事……整整三日三夜，苏轼不能睡觉，只是默坐。实在疲倦至极才闭眼小憩，竟没有一次不是噩梦醒来！醒来之后，枕席皆为泪湿。

文与可生前拮据，身后萧条，一家人侨居陈州，无力归丧还蜀。苏轼又致函时在舒州的李常，请他一定帮助成全此事。

就这样到了三月，告下："苏轼以祠部员外郎直史馆，知湖州军州事。"

得知苏大人将要离去，徐州百姓从四面八方赶来，他们站在苏轼马前，捧篮献花，洗盏呈酒，发自肺腑地说道："如果不是苏大人，我等早成了水中之鳖、河中之鱼！"

"水来非吾过，水去非吾功。"

百姓泪流满面："这样的知州，我等再到哪里去找寻第二位？"

送行路上，百姓手举点燃的香火，苏轼勒住马头，静静地注视着他命中注定不可舍弃的"衣食父母"，一字一句地吟诵出《江城子·别徐州》：

天涯流落思无穷，既相逢，却匆匆。携手佳人，和泪折残红。为问东风余几许？春纵在，与谁同。　　隋堤三月水溶溶，背归鸿，去吴中。回首彭城，清泗与淮通。欲寄相思千点泪，流不到，楚江东。

　　词中引用唐代诗人李商隐《无题》诗中"相见时难别亦难，东风无力百花残。春蚕到死丝方尽，蜡炬成灰泪始干"句意，抒发苏轼对徐州风物人情的无限留恋，并在离愁别绪中融入深沉的身世之感。

　　所以，后世在徐州都流传着这样一句话："古彭州官何其多，千古怀念唯苏公！"

第十三章　乌台诗案

1

苏轼一路向南，先往南都（今河南省商丘市）看望在此做签判的弟弟。

三月十日，兄弟二人会晤，经过乐全堂，自然要去拜访张方平。不想，苏轼因辗转劳累，竟然生病，只好在弟弟家住下，一住就是半个多月。

到了四月才渡过淮河，到达高邮，秦观和道潜都在。见苏大学士前来，遂一同坐上苏轼的乘船，一路同游。经过金山时，江上刮起大风，无法前行，把船泊在岸边，一同去拜访宝觉禅师。

到了无锡，几人又共游惠山。惠山之水向来有"天下第二泉"之誉。除了饮酒，最喜喝茶，一行人在山上煎茶共饮。不管是饮酒还是喝茶，到场之人必会要求苏轼作诗。苏轼对这个不成文的定律，自然乐此不疲。

他们看到前朝唐代文人王武陵、窦群、朱宿等人在惠山的题诗，仰慕不已，遂就唐三人在惠山题诗之韵各自赋诗三首，留下传世名句。

苏轼也作诗三首，其三《应朱宿》：

敲火发山泉，烹茶避林樾。

明窗倾紫盏，色味两奇绝。

吾生眠食耳，一饱万想灭。

颇笑玉川子，饥弄三百月。

岂如山中人，睡起山花发。

一瓯谁与共，门外无来辙。

至元丰二年（1079）五月二十日，苏轼抵达湖州任上。

宋神宗在熙宁年间重用王安石变法，变法失利后，又在元丰年间从事改制，苏轼到达湖州的这一时间段，正好是在变法到改制的转折关头，按照惯例，他要进谢上表。

但谁能够料到，这么普通的一篇表文，竟为苏轼带来了杀身之祸！

苏轼作《湖州谢上表》，其实只是例行公事，每换任一处，这个步骤必不可少。大体上就是简单陈述一下在过去的时日里，自己为臣并无多少政绩可言，然后再叙皇恩浩荡。

此类文章难免形成一种固定的格式，在每一个填写项目上，写上几句虚情假意的客套话。

然而，才华横溢的苏轼，仕途一再起起落落，年岁四十出头，依然不能在京城找到自己的立足之地！

苏轼在他的谢上表的结尾部分情不自禁地写上了几句牢骚话："知其愚不适时，难以追陪新进；察其老不生事，或能牧养小民。"

王安石变法期间，保守派和变法派斗争激烈，两派领袖分别是两位丞相司马光和王安石，而司马光写给王安石的长信中有"生事"二字。

于是，"生事"便成为攻击变法的习惯用语；"新进"则是苏轼对王安石引荐的新人的贬称。

苏轼这几句话的意思是说："我真是生不逢时啊，不能跟你们这些新进的政治暴发户共事，你们大概是看我年纪大了（其时苏轼四十四岁），在下面也兴不起什么风浪了，只能管管微不足道老百姓。"

与其说苏轼是在讽刺"新进"，不如说是在发泄自己的牢骚！

然而，正因为苏轼反对新法，并在自己的诗文中表露出对新政的强烈不满，而欧阳修去世以后，北宋文坛的领袖已是苏轼，若任由苏轼的诗词在社会上传播，对新政的推行无疑有百害而无一利！

这个道理，任何一位"新进"都懂。

2

六月里，监察御史里行何正臣坐在衙内，一边喝茶，一边漫不经心地观看苏轼的《谢上表》，他对诗词完全没兴趣，他单从苏轼的文字中就能"捕风捉影"，然后"偷梁换柱"。

这一次，他又发现了苗头：什么"新进"，什么"生事"？这哪是讽刺他们一班人，明明就是在愚弄朝廷嘛。

何正臣，字君表，自幼被誉为"神童"。庆历八年（1048），他才九岁多，应戊子童子科御前诵九经，皇帝亲自赐授童子出身。治平二年（1065），赴乙巳童子科试，名列榜首，赐官将仕郎，任湖口县（今江西省湖口县）主簿。元丰元年（1078），用荐为御史里行，擢侍御史知杂事。

元丰二年（1079）六月二十七日，何正臣决定上奏，这就是首先向苏轼发难。何正臣奏道："一有水旱之灾，盗贼之变，轼必倡言归咎新法，喜动颜色。轼所为讥讽文字，传于人者甚众，今独取镂版而鬻于市者进呈。"

而神宗皇帝并未觉得苏轼有何过错。

何正臣心中很是失望。

七月十五日，早朝。

东方的天空尚未透出鱼肚白，一行人从右掖门无声走出，他们步幅不大，速度缓慢，脚踏皇仪殿和垂拱殿之间的石板路，只有细微的窸窸窣窣的声音。他们面无表情，在昏暗的宫灯照耀之下，依稀可见他们是朝廷中的文武官员，手执笏板，身着朝服，按照官职的大小依次而行。

走到升平楼下，依然神色凝重。谏官行列里，舒亶与何正臣相视一笑。

舒亶，字信道，浙江慈溪人，治平二年（1065）进士，初任县尉，因杀人罪被停废多年，直到张商英为御史，他才得改官，重入仕途。

张商英，字天觉，号无尽居士，出生于蜀地新津，体型高大伟岸，性格洒脱不拘，从不肯屈居人下。

但他这样一个豪爽之人，却败倒在舒亶手下：张商英调任中书检正之后，给舒亶写过一封信，并将女婿王沇的课业送其察看，私人之间的请托，本是件正常不过之事，舒亶却翻脸无情，立即将这封信送给神宗，说什么"商英官居宰属，而臣职在言路，事涉干请，不敢隐默，将各件缴进"，致使神宗不悦，将张商英降为馆阁校勘。

然而，张商英最终东山再起，任北宋宰相，这是后话。

舒亶对自己的恩人尚且铁面无情，对苏轼就更不必说。他进札言道："湖州苏轼进谢上表，有讥切时事之言，流俗翕然，争相传诵，忠义之士，无不愤惋。"

舒亶专门给苏轼套上一个"谤讪君主"的罪名，以彻底激怒神宗，这是陷苏轼于"大不敬"的杀头之罪！但他们知道，单凭口头之说而无实证，不说神宗，就是满朝文武都不会相信。若让苏轼获得生机，他们这帮"新进"怎能借新法谋得私利？

要想扳倒苏轼，谈何容易？单凭苏轼《湖州谢上表》里的一二句话，舒亶知道远远不够。事情偏偏这么凑巧：苏轼在杭州任通判时写的诗词，被喜爱他的文人学士整理结集，《苏子瞻学士钱塘集》已在坊间悄悄刻印出来，虽说苏轼本人尚未亲眼见到，却给御史台的"新进"们提供了收集苏轼"罪证"的机会！

从六月至九月，经过四个月的潜心钻研，舒亶终于找出几首苏轼诗词，上奏弹劾道：

> 至于包藏祸心，怨望其上，讪渎漫骂，而无复人臣之节者，未有如轼也。盖陛下发钱（指青苗钱）以本业贫民，则曰"赢得儿童语音好，一年强半在城中"；陛下明法以课试郡吏，则曰"读书万卷不读律，致君尧舜知无术"；陛下兴水利，则曰"东海若知明主意，应教斥卤（盐碱地）变桑田"；陛下谨盐禁，则曰"岂是闻韶解忘味，迩来三月食无盐"。其他触物即事，应口所言，无一不以讥谤为主，小则镂版，大则刻石，传布中外，自以为能，其尤甚者，至远引衰汉梁窦专朝之士，杂取小说燕蝠争晨昏之语，旁属大臣，而缘以指斥乘舆，盖

可谓大不恭矣。

这些断章取义的诗句，分别源自苏轼诗词《山村五绝》第四首、《戏子由》《八月十五观潮》和《山村五绝》第三首。

舒亶等人要置苏轼于死地，用心何其毒也！

3

群臣大惊失色，少说话为佳。

但宋神宗仍不为所动，苏轼的这些诗词，他早从沈括那里看到了，沈括已经先于坊间将苏轼诗词汇编成册。

沈括，字存中，号梦溪丈人，杭州钱塘县人。沈括出身于仕宦之家，嘉祐八年（1063）进士及第，神宗时期参与"熙宁变法"，受王安石器重，被任为检正中书刑房公事。

几年以前，神宗派沈括到两浙察访。沈括将行之时，神宗叮嘱沈括道："苏轼任杭州通判，到了杭州，该去看看他。"

但沈括不明神宗之意。到了杭州，他天天跟苏轼在一起，不是诗酒唱和，就是访名山、游西湖。

苏轼永远不会提防别人，他非常热情，对沈括无所不讲、无所不应，把自己新写的诗词亲手录好赠送给沈括。

无人上奏，神宗打算退朝。

内侍殿头拖着他那破锣一般沉重而又响亮的声音大喊道："有事奏事，无事退朝——"

"微臣奏事。"国子博士李宜之走出班列。

李宜之走到神宗跟前，行君臣之礼，朗声说道："有人妄论为官之道。在微臣看来，无异于蛊惑人心！"

文武百官大吃一惊：真是人不可貌相啊，李宜之自入朝以来，官阶不高，每次早朝均沉默进出。

神宗和颜悦色地说道："爱卿细细说来。"

苏轼在从徐州去湖州的路途，游览了诸多名山、寺庙，拜访了诸多名僧。在南都其弟家，因病逗留半月之久，与世代显宦张硕相见。张硕耗时五十年建造张氏园，不但有花木池台之美，兼有畜牧、纺织之类设备，实则为其子孙所建！让他们出可以仕，退可以隐。

这园艺场恰如一支未长眼睛的箭，射到苏轼心上！遂作文论《张氏园亭记》。

此文传到李宜之耳中，他就想趁早朝之机，当着神宗之面，把心里的愤懑倾吐出来。若能参加扳倒名人之事，足以使自己培重！

御史中丞李定朝他点头示意。

李宜之又往前行进了一小步，以便离神宗更近。

他说："湖州太守苏轼大人所作《张氏园亭记》，其中言道：'古之君子不必仕，不必不仕。必仕则忘其身，必不仕则忘其君。'但微臣不以为然，何故？微臣以为，天下之人，不管仕与不仕，皆不可忘其君。苏轼大人领取大宋俸禄，养家活口，家族得以延续，受陛下皇恩浩荡，本应舍命相报，非但不报，却公然宣称要忘掉陛下之恩！天理何在？人心何在？居心何在？再看看他写什么'罕能蹈其义……怀禄苟安……'这不是误导天下苍生吗？何以理服天下？"

满朝文武皆不知苏轼语出何处。

神宗皇帝更是哑口失语。

他一向喜欢苏轼之作，但苏轼为何偏要写出如此犯上之文字？

只有李宜之本人知道，苏轼文字引自孟子对孔子参政的几句评语，并非苏轼原创，今日却成为李宜之攻击苏轼的致命武器！

4

紧接着跳出来剿杀苏轼的，是御史中丞李定。

早在这一年的七月三日，李定上札陈述苏轼的四条可废之罪：

其一为苏轼本无学术，偶中异科，却喜胡言乱语。陛下容其改过，苏轼却始终不悔。

其二为依古人之理，教而不从，然后诛之。陛下对苏轼可谓容忍已久，而苏轼竟越发口出傲悖之语，并日闻中外。

其三为苏轼文辞，即使稍有道理，实足以鼓动流俗，不循陛下之法，不服陛下之化。

其四为陛下目前致力于修明政事，而苏轼一直埋怨不受陛下重用，这才敢对一切变法举措公然诋毁。

李定此札，句句紧扣苏轼谤讪陛下，极尽挑拨离间之能事！

年轻气盛的宋神宗当时就被激怒了，当即下旨："送御史台根勘闻奏。"

提起苏轼，李定心中火气直冒。

那一年，苏轼在凤翔，王安石推荐入京的李定尚未任职，千里迢迢赶到凤翔，只为求得长生不老配方，苏轼却冷冷拒绝了他，终使他讪讪离去。

另外，那一年，李定为泾县主簿，其母仇氏病故，李定匿不服丧，苏轼借题发挥，作诗《朱寿昌郎中少不知母所在刺血写经求之五十年》讥讽李定，又写出《缴进李定词头状》一文，斥责李定"伤风败俗"。司马光跟着批驳，责骂李定"禽兽不如"。

李定如此胆大，是因为王安石欣赏他，王安石希望李定作为推行新法的人才，将新法在全国实施下去。所以，王安石请求宋神宗提拔李定。老辣的王安石，无时不在利用神宗皇帝的年轻和热情，可怜此时的宋神宗，对王安石"唯命是从"。

然而，神宗的旨令却遭到了中书舍人的抵制。

首先是宋敏求。他认为李定不符合正常的官员选拔程序，便将神宗的诏令封好，并特别标明原因，小心翼翼地退了回去。神宗不明其故，又将诏令发到中书省，让当值的中书舍人苏颂起草诏书。苏颂也以同样理由，将神宗的诏令退了回去。

王安石再次催促神宗提拔李定的诏书趁早下发。

但神宗的诏令第三次被当值的中书舍人李大临退了回去！

这就是北宋朝廷著名的"三舍人事件"。

神宗将宋敏求等三人召至内宫，质问他们为何不迅速草拟诏书。

宋敏求、苏颂、李大临三人呈一条线跪在神宗面前，虽然回答神宗问话的声音不大，但并未战战兢兢，他们一致坚称并非"失职"，仅是沿袭大宋先祖之规，履行应尽之责，保持为人之臣应尽之操守。

神宗无奈，悄悄派宰相曾公亮去说服他们三人。

但他们三人面对曾公亮，一致坚持了在神宗面前的说法。

神宗一怒之下，将宋敏求、苏颂和李大临三位中书舍人的职位全部罢免！

中书舍人专门负责起草皇帝的诏令，同时免去三位有能力、有阅历、有经验的中书舍人之职，这种闻所未闻的重大政治事件，顷刻间惊动大宋朝野！

李定却如期上位御史中丞。

此时的李定，当着朝廷文武百官之面陈述苏轼的可废之理，以期群情激愤："苏轼本无真才实学，不过是在先皇仁宗朝侥幸中了异科，就口出狂言，非议朝政，陛下一忍再忍，苏轼却没能知恩图报，继续怙恶不悛，哪有不诛之理？"

说到此处，李定故意停了下来，他想看看群臣听闻此言是什么反应。却见他们耷拉着头，神态麻木，双手笼在衣袖中。

李定继续高声说道："苏轼熟读四书五经，广读史传，并非不知君臣之礼，并非不晓讪上当诛。然而，他一直埋怨皇上不重用他，不分时间，不分场合，随口胡言乱语，随意写文滋事，公然诋毁变法，对大宋流俗有不可估量的引领作用！倘若不遵循陛下之法，还有我大宋吗？"

说到这里，李定再一次停顿下来，只见群臣面露惊惶之色，却无人敢大胆站出来为苏轼说情。

李定窃喜，因他已将苏轼推为众矢之的！

昔时，神宗免去三位中书舍人之职，今日，却有何正臣、舒亶、李定三位御史台的谏官弹劾同一位官员！这种集体围剿的方式，使得尚义而好名的宋神宗无法回护。

那么，贬斥苏轼的言论为何会不约而同地集合在一起呢？

用苏轼之弟苏辙的话说，就是"轼何罪？独以名太高"。苏轼太出色、太响亮了，他能把四周的笔墨比得十分寒碜，把同时代的文人比得消极狼狈！一群人暗暗妒恨，必然会想办法把心中的醋意和恨意变为君子所不齿的手段，强加在苏轼身上。

神宗朝堂下望过去，无人敢与自己对视。

吴充面色平静，虽说在政治上，吴充并不赞同王安石的做法，但在苏轼的生死关头，吴充却不发一言。

另一位宰相王珪，完全充当了看客。

翰林学士章惇举了举手，他想替苏轼说几句话。但就在他欲走出班列的那一刻，他突然忆起苏轼的种种不好来：苏轼为何数次拿出身来讥笑他呢？那一次在凤翔，他二人结伴去仙游潭看水怪，苏轼竟得出了一个章惇要杀人的结论！这么一想，章惇便纹丝不动地站在原地，不再言语。

就在神宗不知如何打发苏轼时，李定的声音再次响起，他在重复李宜之的话："古之君子，不管仕与不仕，皆不可忘其君。我等的官爵俸禄从何而来？我等的锦衣玉食从何而来？"

见神宗望着他，李定强硬说道："苏轼不臣之心绝非一二日，留下他还有甚用？"

场面无比静谧，李定之前没有料到。

宋神宗却被彻底激怒了："御史台差人去湖州，将苏轼拘捕至京讯问！"

何正臣唯恐神宗不杀苏轼，连忙走出班列，行君臣之礼后，连连奏道："湖州至京，路途遥远，一日二日怎能走到？可否将苏轼寄监在沿途牢房之中？"

舒亶连连说道："何大人言之有理！不如干脆将苏轼关押在马车之上，制作一个木囚笼，让苏轼身处其中，他岂有通天之术？"

神宗对苏轼却未动杀念，言道："沿途寄监，或者将苏轼囚于笼中，苏轼实非死囚犯！朕会杀掉苏轼吗？"

鸦雀无声的文武百官，突然爆发出齐声轰鸣："陛下圣明、陛下圣明，万万不可杀掉苏学士！"

"陛下圣明、陛下圣明，万万不可杀掉苏学士！"

"陛下圣明、陛下圣明，万万不可杀掉苏学士！"

……

自汉代以来，御史台别称"乌台"。

汉时御史台外柏树很多，经常有很多乌鸦，停驻在柏树之上，时不时发出一阵又一阵"哇哇哇"的叫声，让人心生恐惧，被视为不祥之兆！难怪人称御史台为"乌台"。当然，也戏指御史们都是乌鸦嘴。

针对苏轼的这起案件，由监察御史首先告发，御史中丞李定、舒亶、何正臣等人摘取苏轼《湖州谢上表》中的片言只语，并从苏轼所作诗词中断章取义，以"谤讪新政"的罪名拘捕苏轼，然后又在御史台狱中审理。

苏轼的诗歌确有多处讥刺时政，包括变法过程中的问题，但此事纯属文字狱方式的政治迫害！

在宋神宗的首肯之下，这伙人不达致死苏轼的目的，誓不罢休！

自此，闻名古今中外的"乌台诗案"于元丰二年（1079）正式爆发！

而远在千里之外的苏轼，此时尚一无所知。

5

元丰二年（1079）七月初七，艳阳高照。

苏轼打算就着这高温，把府中的棉被搬出来好好晾晒。

湖州通判祖无颇十分崇拜苏轼诗词，喜欢墨竹画，趁着府上休憩，来到苏轼府中。

有王朝云的张罗，一家人的衣物和其他生活用品，很快就曝晒在骄阳之下。

苏轼又想晒一晒他收藏的书画。

祖无颇已经抢先一步，将文与可的一幅双钩墨竹画《偃竹图》，慢慢摊放在院内一条长椅上。并且，他站在那里自顾自地指点评判，说了许多恭维之语，猛然间，却见苏轼早就伫立一旁。

一颗颗豆大的泪珠从苏大人的眼中滚落出来。

祖无颇不知如何安慰苏大人。

"苏大人，刚刚给您泡上一杯上好的西湖龙井。"苏轼不语。祖无颇回头一看，王朝云过来了。

王朝云说道："苏大人，文先生留给您的墨竹画，应该带给您开朗的心情。想必，这也是文先生期待的。"苏轼不语，停止了哭泣。

祖无颇赶紧说道："将茶桌搬至此处，我等陪苏大人饮茶，如何？"

王朝云应道："好主意，我这就去。"

王闰之站在府门内唉声叹气："为何如此伤心？人死不能复生。"

手托泡好的茶水，王朝云刚刚走出府衙大门，就听苏轼对祖无颇说道："祖大人，这幅墨竹是与可兄当着我的面，一笔一笔绘下的。绘成后，他便欣然赠送与我。要想把竹子画好，须真正做到成竹在胸！须把竹在不同时段的不同的态势记准、记牢，须让竹的形状、竹的气势、竹的情感制约你统治你，你脑中只有竹子，才可将竹画得形神兼备。"

祖无颇就像一个刚刚迈进学堂的学生认真倾听，王朝云则忘了前行。

祖无颇说道："绘画岂是一日之功？若要我绘竹，岂不是糟蹋了竹？所以呀，我等只配欣赏竹、品味竹，休言其他。"

苏轼听闻此言，眼泪再一次从眼中滚落出来："我等为何画不出文先生这般动静各异、风情万种之竹？就是因为心中所想和手中所画不是一回事呀！"

苏轼的号啕大哭，很快变成呜呜啼哭。

此日之悲，正是一种神秘的心灵感应，灾祸的先兆！

6

元丰二年（1079）七月二十七日，苏轼起床没多久，王朝云忽然慌慌张张地跑到他跟前。见她头发未梳、衣衫不整之样，苏轼疑惑不解。

王朝云压低声音说道："苏大人、苏大人，三老爷已经差人从南都送信来了，不知是封什么信，竟日夜兼程，我担心——"

王朝云莫名的惊愕，让苏轼霎时便心慌意乱起来。

马梦得领着一个全身衣服脏乱不堪的役吏急匆匆地走过来。

此人是子由的仆人小米。

小米很快便掏出一封四角已起皱折的信件，颤抖着说道："二老爷，依下人看，此次您定是凶多吉少，赶快逃离此地吧！"

苏轼惊呼道："你在胡说些什么？"一边说话，一边用力撕开子由的来信。

祖无颇此时走入府门。

也许马梦得瞄到了信上的内容，紧张说道："苏大人，您赶紧收拾一下，带着一家人逃离此地吧。"

祖无颇忙问道："发生什么事了，用得着逃离？"

苏轼一把将手上的信递给了他。

不等阅读完毕，祖无颇便惊呼起来："居然有此事，岂不怪哉？那王诜好歹也是堂堂驸马爷，他阻止不住吗？哦，原来是圣上发话了，这伙歹徒不是要把苏大人往死里整吗？"

王朝云大哭起来，边哭边说："我家大人是天下有名的苏学士啊，哪会欺君？又哪会谤讪？什么新政旧政，都跟我家大人无关！"

王朝云的恸哭一下便惊动了苏府，苏轼之妻王闰之，苏轼长子苏迈、次子苏迨、三子苏过，还有奶娘、仆人等，一齐围了过来。

大祸临头，一家人全都没了主意。

祖无颇把苏辙的信件看了好几遍，突然问道："这'谤讪新政'之罪源自何处？苏大人来湖州任职，只有短短两月啊，假若真有谤讪新政之事，为何还将苏大人移知湖州？"

苏辙在信中告诉哥哥，朝廷已派太常博士皇甫遵带着自己的亲儿子和两名台卒前往湖州捉拿苏轼！哥哥一定要有思想准备，安排好家人和手头事宜，不要留下后患。

如果不留后患，哪有今日之灾？

苏辙还说，御史中丞李定、舒亶、何正臣等人，极其不满苏轼在《湖州谢上表》中的诸多言辞；又从《苏子瞻学士钱塘集》中摘取诸多不臣之语，终致祸乱！

而《苏子瞻学士钱塘集》恰好是驸马都尉王诜收集刊印的，目前苏轼尚未看到过这本诗集。

王诜是苏轼的好友，因其行为放荡不羁，加上不拘生活小节，多次被贬官，一直在家闲居。但他本人极富文艺才华，天生具有艺术家气质，曾经追随苏轼去杭州，吟诗填词，样样精通，这才方便他收集苏轼在杭州所作诗词，得以刊印出世。

王诜与苏轼的情谊占了上风！当他在京城得知御台史要拘捕苏轼，并已派人从京城出发，心急如焚，只恨不能出城亲自告知苏轼。情急之下，立即派出一健仆带上他亲笔书信奔赴南都，首先通知苏轼之弟苏辙，苏辙一定会想办法通知其兄苏轼。

后面之事，容他兄弟二人再想他法。

果然如王诜所料，苏辙接此信件，立即将事情大概写成密信，派出忠心耿耿的小米担此重任。行前，苏辙反复吩咐小米一定要快马扬鞭，尽全力赶在皇甫遵一行人之前，将此信亲手送至哥哥手中。

小米点头应允，带上干粮就出发了。

然而，皇甫遵本人身高腿长，骑的又是好马，小米哪里能够跑得过他们？

天公作美！

皇甫遵那儿子，从小便娇生惯养，立下天大的志愿，也仅是口头说说而已，加上皇甫遵一家上上下下都宠着他，读书作文不行，强词夺理倒是天下第一，遂养成他骄横跋扈的性格。

走到润州时，皇甫遵的儿子饿了，连日的疲惫使他饥不择食，肚子刚刚吃饱就要饮水。但在外面哪里比得上家中那样伸手即来？刚刚烧开的水他嫌烫了，就用银勺子舀了池塘里的清水喝！

喝完之后，忍不住又舀了一勺。

未曾想到，半个时辰过去，那儿子便面色发白，直呼肚子疼痛！上吐下泻，哪里还能行走？

原本是在闷热的七月，烈日当空，从中原汴京南下，无疑是越走越热，见宝贝儿子的大汗一阵接着一阵从体内涌出，皇甫遵知道儿子并未装病，正想着怎么才能让儿子的病快快好起来，没想到他再一次腹泻！

皇甫遵被迫停下来，让一名台卒去请润州最有名的郎中，开药方，抓药，另一名台卒留在身边供使唤。服了药，喝了热水，好好睡了一宿，第二天一大早，儿子健壮如故，一行人重新上路，奔马飞驰。

多亏这一场急病，使得苏辙派出的健仆飞马超过了他们，小米赢得了时间，提前一日将凶讯送到苏轼府中。

苏轼一家已六神无主。

苏轼不停哀叹自己"生不逢时"。

天下乌鸦不是一般黑吗？他逃走了，他这一大家人又该如何安置？

苏轼坚信自己的清正。

然而，弟弟在信中告诉他，宋神宗这一次不是默许，而是直接口谕！既如此，苏轼的心情遂渐渐平静下来，把湖州府中之事托付给祖无颇，由祖无颇通判代行太守之职。

苏轼跟祖无颇商议，皇甫遵奉朝廷之命捉拿他，好歹也算公务在身，应该去知州府衙才是，若弄到家里来，岂不更糟糕？

祖无颇点头称是："这样的事弄到家中来，实为不妥。"

第十四章　楚客还招九死魂

1

第二日，辰时过半，府衙内的当值官员向苏轼报告道："一伙凶神恶煞已进前堂，大摇大摆坐在几案正位之上！"

苏轼惊慌起来，声音有些颤抖："他们一共有多少人？"

"一共四人，气焰嚣张！"

祖无颇握住苏轼双手，冷冷答道："若真欠下八百两银子，那倒好说。"

苏轼朝当值官员挥了挥手。

祖无颇建议道："站在内府不是办法，坦然走出，坦然迎接朝廷官员。"

苏轼喃喃道："如今的苏某已被朝廷定为有罪之人，怎可着官服迎接朝廷公派官员？"

祖无颇想了想，说道："苏大人是否有罪，眼前尚未正式公布。苏大人目前的身份依旧是湖州知州！知州大人以官服迎接朝官，这个道理，立得住！"

苏轼听了，觉得有理。

遂重新换上紫袍，头上戴好五梁帽，腰里扎上金带，足蹬高靴，手执象牙笏板，从府衙正门步入府衙前堂。

"好个大胆苏轼，有罪之臣！见了朝官，胆敢不下跪，岂不是罪加一等？"

苏轼抬头往上看，却见一个满脸横肉的少年，手执宝剑立在几案旁边。他穿着一身漆黑的衣服，眼如铜铃往外凸出，外冒一股凶恶之光！而几案正位上，早已端坐着一位盛气凌人的中年人，想必那就是弟弟子由在信中告诉他的太常博士皇甫遵了。

几案左右分立的两名台卒，更是凶相毕露，镰刀形的长剑高出他们头颅一大截，寒光闪闪，苏轼后背冷汗直冒。

皇甫遵坐在"明镜高悬"的匾额下，意味深长地问道："来人是罪臣苏轼吗？"

苏轼朝皇甫遵施礼："在下湖州知州苏轼。"

那满脸横肉的少年再次发话："罪臣苏轼，你可知道你犯了什么罪吗？"

苏轼低头说道："下官不知。"

祖无颇插话道："皇甫大人，你可还记得祖某？当年京城一别，你我已是多年未见。"

皇甫遵的眼皮往上抬了一下，说道："原来是祖大人祖师兄啊，你不知道学弟今日前来，是为了捉拿朝廷罪臣苏轼吗？"

祖无颇边施礼边问道："大人奉朝廷之命前来抓人，必有朝廷签发的拘捕公文，可否出示给众人？"那皇甫遵命人从包袱里取出公文。

苏轼接过。

祖无颇飞速浏览了几行文字，上面并无免除苏轼湖州知州一职的文字，只有苏轼犯了"谤讪新政"的罪名；还有就是传唤进京，接受调查、讯问之类的文字。

但苏大人眼下必须离开湖州进京，这是千真万确之事。

祖无颇往外一看，苏大人的家人，已获消息的百姓，不知何时已经挤满了府衙门外，却不敢迈进府衙半步。

生离死别就在眼前！苏轼忽然伤感起来。

他整了整衣冠，对皇甫遵说道："稍等片刻，一人有罪一人担当，下官有罪，死而无憾，只求皇甫博士不要为难我的家人和孩儿！"

"难道我皇甫某人会干那等卑鄙龌龊之事？"

苏轼又说道："恳请皇甫博士容下官去到府中与家眷告别。"

祖无颇附和道："皇甫大人在路上会行走许多时日，不必在乎这一阵，请容苏大人先回府与家人告别。"

挤在府衙门口的百姓齐声喊道："容苏大人与家人告别！"

两名台卒回头望了望皇甫遵。

皇甫遵之子跳到苏轼跟前，肆无忌惮地说道："耽误了朝廷大事，谁可担负此责？"

百姓中的几个胆大者朝他走去。两名台卒拦在这几人之前。

苏轼一个箭步冲到两名台卒前方，伸出双手阻拦。

祖无颇气愤地说道："此地是湖州府衙，苏大人和我是本府知州和通判，正与皇甫大人商议此案。"

皇甫遵从几案正位之上跳起来，冲到苏轼跟前说道："快快散开！违者以同案犯论处！"

忽见王朝云奋力拨开众人，不顾一切冲上府衙前厅，泪流满面地说道："苏大人，一切尚在不明不白之中，仅凭那几句不痛不痒之语，万不可将苏大人送往那生死莫测之地。苏大人不能前往，万万不能！"

那两名台卒冲上来，抓起身材单薄的王朝云，就要往大门外推搡。

苏轼死死地抓住他们的大手，声嘶力竭地说道："苏轼一人有罪一人担当！她可是局外人啊！"

眼看王朝云已被两名台卒和皇甫遵之子推来搡去，苏轼疾走到皇甫遵眼前，大声说道："皇甫大人手下留情，不可残害局外人！"

皇甫遵挥了挥手道："本官容你回府与家人告别，快去快来，以半个时辰为限。"

那三人会意，紧紧跟在苏轼王朝云后方，祖无颇紧跟其后。

后面是湖州府众官。

再后面是成群的百姓。

2

上一日，王闰之已得知苏轼犯案，悲从中来。忽见夫君被一伙人拥至府门前，她双腿发软。苏轼上前拉着妻子的双手，说道："我不是平安回来了吗？"王闰之欲哭无泪。

苏轼说道："此去绝非奔赴黄泉！"

苏迈立在母亲身后，满脸泪痕。

王闰之说道："苏家此次若不被满门抄斩，就是幸运！"

苏轼惊呼："何以至此？让我给你们讲个故事吧——"

宋真宗时代，皇帝要在山野、林泉之间访求真正的大儒，便有谋士推荐杨朴。杨朴却不愿做官，他愿意一生厮守山林，与青山绿水相伴。

真宗不依，派出护卫一路保护杨朴，带往京师晋见皇帝。

皇帝问："听说你会作诗？"

杨朴答道："山野草民哪会作诗？陛下千万不要听信流言。"

"友人送你出行，难道没人赠送小诗？"

"贱内仅作一首，若向皇上提起，岂不是欺君？"

"既是有诗，就吟出来吧。"

杨朴遂念：

> 更休落魄贪杯酒，亦莫猖狂爱咏诗。
>
> 今日捉将宫里去，这回断送老头皮。

宋真宗听完，哈哈大笑，明白杨朴不愿为官，再未强求，放其归山。

苏轼说道："苏轼可是跟杨朴一样，既喜饮酒，又喜吟诗哟，先不说能不能保住老头皮，皇上也会派出皇宫护卫，亲自护送本人到京城的吧？"

王闰之破涕为笑。

苏迈走上来说道："父亲，依为儿看来，那帮人得了皇上口谕，在路上定不会放过你，为儿只担心为父在路上没有好日子过，为儿愿意随同父亲一起前往京城。"

苏迈从小亲近叔叔，父亲大难临头，他就此成熟！

王朝云听见，抢嘴说道："奴婢自愿随苏大人赴京。"

皇甫遵之子接过话头道："苏轼是死罪，无须家人陪同。你等愿意替代他去死吗？"

"我就是愿意替代我家父亲去死！"

"我就是愿意替代苏学士去死！"

两名台卒操起手中镰刀形的长剑，大喊道："谁敢作乱？"

皇甫遵大吼道："只允许犯人之子随同进京，其他人散开。"

他儿子指使两名台卒快步上前，给苏轼戴上枷锁。

苏迈哭喊道："不要给我父亲戴上枷锁！他不是死刑犯！"

苏迈要冲上前去，却被两名台卒挡住了身体。

皇甫遵说道："路途遥远，你等不是害怕我等在路上为难苏学士吗？只有这样才足够安全，苏学士安稳！"

王朝云痛哭失声。

越过人墙，苏轼见王闰之站在不远处，怀里抱着幼子苏过，正一脸迷茫地望着他。苏过不知道眼前发生的事情对苏家是何等沉重的打击，他不哭不闹，静静依偎在母亲怀中。

纵有千言万语，此时也不知从何说起。

苏轼遂跟着皇甫遵离去。

苏迈紧随其后。

天上的鸟儿直冲下来，想探询人世间发生了什么惨天奇案，人的哭声和鸟的鸣叫混合在一起，有如隆隆响雷震彻脚下大地。

3

湖州知州苏轼被押往京城的消息，在百姓中一传十、十传百，大家从田间地头赶往湖州城外的码头时，押解苏轼的船已经行进在一片茫茫大水之上。

苏轼翻来覆去，唉声叹气，他知道自己的诗词抨击朝政，开罪朝廷，必定在劫难逃！还会连累更多人。

不如就此死去，活着只有受辱。

他想走到船舷边去，那里是近水之地。

睡在一旁的苏迈早有觉察，苏轼刚一起身，苏迈用双手抓住了他的手臂，怜声问道："父亲想干什么？千万不要想不开啊。"话未说完，苏迈竟啜泣起来。

苏轼本想撒个谎，突然转念一想，自己要是就这么不明不白地坠河而亡，那跟带着一家人逃离此地有什么差别？

不管逃到哪里，家人如何安置？假若没有苏轼，一家人的生活定会雪上加霜！

依苏轼的性情，他不会容忍这种事发生。

这么一想，苏轼觉得不该怠慢苏迈，就说道："父亲没有想不开，只是睡久了，父亲想起身活动一下筋骨呢。"

苏迈说道："夜晚就睡觉吧，白天活动也不迟。"

这父子二人的对话，恰被皇甫遵之子听见了，他在船舱那头睡觉，中间隔着两名台卒。他翻起身来，睡意蒙眬地嚷嚷道："苏大学士啊，我等明明抓获了你，你若能从我等眼皮底下消失，你让我等拿什么向皇上交差？"

苏轼苏迈无语。

皇甫遵之子又说道："若没有你，我等只能重返湖州去你府中要人！"

苏轼惊魂未定，颤声说道："下官依照皇甫大人的安排即是。"

"做白日梦吗？你还是什么'下官'？"

苏轼再次无语。

一夜无话。

苏轼的身体被枷锁囚着，他的心灵满怀屈辱，耻辱像蛇，慢慢地一口一口咬噬着苏轼的灵魂。但他不再叹息，他一动不动地躺着。

从五月二十日到湖州任上，至七月二十八日被御史台吏卒逮捕押往京城，苏轼在任不过两个月零八天。苏轼预感到，以前的磨难都不计，恐怕他此生的颠簸，要从此时开始了。

他的心底还是有丝丝亮色的，离开湖州之时，府衙中的王适、王遹兄弟，坚持要将苏大人送到湖州郊外，一再劝慰说："苏大人定要记住，天无绝人之路！"

苏轼一次次劝他二人返回。

走了很远，回头再望时，他二人尚站在原地。见苏轼回头，他们不停地朝苏轼挥手。

还有府衙里的掌书记陈师锡，特别赶来为苏轼饯别。

但皇甫遵那儿子哪里会让两名台卒为苏轼打开枷锁？又怎会让苏轼像常人一样围在桌边吃饭饮酒？

陈师锡就往苏迈怀里揣下一个包袱。

两名台卒忙打开包袱查看，里边是十多个白面馍，外加若干干鲜。

4

船从湖州出发，经过太湖直奔吴江，进入大运河之后，不多久便到了常州，苏轼郁闷的心情稍稍好了一点，只能没日没夜地睡觉。

船到润州之后，本想跟苏迈一起去船舷边转转，脑中竟又天旋地转起来，只得重回船舱倒头睡觉，不知不觉到了扬州。

不知是白天还是夜晚，苏轼突然听到两名台卒和另外一个人激烈争吵的声音，那人说话的口气不是一般的激动。

他从舱中向舷外走去。

想必是那两名台卒刚到岸上吃饭饮酒去了，返回时正好遇见这个想上船面见苏轼的人。

原来是扬州太守鲜于侁，先前在京城跟苏轼结为至交好友。

苏轼的眼泪流出来了，苏迈紧紧搀扶着他。

透过蒙眬的泪光，苏轼看见从鲜于侁背后站出一位眉清目秀、皮肤白净、书生模样的小生。一见其神情，苏轼就知道扬州高邮的秦观闻讯前来看望他了。

此时的秦观，看不见他的老师苏轼正站在船舱之内默默地注视着他。他和鲜于优一样，为见上苏轼一面，正跟那两名台卒据理力争，而台卒武断地将铁栅栏锁上，阻绝了船上船下的唯一通道。

会面无望，苏轼眼见秦观从怀里拿出一个包袱。

里边定是精粮食品。他们的日子也不富有，却把自己的口粮做成食物送给苏轼；可恨那两名台卒，铁了心不让他二人与苏轼见面。

鲜于优和秦观二人苦苦相求，双手紧紧抓住铁栅，眼光不停地在船上搜索。

苏轼心如刀割。

他忽然后悔起来，夜晚跟苏迈一起睡觉，他是有机会狠心地一闭双眼，往水里纵身一跳，一了百了的！而现在，他们对苏轼的监守更加严密，视线一刻不离。

到了扬子江边，苏轼下决心投江自杀，不管苏迈泪流满面、双手紧紧地抓着他。

苏迈的哭声引过来那两名台卒，他们一齐下手，死死拉住苏轼！

从此便更无机会，苏轼求死也不可能。

他不知道，他被抓后，心烦意乱的王闰之已是见人就吼，见东西就砸，苏过吓得放声大哭。苏轼被抓，家中奴仆和歌妓害怕受到牵连，走的走，逃的逃，只有十七八岁的王朝云留下了。

他也不知道，那湖州府衙中的王适、王遹兄弟，将他送到湖州郊外之后，即刻就来到了他的家中，他们给王闰之出主意道："不知朝廷会如何处置苏大人，更不知苏大人会在京城关押多长时间。故而，湖州这是非之地，不是你等长久的落脚之处。"

王闰之没了主意。

"不如将苏家暂时迁到南都三老爷家。"

"他们也是家大口阔啊。"王闰之将眼光投向王朝云。

王朝云说道："我看行！"她接着说，"最好不要走陆路去南都，以免除沿途的盗贼之害。走水路比较安全。"

王适、王遹兄弟说道："船的问题，祖通判可以想想办法。"

祖无颇毫不犹豫派了一艘船给苏家人逃难。

王朝云收拾好每人的换洗衣服、锅瓢碗盏等，另有几箱是苏轼平时常看的书籍和苏轼的诗词手稿。

王闰之见状，忙问那大箱子里装的是什么物品。

王朝云实情相告。

王闰之的气又来了，人祸均由文章起啊！

她正想说什么，王适、王遹兄弟一齐冲到她面前言道："夫人请息怒，这些都是苏大人最为看重的，带上为好。再说，船上有空余位置，多留个心眼就行。"

王朝云说道："夫人只管照看苏迨、苏过吧，这些诗文我留意。"

一家人犹如惊弓之鸟，连夜离开了湖州。

他们沿着苏轼走过的水路，从太湖直奔吴江。船工用心尽力划船，赶到常州时，天色只有蒙蒙亮。

王朝云在船上蒸了若干窝窝头，又用小麦面粉烙了若干软饼，还备了一些饮用水。天气太热，这些食品不可久存；没有青菜，也实在难以下咽，船上却没有太多饮用水。

过了常州到润州，过了润州到扬州，船都没有靠岸。

过了扬州快到宿州时，那两个船工实在忍不住，非要上岸吃口饭、吃点青菜、喝口水不可，他们已经忍受了三日两夜，他们不想再吃窝窝头和软饼。况且，窝窝头和软饼也吃完了。

苏迨稍年长，哄得住，小苏过只知道啼哭。

王闰之始终烦恼不安，她依了两个船工和幼子苏过的想法，先将船靠岸，吃完饭再行进。

两个船工一听这话便使劲划船，很快就到了宿州码头。

不想，船刚泊住，数十位凶神恶煞的兵丁，强盗般地冲上了苏家人的船。

"本官奉御史台之命，前来搜索犯人苏轼的罪证。"

王闰之一听只有自认倒霉。

苏家所有人身上穿的，包袱里裹着的，全都被这伙人看了个仔细。他们又把那几只大箱子扣在地上，都是些写满墨迹的纸张，但他们不甘心，将王闰之拉过来问道："带这些碎纸干什么？"

"在船上要吃饭，生炉子引火用的。"

"船上的炉子并未熄火啊。"

"我等不想坑害诸位，只需你等把身上带的、暗处藏的金银饰品、翡翠、玛瑙等物全都交出来，我等则即刻下船。"

王闰之摘下她手腕上的金镯子、颈上的金项链、耳朵上的金耳环。

王朝云只有一对金耳环。

其他女性仆人知道在劫难逃，纷纷摘下自己佩戴的首饰；实在没有的，都从衣角里翻出了些许散碎银子。

那伙强盗又随手抓起一些诗文，塞进包袱，扬长而去。

无人再吵着要上岸吃饭、喝水了。

见满地散乱的手稿，王闰之像发疯了似的大声怒吼。说完骂完，她从地上一把把抓起苏轼那些诗文手稿，走到船舷边，扔到江水中去。

江水仿佛长了一口锋利的牙齿，瞬间便将这些手稿吞噬全无。

王朝云见状大惊，阻拦王闰之道："这可是苏大人看得比身家性命还要贵重的物品啊。夫人请息怒，千万不要伤了身子，我等来收拾这些碎纸片吧。"

王闰之不依不饶，继续说道："连命都保不住了，还要这些破破烂烂的诗文干什么啊?"边说边往外抱诗稿。

王朝云急急说道："苏大人福大命大，只需再过一段时日，苏大人一定会平安回家。"

就是这句话，让王闰之停住了将苏轼诗文扔进江水里的行为，她怀中的诗稿哗啦啦落到船板上，她仰天长啸，号啕大哭："天理何在呀? 老天爷，还给不给人活路啊?"

被她扔进江水里的诗稿足有三分之二，剩余诗文不足三分之一，有些诗文从此永远遗失。

5

水路行了二十日，八月十八日，站在船头已经能够遥望京城。

皇甫遵突然意识到，不能让名贯天下的大学士苏轼戴着枷锁走在京城的闹市区，遂吩咐两名台卒首先上岸，去弄一乘轿子来。

两名台卒不知道是怎么回事，忙问弄轿子来干什么。

因苏轼是皇帝下诏捉拿的人犯，弄辆破车也行，拉上窗帘就行。

不等苏轼明白过来是怎么回事，苏轼等人就被塞进一辆破车中。当听见一阵又一阵"哇哇哇"的乌鸦叫声传到耳朵中时，苏轼知道御史台已经到了。

御史中丞李定早向皇甫遵透露过，抓到苏轼之后，囚禁到知南杂院甲舍中。

知南杂院关的都是重刑犯，而甲舍关押死囚。

皇甫遵一离去，那满脸皱纹的老狱卒压低声音问苏轼道："苏学士可有'丹书铁券'?"

"丹书铁券"就是免死券。大宋开国之初，宋太祖赵匡胤曾向立过功勋的大臣赐过这种"丹书铁券"，若五代以内子孙犯了死罪，凭此券可免死不杀。苏轼出身蜀地，祖父苏序、父亲苏洵并未立功。

苏轼觉得老狱卒可以说说心里话，便指着身材偏瘦、个子不算太高的苏迈主动介绍道："这位是下官的犬子，他若有机会前来探监，请老狱官帮忙。"说完，苏轼拉着苏迈就要施礼。

老狱卒连忙拦住了他。

苏轼又指着马梦得介绍道："这位是下官的幕僚马梦得，跟随下官近二十年，下官落到这步田地，他依然不肯离开。"

老狱卒把马梦得的面部和身材仔细打量了一番，说道："有此等忠诚，说明苏学士深得人心啊。"

知南杂院甲舍是间独居的囚房，光线阴暗，面积狭小，几乎不能在里边活动，举手投足都会碰到那粗硬的墙壁。那墙壁早被屋顶漏下的雨水湿透，布满黑色、绿色、黄色的斑纹和霉点。仰起头来，屋顶上开了一个天窗，有单人席子大小。整个囚室恰如一口百尺深井，"人为刀俎，我为鱼肉"。

老狱卒叮嘱苏迈道："地面潮湿，贵公子可否想法弄捆稻草过来？被子最好晒晒再送来。"

苏迈和马梦得二人连忙答应。

老狱卒又叮嘱他们，三顿牢饭定要准时送来，打开牢门时间有限制。说到此处，老狱卒让他二人赶紧离开，时间太久，那帮门吏会起疑心。

6

刚走进御史台大堂,苏轼便看见李定端坐在几案中央,他是"乌台诗案"的主审官。左边是舒亶,右边是何正臣。

李定厉声喝道:"大胆苏轼,见了本官为何不下跪?"

一左一右两名"狼虎",狠狠将苏轼的左手右臂握在手里往后架去。苏轼肢体顿感一阵难言的酸痛,恰在此时,左右膝弯处又挨了他们强硬的一脚,苏轼不敢呻吟,顺势跪在地上。

舒亶大声喊道:"苏轼,你可知罪?"

何正臣也大声喊道:"苏轼,快快招来,饶你不死!"

"下官不知罪在何处。"

刚刚退回到左右位的那两名"狼虎",听苏轼如此说话,操起他们的左右手,狠狠朝苏轼脸上扇去。苏轼眼冒金星。

李定手握《元丰续添苏子瞻学士钱塘集全册》,舒亶所握"印行四册",何正臣握的是坊间出版的木版印本,这三种都是市面上的通行刊本,散落在民间有关人士手上尚未刊印的,一定还有更多!

他们要苏轼承认自己不忠,承认自己犯上,承认自己误导天下苍生,承认自己谤讪新政!

苏轼明白,有其中任何一种罪就足以致死。这么多罪名联合在一起,死一百次、一千次也不够!

他们又将苏轼诗词《山村五绝》第三首第四首、《戏子由》《八月十五观潮》搬出来。除此之外,又搬出了司马光《独乐园》一诗,还说苏轼曾将《开运河盐诗》寄给王诜。

苏轼知道他的案子已经连累他人,但要他自己亲口"诬陷",他死也做不到,遂闭口不答。

于是,这伙人就另托他人向王诜取证。

王诜因为在逮捕苏轼之初派人将消息通知苏辙,已经落了个"泄露密命"

的罪名，成为仅次于苏轼的第二号人犯。仅仅因为他是驸马，才免受牢狱之灾！

所以，御史台派人前来，王诜就不敢再隐瞒了，将苏轼此诗和盘托出，从实相招。为此一诗，苏轼从九月二十三日至二十七日，被足足盘问了五日，直至看到王诜的招供，苏轼才道出实情。

像这样一条一条勘问的笔录，都辑录在南宋人的《乌台诗案》一书中，其第一部分有名有姓者，共有王诜、王巩、李清臣、章传、周邠、苏辙六人；其余杂举三十余条，不胜枚举。

苏轼著作太多，像这样一字一句、没日没夜地审，无疑是"疲劳审讯"，苏轼就是铜墙铁壁、钢筋铁骨，他的精神怎能不崩溃？

崩溃不要紧，他们对付苏轼的唯一办法就是辱骂、扑打！进行肉体与尊严的双重侮辱。

因为害怕受牵连，朝廷上下无人敢跟李定说话。

有一日，李定站在崇政殿大门外等待早朝时，忽然听到同列的官员说了一句："苏轼真不愧为奇才也！"

无人敢接下句，李定自言自语道："二十年前所作诗文，引经据典之处，苏轼居然能一一道来，竟无一字差错。不称他为'奇才'，真是冤枉他了呀！"

最令李定头疼之事则是苏轼始终不肯承认自己有罪！他只承认当初在凤翔为签书判官时，遭到时任太守陈希亮的上奏弹劾，后罚铜八斤。此其一。出任杭州通判时，府内一小吏挪用公银，苏轼未及时呈报给朝廷，又一次受到罚红铜八斤的处罚。此其二。

仅此二点，显然不足以治苏轼死罪。

其次，苏轼犯案的动机和目的，就是因其不受朝廷重用，而被安上了一个"谤讪至上"罪名。

再次，列举与苏轼相识的张方平、王诜、司马光、范镇等二十四人，认为"其人等与轼意相同，是与朝廷新法时事不合，及多是朝廷不甚进用之人，轼所以将讥讽文字寄与"。

两个月时间，苏轼在乌台受过多次没日没夜的审讯，受尽折磨，死去活来。

御史于十月上旬撰成勘状，奏请皇上批示。

7

老狱卒跟另一狱卒梁成说起苏轼，望梁成暗中照顾苏轼，梁成喜欢苏轼诗词，遂答应下来。

梁成每晚烧一壶热水让苏轼泡脚。

每次苏迈过来，他尽量在门吏面前多说好话，尽可能让苏迈在父亲这里多待一会儿。

这一天，苏迈给父亲带来了三个非常重要的消息。

一是三叔已经派人来京，告诉他们说母亲、弟弟等一大家人全都到了南都府，现住在三叔家，务请父亲放心。

重要的是，三叔已经写好奏折上书皇帝，要求削减自己的官职以为哥哥赎罪，不让哥哥受罪。

苏轼初闻此言，眼泪夺眶而出。

苏迈接着说起了下一件事：

已经致仕的张方平爷爷惊闻苏轼一案，他坚信苏轼绝不可能犯案！遂连夜写好奏折，但南都官府竟不敢将张方平的奏折转呈皇上，张方平遂派其子张恕亲自送到京城，亲自到闻鼓院投书。

苏轼更是大惊。

但此事皇上不知，目前没有结果。

苏迈又对父亲说起以吏部侍郎致仕的范镇。

因御史台知道苏轼和范镇文字往来很多，遂找范镇索取往来文字，但范镇愤然拒绝！他不顾一切上书皇上救苏轼。其家人和子弟担心受到连累，纷纷阻止他，他却始终不肯放弃！

苏轼眼泪再次溢满眼眶。

苏迈在囚室已有两个时辰，梁成在外面大声咳嗽，苏迈必须离开。

苏轼忽然想到一条妙计，低声对苏迈说道："迈儿你听好：平时你留意打听外边的消息，若平安无事，每天送饭就送蔬菜和肉食；一旦打听到父亲将死，则改送鱼。记住了吗?"

梁成忽在外边高声咳嗽,苏迈边回答"记住了",边快速离去。

苏迈跟那几个小吏擦肩而过。

小吏并未过多注意苏迈,苏迈得以顺利走出乌台。他们在意的是苏轼,又一次把苏轼押至公堂。

8

苏轼不能走路,小吏动作蛮横地把他架起来拖至公堂,随便往地上一放,苏轼便动弹不得。

李定、舒亶、何正臣三人于十月上旬奏请皇上批示的勘状,至今没有回音,他们几人心里就急了。

于是又生一计,将苏轼押上大堂来,依然是要他自己认罪。

可惜,他们又一次打错了如意算盘!苏轼依然"鸭死嘴硬",连连说道:"诗词,向来托物言志。《诗经·大序》中说'吟诗性情以风(讽)其上(君主)',若三位大人有兴趣,可以在典籍上查一查,《诗经》三百篇,有多少是'风其上'之作?从未听说过以'咬文嚼字'之法定罪罚人!此种方法,断然不符古代圣人之训!"

李定把惊堂木重重一拍,大吼一声:"要造反了你苏轼,你可不要敬酒不吃吃罚酒!"

"你等何时敬重过我?"苏轼本想说出这句话,但必定会招来更加屈辱的暴打!所以,苏轼选择了沉默,继续匍匐于地。

坐在左右两边的舒亶和何正臣见苏轼此等模样,以为苏轼已经心生愧意,趁热打铁地说道:"这几年来,你在杭州、密州、徐州、湖州等地任职,到底写下了多少讥讽朝廷的诗?你到底跟哪些人唱和过,恣意诋毁变法?"

若说出那些曾经与他有过唱和的人名,那要牵连多少人啊!

这一次,三人特别提到苏轼在杭州钱塘为一名叫王复的秀才所题《王复秀才所居双桧》一诗:

凛然相对敢相欺，直干凌空未要奇。

根到九泉无曲处，世间唯有蛰龙知。

　　其时，王复在乡间行医，口碑甚好。王复在候潮门外的家，庭院中有两棵高大的百年古桧。

　　苏轼以古桧入诗，本想表达如古桧一样的坚韧不屈的品格，哪能料到，李定、舒亶、何正臣三人偏要将"桧"与"龙"扯上关系，又将"龙"与"皇上"扯上关系，在他们看来，苏轼的"不臣之心"昭然若揭！

　　听听这三位"新进"是如何挖空心思穷追猛打的："当朝皇帝如飞龙在天，苏轼啊苏轼，你偏要在九泉之下去寻什么蛰龙！难道是你想去到九泉之下吗？难道皇上连那地下蛰龙也不如？苏轼之不臣之心莫过于此！"

　　苏轼忽然想到王安石的二句诗："天下苍生待霖雨，不知龙向此中蟠。"如若说自己诗中的"龙"跟王安石诗中的"龙"所指相同，王安石是变法长老，他三人敢说什么？

　　李定、舒亶、何正臣三人果然无言以对，悻悻回到各自座位上。

　　苏轼暂且躲过一劫。

　　三位"新进"给他定下死罪，难道皇上一无所知？皇帝为何不下诏令或者口谕？苏轼心中万般迷茫。

第十五章　惊魂甫定

1

苏轼赠送黄庭坚、王诜等人的诗词，一时间成为轰动朝野的新闻，多人庆幸跟苏轼无诗书往来。

李定等人试图发动副相王珪站出来，对苏轼落井下石。

这一日早朝，宋神宗突然主动问李定："苏轼已经关押多日，他交代了些什么？"

李定上前施礼，添油加醋地说道："前几日，苏轼亲笔书写了万言书，不是认罪书，至少也是悔罪书。"

"治法之要在于安民，安民之道在于察其疾苦。"神宗脑海中闪过这句话。

王珪适时站了出来。

他把前几日李定、舒亶、何正臣等三人在苏轼面前争论过很久的"蛰龙"话题拿出来，试图从中找出苏轼的谋反之意和不臣之心，但他心里很清楚，绝不可把王安石那两句涉及"龙"的诗说出来！

听完王珪的话，神宗冷静说道："诗人填词赋诗，怎可如此论断？苏轼吟咏桧树才作诗，原本跟朕无关。"

王珪不敢顶撞皇上，退回到班列。李定恨恨地望了王珪一眼。

翰林学士章惇庆幸自己没有遭到这帮小人的暗算，苏轼的人品比这帮人要好得多！章惇早就看出神宗并无意要苏轼之命。

章惇走出班列，说道："说到'龙'字，并不一定专指为人之君，为人之臣者也是可以用此字来形容的。"

神宗到底年轻，一听有人附和自己的观点，就说道："章爱卿所言极是！自古以来，自称为龙的人太多太多。比方说，东汉的荀淑育有八个儿子，不是有才，就是有名，个个非同凡响，时人称为'荀氏八龙'！还有西蜀宰相诸葛亮自号'卧龙'，此人并非为人之君。"

李定、舒亶、何正臣等人不敢再说片言只语，其他人默不作声。

散朝。

章惇追上副相王珪，问道："王公啊，你竟敢当着皇上之面说出陷害苏轼之语，这不是要苏轼家破人亡吗？"

王珪受了神宗冷落，装作没听见章惇的话，向前疾走。

章惇岂会就此罢休，他紧走几步，横在王珪面前，大声质问道："身为一朝之臣，岂可这般捕风捉影？那可是要株连九族的啊，何不捕捉你自己？"

王珪无奈地停下脚步，说道："舒亶等人如是说，我跟着说说而已。"

章惇大怒。恰好有一群散朝大臣从他们身边走过，明显放慢了步伐，想听听他们在争吵些什么。

章惇怒道："难道舒亶嘴里吐出的涎液，你等也愿意吃下吗？你那么在意他而不顾苏学士是天下人的苏贤良？"

王珪依然当没听见，一甩袖子，落荒而逃。

2

仁宗慈圣光献曹后年事已高，加上天气炎热，近来身体一直不适。神宗孝顺，早把她从内宫接出，送到庆寿宫休养。

早朝散后，神宗步履缓慢地向庆寿宫走去。

看见皇孙没精打采，太皇太后问道："陛下是不是龙体欠安？抑或遇到了烦心之事？"

神宗并不急着回答祖母，问同行的内侍御臣道："御医国手来此亲诊过？开过药方了？"内侍御臣答道："药方早就开来了，太皇太后身体感觉好点没有？"

太皇太后佯装笑道："好了、好了，这不正服着中药吗？"

说话间，一名宫女手托一只光亮的银质托盘走到太皇太后跟前，上面盛放着一碗冒着腾腾热气的中药汁。

神宗静静坐在祖母旁边。太皇太后再一次仔细端详宋神宗，见他有心事，又一次问道："是什么事让陛下日有所思、夜不成寐呢？"

神宗站起身，说道："皇孙实在不明白，为什么竟然同时有三位御史台谏官弹劾同一位官员？"

太皇太后大惊，忙问遭到弹劾的是谁。

神宗答曰："苏轼。"

太皇太后更吃惊了："就是你的先帝给后世觅得的二位宰相之材当中的苏轼吗？苏轼犯了什么罪？"

神宗答曰："无非就是一些'谤讪新政''欺君犯上'之罪。已经有多位大臣站出来为苏轼辩护，认为从苏轼之诗中找出的这些零零碎碎之语，不足以给苏轼定罪。皇孙一时难以决断，不知如何处置。"

太皇太后说道："从苏轼之诗中也可以找到罪证吗？我看此事有些儿模糊！他的想法写进诗词当中，跟他随口说出来有何不同？会不会是有人因为嫉妒苏轼诗名，故意找他的错处？"

神宗同样纳闷是不是有人嫉贤妒才。

太皇太后又问神宗道："老身刚刚忘了询问，那三位御史台的谏官，究竟是何人？"

神宗答道："何正臣、舒亶、李定！"

太皇太后气愤起来："就是当年那个隐瞒母丧不报，被苏轼和欧阳修怒斥的李定吗？"

神宗答曰："是。"

"他居然也喜欢苏轼诗词了，以前听说过吗？"

说到这里，太皇太后迈着颤颤悠悠的脚步，走到神宗跟前。

神宗连忙扶住皇祖母的双臂，太皇太后轻轻把神宗的手往外一推，说道："苏轼之诗，不但先帝和老身喜欢读，天下无数臣民都喜欢读。就是陛下，不也喜欢读吗？陛下从苏轼诗中为何找不出苏轼'欺君犯上'之罪证？苏轼有无'不臣之心'，作为一国之君，陛下难道真的读不出来吗？"

神宗低下了头。

太皇太后追问道："苏轼如今身在何处？"

神宗低声说道："御史台大狱。"

太皇太后眼前一黑。神宗再一次紧紧挽住皇祖母的双臂。

太皇太后字字句句地说道："你、你、你——竟然将苏轼关进御史台大狱？堂堂我大宋皇帝，有失明察，这是陛下你的失职啊！"说到此处，太皇太后竟流下了眼泪。

见皇祖母如此伤心，宋神宗连忙跪下，连连说道："皇孙不孝，惹皇祖母生气，伤心伤身。皇孙一定彻底明察。"

3

到了十月，苏轼已在乌台大狱关了两月有余，秋风如冬风一般呼啸不停，柏树悲哀的呜咽和乌鸦悲切的鸣叫充盈在天地之间！

心比天地更加空旷。

苏轼听得囚室门轻轻打开，一个人影闪身入内。

那人嘟哝了一句："这鬼地方，是人待的地方吗？"接着，就把脚下的稻草翻得哗哗响。

如此狭窄的地方，却羁押着两个死囚犯，此人究竟犯了什么要命之罪呢？

那人似乎疲劳至极，刚刚躺下，便听到从他鼻子里传出阵阵畅快淋漓的鼾声。

恍惚之中，苏轼依稀看到囚室门又一次被轻轻打开，又一个黑影闪身而入，站在那里轻声叫道："何大人，时辰到了，该出去了。"

"什么何大人？叫你不要声张！"

短短一句对话，两个黑影迅速消失于囚室门之外。

一个黑影竟回头喊道："恭喜苏学士恭喜苏学士，请苏学士安心熟睡吧。"

苏轼惊惶不已，不明白这是怎么一回事。

第二日一大早，老狱卒悄悄凑到苏轼耳边来，问道："昨夜里，内侍郎何大人在此跟苏大人一起睡了几个时辰吗？"

苏轼更加吃惊："什么何大人？他是内侍郎？"

"是啊。老奴不明白，关到此处为何只有短短几个时辰而不足一夜？"

"会有什么祸害将临于苏某呢？"

"苏大人福大命大，一定会无罪出狱！"

老狱卒刚出去不久，四个小吏就冲进苏轼的囚室来了，两人扯住苏轼的左右手，另两人拉住苏轼的左右脚。此时，苏轼的体重已经不足百斤，到了公堂，他们随便把苏轼往地上一放。

苏轼依旧动弹不得，只能倒卧在地。

何正臣首先开口："苏大学士啊，你那万言书如同请功邀赏，哪像一个朝廷罪臣？"

"下官何罪之有？"

舒亶大声惊呼道："大胆苏轼，是我等审问你，还是你审问我等？"

"你等审问我这有罪之身。"

李定嚷嚷道："苏学士，你究竟是否愿意招认你的'谤讪新政''欺君犯上'之罪？"

"下官实在不明白究竟犯有何罪。"

李定高喊道："罪囚苏轼，死不反悔，掌嘴二十！"

两名衙役走上来，"噼噼啪啪"一阵乱打。

舒亶听见苏轼的叹气声，大喊道："既是叹气，定是不服，说明他心中定有仇怨，再掌二十！"

"噼噼啪啪"又是一阵乱打。

何正臣、舒亶、李定三人无可奈何，再一次将苏轼送进乌台大狱。

不知睡了多久，狱卒梁成走过来，柔声说道："苏学士，该起来吃饭了。"

苏轼迷糊地睁开了双眼。

"今日换了口味，你家公子给你送鱼来了。"

苏轼心里一沉，想到不久前他和苏迈之间的那个约定。难道是迈儿在外边打听到什么消息了？为何今日没有看见他？

他问梁成道："梁先生是否看见我家迈儿前来送饭？"

"没有看见，是老狱卒收下的，他现在回去了。"

那就是必死无疑了。梁成非常吃惊："苏学士如何得知？"

苏轼遂说了他和儿子之间的联络暗号，梁成大惊。

他曾将自己平日里经常服用的青金丹偷偷带到囚室，偷偷埋藏于墙中的土层内，以备有一天必死时，一次服下以求速死，不至于被那些"恶魔"生吞活剥，受尽屈辱再死去。但苏迈摸透了父亲的心思，无意中看见后，坚决带走。

梁成快速走出囚室，端来一盆热水，他要帮苏学士清洗伤口。

苏轼依了他。

梁成出去把脏水倒掉，他再次进入囚室之时，手里拿了一小瓶白酒。他劝慰苏轼道："苏学士，我的出身并非书香门第，但我自小就非常敬佩读书之人。今日，我敬苏学士一杯酒，让苏学士高高兴兴上路。"

苏轼说道："好吧，高高兴兴上路。"

他二人为高高兴兴上路一饮而尽杯中之酒！

那条鱼早就不冒热气了，但吃到嘴里并不觉凉，甜、酸、苦、辣、涩的味道样样俱全。苏轼热泪盈眶。

梁成叮嘱苏学士再多呷一口酒，多吃一口菜，多嚼一口饭。

苏轼对梁成说道："我弟弟子由尚在南都府。苏轼临死之前再写两首小诗，托你改日送至子由手中，以当为兄与之诀别。"

梁成安慰苏轼道："苏学士名望如日中天，陛下有可能心回意转，往年这样的事可多了。"

苏轼说道："如若苏轼免死，则心头无所企盼；如若苏轼命里注定要死，而此诗又不能送到我弟之手，苏轼将死不瞑目！"

梁成的心惶恐起来：将苏轼诗词偷偷往外传送，万一被御史台谏官发现怎么办？梁成不便再说什么，他收下苏轼已经写好的两首诗，匆匆塞进衣兜，转身走出了死囚室。

4

这一日，神宗想去庆寿宫给皇祖母请安后再上早朝，忽见自己的姐姐魏国长公主早就候在庆寿宫里。

魏国长公主看见皇弟，便哭哭啼啼地走到神宗身边，不等神宗开口询问就说道："皇弟，你可得为我做主啊！"

神宗想，可能是为其夫君王诜身陷苏轼案一事。

不出神宗所料，魏国长公主说道："皇弟，那何正臣、舒亶、李定都是些什么人啊，他们还有资格做御史台谏官吗？"

神宗忙问发生了何事。

魏国长公主正言道："苏轼人品端正！绝不会开口诬陷他人，更不会无中生有！这伙人就找到了王诜，直接向王诜要证据！"

神宗问道："真有此事？"

魏国长公主答道："他们早将王诜列为第二号人犯，仅次于苏轼！可恨王诜并未亲口跟我说起此事，御史台悄悄派人去到驸马府，找王诜索要苏轼的信札和文稿，王诜都给了他们，我竟一点不知。"

神宗问道："王诜都给他们了？苏轼承认了吗？"

"王诜都给他们了。但苏轼没有欺君犯上，要他承认什么呢？"

神宗不说话。

"百般贬谪王诜，皇弟眼中还有我这个姐姐吗？"

神宗还是不说话。

"可恨那伙御史台谏官，他们眼里有你这个大宋皇帝吗？"

神宗的脑子一直乱哄哄。

正在说话间，神宗的皇后向氏和母后高氏赶到了庆寿宫。

曹太皇太后说道："陛下，李定那几人手中掌握的苏轼犯罪的证据，都是从苏轼诗词当中搜集过来的。诗词当中的错误，即使有错也是小错，因为尚未形成祸害事实！这不是子虚乌有、凭空捏造吗？把他们这些'犯上欺君'的想法强加在苏轼身上，正是冤枉好人、滥加罪名的做法！伤害天地间的中正平和之气，实在不值得倡导！"

话未说完，太皇太后又是一阵剧烈的咳嗽，神宗连忙奔向皇祖母身边。

魏国长公主见皇祖母痛苦难耐，转身对皇弟言道："近日，我在宫中杂事不多，我愿去到寺庙中，为皇祖母求一上上签，求神灵保佑我皇祖皇孙代代平安。"

向皇后和高太后连忙说："好、好、好。"

但太皇太后挥了挥手，说道："老身自料时日不多，陛下切不可冤枉忠臣。"

神宗说道："皇祖母，朕准备大赦天下，为您老求福求寿。一会儿就在早朝上下诏。"

太皇太后笑道："长公主不必去庙上抽签，陛下也无须赦免那些凶险极恶之徒，只求赦免苏轼一人就足够！"

神宗在太皇太后跟前跪了下来。

太皇太后又言道："不知老身在世之时，可否亲眼见到苏轼出狱？"

神宗回答："能够见到、能够见到。"

见神宗跪下，向皇后和高太后，还有魏国长公主等人，一齐在神宗身后跪下。

一名太监走进宫内，俯在神宗耳边嘟哝了一番，不等神宗起身，这个太监便将一沓白笺递了过去。

神宗站起接过。

太皇太后问道："陛下，此为何物？"

神宗答道："是苏轼在乌台狱中写给其弟的诀别诗，为《予以事系御史台狱狱吏稍见侵自度不能堪死狱中不得一别子由故作二诗授狱卒梁成以遗子由二首》。"

太皇太后大惊："谁说苏轼将死？是陛下下诏的吗？"

神宗慌忙答道："没有，皇孙儿从未下过此诏。"

"这种消息是如何传至御史台的？苏轼之诗又是如何传出大狱的？"

神宗不知如何回答。

太皇太后说道:"俗话说'人之将死,其言也善',请陛下将此诗读来听听,看看苏轼究竟有无不臣之心!"

5

神宗刚刚走出庆寿宫,刚才那名太监又一次匆匆赶至神宗身边,神宗会意,对他说道:"速去。"

内侍殿头何等精明!一见神宗垂头丧气的模样,他就知道今日早朝的时间不会太久,眼见众大臣缓缓走入大殿依着次序站好,他便扯起他公鸡一般又细又高的嗓音叫道:"有事奏事,无事散——"

李定急不可待地跳了出来,他怀里抱着一大摞案卷,说道:"禀奏陛下,苏轼'谤讪新政''欺君犯上'一案,御史台已经审理多日,如今,案卷已经整理完毕,现呈陛下,请御览。"

神宗皱了一下眉头。

神宗每一点细小的表情,都逃不出内侍殿头锐利的眼睛。他快步走到李定身边,从其手中抱起那一大摞案卷,回过头来交给内侍高班,小声吩咐他赶快离开。

李定急了,高声奏道:"圣上英明!这些案卷都是我等不分黑夜白日逐条整理出来的,开卷便是御史台对苏轼的处理意见。恳请陛下朱笔一挥,立即处斩苏轼!而对其他趋炎附势之辈,或外放,或关押,或降职……以彻底铲除祸国殃民之势力,确保我大宋繁荣昌盛!"

神宗依然不说话。

那名太监缓缓走进殿堂,他身后跟着潜入苏轼死囚室中在苏轼旁边睡了大半夜的被称为"何大人"的那个人!

众大臣一看,这哪是什么何大人啊?明明就是一个小黄门。

神宗问他们道:"朕吩咐于你的事,办得如何?"

小黄门回答道:"小人昨晚是在夜半时分,悄悄潜入知南杂院苏轼死囚室的。但依小人看来,苏轼根本没有察觉,他对小人的情况一无所知,小人只听见他打呼噜的'呼呼'声。"

神宗回应道："如此说来，苏轼心中一片坦然？"

"正是。"

"苏轼心中有'鬼'没有？"

"心中有'鬼'之人，他即是鬼！心中无'鬼'之人，则是光明正大！"

苏轼被关进御史台大狱，让皇祖母担心，皇祖母指责神宗有失明察。为了给皇祖母一个交代，给天下人一个交代，神宗才想出此法！一个心中有"鬼"的人，能够睡得那么香甜吗？

小黄门又开口说道："那死囚室确实不是人待的地方，地面潮湿，苏轼身上伤口糜烂，那气味弥漫周身，臭不可闻！御史们的刑罚太狠毒了。"

小黄门此语一出口，所有人的眉头拧在一起。

小黄门又想起他走出死囚室门后反回身去对苏轼说过的那句"恭喜苏学士恭喜苏学士，请苏学士安心熟睡吧"，但他没有把这话说出来。

副相王珪悄悄向正相吴充看了一眼。吴充也在悄悄打量他，二人的眼光碰到一起，王珪赶紧将目光收回。

吴充遂走出班列，奏道："苏轼之案适逢太皇太后重病之时，朝野人士无不揪心。在此关键时刻，臣以为应该大赦天下，万不可大开杀戒，以我等的温良威化神灵，以求太皇太后万寿无疆！"

李定急得直瞪双眼。

舒亶走出班列大声说道："且不说苏轼那'欺君犯上'之罪会产生多么恶毒的影响，单说受他蛊惑之人，就有司马光、范镇、张方平、李常、王诜、李清臣等无数人。这一片死党应全部处死，不株连九族算是皇恩浩荡！"

御史中丞何正臣、谏官张璪和国子博士李宜之等人，纷纷从班列中走出，一致要求神宗下诏处死苏轼，诛杀其家族，不放过同党！

章惇忍无可忍，他走出来大声怒斥道："舒亶小儿竟敢如此口出狂言！依你所言，不能大赦天下，反要大开杀戒吗？何人何事比太皇太后的康复更重要？为何不将你家斩草除根、株连九族？"

章惇对神宗奏道："陛下，不将舒亶这班狂妄小儿逐出朝廷，君侧何时才可澄清？"

214

众大臣惊愕，神宗更是惊愕。

神宗摸出一沓白笺，上面是苏轼写给其弟苏辙的诀别诗。

内侍殿头迅速从神宗手中接过。

李定、舒亶一见那楷书，就知又是苏轼诗词，厌恶之情溢于言表。

神宗说，苏轼以为自己死期将至，在狱中写下了这二首诀别诗；而狱卒梁成冒着杀头之罪将此诗送了出来。

内侍殿头将这沓白笺递给李定，让他读苏轼之诗。

李定觉得味同嚼蜡，读出二首诀别诗的第一首：

圣主如天万物春，小臣愚暗自亡身。

百年未满先偿债，十口无归更累人。

是处青山可埋骨，他时夜雨独伤神。

与君今世为兄弟，更结来生未了因。

李定不敢低声细语，只能朗声阅读。读完后，李定将手中白笺递给舒亶。舒亶同样朗声阅读诀别诗的第二首：

柏台霜气夜凄凄，风动琅珰月向低。

梦绕云山心似鹿，魂惊汤火命如鸡。

眼中犀角真吾子，身后牛衣愧老妻。

百岁神游定何处，桐乡知葬浙江西。

读完之后，李定、舒亶二人重回班列。

在场文武百官皆面露悲戚神色。

6

这一年（元丰二年，1079）十月十五日，神宗皇帝以太皇太后"服药"降诏："死罪囚流以下，一律开释。"

苏轼在死囚室获知此消息，欣然作诗《己未十月十五日狱中恭闻太皇太后不豫有赦作诗》：

> 庭柏阴阴昼掩门，乌知有赦闹黄昏。
>
> 汉宫自种三生福，楚客还招九死魂。
>
> 纵有锄犁及田亩，已无面目见丘园。
>
> 只应圣主如尧舜，犹许先生作正言。

然而，仅过了短短五日，太皇太后光献曹氏便崩逝，终年六十四岁。

苏轼因为罪犯身份不许服丧，"欲哭则不敢，欲泣则不可"，故作挽词二首。

这二首挽词传到神宗手里时，太皇太后的丧事已经过去多日，神宗心里恍惚有了些许歉意，遂打算召来几人，议论一下苏轼之罪该如何处置。

正相吴充必请无疑。

副相王珪已经落井下石过。

还有参知政事蔡确、翰林学士章惇、起居注王安礼等人。

神宗召见，谁都不敢怠慢，严整衣冠，神情严肃。

神宗指了指案卷说道："内侍高班已将苏轼一案的所有案卷呈送于朕。诸位对案情想必已是烂熟于心，此案究竟该如何收场定夺？朕想听听诸位爱卿们的意见。"

吴充预感诸位高官都愿意拯救苏轼，突然想到一个"以古论今"的故事，就问神宗道："陛下可知魏武帝曹操？"

"一句话怎可说完？"

"今日，我等不言其他，仅说陛下为何效法尧舜而鄙视魏武帝？那是因为魏武帝为人粗暴，动辄杀人！然而，妒贤忌才、心胸狭窄的魏武帝却能容下祢衡！因为祢衡有才，魏武帝不忍亲手杀他。陛下为何容不下一个有才苏轼呢？"

神宗说道："朕本无意杀掉苏轼，也不想重罚他，只因他才华出众，又口无掩挡，不分时间地点和方式讨论时政，得罪他人，树下政敌无数！朕只想教训一下他，让他小心谨慎为妙。"

说到"小心谨慎"，起居注王安礼便有话要说。

王安礼系王安石之弟，为人豪爽，对人对事亦分忠奸。"乌台诗案"初发时，担任起居注的王安礼经常与皇帝见面，李定拉拢他说："苏轼为人狂放，自始至终以一种尖锐的态度讥讽变法！他反对的人恰好是你家亲大哥。你千万不要再为他美言了。"

王安礼听罢，并不理睬李定。

王安礼对神宗说道："自古以来，大度的君主从来不会以语言文字给人定罪！苏轼以诗词闻名天下，功名利禄唾手可得。但自从他中进士以来，不管怎么任劳任怨、安民勤政，却依旧得不到朝廷重用，心中难免怅然若失。也许这就是他写作讥讽诗词的根源！假若现在给他治罪，后世恐都会说陛下难容英才！望陛下考虑。"

章惇听了，急忙插言道："王大人所言极是！太皇太后终生都在为苏轼说话，这是先帝仁宗为我大宋后世谋得的栋梁之材！陛下怎可舍弃？"

神宗急辩道："怎会舍弃呢？朕不过是想给他一个教训而已，岂料竟滋生如此众多之事！"

话已至此，副相王珪心中生出丝丝悔意来，悔不该听信李定、舒亶、何正臣等御史台谏的蛊惑，在早朝之上说出一连串加害苏轼之语。苏轼将免除死罪，御史台谏甘愿放过苏轼吗？苏轼死里逃生，又怎会对他们不闻不问？

想到这里，王珪后背生出阵阵冷汗。

神宗的态度已经非常鲜明，李定等人再次悄悄审讯苏轼，并动用酷刑，重新起草了苏轼案的材料、证据等案卷。

可是，这些案卷已经来来回回整理过多次，无非就是那些苏轼与文人道友间的诗词唱和及礼尚往来的财物交往，了无新意，甚至不成其为案件，哪能定罪？又哪是死罪？

有了神宗这块护身符，内侍郎中陈牟和散骑朝议郎冯宗道等人都将李定等人的案卷坚决抵挡了回去！

一晃到了这年年底，神宗正在犹豫何时下达赦免苏轼的圣旨时，忽然接到王安石的奏章。

王安石已经退居于金陵半山园。年关将近，他不忍苏轼因此丢命，沉思默想了数日，终于上书神宗。

苏轼坚决反对王安石变法，在苏轼生死存亡的最关键时刻，王安石竟能君子大度，亲自上书替苏轼求情，胸怀何其宽阔、何其仁慈！

王安石的上书中，有一句话深深刺痛神宗的心："安有圣世而杀才士乎？"

这是宋朝的开国皇帝赵匡胤立下的规矩：除叛逆谋反罪之外，不杀士人！读书人不能因为言论而获罪。

宋神宗终于下定决心赦免苏轼。

腊月二十八日早朝，天上飘起了朵朵雪花，寒冷刺骨，京城大街上人来人往。朝廷官员们匆匆赶往崇文殿。

见朝官到齐，内侍殿头高喊道："文武百官请肃静！陛下有圣旨下达。"

文武大臣紧盯着宋神宗。

宋神宗慢条斯理地说道："诸位爱卿，苏轼乌台诗案，御史台审理查证已过百日，朕已过问数次，是非已经查明，现结案。"

大殿内安静至极。

神宗继续说道："苏轼死罪得免，活罪当罚！"

朝堂响起一片议论之声。

正相吴充站在神宗下方，手握一方勤俭绢，朗声念道：

皇上圣谕：

一、苏轼责授检校尚书、水部员外郎充黄州团练副使，本州安置，不得签书公事。令御史台差人转押前去。

二、绛州团练使、驸马都尉王诜，追两官，勒停。

三、著作佐郎、签判应天府判官苏辙，监筠州盐酒税务。

四、正字王巩监宾州盐酒税务，令开封府差人押出京城，督促赴任。

五、收受有谤讽文字而申缴官司者二十二人，各罚铜有差（宋制，轻罪官员可罚铜赎罪）：计张方平、李清臣各罚黄铜三十斤；司马光、范镇、钱藻、陈襄、刘颁、李常、孙觉、曾巩、王汾、刘挚、黄庭坚、戚秉道、吴琯、盛侨、王安上、周邠、杜子方、颜复、陈珪、钱世雄等二十人，各罚黄铜二十斤。

六、收受无讥讽文字者，不罪。

苏轼被贬往黄州，充团练副使，无权签署公文，不准擅离该地区。这样的结果，令李定等人大失所望。

受到牵连的人中，三人处罚较重：驸马王诜因泄露机密给苏轼，而且与其交往密切，调查时不及时交出苏轼的诗文，被削除一切官爵。

其次是王巩，被御史附带处置，发配西北。

第三个是苏辙，他曾奏请朝廷赦免其兄长，愿意纳还自己的一切官位为兄长赎罪！虽然他未写作毁谤诗，但仍遭受降职处分，调到高安，任筠州（今江西高安）酒监。

惊动朝野的"乌台诗案"，从八月十八日苏轼入狱，至腊月二十八日出狱，历时一百三十日，终于画上一个句号。

苏迈和马梦得来到死囚室接苏轼回家。

苏轼依然不明白：苏迈那一日为何送一条鱼给他？到底苏迈在城外打听到了什么消息？

苏迈感到啼笑皆非，他解释说，头一日晚上，京城一位不知姓名的中医师，听说苏轼在狱中受尽刑罚，特别送来一个中药方，说是跌打损伤均可医治，苏迈第二日一大早就去药店抓药去了。另外，他还要去集市上买回米、油、肉和新鲜蔬菜，再不购买，家中就要断炊。他特别让马梦得送饭至狱中，一时大意，竟忘记将他和父亲的约定告诉马梦得。而马梦得见苏迈日日送肉食，特别改送了鱼，是他亲手烧制的一条鱼，万没想到……

话未说完，三人均已开怀大笑，一致约定：今年的年夜饭，鸡鸭鱼肉、萝卜白菜干鲜、白酒米酒陈年酿酒，将一样不缺。

出狱当日，苏轼又作二首诗，名为《十二月二十八日蒙恩责授检校水部员外郎黄州团练副使复用前韵二首》：

百日归期恰及春，余年乐事最关身。

出门便旋风吹面，走马联翩鹊啅人。

却对酒杯疑是梦，试拈诗笔已如神。

此灾何必深追咎，窃禄从来岂有因。

平生文字为吾累，此去声名不厌低。

塞上纵归他日马，城东不斗少年鸡。

休官彭泽贫无酒，隐几维摩病有妻。

堪笑睢阳老从事，为余投檄向江西。

　　苏轼写这两首诗还是心有余悸的：塞翁失马，引得另一匹好马归来，却使其子因骑马而受伤，焉知苏轼出狱不另有后祸？

　　此时，苏轼心里最大的担忧，首先是如何安顿寄住在弟弟那里的家眷，其次是弟弟为给自己赎罪，被贬江西筠州监酒，该如何安抚？

第十六章　诗人例作水曹郎

1

出狱之日是腊月二十八，苏轼在家中只能住两夜。

去黄州须御史台差人押送，屈辱仍将一路陪伴着他。

元丰三年（1080）大年初一大清早，苏轼吩咐马梦得去南都通知弟弟，让他尽快赶去陈州文与可家相会。

苏轼浑身是伤，御史台吏卒特别准许他骑上一头小毛驴，从京城南门出发了。

正月初四到达文家。等了六天，苏辙初十日到达。

兄弟二人对文家的遗孤一一加以抚慰。

黄州离京城虽说不太遥远，却是个荒僻落后的地区，但苏轼生来乐观，说道："我们兄弟二人，一个住长江的西头，一个住在长江的东头，同在一水之上，也没什么不便。"

但苏辙不相信哥哥真的能够单单只做一个老百姓。

既已筹定文与可归丧的办法，兄弟叔侄在文家只小聚了三日，到了正月十四日，苏轼与弟弟不得不就此分离。苏辙说好，一回到南都就起程赴筠州；到达江州之后，再乘船把哥哥一家老少送到黄州。

苏轼吩咐马梦得同去。

苏轼嘱咐弟弟，务必去拜谢恩师张方平，并问候其子张恕，感谢他父子二人上奏皇上为自己申冤。

苏轼心中一片阳光灿烂，忽见路旁有一条清亮的小溪，在冰凉的寒意中尚未结冰，一路哗啦向山下流去；两岸的梅花已烂漫绽放，在寒风中未见其瑟瑟发抖，反开放出了它们的一片傲骨精神！

此时，一行四人刚刚渡过淮河，苏轼不时看看儿子苏迈，这个已经二十四岁的年轻人，脸上有一种非常坚毅的神色，足以与世间任何残酷的现实相对抗。

苏轼欣然作诗《过淮》。

到了河南与湖北的交接处，黄州已经不远了。远处的山头上，有一人正骑着一匹白色高头大马直冲他们而来，"嘚嘚嘚"的马蹄声由远而近飞快传来。

苏迈急忙冲到苏轼跟前，用自己的身体护住父亲。

二名御史台吏卒抽出佩刀。

骑马人在百丈开外扬起自己的手臂，高声大喊起来："来人可是苏轼苏学士吗？"

原来是陈慥。

不等回答，陈慥已策马奔至眼前，向苏轼深深施上一礼，笑道："我在此地就是为了迎接苏大人啊。"陈慥已是翩翩中年，他身披一袭白色斗篷，头戴一顶五色方笠高帽，腰挂一柄长剑，脚穿黑色皮靴，英武而又潇洒！

苏轼紧握陈慥双手，说道："多谢老弟一片好心好意，只是这山野之地——"刚刚他们还以为是遇到了绿林英雄，以为要讨"买路钱"！

陈慥回答说："苏大人身陷'乌台诗案'、被贬黄州一事，小的已经听说过了。新年尚未过完，为何要如此急切地赶至黄州呢？"

苏轼不想节外生枝，朝二名御史台吏卒望了望，说道："再颠簸一次亦无大碍，只是拖累了二位御史大人，实在过意不去。"

陈慥意识到自己的口误，改口道："请二位大人随同苏大人一起光临寒舍吧，小弟备有薄酒，若不嫌弃，可小住几日。"

二名御史台吏卒爽快答应。

苏轼追问道："为何你的府第竟在此地？"

"小弟的寒舍就在岐亭。"

陈慥让苏轼骑上他的高头白马，又让苏迈骑上苏轼的小毛驴，离开驿道，走上了另外一条山路。

苏轼面露为难神色，朝二名吏卒看了看。

陈慥再次施礼："请二位行个方便吧！"

二名吏卒又一次爽快答应。

陈慥不愿读书做官，是父亲心目中的浪子，却跟苏轼最要好，经常听苏轼吟诗。若谈起兵器、侠客或仗义之事，那是他最感兴趣的，他会一直唠叨个没完。

陈慥看中鄂豫交界处麻城的岐亭，那里山清水秀，杏花红艳，所酿之酒为"酒中之王"！时光轮转了十九年之后，陈慥和苏轼二人在岐亭见面了。

今日的陈慥脱胎换骨，已经不是当年饮酒击剑的游侠儿，更不是偕妓浪游的花花公子！做不了侠客，就住在这岐亭山上学道求长生，过着"十年不见紫云车，龙邱新洞府，铅鼎养丹砂"的隐士生活，并且自号"静庵居士"。

苏轼指着陈慥头上那顶足有三尺高的帽子问道："你戴的帽子有何寓意？"

"这顶帽子叫作'方山子冠'！"

陈慥还有另外一个号——"龙丘先生"，当地人不知道他的来历，都叫他"方山子"，他解释道："小弟是从一本古书上获得的灵感，那本书叫《后汉书》。"

"你不是见了古书就如坐针毡吗？"

陈慥笑而不答，苏轼又问起他的妻子柳氏。

"她脾气太大，一不小心就把她的醋坛子打翻了。"

陈慥又说道："她知道苏大人今日要来，正在家中命人杀猪宰羊呢。"

柳氏出身于山西河东的名门望族，所以称为"河东柳氏"人们亦称陈慥妻为"河东夫人"。

转过一个山头，忽然出现了大片杏林，枝条上已经挂满淡粉色的杏花。才别梅花，又见杏花，苏轼心中高兴，此处定是别有洞天！

一位全身红衣的女子走过来给苏轼施礼："苏大人前来，敝舍蓬荜生辉！"

这满身喜气的女子，不正是陈慥之妻——河东夫人吗？

陈家在河北有田产，每年可收帛千匹；在洛阳有园林豪宅，富丽不亚于王侯府第；在眉州老家还有祖产。而陈慥居然在岐亭隐居，这是不是他的大彻大悟呢？

杏花酒如同热情的故人，苏轼酒兴浓郁，向陈府所有人连敬了三杯酒，便坐在椅子上沉沉地睡去，连头上的巾帻滑落在地也丝毫未觉。

陈慥每日与苏轼相处，苏轼见赵德元所画《朱陈村嫁娶图》，作《陈季常所蓄〈朱陈村嫁娶图〉二首》，又作《岐亭五首》与《临江仙》词一首。

五日之后，苏轼与陈慥和河东夫人依依惜别。

2

至元丰三年（1080）二月初一，苏轼父子到达黄州。

被贬谪的罪官到达贬所，必须去向当地长官"谒告"。因为苏轼的罪官身份，加上"团练副使"这个有名无实的虚职，如果黄州太守不给他安排住处，他多半只能去当地寺院。

当苏轼一行到达黄州府衙，从大门内疾步走出一位机灵的小门吏，问道："大人是不是前来黄州府的苏大人苏轼？"

"正是。"

"徐大人安排下官在此，专门守候苏大人。"

"徐大人是——"

"就是黄州知州徐大人，他最喜欢苏大人的诗词歌赋了。"

"徐大人现在何方？"

"请跟我来。"

黄州知州徐大受，东海人，字君猷，进士出身，一个毫无官场之气的实在之人。徐大受正坐在知州室里，看见风尘仆仆的苏家父子二人，再看那并非凶神恶煞的二名御史台吏卒，瞬间就明白了一切，大声问道："来人可是——苏轼苏学士？"

苏轼施礼道："正是罪官苏轼。"

徐大受忙起身请苏轼落座，让小门吏将二名御史台吏卒带至他室。

徐大受说道："下官知道苏大人对黄州不熟悉，既无至亲，又无好友，委屈苏大人父子先去黄州的佛家胜地定惠院落脚，可否？"

苏轼答道："有一安身立命之地，足矣。"

徐大受又说道："下官现在就送苏大人去定惠院吧，跟院里的住持和尚颙师当面说说，你等先在那里收拾一番，稍加歇息，今天晚上，下官就为苏大人接风洗尘。"

苏轼大惊："苏轼乃有罪之身，不可将徐大人连累了。"

徐大受说："在黄州府，这点小家我还能做主。"

苏轼跟在徐大受身后往定惠院走去。

没走上百十步，徐大受忽然停下，问苏轼道："苏大人长途跋涉，下官还是先为苏大人接风吧？"

苏轼怎么说都是罪官，不便以长官之格来宴请，也不能在府衙中，徐大受就把苏轼带到他的府第中去了。

去往徐府没多久，黄州府衙的大小官员便陆续过来了，苏轼一一回礼答谢。

徐大受个性通达，他对待苏轼这位谪官礼数周全，完全没有地方长官与谪官之间的隔阂，使苏轼毫无不适之感。从此时开始，他们交往亲睦，诚如后来苏轼写给徐大受之弟徐得之的书信所说："某始谪黄州，举目无亲，君猷一见，相待如骨肉。"

席上，判官孟震对苏轼说："下官别无他物，只有用这武昌的酒来敬苏大人！"

苏轼仰头，一饮而尽。

这是武昌城（今湖北鄂州）的潘丙酿的樊口春酒。潘丙中举之后一直未考中进士，后来无意功名，在樊口开了酒坊，以造酒为生。其侄潘大临是位渔民诗人，"诗酒不分家"，叔侄一家。

书签走过来敬苏轼道："苏大人请再饮一杯，以这黄州的豆腐来醒酒。这黄州豆腐呀，又白又鲜，又脆又嫩，不二之口味，岂可错过？"

黄州主簿走过来，他尚未开口就怕被苏轼婉拒，说道："我先推介黄州巴河的莲藕，再来给苏大人敬酒。"

苏轼饮完杯中之酒，细听这位主簿说话："天下莲藕均为七个藕孔，独独巴河莲藕生有九个藕孔。这是不是我黄州一绝令天下称奇？"

"有如此之事？"平时吃莲藕的次数太多，苏轼哪会注意莲藕生有多少个孔呢？细微之处见真情，这跟写作与处世是何等相似！

物有甘苦，尝之者识；道有夷险，履之者知。

谁说黄州贫穷？谁说黄州偏僻？苏轼不知道的东西太多了，他欣然喝下了第三杯酒。

这时，徐大受走过来说道："苏大人，樊口鳊鱼盛产于武昌城的樊口，这才是真正名副其实一绝！"

提到鱼，苏轼一下就想起京城乌台。

徐大受观察到苏轼表情有细微异样，问道："苏大人难道不喜吃鱼？多好的谐音啊，'鱼'和'余'，'吉祥有余''喜庆有余''年年有余'……"

苏轼破涕为笑，说道："罪官喜欢吃鱼。"

嘴里这么说，他心里已经想起在杭州时吃过西湖金鱼，在密州时吃过的荷包鲫鱼，在徐州时吃过的红扣水鱼，而他的家乡眉州，还有砂锅雅鱼！这樊口鳊鱼，该是另外一种风味吧？

徐大受接着介绍道："这樊口鳊鱼，又称为'团头鲂'，头小，口阔，全身银灰色的鱼鳞，肉质鲜美。苏大人请先尝尝。"

苏轼饱含笑意。

徐大受又说道："苏大人你不动筷子，在座诸位是都不会动筷子的。苏大人请吧！"

桌子中间最大的那个盘子里躺着一条红烧鳊鱼，周围全是切成块状的竹笋，香味四溢。

苏轼不再谦让，他拿起竹筷夹起一块白色鳊鱼肉，那白色仿佛初生一般。

徐大受补充道："武昌府的长港流入长江之处，水流湍急，白浪回漩，那里最适合此种鳊鱼生长。所以，此鱼不仅可叫'樊口鳊鱼'，还可称为'武昌鱼'。"

"快把武昌城的典故说给我听听！"

"今日苏大人是贵宾，你且慢用。"

"快说给我听听。"

黄州府的其他官员催促道："徐大人快说嘛，我们跟着听听。"

徐大受就说道："武昌城跟黄州府仅一江之隔，吴王孙权当年就是在那里拜天称帝的。"

徐大受便细细道来——

吴王孙权与曹操的魏国、刘备的蜀国三分天下，他率领文武百官从公安迁到鄂县，一边修筑都城，一边拜天称帝，将都城命名为"武昌"，意即以武而昌。为了强基固本，吴王下诏从建业迁千余户来到武昌，达官贵人要来，种地百姓要来，有造船、冶炼以及制造兵器技能的匠人艺师也要来！有许多人不肯离开家乡，悄悄传诵道："宁饮建业水，不食武昌鱼！"这武昌鱼说的就是樊口鳊鱼。苏大人请设想一番：从建业至鄂县，口口相传，那樊口鳊鱼、武昌鱼能不名噪天下吗？

苏轼说道："罪官得闲后，一定去武昌县亲眼看看。"

徐大受带领黄州府官，异口同声地说道："苏大人诗名扬天下，不可再说'罪官'一词了。"

苏轼道："那请直呼苏轼其名吧。"

"称'苏学士'。"

不知是谁提议了一声："苏学士初来乍到，请以诗词题我黄州。"

此言一出，众人响应。

苏轼用手捋了捋他稀疏的胡须，吟出《初到黄州》一诗：

> 自笑平生为口忙，老来事业转荒唐。
>
> 长江绕郭知鱼美，好竹连山觉笋香。
>
> 逐客不妨员外置，诗人例作水曹郎。
>
> 只惭无补丝毫事，尚费官家压酒囊。

当晚，徐大受将苏轼父子送到定惠院，跟着和尚们一起食用斋饭。这里僧人不多，环境清幽，苏轼很喜欢，最主要的还是住持颙师非常敬重苏轼这位住客。

第二日一大早，苏轼向朝廷写了《上谢表》，遣词造句非常小心，将自己来到黄州的过程写得一清二楚，不卑不亢的心理也写得一清二楚，丝毫不见沮丧。

3

黄州府里没苏轼什么事，黄州又无一熟人，更无朋友，苏轼没什么地方可去，就想起了弟弟劝他的那两句话："畏蛇天下榻，睡足吾无求。"只有关门睡觉。

到了晚上，苏轼一个人悄悄去到院外散步。

沐浴是苏轼日常生活中的癖好之一，此来黄州，无事经常去安国寺洗澡。

他"归诚佛僧"，在定惠院一间偏僻而干净的斋房，苏轼闭门谢客，自我反省，专心研究佛经，对道家也有一定探究。隔二日又去安国寺焚香默坐，《金刚经》《华严经》《圆觉经》《清静经》《传灯灵》……无所不读。

苏迈提议到长江边的赤壁去看一看。

赤壁离黄州知府官邸不过数百步，望着那一片光秃秃的赤色石头，联想到周瑜带领部下大破曹军的古战场，尤其是大火熊熊燃烧于江面之上，曹操军船顷刻间灰飞烟灭，曹操"横槊赋诗"，并吞寰宇的雄心就此付诸东流，只得丢盔弃甲、狼狈北窜的历史画面，苏轼惊叹这个历史上以弱胜强、以少胜多的著名战例。

远在杭州的辩才和道潜二位僧人，各派了一名使者来到黄州问候苏轼，苏轼带着苏迈和这二名使者游览赤壁。归来之后，苏轼写了一篇华美短记带给辩才和道潜。

游过数次以后，苏轼曾作《赤壁记》一文，为后来写出前、后《赤壁赋》打下了雄厚的艺术基础。

"黄州岂云远，但恐朋友缺"，苏轼用"禅门静坐"的方法求取解脱，每隔一两天，他都会到安国寺里去辟室、焚香、静坐。寺里的长老继连是位德高望重的老禅师，他对苏轼说："一定要在深思默想之中获取'出神静观'之方法。"

"长老所言极是。"

"一定要在自我反省之中忘记痛苦，使头脑冷静，让心灵获得休息。"

"长老所言极是。"

"一定要在'物我两忘'之境中，让世俗的污染如身上沾染的尘埃那样纷纷自落。"

"长老所言极是，苏轼当得垢秽尽去之乐！"

苏轼受过很严格的儒家训练，如今又勤读佛书，只是偶尔动笔，流露出不会再惹祸的佛家言语。

这一日，苏轼回到定惠院去，路过定惠院东边的柯山。在那漫山遍野的花丛中，绽放着一株枝繁叶茂的海棠花，仿佛一团熊熊燃烧的火焰，将苏轼的心胸照耀得亮堂起来！海棠花原本生长在蜀地，在这遥远的他乡黄州，怎会生长出海棠花呢？他心里涌出唐代女诗人薛涛的诗句："人世不思灵卉异，竟将红缬染轻纱。"

他吟诵这生命之花，奇迹之花：

> 东风袅袅泛崇光，香雾空蒙月转廊。
> 只恐夜深花睡去，故烧高烛照红妆。

他擦干脸上的泪珠回到定惠院，苏迈告诉他，章惇叔叔和李常叔叔分别派人送来了书信，王巩也来信问候。

章惇已经晋升为参知政事，位居副相。

苏轼拆开李常和王巩的来信。连累这二位友人受罚，苏轼心中只剩下叹息。

他分别给章惇和李常写了回信，道尽自己"老当益壮，宁移白首之心？穷且益坚，不坠青云之志！"这是唐人王勃在《滕王阁序》中写下的句子。

寄居定惠院，苏轼写有《卜算子·黄州定惠院寓居作》一词：

> 缺月挂疏桐，漏断人初静。谁见幽人独往来，缥缈孤鸿影。
> 惊起却回头，有恨无人省，拣尽寒枝不肯栖，寂寞沙洲冷。

黄庭坚对此词评价极高："语意高妙，似非吃烟火食人语，非胸中有数万卷书，笔下无一点尘俗气，孰能至此？"

4

潘丙住在与黄州一江之隔的武昌县樊口街，苏轼带着苏迈去拜访他。

樊口街的人流不密集，过往车辆也不多，街上门面一间挨一间，只要说出街上谁的名字，大家都知晓。当苏轼以一口浓浓的蜀地口音，向走在身边的二位渔民打扮的行人打听潘丙时，二位行人非常吃惊："你认识潘丙吗？"

"只是听黄州知州徐大人提起过。"

"黄州徐大人你也认识啊？"

"苏某仅为徐大人手下的一个下官。"

"苏大人找潘丙有何事呢？"

"想知道潘丙以一庶民之身，淹没于污浊现世，何以做到'出淤泥而不染'。"

走到"樊口春酒坊"门前，那年轻后生叫道："哥哥，有贵人找你来了。"

酒坊里走出一位精干的伙计："哪位贵人？"

"苏大人苏学士！"

苏迈很吃惊："你咋知道我父亲是苏学士？"

年岁稍长的那位说道："谁个不知大名鼎鼎的苏轼苏学士'乌台诗案'后到黄州来了？"

年轻后生走到苏轼苏迈面前，用手指了指从酒坊中走出的人，介绍道："苏学士，这位就是你想找的'樊口春酒'的酿造者潘丙，我二哥！"他又用手指了指年长的那位，介绍道："这是我大哥潘鲠，我是老三潘原。"

潘丙大惊，双手搭在潘原肩上："谁人告诉你苏学士找我来了？"

眼前站着两位陌生人，他跨出一步，抓住苏轼的双手，大声说道："你就是苏学士了，贵人临门，从此我'樊口春酒坊'阳光普照，酒香飘万里，四海皆兄弟！"

大哥潘鲠对二弟潘丙说道："还不快请苏学士屋里就座！"

三弟潘原说道："我去把大临叫来，他那么喜爱苏学士的诗词。"

潘大临很快便到来，他是潘鲠之子、潘丙潘原之侄。一时间，他们几人竟都犯起"口吃"的毛病来了，不知说些什么才合适，只知道给苏学士敬茶。

潘鲠吩咐潘原去集市上买鱼、买肉、买干鲜、买新鲜蔬菜，今日喝"樊口春酒"，让苏学士不醉不归。

他们与苏轼虽初次相见，却如久别的故人、重逢的知己。不等潘原返回，侨居于武昌车湖的王齐愈、王齐万兄弟来访潘氏。王家原是蜀中大地主，家庭富有，有田有地，为人慷慨，但先人不知何故远戍黄州，其后代王齐愈、王齐万兄弟却落户于武昌县的车湖，他们把家中大部分藏书带在身边。

在武昌县见到四川同乡，王氏兄弟邀请苏轼去他们家中做客。苏轼一口答应。

门口围着好多看热闹的人，不单是因为苏轼从未在樊口街上出现过，还因为他是一位从京城被贬到黄州来的官员，更是一位诗名如日中天的风范大家，人们都想看看稀奇。

潘氏兄弟请进两位在百姓中有威望的人来做代表，一起给苏学士敬酒。

一位是古耕道，新平（江西景德镇最早的名称，东晋时期设置，后又改名昌南镇）人，看起来粗俗无礼，为人却真诚淳朴，特别喜欢揽些"成全"百姓、"好事"众人的事情来做。

另一位叫郭遘，字兴宗，他自称是唐代名将郭子仪的后裔，现在西市卖药。

多人要给苏轼敬酒，苏迈怕父亲被灌醉，但他劝说没用，替代父亲喝酒也没用。

苏轼不会真正醉酒，即使头脑昏沉写不出新诗词，他也可吟上几句旧诗。

潘鲠之子潘大临，因其诗中有"满城风雨近重阳"之句而诗名远扬。后来，他成为"江西诗派"的领军人物，得益于潘家与苏轼的情谊！

潘丙虽以卖酒为业，但他后来"几乎无日不与苏轼相见"，二人诗词唱和，谈经论道，成为至交。苏轼《武昌西山》诗中的第二句"忆从樊口载春酒，步上西山寻野梅"里提到的春酒，就是潘丙酿造的潘生酒！潘丙成为苏轼来黄州后结识的第一位市井朋友。

5

如若没有客人拜访，苏轼就要出门去寻访别人，这就认识了新任黄州监酒乐京。

当年，苏轼在凤翔任职期满返京之时，与他同姓的苏自之给他寄来了几壶酒，不明白为何唯独苏轼不喝酒。

苏轼回了一首《谢苏自之惠酒》，陈说了他不喜喝酒的诸多理由，可看出为何不爱喝酒但从此喝酒的缘由：

> 高士例须怜曲蘖，此语尝闻退之说。我今有说殆不然，曲蘖未必高士怜。醉者坠车庄生言，全酒未若全于天。达人本自不亏缺，何暇更求全处全。景山沉迷阮籍傲，毕卓盗窃刘伶颠。贪狂嗜怪无足取，世俗喜异矜其贤。杜陵诗客尤可笑，罗列八子参群仙。流涎露顶置不说，为问底处能逃禅。我今不饮非不饮，心月皎皎长孤圆。有时客至亦为酌，琴虽未去聊忘弦。吾宗先生有深意，百里双罂远将寄。且言不饮固亦高，举世皆同吾独异。不如同异两俱冥，得鹿亡羊等嬉戏。决须饮此勿复辞，何用区区较醒醉。

但没想到，他一喝酒，就成为被他自己鄙夷的苏晋之流了。

提到喝酒，苏轼自然忘不了密州州学教授赵明叔，也忘不了自己为其写下的《薄薄酒二首》，其一如下：

> 薄薄酒，胜茶汤；粗粗布，胜无裳；丑妻恶妾胜空房。五更待漏靴满霜，不如三伏日高睡足北窗凉。珠襦玉柙万人相送归北邙，不如悬鹑百结独坐负朝阳。生前富贵，死后文章，百年瞬息万世忙。夷齐盗跖俱亡羊，不如眼前一醉是非忧乐两都忘。

232

苏轼与乐京来往甚密，乐京经常给苏轼送酒喝。

这一天，苏轼步乐京赠酒诗之韵，和了一首《次韵乐京著作送酒》，透露了他从小不喝酒的秘密：

少年多病怯怀觞，老去方知此味长。

万斛羁愁都似雪，一壶春酒若为汤。

乐京，宋荆南人，历知湖阳、赤水县令。知长葛县时，时值朝廷推行王安石的《助役法》，乐京大胆进京，向神宗陈述新法不利于民生的种种不是，却被撤了县令一职！

穷困潦倒十年才复官，来到黄州不多久，他便认识了被贬黄州的苏轼，两人因为相同的"政治败局"而惺惺相惜，很快便产生了友谊，经常在一起饮酒吟诗。

乐京成为苏轼在黄州的第一个游伴。

6

第一个从外地来到黄州看望苏轼的老朋友则是杜溯（道源），其子杜孟坚在武昌县做官。

那一日，苏轼刚起床，苏迈已煮好了稀饭，米不多，但米汤正好，苏迈给父亲盛了一碗当作早餐。忽听门外有呼唤"苏学士"的声音，苏迈奔出门看。

来人是一老一少父子俩，儿子手中提着一长串荼蘼花和一个装满泉水的水壶，父亲双眼漾满笑意。

苏迈不认识二人，他正欲反身告诉父亲，但苏轼已经跟他二人打上招呼了："杜老先生何以得知苏某在黄州？"

"苏大人来黄州，谁人不知。"

"苏某只求一方清静之地，平静度过余生。"

"亦如这菩萨泉水，洁白、灵透、清新，一眼望穿忠心！"

"杜老先生所言，苏某当牢记在心。"

"苏大人如此宽宏大量，定会福如东海！"

"杜老先生定会寿比南山！"

"哈哈哈哈……"

苏轼刚从悬崖绝壁回到旷野空谷，这父子二人的言行，让他倍感温暖。后来，他在《致道源秘校书》中，特别强调了这一点。

杜孟坚孝顺，见其父跟被贬朝官苏轼如此要好，加上他本人非常同情苏轼的遭遇，便不遗余力地介绍苏轼与武昌太守朱寿昌相识。

"你说的这位朱寿昌，就是寻找生母五十年的那位孝子吗？"

"正是他！"

"早想认识此人。"

"明日我就带苏大人前往武昌府拜见朱太守。"

"正合苏某心意。"

苏轼当日就想拜访朱太守，只是担心武昌县暂无宿地，遂将自己与朱太守的见面时间往后推了一日。

第二天一大早，苏轼依约乘船过江，首先与杜孟坚见面，再去朱寿昌太守的府办。

从未谋面的二人相见，完全不像陌生人，仿佛他们是亲兄弟。

朱寿昌，字康叔，扬州天长县（今安徽天长县）人，以孝知名。

苏轼开始述说朱太守声名远播的孝行："你的生母离开你时，你仅七岁。你不曾忘记过她，你以钢针刺自己的肉身，以身上流出之血，一笔一画地抄完了一部《金刚经》。"

朱太守笑眯眯地望着苏轼。

苏轼又说道："你发下宏愿，有生之年定要找到生母！当听说陕西一带有你生母的消息，遂与家人诀别，弃官入秦。"

朱太守不答话。

"熙宁三年（1070），你在同州找到母亲，将母亲接到府上尽行孝道。只可惜，只有短短三年时间，你的母亲便谢世。"

朱太守依然不答话。

"说可惜也不可惜，因为你孝敬了母亲，未给自己留下遗憾。"

朱太守开口说道："苏大人所言极是，为人子女，万不要在孝行上留下遗憾。"

"此事今无古或闻。"

"苏大人为朱某所作诗文让皇上看到，皇上遂将朱某召至京城。苏大人对朱某有恩，苏大人有难，朱某哪有不闻不问之理？"

苏轼喃喃。

朱太守说道："此诗中有一句'西河郡守谁复讯'被李定'借'去发起'乌台诗案'，苏大人死里逃生啦！"

"这个不必再提。"

"我要提！若不是朱某孝母，苏大人定不会写出讥讽李定之诗。这么说来，朱某对苏大人是有愧的。"

"朱大人还是不提了吧！"

朱太守忽然问道："苏大人初来黄州，饮食习惯不？水土还服否？"

"水土没有不服，饮食自然习惯。"

"那你还吟诗作词吗？"

苏轼低下头来，不答话。

"心有诗情画意，自会独抒胸臆。"

苏轼笑出声来。

"苏大人的家眷迁来黄州了吗？住在何地？"

"下官与犬子苏迈一直居住在黄州佛家胜地定惠院内，住持和尚颙师给予了殷勤照顾，下官心中甚为感激。"

"若苏大人将家眷迁来，何方安置？定惠院决然不行。"

苏轼脸露为难之色。

朱太守说道："黄州回车院里有座临皋亭，可将家眷暂时安置在此处。"

回车院是朝廷三司按临黄州时的官邸，若没有当局应允，被贬谪的罪臣要想住在里边绝无可能。

弟弟来信说，苏轼一家老少来到黄州尚需时日。

朱太守安慰苏轼道："或者，我亲自去往黄州跟徐大人商议一下？再或者，请徐大人在黄州府将这个问题公示一番?"

"下官苏轼——不愿再连累其他人了!"

"黄州、武昌离京城山高水远,连累不上的。"

"那伙人无所畏惧、万箭穿心啊!"

"就算是被苏大人连累,我朱某人也心甘情愿!"

话说到这个程度,苏轼已经无须再多说,他想到了御史台,想到那里的死囚室:

> 去年御史府,举动触四壁。
>
> 幽幽百尺井,仰天无一席。

来到黄州仍无立锥之地,但有了徐大受和朱寿昌等人的帮助,他的生活不会再那么艰难,该乐观才是。

第十七章　自种东坡

1

苏轼回到黄州后，把朱寿昌太守说过的话都告诉了儿子苏迈，苏迈追问道："我们的苦日子还要持续多久？"

"只要心安理得，哪里都一样。"

过了几天，徐大受通知他父子搬到临皋亭中去。临皋亭的面积虽然狭小，终究比住在僧舍强很多。况且，此亭位于江边水驿之上，从亭下走出八十余步就是长江，长江对面是武昌的樊山（西山），苏轼在致友人书中说："临皋亭下，便是长江。其半是峨眉雪水，吾饮食沐浴皆取焉，何必归乡哉！"

苏轼盼望弟弟早点将家眷送来。

苏辙结束了南都的事务后，偕两房眷口从南都登舟，泛汴泗，出淮扬，过金陵，溯皖公，后泊舟九江，吩咐自家眷口在九江等待，他本人则亲自护送嫂子、侄子及其他家眷，沿着水路前往从未到过的黄州。

船到磁湖（今湖北大冶），被大风大浪阻隔，停船等候。

两日后，风浪过去，苏轼于这年（1080）的五月二十七日，带着苏迈坐船到离黄州二十里地的巴河口（今属湖北浠水）去迎接他们。陈州一别已有五月。

千顷碧波犹如一床绿色的绸缎，光滑而温柔，一叶小舟从朦胧烟雾中轻盈划出来，天空倒映在熹微的晨光中，一切都是那么安逸美好。

苏轼看到立在船头的清瘦的弟弟，他不忍高喊弟弟的名字，因为他不忍敲碎这清晨的和谐，以及在和谐中孕育着的一切。

船靠岸的那一瞬，苏辙一个箭步跨上岸去，他和哥哥紧紧拥抱在一起。而两个儿子、妻子、王朝云等人，不约而同地号啕大哭起来。

朱寿昌委托临皋亭监酒胡定之送去羊、面、酒、果等物，解除了苏家无米之炊的忧愁，又解了苏轼的"酒瘾"，苏轼称其"雪中送炭"!

苏辙在黄州居住了十多天。

二人乘舟去了武昌的西山寺（今古灵寺），朱寿昌备了薄酒招待苏氏兄弟。苏轼作《樊山记》《与子由同游寒溪西山》等诗；苏辙作《黄州陪子瞻游武昌西山》。

苏轼带苏辙去看车湖王齐愈、王齐万兄弟。

苏轼引来一位诗词大家，王家老少均十分高兴，杀鸡置酒相待。苏轼却说道："喝一口稀粥也分外甜呢。"

王齐万说道："哪能让苏大人喝稀粥呢？你的诗文，多少辆马车也装不完。"

王齐愈说："如若不是苏大人将小苏大人带来，我等哪能沾上诗词的神韵？"

苏辙说道："我是跟我哥读了诗书，随手乱写的。"

"苏家兄弟腹有诗书，抵得上千军万马!"

王齐愈之子王禹锡上前说道："小侄提议，今后若苏大人渡江到武昌，都以王家为居停，若天色晚了，就在王家寄宿，可否？"

"那不是把你一家都吃空了？"

"有我们吃的，就不会少苏大人一口!"

"得留下点什么才是。"

"留下你的字画墨宝就好。"

王家兄弟备好文房四宝，恳请苏轼挥笔书写作画。

苏辙问道："哥哥可以吗？"

苏轼道："恭敬不如从命!"

王家人说道："我们景仰苏大人，不敢命令苏大人。"

苏辙又问道:"哥哥'成竹在胸'吗?"

王家人说道:"苏大人'胸有成竹',不是第一次!"

苏轼在黄州四年多时间里,多次去到车湖王齐愈家,王禹锡获得的苏轼书法作品竟达"两牛腰"之多!苏轼称他为"王十六秀才者",王禹锡因为求取苏轼字画最容易,成为第一个令人羡慕的人!

有一天,苏轼又去了王齐愈家,在王家的书斋达轩里,酒后的苏轼画了几幅修竹。

这一次,附近百姓、书画爱好者也来了,有二十多人。

有人问:"竹身何以那么清瘦?"

苏轼写了一首《定风波》作回答:

> 元丰五年六月七日,王文甫家饮酿白酒,大醉,集古句,作墨竹词。

> 雨洗娟娟嫩叶光,风吹细细绿筠香。秀色乱侵书帙晚,帘卷,清阴微过酒樽凉。　人画竹身肥臃肿,何用?先生落笔胜萧郎。记得小轩岑寂夜,廊下,月和疏影上东墙。

2

这年夏天,陈慥来黄州看望苏轼,临时借住空闲的僧舍。

苏轼让黄州酒税监乐京过来,让潘丙过来,王齐万在家做农事,王齐愈一个人来了。

苏轼又让古耕道和郭遘二人过来。

古耕道说话直爽,他嚷嚷道:"陈老弟呀,你不是游侠作风,喜欢带上二名随从,怎么单枪匹马了?"

陈慥"人来熟":"那是以前的陈某某,现在的陈某某,要向苏大人学习。"

郭遘道:"苏大人来到黄州吃尽人间苦头,你却隐居山中,两耳休闻世间事!"

陈慥忙说道:"两耳不闻世间事,我怎么知道苏大人在黄州?我又如何会来黄州?"

乐京说道:"不如先干掉这一杯吧?"

潘丙和王齐愈齐声说道:"第一杯酒是要喝个底朝天的。"

陈慥回应:"我首先喝掉,我先喝为敬。"

陈慥来黄州看望苏轼的消息,当天传到黄州府上,徐大受请陈慥去喝酒。传到武昌县,朱寿昌太守遣人过来邀请苏轼带着陈慥渡到长江对岸去。

地方上的豪侠纷纷邀请陈慥,不是请他过去宴饮,就是主动招待他住宿。陈慥一概婉言谢绝,他说道:"但愿苍生俱饱暖,不辞辛苦出山林。"

苏轼大惊:"陈老弟说的不正是苏子瞻的愿望吗?"

3

来黄州"不得签书公事",且停发官俸,每月只可领取一份微薄的实物配给。

苏轼就手头仅有的一点现银估算过,一家人按照最节俭的方式生活,约莫可以支撑一年。

然而,到了这年(1080)八月,在苏家服侍了三十余年的奶娘任彩莲忽然因病身故,享年七十二岁高龄。

不多久,苏轼得一讯:弟弟离开黄州、武昌县回到九江,转赴高安任所,不足两月,一个女儿病亡!

到了十月,苏轼又接消息:二伯父苏涣的长子、苏轼的堂兄苏子正,于当年九月病逝于成都任上!

生命轻如鸿毛,苏轼倍觉人生无常。

穷则著书,此为学人的通例。元丰三年(1080)二月,苏轼在黄州开始了其父未竟之作《易传》九卷的著述;同时,他还著述《论语说》一书,并计划抄写"数本留人间",以示"穷不忘道,老而能学"。

马梦得心疼他，问道："苏大人日夜读书作文，累吗？"

苏轼答道："心有所思就不累，我竟不知。"

王朝云说道："奴婢为你熬点汤喝吧？"

"什么汤？"

"青菜汤。"

"不必了。"

朝云年方十九，雪白的肤色，不厚不薄的嘴唇，体态轻盈，举止活泼，正投了苏轼喜爱。苏轼在黄州、武昌结识的朋友，都认识他身边这位丽人。

当时，王朝云只是个侍儿，还没有妾的身份。

王闰之曾悄悄告诉苏轼：上一年，皇甫遵将苏轼抓走之后，有些奴仆怕受到牵连，欲另投他处；有的却偷偷离去。王闰之找到王朝云，劝她趁着年轻，找个善良人家嫁过去，总比在苏家担惊受怕强。王朝云却说，她生是苏家的人，死是苏家的鬼！

有王朝云在，苏轼乐意，只是一大家人日常生活却成为问题。

恰巧此时，老朋友贾耘来信，问起他家的生活，苏轼首先便想到了一种临时性的措施：量入为出。

他问王闰之，在离京之前变卖家产的铜钱有多少？

王闰之如实相告。

每月初，苏轼取出四千五百钱，分成三十份，每份一百五十钱，分别挂在住所屋梁的三十颗铁钉上。然后，每天早上用画叉挑下一串来支度当天的生活，再将画叉藏起。

如若当天有盈余，就放进另外准备的一个大竹筒里存起来，以备不时之需或者招待苏轼的宾客。

王朝云出主意道："黄州人有一种吃腌菜的习俗，我们能不能'入乡随俗'呢？"

苏轼问道："怎么个'入乡随俗'法呢？"

"洗干净几个大坛子，将萝卜、萝卜菜、白菜梗洗干净，晒晒，腌上十天半月，再捞出来切一切，炒一炒，也可就着吃两碗白米饭。"

"迨儿、过儿还小，愿意吃这样的腌菜吗？"

"我们年岁大些，可以就着吃饭啊，把鱼、肉和其他口味好的菜肴，让给他们吃。"

苏轼一怔。

王朝云又说道："就是那些萝卜白菜，价格也不贱，我等花些劳力去把山野里的狗尾巴草、湖里的水马齿苋捞上来，洗净晒干，再腌制出来，也是一样的下饭菜。"

"这办法能行吗？"

"天上也掉不下美酒佳肴呀。"

4

苏轼又接到秦观的来信，问的也是生活起居情况。

苏轼给秦观写了封回信，写了句"以此胸中都无一事"。其实样样事情都需要他思索良久，急火攻心，苏轼得了眼病，好几个月的时间不能到安国寺焚香静坐。他又实施了第二个临时性的维持全家人生活的措施：生产自救。

这办法是马梦得筹划的。

一日，马梦得见苏轼日夜读书辛苦，便拉他一起去了赤壁。那片凸立于长江边上的赤色断崖，那永远一成不变的颜色。

苏轼跟马梦得却是第一次来到此处。

马梦得憨厚地说道："苏大人，我瞒着你做了件事，不知该不该。"

"瞒着我做了件事？"

"你就是饿死，也不会开口求人的……"

苏轼即刻明白了。

"今日上午，我去到黄州府找了徐大人！"

"不必去求他，我是罪官啊。"

"罪官是过去的事！罪官和罪官的家人就不吃饭吗？"

"黄州还有许多不如我们的人啊。"

"我跟徐大人说，苏大人现在居然吃起野菜来了，还不能吃新鲜野菜，竟然要把野菜腌制起来吃，学着黄州人的吃法来吃！"

苏轼怔怔望着马梦得。

"谁还愿意相信'书中自有黄金屋，书中自有颜如玉'呢？"

苏轼拉住马梦得的双手。

"苏大人全身都在发颤呢。"

"我言下之意，就是盼望徐大人能划拨块田地给我们，自己播种，自己收获。"

"好个马梦得！"

对于马梦得这个朋友，苏轼一向觉得有愧，他跟随苏轼二十年，希望苏轼大富大贵，可以分点金银给他回家"买山终老"，却不料，苏轼反要借助他请领的土地来耕种谋生。

苏轼忽然明白为什么马梦得会把他带到赤壁来，这里发生过以弱胜强、以少胜多的著名战例。

然而，那究竟是一块什么样的土地哦——

五十亩大小，位于黄州城东门之外，四周山峦起伏，茨棘瓦砾之地，长久无人耕种，贫瘠而又荒凉！

马梦得说，只有将这块被人长期弃置的土地向徐大人申报，才容易被批准。亲眼察看之时，苏轼的心凉下来：荒草比庄稼更茂盛！

既是老天爷将此难题搁置在苏轼面前，他只有迎难而上！第一件要做的事就是将青草割除，晒枯之后烧掉，才能将土地腾出来耕种。

等这些劳作完成，这一季的播种期也过了。

枯草烧尽之处，苏轼发现这块地的边角之处有一口暗井！他兴奋地叫道："一饱未敢期，瓢饮必已可！"

苏轼将王闰之和三个儿子、马梦得和王朝云都带了过来，倾听他畅谈规划——

"夫人，你看看，这块地的地势略高，眼界开阔，视线最佳，可以预留下来，假以时日，在此处建幢安家的房屋。"

王闰之不解："夫君难道是想在黄州安家，做一个黄州人？"

"黄州天高地远，有吃有喝有住，有一个舒畅的好心情，比起南来北往的漂泊好多了，做黄州人难道不可？"

苏迈朗声说道："做黄州人好，远离朝廷纷争和小人暗算。"

苏迨苏过一齐附和道："我等要健康生活，快乐成长。"

王闰之开心笑道："你等都要健健康康，我则开开心心成全你们！"

最小的苏过一把将母亲王闰之的颈脖紧紧抱住。

苏轼又指了指中间那块较低的湿地，对马梦得说道："那片地靠近水源，供水有保障，适合种植粳稻。如果刮风下雨，旁边可开凿一条水沟，以利积水排出，不形成内涝。"

"我也有此想法。"

苏轼大声说道："真是'君子所见略同'。"

他对身后的王朝云说道："朝云呀，光吃稻米是不是还嫌不够，需要吃点水果杂品？"

王朝云羞涩说道："苏大人，我等全听从您的吩咐。"

"那也要集思广益，集中一大家人的聪明才智。"

"栽果树好是好，果树苗哪有呢？如若购买，得花费多少铜钱？"

"这果树苗么，我去江对岸找找蜀地同乡，让他们帮我等想想办法。"

马梦得说道："那可真是太好了。"

他提醒苏轼说："苏大人倾心于竹，此处可否种下一片竹林？"

苏轼若有所思。

"竹鞭在地下会横向生长，岂不是影响了其他农作物？"苏轼斩钉截铁地说道："那就——罢了吧。"

心中有苏轼的人，不请自来为他帮忙，黄州的三个新朋友：潘丙、古耕道和郭遘来了！苏轼要把全家人都叫过来参加劳作，这三人说什么也不愿意。

潘丙说："他们力气小，让他们在府上，保证我等的饮食茶水。"

苏轼说："哪有在府中闲坐的？"

古耕道说："为我等准备饮食茶水，这不叫闲坐。"

苏轼说道："你等叫我等——心生惭愧啊！"

郭遘说道："何来惭愧之说？苏大人的诗词是一般人比拟得了的吗？苏大人在黄州丰衣足食，不正是我等孜孜以求的吗？"

244

"等这些耕地开垦出来，收获了粮食，你等请日日到我家诗酒唱和、不醉不归！"

三人齐声笑答："不醉不归！"

苏轼特别作诗《东坡八首》，对潘丙、古耕道、郭遘等人的倾情帮助充满感激。

其中一首为：

> 潘子久不调，沽酒江南村。郭生本将种，卖药西市垣。古生亦好事，恐是押牙孙。家有一亩竹，无时容叩门。我穷交旧绝，三子独见存。从我于东坡，劳饷同一餐。可怜杜拾遗，事与朱阮论。吾师卜子夏，四海皆弟昆。

5

苏轼遇到的又一个重要问题是：作为主要劳动力的耕牛，竟然生了重病！

苏轼喜爱各类药物，经常给人治病，为牲口治病尚不多。夜晚不劳作，苏轼抓紧看各种医书，对照耕牛的各种症状，想知道它究竟得了什么病。

王闰之悄悄来到丈夫身边，说道："夫君的麻烦我若知其一二，也许可解燃眉之急呢。"

苏轼遂说出了耕牛犯病的相关情况。

王闰之听了大叫："夫君岂不知，耕牛的此类毛病在蜀地比较常见，我倒记得一味药方，夫君照此药方抓药，说不定会有奇效！"

"夫人有此奇方？子瞻这就差人去抓药。"

于是，王闰之一句一字地相报，苏轼一句一字地记下来。苏轼让马梦得去药店抓了中药回来。

第一天给牛服下，耕牛就有些精神了。

第二天给牛服下，耕牛就能前前后后走动了。

第三天给牛服下，耕牛就能大口嚼草了。

马梦得说此牛可以下地劳动，苏轼叫他不要急于求成，又遣他去抓了三服同样的中药回家，说是要稳固牛的疗效。

直至第七日，才让耕牛重新劳动。

大家说苏轼是把牛当作人一样看待，对牛的尊重和体谅，不比对任何人差分毫。

6

这片荒凉之地原本无名，取什么名字合适呢？

陶渊明曾经耕耘于庐山之下，流行于华夏神州的山水诗乃其首创，他在庐山脚下的彭泽县仅仅任职了八十余日，却写出了令苏轼念念不忘的《归去来兮辞》。

苏轼心中难以拂开陶渊明的文字。

唐代诗人白居易在被贬忠州时，不也曾"持钱买花树，城东坡上栽"吗？苏轼喜爱其五言古诗《步东坡》：

> 朝上东坡步，夕上东坡步。东坡何所爱？爱此新成树。……闲携斑竹杖，徐曳黄麻屦。欲识往来频，青芜成白路。

将此乡野之地命名为"东坡"！

看看有多少不谋而合吧：忠州与黄州，均为被贬谪之地；竟然还都在城东；不是种花树，就是种果树！

从此就自称"东坡居士"吧，除了姓苏名轼字子瞻之外，还可称"苏东坡"。

苏轼心情大好，但他已累得站不直腰，王朝云又送来绿豆汤。

她见苏轼难受，就说："苏大人回到府上去，奴婢再给你煮一碗生姜汤。"

傍晚，王朝云特别给苏轼做了一碗鸡蛋汤，上面漂浮着一清二白的葱花，里边有几片生姜，苏轼非常喜爱这种口味。

王朝云出主意道："自来黄州以后，苏大人不断结识新朋友，精神有寄托，日子就好过了。不过，奴婢觉得临皋亭稍嫌窄小，可否再建几间房舍作为居家之用？"

苏轼答应。

他的荣辱就是她的浮沉，他的一帆风顺就是她的平风静浪！他忽然明白了王朝云为什么坚持不离去。

"奴婢说出此语，意欲让苏大人过日子不压抑，绝无他意。"

"我懂。"

当苏轼将此主意说给王闰之听时，她回答道："贱妾知道夫君早有此意，不过是在等待一个合适的时机罢了。"

马梦得说："那就趁现在开垦荒地之机，一起建造苏府新居吧？"

潘丙、古耕道和郭遘三人听见，一齐说道："我等甘愿为苏大人效犬马之劳，绝不怨天尤人！"

元丰五年（1082）二月，包含有五间房的屋舍终于建造成功！那一日，大雪纷飞，天气奇冷，但苏轼和他一家人的心中全是暖融融的滋味。

他三人为自己景仰的人做了实事，心中畅快。

苏轼因为困境中见识了人间美好，心中振奋。

苏轼随口吟出如下诗句：

> 去年东坡拾瓦砾，自种黄桑三百尺。今年刈草盖雪堂，日炙风吹面如墨。……明年共看决渠雨，饥饱在我宁关天。谁能伴我田间饮，醉倒唯有支头砖。

苏轼询问潘丙、古耕道和郭遘三人，这房舍取什么名好？

"叫'雪堂'吧，简洁。"

友人李元直（通叔）书写了"雪堂"两个篆字，并把这两字制成匾额，而苏轼自书"东坡雪堂"四个大字，悬于门框之上。

苏轼的心明亮起来，他亦会随遇而安，乐而忘忧。

站在雪堂，向南可望见江边的亭阁，向西可望见北面山上流下的那股微泉。他以自己"躬耕于东坡，筑雪堂居之"比拟陶渊明的美丽"斜川之游"，苏轼提笔写下了诞生于雪堂的第一首词《江城子》：

> 梦中了了醉中醒。只渊明，是前生。走遍人间、依旧却躬耕。昨
> 夜东坡春雨足，乌鹊喜，报新晴。　　雪堂西畔暗泉鸣。北山倾，小
> 溪横。南望亭丘、孤秀耸曾城。都是斜川当日境，吾老矣，寄余龄。

这年十月，与苏轼同榜及第的进士蔡承僖，时任淮南转运副使，特别到黄
州来看望苏轼，当时的黄州恰好归他管辖。他要在临皋亭旁边的水驿高坡上，
再为苏轼建造三间新屋，不要苏轼花费一分一文！第二年（元丰六年，1083）
五月，房屋筑成，命名"南堂"。苏轼作书斋、丹室、会客和卧室之用。

苏轼看重书房，在墙上题下诗歌《宋安敦秀才失解西归》：

> 旧书不厌百回读，熟读深思子自知。
> 他年名宦恐不免，今日栖迟那可追。
> ……

宋神宗熙宁三年（1070），二十八岁的安敦以秀才身份参加乡试，结果"失
解西归"。这首诗就是苏轼送给安敦的，旨在劝慰安敦莫以中举为念，要去追求
知识本身的价值，"百读不厌"这个成语出自此处，只要"熟读深思"，他日定
能科场得意。

7

在东坡雪堂和南堂尚未建成的元丰四年（1081），苏轼遇见了另一位有才青
年李廌。

李廌，字方叔，号德隅斋，又号济南先生。其祖先由郓州迁华州，遂为华
州（今陕西华县）人，自小家境贫寒，六岁即成孤儿，但他勤奋自学，待他年
岁稍长，即以其学问称誉乡里。

李廌的父亲李惇与苏轼同年举进士，李廌自小喜爱苏轼诗词，苏轼的遭遇让年轻的李廌替他倍感冤枉，但他没有能力改变现状，便抱着试试看的心情，大胆给苏轼去了一信，意在安慰并鼓励苏轼。

苏轼从李廌的字里行间判断他是一个热情备至、勤奋有为的青年，遂给他回了一信。自此，二人便开始了书信交往。

苏轼被贬黄州之时，二人已经通信数月。

二十三岁的李廌特地从华州出发，一路风尘，不辞辛苦赶到黄州，专程拜谒苏轼，以赞文求知。

那一日，当马梦得带着一个陌生青年走到苏轼面前，并听马梦得介绍"此青年名'李廌'，来自华州"时，苏轼又想到凤翔的董传。

李廌对苏轼施礼，客气说道："终于见到慕名多年的苏大人了，请受小生一拜！"

苏轼连忙拉住他。

那一年，出于对董传的愧疚，苏轼对弟弟子由引荐过来的张耒非常用心。此青年是不是满腹诗书呢？

李廌从包袱里取出自己的《虞美人》：

玉阑干外清江浦，渺渺天涯雨。好风如扇雨如帘，时见岸花汀草涨痕添。　　青林枕上关山路，卧想乘鸾处。碧芜千里思悠悠，唯有霎时凉梦到南州。

"好风如扇、好雨如帘！"苏轼拍案叫绝！

李廌不敢说话。

苏轼问道："'日暮天无云，春风扇微和。佳人美清夜，达曙酣且歌。歌竟长太息，持此感人多。皎皎云间月，灼灼月中华。'你将陶渊明此诗研读了多少遍呀？"

李廌低下头，羞涩说道："比起苏大人来，我阅读太少。哪敢自恃研读！"

"杜甫《梦李白》中有'魂来枫叶青，魂返关塞黑'之句，你化用为'青林枕上关山路，卧想乘鸾处'，好一个乘鸾处，不可多得的游仙处！"

"小生自愧弗如。"

此词一反寻常"怀人念远"词的凄恻，极淡远清疏之致表情达意！对于类似题材词作境界的开拓，并不多见。

苏轼问李廌平时读了哪些书。

李廌如实相告，恳求道："我愿师从苏大人，聆听苏大人教诲。"

苏轼大笑，说道："踏实为人、辛勤为文。"只恨自己时运不济，目前尚无法助他出人头地。在李廌眼里埋藏了很久的眼泪，此时终于滴落下来。

李廌再一次对苏轼施礼。

苏轼对李廌的这篇《虞美人》评价甚高，随后又翻阅了李廌带来的其他诗文，认为他的文章"笔墨翻澜，有飞沙走石之势"，"子之才，是万人敌也。但望抗之以高节，莫之能御矣"。

李廌第三次向苏轼施礼。

李廌本名"豸"，苏轼说道："五经中并无此字，宜易名为'廌'。"

李廌听了苏轼的建议，从此用名"李廌"。

因受苏轼赏识，李廌与秦观、黄庭坚、张耒、晁补之、陈师道一起，被时人称为"苏门六君子"。

8

五十亩荒地开垦出来了，苏轼因地制宜，冬季种麦，夏季种稻，并根据时令种上一些瓜果蔬菜，"春食苗，夏食叶，秋食果，冬食根"，"怡然享受着，庶几乎西河南阳之寿"。

这一段时间，苏轼热衷于写字作画，十分专心。

有一天，苏轼累了，刚刚走出雪堂大门，却见一青年男子迎面走来，开口问他是不是苏学士，然后自报其姓名和来意。

原来，他是二十二岁的青年画家米芾，字元章，他从湖南到达金陵，拜访已经退隐的宰相王安石，当得知苏轼贬谪黄州，便逆江而上，前来求见。

这位才华超人、悟性很高的青年画家，在拜见前辈王安石时，作为后辈，他并未执弟子之礼，王安石也不见怪。到了黄州之后，他对苏轼这位名噪天下的文学大家，依然不执弟子之礼。但苏轼对这位崭露头角又英迈不群的后来人，没有嫌弃和排斥，将他领进竣工不久的雪堂。

苏轼告诉米芾，雪堂南挹四望亭，西控北山暗泉，游目纵览，江山如画，尽收眼底！雪堂之美，"实不下于陶渊明所盛赞的'斜川'"。

米芾看到苏轼那首《江城子》，笔力豪迈而刚劲，龙飞凤舞，惊讶得连连发出"啊啊"之声。

苏轼越发喜欢这位气宇轩昂、风华正茂的后生，二人在雪堂里谈书论画直至夜深，苏轼将他自己珍藏的《释迦佛真迹》取出来，让米芾细细鉴赏。

这件《释迦佛真迹》是吴道子留世的一幅精美之作，苏轼最早见于长安陈汉卿家，他在徐州任太守时，得之于鲜于子骏，属世代珍品。

晚年的米芾在撰写自己的画史时，记述了在雪堂见到这件作品的印象："苏轼子瞻家收藏吴道子画佛及侍者志公十余人，破碎甚，而当面一手，精彩动人。点在加墨，口浅深厚，故最如活。"

有一天，苏轼特意取出一张"观音纸"，让米芾贴在墙上，自己则先洗笔磨墨，后面壁而立，悬肘作画。他先画了两枝清竹，后又画了一枯树、一怪石，画完后送给了米芾。

米芾看了苏轼所画之竹，见他从地面起笔，一直画到竹杪。

而大多数画家在画竹时，是由顶画至地面。那种先竿后节的画法与苏轼的画法完全不同，米芾便问："先生为何不逐节而画呢?"

苏轼说："竹生长时，何尝是逐节而生?"

米芾十分钦佩他画竹是"运思清拔，是外师造化，中得心源"。

米芾更欣赏苏轼画的枯木、怪石，认为"子瞻作枯木，枝干虬居无端，石皱硬亦怪怪奇奇无端，如其胸中盘郁也"。

米芾故意重叠使用了两个"无端"，点出苏轼胸中纵横磅礴的蓬勃之气，是聪明之人的好眼光、好评语！

米芾听从了苏轼的话，"始专学晋人，其书大进"。从此，米芾便走上了一条通向书法大家的光明道路。二人成为至交。

第十八章　大江东去

1

东坡雪堂落成以后，苏轼留在那里的时间比以往多。

从东坡到临皋亭，尚不足一里路，正好让他从容步行，舒筋活骨。这种从容不迫之感，许久都不曾有过了，所以，苏轼特别为这条路作了《黄泥坂词》，此词优美而轻松。

九月的一天，苏轼跟朋友喝酒，又喝醉了，但他酒醉心明，回到临皋亭家中去。头重脚轻，仿佛一个倒立行走的人，他席地而坐。忽然觉得口渴难耐，他只想尽早赶回家中。

家人都已睡熟，叫他们起床开门，不是打搅了他们睡觉的好时光？若不回家，不就成为浪迹天涯的一个野人了吗？

回家的那一里地十分遥远，不知走了多久，他终于来到家门前，抬手敲门，却无人回应。他的嗓子干燥得像要冒出烟来。

他拄起手中的拐扙，加重力气敲门，还是无人回应。

他听见阵阵鼾声，越发口渴。

回过头来，苏轼又一次看见漂浮在长江水面上的点点渔火，长江水的浪涛声牵扯着他，他不能控制自己东倒西歪的身体，他只有跌跌撞撞地奔跑过去。

水啊，你这生命之水、灵魂的甘露啊。他将头上的帽子摘下来，丢在一边，把外边的衣服脱下来，让燥热的身体透透江边的凉气。他情不自禁地俯下身去，趴在长江边上，不管身下是水，是土，还是沙！

他大口饮水，没有人给他泡茶，没有人用托盘送来，没有茶桌、茶具，没有陪喝、陪聊之人，他就是一个人，他要用这生之泉源洗涤身体的污垢。

这肉身原非他自己所有，他的力不从心之感牢牢制约着他，他要挣脱凡尘、追寻自由！

这份渴求解脱的幻想，让他大声吟出了《临江仙·夜归临皋》：

> 夜饮东坡醒复醉，归来仿佛三更。家童鼻息已雷鸣。敲门都不应，倚仗听江声。　　长恨此身非我有，何时忘却营营？夜阑风静縠纹平。小舟从此逝，江海寄余生。

在这夜深人静的九月火热的夜晚，在江面渔火的下方，有人听到了他的吟诵：潘鲠、潘大临父子。

潘大临站在船头，对着江岸大声喊道："岸边吟诗作词者，是苏学士苏大人吗？"

"正是罪官苏轼！"

"苏学士，我等来接你！"

二人迅速上岸，捡起苏轼遗留在岸边的帽子和外衣，将他拉到了船上，递上一壶凉开水。

《临江仙·夜归临皋》很快便在黄州的街头巷尾传唱起来。

黄州府那位清瘦的小门吏大惊失色，疾步跑到徐大人的知州室。

徐大受问道："你且细细道来。"

"苏轼苏学士作了首《临江仙》，说什么他要'小舟从此逝，江海寄余生'，他要逃到何地的江海中去呢？从此不在黄州生活，不管妻子儿女，一人逃之夭夭？"

徐大受惊慌失措，忙问道："苏学士真是这么写的？"

"千真万确，知人知面不知心。"

"还不快快找人，到江边、到临皋亭、到东坡雪堂、到南堂去查找，速去速去！"小门吏应声而出。

被朝廷贬谪的罪臣，如若在自己的管辖区域内逃走，一旦朝廷追究下来，再加上李定、舒亶、何正臣等小人的趋炎附势，他徐大受将会担当何种罪责？"州失罪人"！

徐大受坐上官轿去了临皋亭。尚未走近，徐大受看到王朝云正往绳上晾晒衣服，苏轼那顶官帽，还有他的外衣已经晾在绳索之上。

徐大受的心稍稍往下放了放。

王朝云主动招呼道："徐大人贵脚临门，快快请进。"

王闰之牵着苏过的小手走出来，说道："哟，徐大人来了，我家夫君正在熟睡，请徐大人先喝杯茶。"

马梦得说道："苏大人昨晚又喝醉了。现在去叫醒他？"

徐大受迟疑问道："苏大人还有心睡觉，不是自称要什么'江海寄余生'吗？还没走啊？"

"徐大人是不是读到苏大人的《临江仙》了？"

徐大受问道："苏大人为何突然吟出如此诗句？是不是他已有了离去之意？"

马梦得说道："苏大人昨夜酒醉走到长江边，潘家父子连夜送他回家的呢。"

王朝云说道："苏大人呀，只要有酒有诗有好心人陪伴，他的日子就顺畅。"

徐大受望了一眼王朝云，这个二十出头的小女子，苏轼也该纳她为妾了，她里里外外为苏家谋划着一切家长里短事宜，她的忠诚跟苏轼的忠心合二为一了。

他恍然大悟过来：苏轼逃跑什么呀，他能逃到哪里去呢？

2

元丰四年（1081），西夏发生政变，西夏王被臣下幽禁，神宗下诏：宋发三十万大军，五路出师，大举进攻西夏灵州（今宁夏灵武西南）。

由于宋朝实行的是"集军权于一身"的体制，此战，宋五路大军互相之间没有紧密联系，缺乏统一指挥，而宦官根本不会打仗，刚愎自用，加上长途奔袭，粮饷不继，以致失败；西夏军采用纵其深入、先疲后击方略，大败宋军。

时值元丰四年（1081）九月，为第一次的灵武兵败。

紧接着，宋军与西夏又爆发了永乐城之战：宋将种谔攻取西夏银（今陕西米脂西北）、夏（今内蒙古乌审旗南白城子）、宥（今陕西靖边西北的内蒙古境）三州，欲夺取整个横山地区，进逼西夏都城兴庆府（今宁夏银川），但所取之地并未留兵防守。

神宗派来的给事中徐禧建议：在银州东南二十五里险要之处构筑永乐城，神宗表示同意。因永乐城处于十分重要的战略位置，西夏集中三十万军队围攻，西夏军队布阵完毕，徐禧才发动攻击。永乐城中缺水断粮，兵无斗志，西夏将士全力攻城，最终城被攻破。

灵州、永乐两次兵败，宋军死者约六十万！

神宗得到永乐败讯，悔恨交加。

这些年来，朝廷的实际政事，尽在蔡确、章惇、冯京、王珪、张躁、蒲宗孟这班政客手中作走马灯式的流转。

神宗却不以为然。

在蔡确、王珪、章惇三人结合的权力中心里，又以蔡确为最高权力者，完全是"君子缩手，小人鸱张"的局面。

蔡确当权，怎可包容苏轼？王珪又怎肯让苏轼出头？

苏轼只得打消仕进之念，老老实实做黄州农人。躬耕东坡并不足以供养偌大一份家口，苏轼就有在黄州附近再置一点田地的打算。

元丰五年（1082）三月，杨绘得知苏轼被贬黄州，派其弟庆基来到黄州。

苏轼当年从杭州调任密州时，与杨绘有过短时间相处，苏轼为杨绘作过《醉落魄》，从前"樽前一笑休辞却，天涯同是伤沦落"，成为今日的"诗谶"。

杨绘之弟此次前来，是代表杨绘与苏轼商议同买一座庄院，以后或许可以合住；又商议先佃后买田地事宜。

过了几日，苏轼接到陈慥的来信，说他认识一位郎中的儿子，要卖掉一座庄院。

但终究是空忙一阵，没有买成。

如果苏轼没银子，大家愿意帮他凑合。几番折腾下来，苏轼已无买田买地之意，却拗不过众友人一片好心，又去到距黄州三十里地的沙湖看地。

陈慥劝苏轼购买，说："播种一斗好籽，定能产稻十斛！"

苏轼却说："岂可再要你等出财出力？"

巢谷说："我等出力，苏大人自会诗酒相待。"

道潜跟着说："我等经年累月住在雪堂，吃的住的未必是从天上掉下？"

天边涌过来大片的乌云，苏轼提醒道："大雨将至，前方有一片竹林，快去躲躲。"

雨点说来就来！竹叶上响起一片分不清轻重缓急的噼噼啪啪之声，雨丝眨眼变成雨柱，看不清彼此模样，只能看见模糊的一个个晃动的人影！

陈慥大喊："快跑！"撒起两条长腿向前方竹林跑去。

后方的道潜喊道："季常小儿，何不过来背苏大人去躲雨？"

道潜怒喊"季常小儿"是玩笑，却表达了他们不想让苏轼受罪的心理，苏轼头戴斗笠，手拄拐杖，脚穿草鞋，若被大雨淋病，他们于心何忍？

陈慥回头，但苏轼头上的斗笠已被风雨吹到地上，头发已被大风扬起！

苏轼催促道："你等快跑，休要顾及苏某！"

巢谷前去追赶斗笠，道潜靠在苏轼左边，陈慥靠在苏轼右边。

不等巢谷将斗笠送过来，苏轼已朗声吟出《定风波》：

> 莫听穿林打叶声，何妨吟啸且徐行。竹杖芒鞋轻胜马，谁怕？一蓑烟雨任平生。

雨水紧贴苏轼清瘦的身体，苏轼的高亢之声终显沙哑，当巢谷好不容易将斗笠送过来，大雨已变为淅沥雨丝。

> 料峭春风吹酒醒，微冷，山头斜照却相迎。回首向来萧瑟处，归去，也无风雨也无晴。

陈慥打了个冷战，说道："苏大人，是不是去喝口酒暖和暖和？"

巢谷说："难道苏大人着这一身湿衣？"

道潜说出一长串"阿弥陀佛、阿弥陀佛、阿弥陀佛……"

马梦得着急地说："苏大人似有风湿在身，左臂经常肿痛，受此雨淋，必会加重。何不趁此机会，将苏大人送往麻桥庞医师处好好诊断一番？"

大家一致同意送苏轼就诊。

庞医师名庞安常，耳聋严重，却拥有一手灵如神仙的针灸术。苏轼左臂疼得无法抬起，两人的交流只能借助于毛笔，苏轼没写出几个字，庞医师已经完全了解病因，一针扎下去就治愈了苏轼左臂的肿痛！

苏轼惊异于此人的高超医术，开玩笑道："我以手为口，君以眼为耳，都该算是一代异人。"

马梦得问多少诊金。

那庞医师早闻苏轼大名，知苏轼吟出《定风波》一词，被他那不怕挫折、乐观旷达的胸怀所折服！银两不要一丝一毫，独喜书画文物。

当得知苏轼在黄州完成的《寒食帖》被天下人当作行书楷模学习临摹，庞医师笑得合不拢嘴。

因爱好相同，二人相处甚欢，苏轼在庞家住了数日。

二人还结伴同游了蕲水（今湖北蕲春县）郭门外二里地的清泉寺，以及王羲之洗笔泉，徜徉于兰溪之上，作词《西江月》。

3

陈慥多次写信叫苏轼到岐亭去看望他。

苏轼在想办法解决一家人的衣食饭饱问题，心急的陈慥就来到了黄州。

这一年（元丰五年，1082）的夏天，多位新旧好友齐聚黄州，陈慥到来之后，蜀中武都山道士杨世昌也过来了。杨世昌，字子京，多才多艺，善画山水，能鼓琴，也通晓星象、历法与骨色（相），还通黄白药术，苏轼盛赞他"可谓艺矣"。

第三位是从杭州过来的诗僧道潜。

第四位是乡友巢谷。巢谷，字元修，中举之后，未曾通过礼部的进士试。后来，投身于熙河名将韩存宝军中，做了几年幕僚。元丰四年（1081）七月，韩存宝以"逗留不进"之罪伏诛，生前送数百两蓄积之银给巢谷，让他隐姓埋名逃亡。过了一年多"人不人、鬼不鬼"的生活，巢谷转到黄州来避难。苏轼留他教其子苏迨、苏过读书。

陈慥看出苏轼囊中羞涩，大声提议道："我等可否先去苏大人家的东坡雪堂看看？那里除了有麦、稻、鱼塘之外，不是还种了许多蔬菜么？"

苏轼说道："还有一个小果园，果子成熟之季，但摘无妨。"

"好，但摘无妨。"

此时，苏轼心中想到那首《定风波·红梅》：

> 好睡慵开莫厌迟。自怜冰脸不时宜。偶作小红桃杏色，闲雅，尚余孤瘦雪霜姿。　　休把闲心随物态，何事？酒生微晕沁瑶肌。诗老不知梅格在，吟咏，更看绿叶与青枝。

他的这些朋友，个个都有红梅品格。

七月十六日，苏轼带着这班友人观赏了黄州名胜涵辉楼，倾听了赤鼻矶畔呼啸不停的涛声，然后乘船去赤壁。前一次，道潜派了一名使者过来。这一次，苏轼带道潜本人去一游。

望着那片光秃秃的赤色石头，所有人的心中仿佛燃烧起熊熊大火，尚未到达赤壁近处，个个都喜形于色，陈慥说道："这叶扁舟一直在左右摇晃，诸位大师不怕成为落汤鸡吗？"

道潜大声询问道："舟上坐的到底是些什么人啊？"

杨世昌答曰："一名大道士。"

巢谷答曰："一名大隐士。"

道潜答曰："一名大和尚。"

苏轼答曰："一名小文人。"

另三人听了，一齐纠正道："一名大文豪！"

五人哈哈大笑。

离赤壁越来越近，清晰可见崖上的徐公洞、鹊鸟的窝巢以及在崖壁上缓缓移动的鸟类。

已是黄昏，扁舟行在江面上，宛如游荡在画中。唯有江涛日复一日地喧嚣歌唱，浩浩荡荡地流向东方。

苏轼说道："苏某已酝酿好一首《念奴娇·赤壁怀古》，念与诸位大师听听，如何？"

陈慥却说道："且慢，在下有一疑问，盘旋心中良久，今日说出，供诸位大师磋商。"

苏轼让他道来。

"鄂地之内，地名叫作赤壁之地有三处：一在蒲圻县沿江南岸一百里处，与乌林相对，那里才是周瑜大破曹军之地，真正历史上的赤壁；二在武昌县东南七十里处，又名赤矶；三即我等现在所游之处，土名赤壁矶。"

道潜言道："且听唐代诗人杜牧来黄州时所写《赤壁》诗：折戟沉沙铁未销，自将磨洗认前朝。东风不与周郎便，铜雀春深锁二乔。杜牧在泥沙里找到了折断之戟！这个证据有力吧？因杜牧有经邦济世之才，通晓政治军事，对历史和时事非常之熟悉。"

大家对他俩的争论并不做出是非判断，反催促苏轼道："苏大人的《念奴娇》呢？"

道潜和陈慥跟着催道："何不快快念出？"

苏轼抑扬顿挫的声音迅速吟诵出来，这声音挡住了江风的吹与灌，像种子一样播撒在人心上：

大江东去，浪淘尽，千古风流人物。故垒西边，人道是，三国周郎赤壁。乱石穿空，惊涛拍岸，卷起千堆雪。江山如画，一时多少豪杰。　遥想公瑾当年，小乔初嫁了，雄姿英发。羽扇纶巾，谈笑间，樯橹灰飞烟灭。故国神游，多情应笑我，早生华发。人生如梦，一樽还酹江月。

杨道士是个真正的性情中人，他掏出随身携带的洞箫，随着苏轼的朗诵吹起来，箫音时而低沉如幽咽，时而高亢如流云，时而婉转如黄鹂，随着江风吹到岸边，渔船上的寡妇听了，竟哭出声来。

扁舟下方有一行鱼跟随，舟慢鱼则慢，舟疾鱼则疾，已被这箫音感化。

返回之后，苏轼问询有过幕僚经历的巢谷，因为巢谷不仅能教书，还擅长唱歌："我的词和柳七的词相比，如何？"

柳七就是柳永。

巢谷回答说："柳七之词，应该由十七八岁的女孩儿，手执红牙板唱'杨柳岸，晓风残月'；而苏学士的词，就应该由关西大汉用铜琵琶、铁弹板唱。听，'大江东去'，多么豪放，又多么雄浑！"

苏轼惊问道："真是如此？"

其实，巢谷是对苏轼友好评论，内心并不是表扬苏轼。按照此时词的标准和形式，应该由十七八岁的女孩儿手执红牙板唱，绝无关西大汉来唱的。这说明当时苏轼在词创作上的突破，还没有被人认识到意义所在。

苏轼却认为巢谷评价太高，反激励了他内心的创作动力！他将他们游览赤壁的感受全部用文字书写出来，是为《赤壁赋》。

4

陈慥要求苏轼跟他一起去岐亭："苏大人读书无数，难道不知《论语》中记载了子夏说的那句'四海皆兄弟'吗？"

"你也知道此典？"

那是春秋时代的一天，孔子的弟子司马牛见到他的师兄子夏，愁苦地告诉他说："人家都有兄弟，独独我没有。"

子夏安慰他道："有人说：'一个人的生与死，当服从命运的安排，而一个人的贫穷贵贱，则应由天来安排。'君子认真做事，不出差错；与人交往，态度谦恭而合乎礼节，那么，普天之下到处都是你的兄弟，何忧没有兄弟呢？"

南朝萧统《文选》收有《苏武诗四首》。苏武自匈奴返回大汉之际，李陵置酒为苏武送行，二位异域之人一别长绝，互相唱和，完成了这一组诗。

第一首的开头四句分别是：

> 骨肉缘绿枝，结交亦相因。
>
> 四海缘兄弟，谁为行路人。

苏轼怀疑此诗不是苏武原创，乃后人伪作。但诗中表达的那份四海皆兄弟的旷达之情，他非常认可。因此，他愿意当面对陈慥娓娓道来。

路上行走了好几日，累了，就趴在溪涧边喝上几口清凉的溪水；到了夜间，就去路边破庙里借宿，没觉得劳累就到了岐亭陈慥的府第。

柳氏依然如前，尽显大家温柔。

苏轼小心翼翼，不打翻她的醋坛子。陈慥在外边不再有左右女侠随从，但他居家中依然蓄纳声妓。

当日晚饭之后，一位不知名的奴仆悄悄塞给苏轼一个小纸团，求苏轼不要声张。

苏轼低声答应，却心生奇怪：这并不是他第一次来岐亭，有什么事竟会让下人如此偷偷摸摸？

挨到夜晚睡觉，苏轼才得空展开那小纸团，只见上面工工整整地写着如此文字：

> 奈何桥上步履艰，地狱无门鬼难缠。
>
> 凡间佳肴已尝尽，诸国风景览无余。
>
> 初入佛门练盘腿，手捏咒珠远是非。
>
> 待到顶瓜毛蜕尽，再点香印换佛衣。

原来陈慥元丰五年（1082）之夏月，突患恶疾，幸及时行医救治，昏迷三日之久！及至清醒，言其于阴间之奈何桥上行走艰难，于地狱遭恶鬼缠身，难以在阳间留存立足之地，遂求苟且生存于盛世，尽享佳肴之味，以饱眼福。期盼拜读经书，立地成佛，以求宝贵仁义。

特作诗一首以记之。

苏轼一看就知是下人在开玩笑，但这年夏天陈慥生病，他只字未提，不顾路途遥远去看望苏轼，苏轼心中非常感动。

第二日，苏轼忍不住问陈慥，此年夏天是否患过重病？

陈慥说："小事一桩，不足挂齿。"

见苏轼不作声，陈慥问道："苏大人何以得知？"

苏轼不作答。

陈慥又说："不要多想，及时行乐吧。"

苏轼依然不作答。

当日午后，苏轼找到陈慥，递给他一张纸。

不看内容，单看纸之上那刚劲有力的行书，陈慥便如获至宝，边给苏轼施礼，边惊叫道："赠送什么给季常小弟呢？"

苏轼正言道："若有不妥，还望季常小弟包涵。"

白纸上的文字是《方山子传》。

《方山子传》是苏轼特别为陈慥创作的一篇散文，不足五百字的篇幅，通过对陈慥相遇与相交的描写，感知陈慥的人生经历，表达了苏轼对陈慥特立独行性格和人生取向的赞赏。

陈慥要跟苏轼小酌几盅，便吩咐柳氏制作几样菜肴，顺手将手中《方山子传》递给她。

柳氏惊呼起来！

苏轼的墨宝谁个不爱？她乐呵呵地准备去了。

饭后空闲，陈慥将府中为数不多的几位歌女、乐手集中过来，一场府第歌舞宴开始了。

他的府第在山野之地，不怕吵着谁，也没有围观者，欢乐和自由自在都是他们一班人的。

他们唱柳七的婉约词，也唱苏轼的豪放词。

其间，柳氏手托果盘送来几次水果，陈慥叫她坐着听曲，她说太困；陈慥让她早点躺下休息，她点头答应。

没过多久，柳氏又过来了。

这一回，陈慥以为她要坐下，给苏大人添茶水，她依然说自己太困，陈慥嘱她早点去躺下。

她不出声地离去。

苏轼笑意盈盈地望着这对夫妻。

没过多久，歌厅传来木棍敲打墙壁的声音。当乐声和歌声一齐停下，那敲击之声便格外刺耳。

陈慥嘱咐过苏轼，这"河东夫人"容易吃醋，不要打翻她的醋坛子，是不是——

苏轼不敢设想。

墙那边捕捉到了一个"万籁俱寂、万马齐喑"的空隙，敲击之声显然加重了，一声沉似一声。

苏轼明白过来：河东夫人发怒了。

但陈慥依旧沉浸鼓乐声营造的喜乐氛围之中，他的头跟着鼓点一起上上下下地摇动。

苏轼不忍打扰陈慥。

偏在此时，墙壁那边的敲击声再一次沉重而清晰地传递过来。

几位歌女和乐手意识到发生了什么，惊恐地望着陈慥。

苏轼忙站起来，对陈慥说道："时候不早了，我等已然尽兴，陈老弟去休息吧。"

说完，他不等陈慥做出任何反应，三步两步就离开了歌厅。

陈慥站在那里。

第二日，苏轼一直睡到太阳过了头顶才起床，他跟陈慥说，已经打扰了多日，是时候返回黄州了。

陈慥不提上一夜的事，不停跟苏轼道歉。

但他不让苏轼就此离开，他说："今夜，我等不听曲目，不弹奏鼓乐，就坐在书房里谈经论道。如何？"

苏轼答应了他。

相安无事住了十多日，苏轼才离去。

河东夫人闭口不提那夜到底是谁用木棍敲击墙壁，她照常料理每日的吃饭、洗衣等家居事宜，直至苏轼离开，她还一再要求"苏大人请多居留几日"。

但苏轼已跟陈慥商议好今日离去。

河东夫人又说了一声："盼望苏大人再次前来，我等欢迎苏大人，愿跟苏大人交好。"

苏轼哭笑不得。

他忽然明白了那一日，那个不知名的小奴仆悄悄塞给他一个小纸团之后，为何求他不要声张。他当然不会让陈慥去打听那小奴仆是谁。

陈慥送了一程又一程，苏轼一再让他早点返回府第，他只说"不急"。

苏轼想起了什么似的，他学着那一日小奴仆的动作和神态，悄悄往陈慥怀里塞入一张写满文字的白纸。

短短十多日，苏大人竟两次送他墨宝，陈慥大喜，他已看清纸上那龙飞凤舞的文字：

> 东坡先生无一钱，十年家火烧凡铅。
>
> 黄金可成河可塞，只有霜鬓无由玄。

> 龙丘居士亦可怜，谈空说有夜不眠。忽闻河东狮子吼，拄杖落地心茫然。谁似濮阳公子贤，饮酒食肉自得仙。平生寓物不留物，在家学得忘家禅。门前罢亚十顷田，清溪绕屋花连天。溪堂醉卧呼不醒，落花如雪春风颠。我游兰溪访清泉，已办布袜青行缠。稽山不是无贺老，我自兴尽回酒船。恨君不识颜平原，恨我不识元鲁山。铜驼陌上会相见，握手一笑三千年。

"狮子吼"随佛教传入中国大地，是形容佛祖讲经的庄严声音，意指"如来正声"。苏轼在这里却以"河东狮吼"比喻陈慥妻的凶悍，恰到好处！

成语"河东狮吼"由此出名。

此地不在府第之内，陈慥反显拘谨，他憨厚地笑笑，跟苏轼一样，也从怀中掏出一张纸来，讷讷地说道："陈慥也有一文，自知赶不上苏大人的文采，但陈慥受苏大人熏陶，愿将此文请苏大人斧正！"

苏轼大叹：谁说陈慥只是莽夫一个，不会舞文弄墨？

《无愁可解》一词映入他的眼帘中：

光景百年，看便一世，生来不识愁味。问愁何处来，更开解个甚底。万事从来风过耳，何用不著心里。你唤作、展却眉头，便是达者，也则恐未。此理，本不通言，何曾道、欢游胜如名利。道即浑是错，不道如何即是。这里元无我与你。甚唤作、物情之外。若须待醉了、方开解时，问无酒、怎生醉。

苏轼一字一句读完，敬佩说道："且让子瞻收藏，定不负季常老弟厚意。"

"多谢苏大人笑纳，季常牢记心间。"

"季常老弟送行已经很远了，就此止步返回吧。"

陈慥面露难舍难分之色，但见苏轼表情坚决，他便说道："苏大人一路走好，我们后会有期。"

苏轼笑笑。

陈慥又开口言道："吾辞吾身送，难舍故人情，吾将心送五里。"

苏轼朗声说道："要不了多久，我们定会再见。"

苏轼带马梦得离开后，陈慥站在原地，眼望苏轼渐行渐远。

大约走了五里地，马梦得问苏轼道："苏大人与陈大人为至诚至交，苏大人让他返回他就返回了。为何不至情相送呢？"

苏轼答道："我与季常系君子之交，他在心里送我们呢。"

马梦得不相信，认为那只是陈慥随口说说，若已看不到苏大人远行的身影，他站在原地还有何意义？

苏轼却说道："季常此时尚站在那里。"

马梦得不相信，他想原路回去探一回真假。

苏轼便让他快去快回。

于是，马梦得策马扬鞭回到他们的分别之处，老远就看见一个"莽汉"站在那里。马梦得大声说道："为何竟真的站在此处？苏大人特地让我返回告诉你，快快返回，快快回家去。"

陈慥重复道："吾辞吾身送，难舍故人情，吾将心送五里。"

跟陈慥一样，这一回，马梦得亲眼看见陈慥在往回走了，他才赶马上路。

他追上苏轼时，敬佩不已："真服了陈大人！此等朋友，值得交。"

5

黄州城和武昌城隔江相望，一天，寓居武昌的蜀人王天麟渡江来拜访苏轼。在被贬之地见到家乡人，苏轼心里高兴。

王天麟告诉了苏轼一件他意想不到之事："鄂州农村一直有溺死亲生婴儿的恶俗呢！"

苏轼忙问是怎么回事。

王天麟告诉他，鄂州一带的百姓，最多只可养育二男一女，没有节育措施，如再有生养，多半是在婴儿刚刚落地时，就将其浸在冷水中淹死！因重男轻女，女婴惨遭溺死的尤其多。

"亲生父母溺死亲生子女，竟下得了手？"

不溺死哪能养活？父母只有转过身去，闭着眼睛，使劲按住水中的婴儿，婴儿"咿咿呀呀"要挣扎好一阵才会断气。

苏轼"啊"了一声，便低头不语。

王朝云走过来，先给他倒上一杯粗叶浓茶，说是让他食后漱口，好使油腻不入肠胃，牙齿坚密而虫病不生。

王朝云又给他倒了一杯温热的清茶。

但苏轼用浓茶漱口之后，未喝清茶一口，只是唉声叹气。

王天麟庆幸饭后说这话，要不，苏轼还能吃下饭吗？

苏轼写下了《与朱鄂州论不举子书》，劝告父母慈爱亲生子女，劝告富人捐资抚养弃婴，劝告地方官爱护弃婴，这封信是写给鄂州地方长官朱寿昌的，所以题为"与朱鄂州"书。

苏轼在信中提出赏、罚、劝三种解决方法：赏赐举报杀婴者；处罚杀婴者及其所在邻保地主；劝告地主富豪朝廷慈善救助。

266

最后以西晋王浚和自己在密州救助弃婴的经验为例，再次强调解决这一问题的重要性和可能性。

苏轼还引用了大宋的刑律："故杀子孙徒二年"，"非违犯教令而故杀者，徒二年"，要求他们"明令诸邑令佐，使召诸保正，告以法律，谕以祸福，约以必行……若以律行遣数人，此风便毕"。

朱寿昌人好官好，他听从了苏轼的劝告，立即采取措施救助弃婴，措施有晓示、立赏、告官、济贫。

他首先召集各县县令和保正之类的基层地方官员，把"弃婴、杀婴是违法的"道理告诉他们，让他们转告一般老百姓。

然后，在公共场所张贴宣传单，进行普法教育。

不多久，苏轼发现黄州也有溺婴的恶习！

他又给黄州太守徐大受写了一信，并与热心的古耕道商议，由古耕道出头，成立了民间慈善团体"育儿会"，向本地富豪募捐，每户每年出钱十千，多捐不限。

苏轼给"育儿会"捐了十千钱的善款，"若当活得百个小儿，亦闲居一乐事也。吾虽贫，亦当出十千"。

"育儿会"将募捐的钱粮和布匹等物，交安国寺主持继连管理。

经过"育儿会"的努力，黄州的溺婴民风终于得以抑制。

第十九章　黄州多情

1

接触潘鲠父子，苏轼就有了诸多跟渔民谈心的机会。

这一天，苏轼在江边碰到一位个子矮小的"渔蛮子"，背驼了，脸上是种常年被江风吹拂的焦黄色，判断不出年龄。

"老哥，成天在江面上，能混口饭吃吗?"

"渔蛮子"不认识苏轼，但见苏轼一脸平和，说话就自然了："我们住的竹棚搭建在木排上面，全家人都住在里面，四面灌风，夏天还好说，冬天冷得要命。"

"冬天不想办法换个住处吗?"

"能想什么办法? 没有田地，只能以江河为田，以鱼为粮了! 哈哈哈哈，活像一群食鱼为生的水獭，这才唤我们'渔蛮子'啊。"

"那——要是来了客人怎么办? 老幼人等患病了又怎么办?"

"不就是一条命吗? 老天爷不收我等的贱命，我等就吃点鱼肉，喝点小酒，吃喝拉撒睡，也能活个痛快!"

如此豁达!

"渔蛮子"凑近一步苏轼，压低声音说道："客官是干什么吃饭的？你这衣着不像官吏，也不像我等辛苦样！"

"我呀，我在黄州，这么混着吧。"

"混着？"

"不混又能怎样呢？"

"那你家妻子儿女怎么办？""渔蛮子"说道，"若朝廷对渔舟不征收赋税，我等的日子还能凑合，客官千万不要对官府言说，我等最怕那些挖空心思聚敛的大臣！"

苏轼相信"渔蛮子"说的是真心话，不是他一个人过日子难，苏轼家同样难。

巢谷天天教苏迨、苏过读书，那时，东坡菜地上的青菜尚未生长出来，苏轼特别让巢谷带着两小儿就着一撮白盐和一碟白萝卜吃一碗白米饭。

苏迨稍年长，知道父亲在考验他。

苏过不喜吃这"三白饭"，因是第一次，他便闭嘴不吱声。

苏轼在心中只觉得愧对巢谷。

这一日，杨世昌、王天麟二位蜀人来看苏轼，王齐愈带着兄弟王齐万和儿子王禹锡也来看他。

苏轼让马梦得去将乐京找来，古耕道和郭遘也找来。

家中来了客人，一般都是由王朝云做主，将当日的一百五十钱和下一日的一百五十钱全部用于买猪肉，这两日再无钱可花。

但东坡地上的新鲜蔬菜可以采摘一二筐，不用去集市上采买，也不必再花钱了。

陈慥每次到黄州来，一看见朝云在苏府忙前忙后，他就要拿自己的家妓换走朝云。他只要朝云一个，苏轼要他几个家妓都行！苏轼却不就。

朝云安排完这些就出门忙别的去了，苏轼与客人闲聊，又是写字，又是绘画，过了一两个时辰也未察觉，突然感到肚子饿了，才猛然想起锅里还煮着一锅肉呢！

苏轼快步来到厨房，揭开锅盖一看，那肉不仅没有烧焦，反而色泽红润，阵阵香气直往人鼻孔里钻。他尝了尝，味道奇好，连忙从锅里捞出，切成一小块一小块，跟生姜、酱油、醋、香葱配在一起，端上餐桌。

苏轼佯装"惊叫"道："潘氏为何没有前来呢？"

王氏兄弟说道："我等今日带酒过来了呢。"王禹锡指了指桌上放着的两壶酒。

"你等不许耍'酒赖'！"

道士杨世昌说道："酒肉在肚，佛祖在心。"

苏轼喜笑颜开："此处不是坐着名曰'巢谷'之高人吗？"

巢谷高兴答道："蜀友聚集，借了苏大人一方风水宝地！"

苏轼答道："可惜苏某毫无酒量，还望诸位海涵。"

王天麟插言道："酒税监乐大人，酒品人品样样不居人后。"

乐京原本坐在旁边一言不发，说道："不要拿乐某人的酒品说事，乐某今日前来，只为给德高望重的苏大人敬酒。"

在座均为不得意之人，古耕道劝慰道："不如及时行乐，活在当下！"

苏轼说道："以人为本，以乐为主，以酒承载，还有什么道理？"说完，他扬起手中酒杯。

一直沉寂的郭遘首先举杯说道："趁此良辰吉日，郭某首先敬苏大人一杯，祝苏大人文采出众，健康长寿，乐享天年！"

乐京说道："我等陈述良久，竟叫郭先生抢得先机！"

巢谷举起酒杯："我等在一起，任何时候都是良辰吉日！"

杨世昌急切说道："苏大人若不喝下，我等岂可再敬？"

苏轼言道："一连敬来三杯，苏某岂有海量？"

王氏兄弟和王禹锡站起来，齐声言道："父子叔侄同敬苏大人！苏大人随意即可。"

苏轼喝下一口酒。

乐京说道："慢慢喝，细细品。"

古耕道说："苏大人满腹诗书，岂是我等可以学得？"

苏轼在各位好友间走去走来，说道："怎么又扯上苏某了？苏某酒量差强人意，但酒品无懈可击，哪一位的敬酒没饮下？"

王天麟说道："再敬一个来回，苏大人就吃不消了。"

他环视一眼，说道："这猪肉的做法与众不同，色泽、口味和香味均属上上等，每次酒会不都是要吟诗的吗？苏大人何不作诗一首，将此肉的烧制过程告之众人？"

"此肉的做法难道也值得推广？"

众人一齐说道："我等一致认为，值得推广！"

马梦得已准备好文房四宝，苏轼略一思忖，提笔写下《食猪肉》：

黄州好猪肉，价贱如粪土。富者不肯吃，贫者不解煮。慢着火，少着水，火候足时它自美。每日起来打一碗，饱得自家君莫管。

苏轼在徐州就已尝试此肉的做法，在黄州是进一步发展。《食猪肉》一诗流传后，不仅是黄州、武昌，附近各地的民众纷纷仿效，戏称此肉为"东坡肉"。

后来，苏轼不用鱼肉五味，仅将米粉、豆粉煨至黏稠，再加入新鲜荠菜末搅动，最后添加蜂蜜，拌匀即食，制成一道色香味俱全的名点——东坡羹。

黄州无名山，大江之南的武昌群峰蔓延，漳谷深密，中有浮屠精舍，依山临壑，萧然绝俗。

苏轼多次去隔江相望的西山游览，道潜和尚知道他喜爱吃油炙酥爽食品，遂与西山灵泉寺的和尚们制作了一种油炸饼请他吃。

此饼颜色淡黄，且玲珑剔透，如象牙雕成，苏轼观赏良久之后才放进嘴里，香甜酥脆，口味非同寻常，忙问和尚，此饼为何这般好吃？

和尚们答道：寺内有四眼泉，泉水极佳，此饼是汲了四泉之水调制而成，所以好吃。

苏轼让和尚取来文房四宝，当场画了一饼，并写上"东坡居士"四字，画饼与真饼一模一样。从此，这饼便叫作"东坡饼"。

苏轼常去黄州赤壁附近的承天寺、定惠院，东坡饼亦成为这一带和尚道士们的斋品。

陶渊明有"种豆南山下，草盛豆苗稀"之句，却透出一股"未必尽如人意，但求无愧我心"之态。苏轼学白居易，住在"东坡雪堂"，煮"东坡羹"，做"东坡肉"，酿"东坡酒"，撰"东坡长短句"。东坡居士名扬天下，民间甚至有不少人只知苏东坡，而不知苏东坡原来就是苏轼。

2

三个月之后，即同年（元丰五年，1082）的十月十五日之夜，苏轼和古耕道、郭遘二位旧友，从东坡雪堂返回临皋亭去。

"苏大人，今日傍晚，我等在江边举网，捕得一条巨口鳞鱼，酷似松江之鲈。"

"那就去赤壁喝酒。"

回到家中，苏轼跟王闰之商量一番，便提酒出门，趁着夜色，乘小船划往赤鼻山下，再次到赤壁游览。他游山玩水的兴致一向很高。

陡峭的山峦反衬小了月亮，长江水"哗哗"东流，江岸下方是越发降低了的水位，礁石已经露出来了。上次见到的江景不是这样。

苏轼撩起衣襟上岸，踏着险峻山岩，拨开纷乱野草，蹲在虎豹形状的怪石上，拉住形如虬龙的树枝，攀上猛禽做窝的悬崖，下望水神冯夷的深宫。

二位友人不能跟随苏轼到达这个极高处。

苏轼遂大声长啸，草木被震动，江水与之共鸣！苏轼觉得此处不可久留，遂回到船上，把船划到江心。

一只孤鹤横穿江面从东边飞来，翅膀如车轮，尾部黑羽如同黑衣裙，身上白羽如同洁白衣服，拉长声音"嘎嘎"叫着，擦过三人乘坐的小船向西飞去。

二位友人离去，苏轼要回家睡觉。

他梦见一位道士穿着羽毛编织的衣裳，轻快走过临皋亭的下面，向他拱手作揖说："赤壁的游览快乐吗？"

苏轼问他的名字，他低头不答，径直往前走。

"哎哟！我知道你的底细了，昨天夜晚，一边飞一边鸣叫着从我这里经过的，不就是你吗？"

道士回头笑起来，苏轼忽然惊醒。

苏轼便将当晚游览赤壁的过程和心情都写了出来。

同是写赤壁，遂将七月十六写出的那篇命名为《前赤壁赋》，十月十五写出的这篇命名为《后赤壁赋》。

《后赤壁赋》是《前赤壁赋》的续篇，两篇珠联璧合，浑然一体，不仅描写了长江月夜的优美景色，还表达了苏轼旷达的胸怀和慕仙出世的思想。

3

元丰六年（1083）开春以后，苏轼的身体一直不好，经常感冒、发烧、咳嗽。

时入初夏，又害起疮疖来。

原本打算到岐亭去看望陈慥的，只得推迟。

这疮疖的毒气太重，到了五六月间，像火苗一般在他的身体之内上升，让他的右眼又红又肿，伴以剧烈疼痛！用热袱子敷一阵，下阵的疼痛变本加厉，苏轼几至失明。

王闰之在家里烧香拜佛，求菩萨保佑。

王朝云的腹部微微隆起，上一年（元丰五年，1082），朝云二十二岁，苏轼正式纳她为妾。秦观从高邮寄来了贺信，在吉州太和县做了县令的黄庭坚写来了贺诗。

朝云的喜事冲不走苏轼的病痛，朝云急了，非要到附近的庙上去，跪拜在佛像前为老爷祈福保平安。

苏轼不让她去。

同年四月，曾巩在江宁病逝。

马梦得给苏轼带来外面的传闻：临皋亭里很少看到苏轼进出，东坡赤壁上也少有苏轼身影，南堂里热闹的人来人往不见了，江边、赤壁、定惠院等地，苏轼均似绝迹。人们就猜测起来：苏轼是否已跟曾巩同日病死？抑或像"诗鬼"李贺那样，被上帝召往玉楼修文纂典去了？

"无稽之谈！"

"苏大人息怒。"

"不招惹是非，也难安宁生活！"

"苏大人保养好身体，别人自然无话。"

苏轼让马梦得扶他下床，出去散步。

苏轼却不知道：他与曾巩同日病死的谣言，竟口口相传至京师，甚至传至禁廷。

李定、舒亶、何正臣等人得知消息，像苍蝇一般聚到神宗身边。

神宗问道："苏轼真不在人世了吗？死于何疾？"

李定答道："黄州多雨，诱发苏轼风湿等旧伤而亡。"

舒亶答道："苏轼好酒，酒后坠江淹死。"

何正臣答道："苏轼是美食家，有人掺毒入物，苏轼中毒而死。"

神宗正言道："苏轼只有一条命，按照你等的说法，苏轼死过三回了，另外两条命，谁人赋予他的？"

无凭无据神宗岂会相信？李定、舒亶、何正臣三人自知失言。

此时，王珪来到崇政殿，说道："听说苏轼在黄州，言行稍有收敛，多人求诗于他，他均拒作。"

李定愤然说道："苏轼胆敢再书那些'不臣''谤讪'之诗，该满门抄斩！"

何正臣说道："苏轼自行了断也好，用得着朝廷弹劾？"

王珪说道："说得也是！"

神宗手握苏轼前、后《赤壁赋》文稿，见其行文风格不像要寻短见。待这几人退下之后，神宗立刻召问尚书左丞蒲宗孟，因这蒲宗孟不但是苏轼的同乡，他二人还是姻亲——蒲宗孟的胞姐嫁给了苏轼的堂兄，苏轼是他外甥的堂叔，能不知情？

蒲宗孟竟也不清楚！见皇上神态关切，他想了想，说道："近日，市井坊间是在流传苏轼的死讯，有人说他在乌台被打得遍体鳞伤，到了黄州又无官俸可领，一家老少吃饭都成问题，哪来闲银医病？贫病交加，只得眼睁睁地叫阎王收取了性命！还有人说，他不愿意他的有罪之身连累家人，在一个月黑风高之夜，跳入长江而死！目前——"

"目前怎样？"

"目前，并未见到黄州太守徐大受上奏朝廷报告此事，依臣看来，未必是事实，可再听其他动静而论。"

神宗将信将疑，扼腕叹息道："人才难觅啊！"

蒲宗孟知道神宗的难处：皇上有意将苏轼升调进京编纂国史，吴充已经罢相，但现在的宰相王珪和蔡确二人，眼里容不下苏轼，一拖再拖，不拟圣旨。

一连几日，神宗茶不思，饭不闻。

苏轼的"死讯"像长了脚一般传到许昌，范镇一听就信以为真，痛哭流涕，因为他是至情至性之人。

他命家人在府中布置灵堂，他亲自主持为苏轼做"法事"。同时，他又命一弟子带上金银和绢帛赶去黄州，资助苏轼一家妇孺的生活。

有一弟子不愿恩师因此伤身，提议说："苏大人离世这件事仅是个传闻，从黄州传至京师，路途遥远，真伪难辨。可写封信去探听一番；或者，干脆派人到黄州去核实。若实有其事，再行祭奠之礼也不迟。"

弟子言之有理，范镇遂派范家门客李成伯骑快马去黄州。

当李成伯到达黄州，离苏轼家尚远，却见苏轼坐在门前，一边摇蒲扇，一边喝稀饭。获知此人来意，苏轼哭也不是，笑也不是，写出《答范蜀公书》一文，对范公评价甚高。

4

同一年（元丰六年，1083），苏轼见到了自南国北归的好友王巩，随他北行的还有歌妓柔奴。

王巩因为受到"乌台诗案"的牵连被贬到岭南荒僻的宾州，提起此事，苏轼心中很不是滋味，见到王巩本人，更是难言心中愧疚。

在此失意之时，王巩的一个儿子病死于汴京家中，另一个儿子病死在他的贬所宾州！其身心备受折磨。

王巩却不把这当一回事，看见苏轼走过来，他大声呼喊道："来人可是苏轼苏学士吗？"

得知苏轼已经自号"东坡居士"，王巩兴致很高，一定要苏轼带他到那面种满了稻、麦、果树，并开挖了池塘养鱼的东坡地上看一看。

苏轼发现，原本长相英俊、风度潇洒的王巩，归来时依旧面色红润、双目有神、身姿俊朗。

王巩被贬，柔奴毅然随他远行，一路颠簸前往岭南。那貌似柔弱的女子，本是洛阳大户人家的女儿，家道中落以后沦为歌妓，被王巩纳为侍妾。饱经磨难之后，依然不改坚毅执着。

苏轼大感惊异，问道："长途跋涉，不觉得累吗？"

柔奴声音柔柔地说道："要说累，累的人应当是他呢，"她边说边用手指指王巩，"他自己以两脚代步，却让奴家骑着一匹驴子，骑驴苦么？"

苏轼又问："骑驴不苦。岭南那风土人情，都还习惯吗？"

"有什么不习惯呢？看看他，一直在京城为官，这下却成了'有罪之身'，他挺得过，我还有什么话可说？"

"跟王大人在一起谋生，你就知足了？"

"知足！流放之地虽说荒僻，虽说遥远，但奴家以为：此心安处，便是吾乡！"

王巩闻后大笑不止："我乃凡夫俗子一个呀！"

一语惊破梦中人！苏轼欣然题词《定风波》：

王定国歌儿曰柔奴，姓宇文氏，眉目娟丽，善应对，家世住京师。定国南迁归，余问柔："广南风土，应是不好？"柔对曰："此心安处，便是吾乡。"因为缀词云。

常美人间琢玉郎，天应乞与点酥娘。尽道清歌传皓齿，风起。雪飞炎海变清凉。　万里归来颜愈少，微笑。笑时犹带岭梅香。试问"岭南应不好"，却道"此心安处是吾乡"。

在黄州居住多日后，王巩带着柔奴离去。

苏轼愿做一个彻头彻尾的黄州农人！这种乐观豁达的心情，在这一年的九月二十七日，王朝云为其生下一子时达到顶峰。

这一年，苏轼四十八岁。

王朝云此前惧怕夫人王闰之不接受苏轼纳她为妾，苏轼遂给她讲了《减字木兰花》这首诗的来历：

那日晚上，堂前梅花盛开，月色如水，苏轼与朋友们在花下饮酒，王闰之走过来，吟道：

春月胜如秋月，秋月令人凄惨，春月令人和悦。

苏轼惊喜交加："吾妻说的乃诗家语言。"

王闰之笑而不答。

王朝云差点误解王闰之了，没有王朝云的倾情操心，王闰之的贤妻良母能做得如此周全？

此时，王闰之将新生婴儿抱至前厅，说这孩儿像苏轼，苏轼就问："哪里像呢？"

王闰之说："相貌像呀。"

见苏轼不停打量，她又说道："看这额角，一个模子刻出来的呢！"

苏轼大笑，王朝云无法大笑，抿起嘴甜甜地笑。

王闰之喜欢这孩儿，让苏轼给孩儿起个名字。

苏轼抱着孩儿，细细观摩之后，说道："就取名'遁'吧？乳名'干儿'，就是期待他长大了，能干点自食其力、自得其乐的事。"

"'遁'为何意？"王闰之和王朝云同声问道。

"甘心避世呀！正如我苏某一家贬放黄州、远离朝廷的生活。"

遁儿出生后的第三天，俗为"三朝"，要给新生儿洗澡，前来道喜的亲朋好友、街坊邻居挤满了宅院，潘氏三兄弟从武昌的樊口赶来了，王氏兄弟带着王禹锡从武昌的车湖赶来了，潘大临提了一大桶鲫鱼，乐京、古耕道、郭遘都赶来了。

没能到来的朋友，苏轼不久后收到了他们的贺诗。

苏轼为新生命也赋诗一首：

人皆养子望聪明，我被聪明误一生。

唯愿孩儿愚且鲁，无灾无难到公卿。

5

除了定慧院、安国寺等佛道胜地，黄州城的北方，还有凌湖、东湖、西湖等地，都是徐大受和苏轼的相约之地，雅兴一来，就在竹间亭里饮酒赋诗，说古论今。

元丰六年（1083），徐大受罢职他调，去往湖南任职，继连禅师请苏轼给他们几人聚坐的小亭取个名字，并题额留念。

想到徐太守安抚百姓、惠济民生之事，苏轼毫不犹豫给亭取名"遗爱"，写了匾额。

巢谷回蜀地之后返回黄州，借机给徐太守敬酒。

徐大受原本性情之人，便嘱咐巢谷给遗爱亭写一篇记。

苏轼想，巢谷系羁派之人，对黄州和太守的了解也许不及自己，于是，苏轼自己写出《遗爱亭记代巢元修》一文。

苏东坡给湖畔的小亭题名"遗爱亭"，这个美丽的湖泊便有了一个浪漫的名字——遗爱湖。

谁又知道，就在这一年，徐大受到湖南任上没过多久，就离开人世了呢？

苏轼悲痛欲绝。

回想来到黄州这几年，每逢重阳节，徐太守都会邀请苏轼去赤壁矶头的栖霞楼饮酒吟诗。徐大受没有苏轼那般爱酒，他会带上几位歌妓，以获得苏轼诗词墨宝。

上一年，徐大受带来妩卿、胜之和庆姬三位娇小玲珑的女子，每人声音如画眉般好听。

妩卿斟满一杯酒，走到苏轼面前，轻言细语说道："奴仆先敬苏大人一杯，再为苏大人献唱一曲。只可惜——可惜无词。"

一杯酒下肚，苏轼张口就来："娇多媚杀，体柳轻盈千万态。姊主尤宾，敛黛含颦喜又嗔。徐君乐饮，笑谑从伊情意恁。脸嫩肤红，花倚朱阑裹住风。"

苏轼刚吟完，妩卿就开口唱了起来，歌声犹如春天的风铃。

胜之娇羞怜人地说道："苏大人可不能厚此薄彼哦，也要为奴家吟一首。"

苏轼吟道："双鬟绿坠，娇眼横波眉黛翠。妙舞蹁跹，掌上身轻意态妍。曲穷力困，笑倚人旁香喘喷。老大逢欢，昏眼犹能仔细看。"

胜之记忆力绝佳，歌声亦如秋天的玫瑰。

庆姬并未心慌意乱，她笑吟吟地递上一杯酒，说道："苏大人且慢，待奴家与您同饮了这杯酒，您再为奴家作词也不为迟。"

苏轼说："愿酒不醉人。"

庆姬甜甜地微笑。

苏轼吟道："天真雅丽，容态温柔心性慧。响亮歌喉，遏住行云翠不收。妙词佳曲，啭出新声能断续。重客多情，满劝金卮玉手擎。"

既得佳词，又听妙曲，徐大受坐在旁边亦非常高兴。

苏轼在他的《醉蓬莱》的前言中写道："余谪居黄，三见重九，每岁与太守徐君猷会于栖霞。"

哪里知道，时隔不久便阴阳两隔！苏轼写下一篇挽词。

6

放逐苏轼原本不是神宗的主意。

神宗心里一直未曾放下过远在黄州的苏轼，只等一个合适的起复机会，才能按照程序起用这位皇家重视的大臣。他的母亲宣仁太后，曾于元祐年间特地面谕苏轼，将他从谪籍中重新起用。

神宗英明有为，计划改定官制。

元丰三年（1080），王安石离去后，神宗深感继起无人，踌躇再三，决意起用司马光，附带起复苏轼。

为了证明起用苏轼是上天之意，神宗将蔡确、章惇和王珪等宰辅召集到文德殿，他在"御史中丞执政"位牌上贴着"司马光"的名字；而在"中书舍人翰林学士"位牌上贴着"苏轼"的名字。

这几人看过之后，神宗即诏曰："以上几人，议论虽有不同，却各本所学、忠于朝廷，不可永远废弃。现在，新官制将付实施，应该新旧人两用。"

见王珪有话想说，神宗先发制人，手指御史中丞衔位说道："这个位置非司马光莫属！"蔡确、章惇和王珪等人不敢跟神宗明处争斗，他们不能容忍苏轼。一个误国诡计由此诞生：将神宗的注意力转移到西部战事上！

神宗苦于西夏不断的骚扰和掠夺。长此以往，大宋必将民穷财尽、国力日弱。欲一振天威，则必须解救沉重的财政负担，以确保国家的疆土。司马光向来老成持重，他断然不会同意进行冒险的战争。所以，只要挑起这场大火，神宗便不会召回司马光！苏轼也会随之搁置。

实际情况果真沿着这几人事先设置的路线发展：蔡确授意庆州太守俞充上书《平西夏策》，以"西夏内乱、大宋有机可乘"为借口，于第二年四月，神宗诏熙河经制李宪率军讨伐西夏。这才有了灵州、永乐二次兵败之耻！宋军死伤六十万，丧弃银钱绢谷，不可胜计。神宗当廷痛哭，为此郁郁成疾。

元丰五年（1082），朝廷议修国史时，神宗说："苏轼史学知识丰富，可以胜任此事。"但他随即发现蔡确、章惇和王珪等人面有难色，便又说道："如若苏轼不合适，先用曾巩一试。"

元丰六年（1083），曾巩刚刚编成《太祖总论》就去世了。

就这么推来推去，苏轼在黄州已经生活了四年。

神宗心里惦记着苏轼，遂降旨起用苏轼以本官知江州，中书侍郎张璪起草诏书。诏书送到尚书左仆射兼门下侍郎的王珪手中后，他又奏"不可"。第二日，他将苏轼改为承议郎、知江州太平观。

不是推就是拖，抑或推拖并举。一而再、再而三，苏轼就这么"命格不下"了。

朝中有人私下愤言："这都是王珪百般阻挠的结果！"

到了元丰七年（1084）春，宋神宗不再与执政的宰辅们商量，以"皇帝手札"下诏："量移苏轼汝州（今河南临汝）。"

用"皇帝手札"是万不得已！这种特殊文件，一曰手诏，常为非常的恩典，如特赦；一曰御札，则为皇帝决意要办的事。这二种特别的文件一经颁下，臣下便只能奉行，不得再议。

若不是神宗深恶执政者的恶意阻挠，他决不会轻易打破常规动用"皇帝手札"！但神宗还是花费了一番心思，因为"量移"靠近京城的汝州，并不是真正的起复。神宗已经顾虑到苏轼为当前的执政大臣所力拒，如果一开始就将苏轼复官，反而容易滋生事端，不如留待到了河南，看情形再议。

苏轼已把黄州当作故乡，他对京城发生的一切，一无所知。

元丰七年（1084）四月，诰下黄州。

朝廷调苏轼到离汴京不远的汝州任汝州团练副使、检校尚书水部员外郎。这天高地远的黄州，已经将他生命中的悲苦与艰辛推到极致！他一生中最重要的作品，如《念奴娇·赤壁怀古》和前、后《赤壁赋》，还有号称"天下行书第三"的《寒食帖》，都是在黄州完成，黄州已经成为他生命的一部分，他却无法带走。

虽然一切并无改变，只是从偏远的黄州来到京城附近的汝州，但诰词曰："苏轼黜居思咎，阅岁滋深；人才实难，不忍终弃……"

这几句话让苏轼倍感知遇之恩。

当天夜里，苏轼写了在黄州的最后一篇文章《谢量移汝州表》。

7

拜发谢表后，苏轼全家就忙着收拾行李离开黄州。

元丰三年（1080）二月来黄州，到元丰七年（1084）四月离去，苏轼一家在此居住了四年零三个月。

临行之前，苏轼将东坡耕地和南园、雪堂等，包括奶娘的坟墓，都托付给了潘丙，请他每年清明之时烧几片纸钱给奶娘。

因为长子苏迈要赶往江西德兴县去任县尉，苏轼让他带着全家先行一步，稍后到湖口会合；他自己则先去筠州探望弟弟子由和三个多年不见的侄子。

诗僧道潜、丐者赵吉随行。

黄州郡设宴欢送苏轼，新任太守与苏轼已经熟识。

黄州郡招来几名官妓敬酒。苏轼在酒酣耳热之际都会醉墨淋漓。如此秉性成就了一位名不见经卷的官妓李琪。

李琪身材娇小，长相明艳，知书达礼，从未获得过苏轼亲笔的墨宝，今日是最后机会。她见席上之人给苏轼敬酒已所剩无几，遂从身上取下一条白绢领巾，紧走至苏轼座前，小心求赐墨宝。

苏轼不认识她。

李琪很会说话："苏大人若嫌酒浓，小女子不给苏大人敬酒，去给苏大人泡杯热茶。"这般善解人意！

"小女子去去就来。"

苏轼叫她先去磨墨。

李琪手脚麻利地准备好文房四宝。

墨的浓淡正好，苏轼在李琪的那幅白绢领巾上书上二行行书：

东坡五载黄州住，何事无言赠李琪。

苏轼尚未写完，却跟旁人谈天说地起来。

李琪心中暗暗着急。

同席之人看了，认为苏轼才思敏捷过人，信手拈来之句，语意平俗，人看人懂。但苏轼在一旁朗声说笑，似已无续写之意，人皆不明其故。

李琪心中最为焦急，但她不敢上前催问。不知所措之间，她想去泡热茶，又想把砚墨再调和一下。

宴席将散！李琪不甘好事永远错过，她大着胆子上前，对苏轼深施一礼，说道："请苏大人完成刚才行书。"

苏轼说道："还没完成吗？"

他未减兴致，也未冥思苦想，落笔写道：

恰似西川杜工部，海棠虽好不题诗。

周围人齐为李琪喝彩，因为苏轼在黄州赠妓诸作，以李琪所得褒扬最甚。

黄州新任太守见此情景，举起酒杯，再敬苏轼。

苏轼又作《别黄州》一诗：

病疮老马不任鞯，犹向君王得敝帷。

桑下岂无三宿恋，樽前聊与一身归。

长腰尚载撑肠米，阔领先裁盖瘿衣。

投老江湖终不失，来时莫遣故人非。

宴后，苏轼返回临皋亭。

王氏兄弟带着王禹锡来了，潘氏兄弟带着潘大临来了，乐京、古耕道、郭遘等人早已等候在此。

岐亭的陈慥竟适时而至。

一行人渡江前往武昌，行至吴王岘时，忽然听见隔江传来鼓角之声。苏轼心中默想着杜甫的《秦州杂诗二十首》，杜甫那伤时感乱之情和身世遭遇之悲，与今日的苏轼有何不同？

阵阵鼓角触动了苏轼对黄州的深切情感，他俯在船板上，写下一首《过江夜行武昌山上闻黄州鼓角》：

清风弄水月衔山，幽人夜渡吴王岘。黄州鼓角亦多情，送我南来不辞远。江南又闻出塞曲，半杂江声作悲健。谁言万方声一概，鼍愤龙愁为余变。我记江边枯柳树，未死相逢真识面。他年一叶潮江来，还吹此曲相迎饯。

下船后，苏轼一家下榻于王齐愈家。

离开黄州之日，苏轼的疮病并未痊愈，又因江面风大浪高，再逗留二日，苏轼才恋恋不舍地离开了武昌。

唯有陈慥，坚持要将苏轼送到九江。

苏轼伤感不已，途中又作诗赠别，留为与陈慥患难交情的纪念。

自此之后，苏轼再也未能回到黄州和武昌，再也未看到过他亲手垦辟的东坡之地。但是，黄州无疑见证了一位千年大文豪的内心波澜，苏轼无疑成就了黄州的千古美谈。

第二十章　起复中枢

1

苏轼在九江告别陈慥之后，老友刘恕之弟刘格自愿前来为苏轼做向导。苏轼与道潜等三人同游览庐山，他说："此行决不作诗。"

刚刚登上山去，山中僧俗不知从哪里得到了消息，纷纷传言："苏子瞻来了，苏子瞻来了！"苏轼又作《初入庐山三首》。

这一僧二俗穿云破雾，去到了五老峰下的开先寺。

寺旁的马尾泉和大龙瀑两大瀑布，深深吸引了苏轼，一股股泉水随风吹起，被阳光照射成金黄色，在空中迸珠散玉，瞬息万变。

三人自南向北一路游赏，来到北香炉峰下的东林寺。后由东林寺长老陪同，前往西林寺。因距离的远近和地形的向背，重叠的峰峦呈现出不同的容色，高低起伏的地势造成景色的变幻无穷，苏轼作诗《题西林壁》：

> 横看成岭侧成峰，远近高低各不同。
>
> 不识庐山真面目，只缘身在此山中。

游完西林寺，三人从岭北云峰下山。

刚刚返回至九江，苏轼便得到好消息：上一年（元丰六年，1083 年）十一月，神宗大赦天下，杨绘亦援恩例，起知兴国军，已至任所。

然后，苏轼一人从兴国陆行，赴筠州看望弟弟。离高安还有二十里地时，苏辙已在城外建山寺迎候哥哥。

苏辙的住处比苏轼在黄州的临皋亭还不如，遂将哥哥安置在厅堂前厢的东轩里。

这是兄弟二人黄州离别后的首次重逢，而且是苏轼与弟弟一家人的合聚，他们说眉州家乡的土话，做家乡点心"水饼"吃，喜笑颜开，毫无拘束。

大侄儿苏迟已经弱冠，跟二侄儿苏适高谈阔论，最小的苏远已经十一岁。端午节这天，苏辙要去鬻盐沽酒，苏轼带着三个侄儿游了一趟大愚山中的真如寺。

他给三个侄儿写了"别诗"。

在高安住了六七日，苏轼不得不离去，团聚就如天上的闪电，炫亮一照就成为过去。他重回九江，直到六月，苏家眷口才坐着大船从黄州来到九江。

二十六岁的苏迈将任饶州德兴县县尉，苏轼先送儿子赴任。

六月九日至湖口，父子二人游了当地名胜石钟山，就是郦道元《水经注》中所描述的"下临深潭，微风鼓浪，水石相搏，声如洪钟"的奇景之地，苏轼写下散文《石钟山记》。二人在此分程，苏轼带着家人乘船沿江而南。

在长江上航行的时间长达两个月，正是六、七月间铄火流金的热天，王闰之最先生病，患的是痢疾。

小儿苏遁接着生病，日夜咳嗽不停。

朝云十分着急，让苏轼开药方。开了药方就得靠岸抓药，就得熬药汁，就得一次一次哄着不懂事的遁儿将黄连般苦味的药汤喝进肚里。

连续咳嗽了多日，遁儿没有力气哭泣，已经奄奄一息！朝云一心想着早点赶到金陵，去找有名的老中医为遁儿拿脉诊断。

但遁儿没能等到船开至金陵的那个时刻，在这一年的七月二十八日，来到人世尚不足十个月时间，他就丢下他痛不欲生的母亲朝云和父亲苏轼，闭着双眼咽下了最后一口气。

泪水流尽，朝云向菩萨神灵乞求祷告，已经说尽了虔诚之辞，香烛燃尽，纸银烧尽，竟毫无用处！朝云如一个白痴，不吃、不喝、不睡，口中念念有词，说的都是跟苏遁有关的"趣事"，但没有人听清她到底在说些什么。

老年丧子对苏轼打击更甚！天在旋转，地在旋转，世上所有能看得清的人和事都在旋转，他终生致力于"兼济天下"，老天爷却让他拖家带口贬于天南地北，连不满一岁的幼子也不放过！

他不忍朝云过度忧伤，遂作诗诉情，他不知道还有什么办法能够安慰她：

> ……归来怀抱空，老泪如泄水。我泪犹可拭，日远当日忘。母哭不可闻，欲与汝俱亡。故衣尚悬架，涨乳已流床。愿此欲忘生，一卧终日僵。中年忝闻道，梦幻讲已详。储药如丘山，临病更求方。仍将恩爱刃，割此衰老肠。知迷欲自反，一恸送余伤。

2

在金陵码头停留了一日一夜，苏轼跟马梦得走下船来，准备买些粮食和新鲜蔬菜再继续赶路。

忽然走过来一位年轻书童："请问大爷，是否认识来自黄州的苏学士？"

金陵只是路过之地，谁会在意他们的行踪呢？

马梦得脚步不停，年轻书童竟跟了上去："大爷，东坡居士来到金陵了吗？"

见苏轼满脸的胡须、高挑的身材、高高的官帽、端庄的官服，年轻书童已经能够确认眼前之人就是苏东坡！他再一次朗声问道："请问大人，是否是来自黄州的苏轼苏东坡？"

"我就是来自黄州的苏轼、东坡居士。"

书童立即下跪磕头，急切说道："原来真的是苏大人，叫我家老爷好等！我奉老爷之命，特别来到了码头之上，我家老爷就在上面大堤之上。骑着那头老驴的老者，就是我家老爷！"

"你家老爷到底是谁呢？"

"姓王名安石字介甫。"

"介甫先生，他也来金陵了？"

往事如烟，一幕幕从苏轼眼前流过。

熙宁八年（1075）二月，王安石再次拜相后，欲再推新法，但"亲友尽成政敌，谤怨集于一身"的局面让他举步维艰。吕惠卿认为王安石再度为相挡住了他的锦绣前程，不惜利用郑侠的《流民图》来大肆攻击新法，并陷害王安石之弟王安礼。

翌年（1076），王安石最得力的长子王雱因患背疽而亡，年仅三十三岁。

吕惠卿将王安石的私信密呈宋神宗，彻底动摇神宗对王安石的信心，促其罢相。

一连串的致命打击恰如滔天巨浪，深深淹没了王安石，"区区不尽高贤意，独守千秋纸上尘"，心境何其苍凉！

在金陵城白下门外七里之地，距离钟山公塔也为七里的地方，有一座皇帝诏赐予他的邸宅，故名"半山"，王安石已在此闲居了八九年。

"二位大人犹豫什么呢？上去见我家老爷吧！"

苏轼抬头往上一看，见一位老者头戴斗笠，身着粗布上衣站在大堤上，旁边站着一头老驴。

多年的老政敌，竟然派一名书童前来迎接自己，多年的挫折岂可一笔勾销？

苏轼尚不知道：王安石隐居钟山之后又害了一场大病，病愈后闭门不出；出门则骑匹老驴，带上书童，在金陵的各大山水名胜之间漫游流连，逐一题咏，已经积存了诸多诗稿。但他对"乌台诗案"之后苏轼的学问和品格竟欣赏起来，得知苏轼路过金陵，特派书童前往码头守候，书童一下就认准了苏轼。

王安石牵着老驴朝码头大门走了过来，待苏轼随书童刚刚走出，他便拱手施礼。

苏轼回礼道："介甫先生怎么了？"

王安石说不出话来。

苏轼又道："介甫先生不计前嫌，请再受苏轼一礼。"

王安石这才开口说道："活着就好。"

上岸来是为购买粮食和蔬菜的，苏轼遂低声吩咐马梦得。

王安石大声说道："子瞻兄弟，若不嫌弃介甫先生是'拗相'，将你家妻氏侄儿、奴仆诸人等都带至我家，半山园内只有二位老朽。"

苏轼摆手道："罪臣自黄州远道而来，哪能麻烦介甫先生？"

"我等先去半山园饮茶吧。"

"罪臣蒙恩量移汝州，在金陵只能小憩，岂可久留！"

"不是又号'东坡居士'了吗，为何一句一个'罪臣'呢？是谁定下如此罪名？"

"介甫先生有请。"

3

二人行至半山园前，一位老妇从屋内蹒跚而出，竟泪流满面，大呼苏轼道："来人可是苏轼苏子瞻苏学士？"

王安石介绍道："老叟荆妻吴氏。"

苏轼忙上前施礼。

当年，欧阳修等重臣离开京师时，是这位吴氏背着丈夫派人为他们送行！苏轼乞求补外去到杭州，又是这位吴氏亲自到汴河畔相送……

苏轼流泪说道："嫂夫人，京都一别已十年开外，苏子瞻代苏氏全家，祝老夫人福如东海、寿比南山！"

"托苏大人的福。"吴氏的眼神随即暗淡下来，"这样的日子，何时才是头呢？"

王安石令吴氏前去厨房。

王安石不把苏轼当作外人，两位陷入政治败局之人竟然前所未有地"开门见山"起来！

他们说起大宋在西北边境穷兵黩武，而在国内却大兴文字狱二事。苏轼非常奇怪，当年那个以国事天下为己任的王安石不见了。

室内陈设简单，没有一件新家具，左手政治、右手经济的王安石落到这步田地，苏轼心中只有悲哀，他不只是单纯致仕。

"不常之理便是常理，所谓常理，则经常出入于通常意念之外。"

"此话怎讲?"

"老叟随口胡说而已。"

此时,吴氏送上来一盘热气腾腾的鲈鱼,说道:"苏大人请慢用慢饮吧。"

苏轼举起酒杯,先敬介甫先生一杯。

从前的王安石只吃摆放在他面前的那一盘菜,别的菜视而不见。不管人们如何传言,他依然我行我素。而现在,只要是摆到桌面上来的,他都可以吃一点,不分好恶,不分远近。

苏轼再敬王安石一杯。

王安石却说道:"欧阳修作五代史而不作三国志,实是大宋之可惜!依老叟看,这项工程该由苏子瞻来做,无人比你更合适。"

苏轼在黄州曾经写过一部讲解《论语》的书,此书采用苏辙的观点十之二三,苏轼的见解十之七八。苏轼还想编写一部《易传》以完成父亲遗志,可惜在黄州未完成。

想到此,苏轼推辞道:"作历史我不内行,可以推荐刘恕。"

但王安石不以为然,他起身走到书架前,拿起一本自己装订的书册翻了几页,正好翻到苏轼《念奴娇·赤壁怀古》那一面。

"如此厚重的历史氛围,苏子瞻身临其境方可缔造!"

"不过是受到介甫先生的影响,一篇《金陵怀古》诵古伤今,尽显大家手笔,岂是一般人等可以驾驭?"

王安石大惊。

苏轼动情地吟唱起来:

> 登临送目。正故国晚秋,天气初肃。千里澄江似练,翠峰如簇。征帆去棹残阳里,背西风,酒旗斜矗。彩舟云淡,星河鹭起,画图难足。　念往昔、繁华竞逐。叹门外楼头,悲恨相续,千古凭高对此,谩嗟荣辱。六朝旧事随流水,但寒烟、衰草凝绿。至今商女,时时犹唱,《后庭》遗曲。

"岂可笑话老叟?"王安石说道,"除去这首《念奴娇》,还有前、后《赤壁赋》《临江仙》《卜算子》等诗词，苏子瞻谪居黄州四年，心境换了，时空自然换了！这才是老叟钦佩苏子瞻之处！"

苏轼自己却没有想到这些。

王安石说："三国的刘备曾对许汜说：'人该忧国忘家，不应求田问舍。'安石却不以为然。"

"介甫先生言下之意——"

恰好此时，吴氏送了一盘青菜上来。她坐下对苏轼说道："'无人语与刘玄德，问舍求田意最高'，这是我老家老爷所作诗句。买几亩田地，寻一处住宅，留居金陵与我等做邻居，苏大人是否有意？"

苏轼动心了，他在京城买过一处住宅，却不曾在京城常住。

遂作诗《次荆公韵四绝》，其中一首为：

骑驴渺渺入荒陂，想见先生未病时。

劝我试求三亩宅，从公已觉十年迟。

这是苏轼真诚的忏悔之辞，经过了御史台狱的历练，经过了黄州四年多的反省，方可说此真心话。

"民安则国霸，民散则国废！"苏轼心中想到这句道家的话，但他没有说出来，听王安石惘然说道："十年前后，我俩再无龃龉。"

这两位个性不同、政见不同，却一样伟大的人物，不论从前在政治旋涡中有过多少摩擦，均已时过境迁，恍如一场噩梦！金陵重见，两人均已退出政治舞台，均为台下闲人，王安石以一代才人来看待苏轼，苏轼则以前辈来敬仰王安石，无拘无束会晤，有快慰平生之喜悦！

马梦得办完事来到半山园，苏轼适时告辞。

王安石坚持要送苏轼至江边，苏轼坚决不肯。

王安石仰天长叹："不知再过几百年，历史才可出现这样一位人物！"

4

第二日一大早，马梦得告诉苏轼，王安石妻吴氏已经来到苏氏一家人乘坐的船上。

苏轼忙走出船舱，将吴氏迎进舱内。

未见朝云，吴氏的眼泪首先就流了出来，她一把将手中的包袱塞进朝云手里，朝云流下动情的眼泪。

"好妹子，节哀顺变吧。"

王朝云呜呜啼哭。

"你如此年轻，好好调养身子，不多久你又会怀上。"

"多谢老夫人关心。"

苏轼泪流满面，吴氏对苏轼说道："皇上心中还有你！赶紧上奏，求皇上批准你在金陵居住。"

苏轼大哭起来。

一晃到了八月，泊舟水上终究不是长久之计，苏轼打算在金陵附近买下一处安身之地。

从黄州过来，手头已经非常拮据，托人卖掉京城的宅第南园可得钱八百余千，钱一到手，他便会买下这边的田宅。

住在许昌的范镇来信叫苏轼住许昌，住在扬州的王巩对苏轼亦真情相邀，但苏轼在仪真时遇到了同年进士蒋之奇，二人再次谈到二十八年前的那个旧约，现在已是履约之时。

苏轼拜表乞住常州，也就中止了汝州的行程。

此时，他又接到秦观的来信，得知秦观今年进士及第，特别赶到高邮与秦观相聚，在秦家盘桓了好几日。他至淮上将去泗州（今江苏盱眙）时，秦观赶到渡口送别，二人饮酒淮上，秦观作词《虞美人》赠别。

一年将尽，苏轼与全家人会合，留在泗州过新年。

元丰八年（1085）正月初四，苏轼离开泗州，到南都去谒见已衰弱不堪的恩师张方平。

苏轼二月至南都，是张方平致仕后的第三次来谒。

张方平的双目几近失明。看着这位七十九岁的老人，苏轼同他谈起疾病医药、服食养生以及做梦之类老年人通常欢喜的话题，这是苏轼向来留意、颇为内行的学问。

苏轼在黄州时久患角膜炎，未曾完全治愈，而张方平家聘有私家眼医王彦若，善于针治目疾。要用器械割治眼睛里面的翳膜，这样的外科手术简直骇人听闻！但苏轼听了王医师的一番解说，就打算趁此机会请王医师彻底治愈眼疾！

苏轼写下《赠眼医王生彦若》一诗，引经据典，"运针如运斤，去翳如拆屋"，有庄子"庖丁解牛"之效！

此时，苏轼再遇李廌。

李廌身在颍州（今安徽阜阳），听说苏轼抵达南都，即前来谒见。李廌讲了家中景况："祖母边氏、前母张氏、生母马氏以及家父的枢木，因为贫穷，均未下葬！任凭怎么穷困，我都不敢沮丧，然而，四丧未归，真是死不瞑目！"

李廌的父亲李惇（宪仲）是苏轼的同年，生前并不相熟，但苏轼知道其人"贤而有文"，不幸早逝，身后萧条。

苏轼作了一篇《李宪仲哀词（并叙）》，希望认识李宪仲父子的人，都能慷慨解囊，帮他完成葬亲大事。

正好有个从前在徐州交好的朋友梁先，听说苏轼快要回常州了，就送了苏轼十匹绢，苏轼百般推辞不就，遂收下来全部转送给李廌。

张方平送李廌三十万钱。

二月，朝廷告下，批准了苏轼的申请："仍以检校尚书水部员外郎、团练副使，不得签书公事，常州居住。"

多年前的愿望终于实现，苏轼欣喜若狂！常州住家，再去汝州便是桩小事。离开黄州时，苏轼曾写《满庭芳》一词作别，现在则"蒙恩放归阳羡，复作一篇"，《春日》诗如下：

鸠鸣乳燕寂无声，日射西窗波眼明。

午醉醒来无一事，只将春睡赏春晴。

5

三月初五日，年轻有为的神宗皇帝驾崩福宁殿，殁年三十八岁！

"放归阳羡"，是神宗皇帝对苏轼的最后一次恩泽，君恩难报，君恩未报！

太子赵煦嗣位，是为哲宗。

赵煦尚只有十岁，"好个少年管家"，却不能亲政，由祖母太皇太后高氏垂帘听政，是为宣仁太皇太后。真宗朝后六十年间，这已是第三度的母后临朝。

太皇太后牢记神宗皇帝眷念苏轼的遗愿，亟待将他起复。

五月，宰相王珪病逝。

太皇太后下旨，起用司马光为门下侍郎，接替王珪，苏轼为朝奉郎。

离开黄州整整一年，苏轼偕一家老少在长江、淮河东南一带迁徙，才在宜兴买定了田地，深信从此可以在宜兴定居，"十年归梦寄西风，此去真为田舍翁"。

六月诰下：苏轼以朝奉郎起知登州军州事。

十月十五日，苏轼抵达山东登州。

到任五日，又接诰命："以朝奉郎知登州苏轼为礼部郎中。"

太皇太后有"女中尧舜"之称！她已经定年号为"元祐"，她的国策是一切遵循祖宗成法，她的目标则是重建大宋帝国如嘉祐时代那样的和平与安乐！

恢复工作最重要的是着手废除不合传统的新法！唯有启用熙宁、元丰时代的旧臣，才能帮她去新复旧，实现她的从政理想。她首先考虑到的是仁宗朝名相吕夷简的儿子、现以资政殿大学士知扬州长的吕公著。其次是退居洛阳在独乐园中著述《资治通鉴》的司马光。

太皇太后深知人才是政治的根本，六月，吕公著应召至京，诏授尚书左丞。而司马光一入中枢，便被朝廷倚为柱石，太皇太后对她言听计从，一切大政均依他筹划。

政治革新，人事调整当先！朝廷陆续起复旧臣。这年八月，苏辙为校书郎。

九月，以秘书少监刘挚为侍御史。十月，苏轼为礼部郎中。这就是为什么苏轼在登州任上仅有短短五日就被召进京的原因，他已经身不由己地投身到这个热浪涛天的政治洪炉中来了！

开明的宣仁太皇太后揭开了"元祐更化"的历史序幕。

苏轼虽然早起绝仕之心，但依然关心国防和民生这两大国事，遂于当年的十一月二日乘坐马车告别登州，十二月初到达京城的北大门。马梦得说道："苏大人，就近找家餐馆吃饭吧。"

苏迨、苏过从未见过京城夜晚亮如白昼的璀璨灯火，他二人一齐嚷嚷道："我们不累，吃完饭后，在京城各处走走。"

苏轼哭笑不得，苏过虚岁十四了。

马车停在一家名叫"仙客来"的客栈门前，一个年轻伙计开口问道："二位客官是否来自登州？"

马梦得吃惊回应道："我等来自登州你也知道？"

"来人可是登州知州苏轼苏学士？"

苏轼对年轻伙计拱手说道："本人就是自登州来京城的苏轼。"

"小人是门下侍郎司马老爷家的管家。老爷特让我在此地迎接苏大人。请苏大人随小人一起前往白家巷。"

"白家巷？"

"是啊，我家老爷已派人将白家巷的一处闲宅收拾出来了，苏大人先去那里安置好家眷，明日去司马相公府上，老爷为你接风洗尘。"

一股热流涌向苏轼心间。

从登州出发来京时，有百姓拦住苏轼的马头呼吁道："苏大人请一定转告司马相公，不要离开朝廷，好为我等百姓说话。"

他定会把这些话原原本本地告诉司马光。

马梦得问道："你怎知我等会停在'仙客来'客栈门前呢？"

"从登州入京，必从北门而进，你等定会在此吃饭歇息。"

忽然，一阵沉闷的铜锣敲击声传至苏轼耳中，两名皂吏一边着力敲打，一边叫行人让路。一块"肃静"、一块"回避"的告牌依依向前移动，后方是手提大红灯笼的皂吏，烛光将那个"章"字映得通红，再后方是一顶紫色大轿。

管家告诉苏轼道："此为枢密院院事章大人的紫色大轿，前些日子去府上与我家老爷争吵，被狠狠羞辱了一番。章大人那次乘坐的也是这顶紫色大轿。"

手提大红灯笼的那名皂吏竟然走到苏轼面前来了！苏轼退让到道路一侧，章惇从紫色轿子中钻出来，追至苏轼面前。

就像一座圆圆的肉塔，又像一尊活灵活现的肉菩萨，不等苏轼缓过神来，章惇抓住苏轼的双手叫道："子瞻兄叫我好找啊！"

苏轼惊奇得说不出话来。

章惇说道："今晚干一杯，为子瞻兄接风，如何？"

"乌台诗案"中，章惇多次在早朝上为苏轼开脱其罪，但苏轼刚刚答应前去白家巷，怎么拒绝他才合情合理呢？

"子瞻一罪臣，怎敢连累子厚兄弟'谤讪新政''欺君犯上'呢？"

章惇大惊失色，压低声音说道："好一个罪臣之身！黄州四年，子瞻兄弟变得如此畏首畏尾了吗？"

苏轼微笑作答。

这时，苏迨、苏过二人在马梦得的陪同之下走下车来，说道："父亲，刚才不是说好了，我们吃完饭之后，你带我们到京城各处走走吗？"

章惇说道："这就是苏大人的二位公子了，多年未见，带他们一齐去吧。"

"小孩儿不懂事，就知道吃了玩、玩了吃，若去到章大人府上，他们定会胡搅蛮缠。不如改日再说？"

章惇的本意是拦住刚返回京城的苏轼，二人重叙情谊，一文一武朝廷结盟，以对抗垂帘听政的宣仁太皇太后和司马光！司马光全身是病，虽已六十七岁高龄，但若让他首先将苏轼"召"去灌了"迷魂汤"，将新法统统废弃，他们多年的心血岂不是前功尽弃？所以，章惇不甘心，邀约苏轼带上二位弟妹一齐去他府上。

苏轼却告诉章惇："爱子苏迍刚夭折不久，朝云身心一直为悲哀的浓云惨雾笼罩，现在带她前往章大人府，实为不妥。"

爱子夭折？居然有此事？

一瞬间，章惇后悔不该主动说出邀约之语，他心烦意乱起来，生硬说道："那——那——待苏大人先安置好家眷，何时得闲——得闲再聚吧。"

"只好如此了，请章大人海涵。"

6

欧阳修的长子欧阳发过世后，苏轼与欧阳斐、欧阳辩兄弟往来频繁。苏轼抵京不久，即往晋谒师门，拜见师母——欧阳太夫人。欧阳家托苏轼撰写的《文忠公神道碑》早已写毕，苏轼此次前来，首先入见太夫人，并为他十七岁的次子苏迨求婚于欧阳斐的千金。

太夫人听后十分高兴，此种"师友之义"让她当即便答应下来。从此，苏家与师门成了儿女亲家。

已有多年没上过早朝，重上早朝让苏轼心中高兴。

元祐元年（1086）三月，苏轼接到特诏，免试为中书舍人。

苏轼刚被诏为礼部侍郎，官阶六品，到任不久，现在却越过五品擢升中书舍人？是福是祸？抑或是司马光看重自己？

宋朝的政制，以二府——中书门下和枢密院及计省三司使为中枢的政治中心，直接隶属于皇帝。枢密院主管天下军马，计省三司掌管全国财政，其他一切庶务全部集中于中书门下。而中书门下设于禁中，所以，中书舍人的职责非常被看重，不但是宰相的属官，而且例兼"知制诰"，代拟王言。

苏轼还朝只有三四个月的时间，竟一再升迁，即使他本人勇于承担，但位重责高，在官场中也不能太过嚣张，毕竟树大招风。

遂具状请辞。

每天上早朝，他都会目睹宣仁太皇太后牵着小皇帝哲宗之手进入大殿，群臣们齐呼万岁，宣仁太皇太后再将小皇帝抱在龙椅之上。年幼的哲宗总是睁大双眼，望着他暂时不能理解的一群人、一些事、一种氛围。望久了，他便会把玩一些小器具。无奈，龙椅上并无杂物，哲宗只好玩弄自己的手指。

恍惚之间，苏轼总是有一种不太真实之感。

这哪里是一个国家呢？

此时的苏辙已被授为右司谏，劝慰哥哥道："不可预料之事太多，哥哥还请接受眼前事实。"

"不是为兄不接受，司马相公这是全盘否定新法！"

又说到苏轼新近获迁的中书舍人官职，有了如此跟皇帝接近的机会，不是更容易报复"乌台诗案"的仇怨吗？

一想到新政派的蔡确、蔡京兄弟和章惇依然高踞在原来的相位之上，冷眼窥伺得失，性格沉稳的苏辙便说不出心中滋味。

蔡确既为司马光的言论所不容，理所当然被罢政，出知陈州，旋改亳州；以司马光接替蔡确遗留下来的位置，仍兼门下侍郎原职。

而章惇跋扈如故，见陛下以司光为相，躁忿忌嫉。

没想到，苏轼中书舍人的职务没有辞去，章惇却首先走了倒霉运。

这一日，司马光上书请求恢复差役。章惇横加驳斥。

太皇太后有意让司马光和章惇二人当面陈述，章惇以为太皇太后偏袒自己，态度更加豪横，甚至在殿上大吼大叫，说什么"他日安能奉陪吃剑！"

太皇太后哪里还能按捺得住？

当年，就是把持朝政的章惇等人故意挑起西北战事，让神宗有了西征之念！结果，宋军大败，结局雪上加霜，神宗皇帝才抑郁成疾！不然哪会年纪轻轻就撒手人寰？

恰逢刘挚呈上弹劾章惇的奏章："章惇佻薄险悍，陷害王安石，以边事欺妄朝廷。更附吕惠卿，又为蔡确所引，横议害政，请除恶务尽！"

结果，章惇被太皇太后谪往汝州。

紧接着，苏轼一鼓作气上书扫荡群奸，历数吕惠卿的种种罪恶，指责他诡变多端、见利忘义！

吕惠卿降为建宁军节度副使，建州安置。

苏辙等一些谏官弹劾张璪"天资邪妄，易以为奸，宜除去"。张璪遂遭罢斥。张璪于"乌台诗案"时，为知谏院兼侍御史知杂事，同时受命于李定、何正臣、舒亶等人，为该案的四凶之一！

又弹劾"李定身为侍从，母丧不报，有失人伦"，谪放滁州。

舒亶、何正臣行为不端，亦遭降职。

苏轼特将章惇邀约到白家巷家中来，专门置办了一桌酒席，为章惇出京饯行。

章惇却大谈起对苏轼的"功德"来：什么李定、舒亶、张璪等人是嫉妒苏轼的才华，而苏轼做人太耿直，这才被关进了"乌台大狱"！

但章惇是有情儿男，多次在神宗面前替苏轼说好话，还当面挖苦过宰相王珪。"就是贬章某去汝州，章某也不会老死在那里！章某还会回来的，这老匹夫真是死无葬身之地，若他进了坟墓，章某定会将他的尸骨挖掘出来高悬示众！"

"老匹夫"指的是司马光。

听完他的话，苏轼打了个冷噤！几十年以前在凤翔府，他就得出过"有一天你会杀人"的结论，那时的章惇不明就里，反问过他为什么。没想到，如今的章惇不仅会杀活人，连死人也不放过！

后来，在迫害"元祐党人"时，司马光等人的尸骨确实被挖掘出来，并示了众。这是后话。

章惇又说出了他的"心病"："章某一到汝州，定会学子瞻游山玩水、写诗作画，过几天农夫般自由自在、无拘无束的生活。只是——"

"子厚兄有何心事放不下，但说无妨。"

"子厚家中有一犬子，不久就要科考进士。子厚不在家中，唯恐无人督促，还请子瞻兄弟多多扶持。"

章惇之子名叫章援，苏轼见过几次，那是一个读书勤奋、聪颖活泼的青年，苏轼对他印象良好，遂说道："若子厚兄愿意，可将章援留在京城，让他每日来到我家，跟过儿一起读书。如何？"

章惇眼中流出两滴热泪来，他站起身，向苏轼深深施了一礼，说道："子厚就是心想如此，若首先说出来，怕子瞻兄弟不同意呀！哪会嫌这主意不好呢？"

第二十一章　元祐党争

1

苏轼因为对新法的观念，跟司马光矛盾不断。

司马光认为，王安石推行的新法误国害民，理当全部废除。

而苏轼则认为，新法的废除应循序渐行。新法并非一无是处，利于百姓生计的部分条款应继续实行。

那一日早朝，太皇太后刚把哲宗小皇帝抱到龙骑上坐好，内侍殿头就拉起尖细的嗓音喊道："各位大臣，有事奏事，无事退朝。"

忽见满头白发的司马光走出班列，拜过太皇太后和小皇帝之后，语气坚定地说道："王安石大人执政时推行的新法，如《青苗法》《免役法》等诸法，祸国殃民已久，怨声载道，应予立即废除！"

苏辙走出班列，朗声说道："司马相公，前日子由呈上《论差役五事状》，罗列了熙宁前后《免役法》与《差役法》的差别，《免役法》与《差役法》相比，有五大好处……"

不等苏辙说完，司马光便插言道："罢废免役，施行差役事，已经呈给太皇太后和皇上允许。差役中的小节疏漏差误，请详定役法所审议，待审定完善，便可颁布实施。"

苏轼快步走出班列，奏道："臣以为，新法的废除要有一个过程，应是在旧法建立并初步实施以后。不然，则易引起社会动荡。"

司马光极不耐烦地打断苏轼的话："多日以前，我当着满朝文武百官之面概述了《免役法》的五大害处，苏大人难道未曾听闻？苏大人身陷乌台大狱、贬谪黄州四年有余，难道是好了伤疤忘了疼？"

苏轼平静说道："王大人能够顺利推行新法，系得益于先帝之恩准。"

太皇太后一脸仁慈望着苏轼。

苏轼继续说道："况且，王大人为人正直，于君于民忠心耿耿。"

司马光无法容忍此语出自刚从困境中解脱不久的苏轼之口！他知道"饥不择食、口不择言"之害，遂不再开口说话，只是把他那桃木拐杖在殿前地上挂得咚咚响。

司马光跟苏轼不是师徒，却胜似师徒！满朝大臣聆听二人争执。

苏轼接着说道："下官此次来到京城之前，曾在金陵拜访过王安石大人，他亦觉出了新法推行过程中的失误之处，无外乎任人不贤，再就是没有听见发自民间的意见及贤良人士的劝谏。'欲速则不达'，种种失误堆积在一起，才铸成了新法推行的最终失败！"

司马光再也忍不住了，打断苏轼道："既是失败，哪来有利于百姓生计可言？莫非——莫非——苏大人誓当王安石第二吗？"

苏轼的头颅"嗡"的一声巨响！

那一天的早朝不知是如何散去的，回到家中，他倒头就睡，不吃不喝，他的耻辱在延续。

朝云手托一碗稀饭走来，他问朝云道："你能猜出，我脑中最烦闷的是什么？"

朝云笑道："苏大人脑中全是治国安民之方略，既是不合时宜，人家自然不可接受。"

"你有何良策？"

"比如说宽剩役钱，名为十中取二，实为加半征收！相公若能将此额外的浮收全部豁免，同时准许百姓用布、帛、谷、米折抵纳役钱，民间钱荒的毛病便会越来越少，甚而绝迹。这才是真正关注民生。"

"那你——又是如何了解这些的？"

"在黄州听说不少啊，赴京沿途也听说过一些。"

"朝云原来如此知我。"

苏轼不死心，第二日又直接找到政事堂，再向司马光公开陈述反对意见。

司马光虽然强颜作笑表示歉意，却心存芥蒂。

他形容枯槁，胡子花白，两耳经常听不见，但依然态度强硬。

政事堂的争论，司马光的脸色，同样有目共睹。连续两次跟司马光意见不同，苏轼寝食难安，心中气愤难平，一边围着朝云转，一边恨恨说道："司马牛！司马牛啊！"

朝云十分不解，劝慰道："保养好身体，少受罪呀！为何要多怄气呢？"

为了不怄气，苏轼决心请辞中书舍人这一职务，他连夜写了一份《奏请免辞》，下一日早朝呈上去。

这份奏章文书转到司马光手中，虽说政见不同，但司马光知道苏轼跟那帮趋炎附势的小人不同，遂在苏轼奏章下方空白处写下一行文字："拟荐苏轼为翰林学士、知制诰，望太皇太后诏准。"

第二日，太皇太后用朱砂御笔批了"照准"二字，又命内侍令送去三品紫色官服一套，五梁冠一顶，玉带一条，金鱼袋一个和镀金马靴一双。想到苏轼府中也许无马，太皇太后又让人从御马房牵出御马一匹，附上一套镀金的缰绳鞍鞯！

太皇太后明白，这是司马相国在重病之时安排后事，心中忍不住一阵悲戚。但转念一想，现在做好这些人事上的安排，何尝不是一件好事？便问道："苏氏兄弟是先帝眷恋之奇才，仁宗英宗神宗三位先帝，均有意委之以宰辅重任。今日看来……"

司马光焦急说道："苏轼确有奇才，声名又如日中天。他为翰林学士知制诰，以后尚可侍进，现在却不可擢升宰辅重任。"

"何故？"

"比如王安石，诗词歌赋均闻名于世，为一代文宗，出任翰林院大学士十分称职。但他刚位居宰相之位，竟上违天意改变祖宗之法，结局如何？我大宋国力更强盛了吗？百姓生活丰衣足食了吗？我看未必！所以，王安石只能做翰林学士，不可充任宰辅。苏轼跟王安石有什么两样？若一定要任用苏轼为宰辅，请太皇太后和皇上谨慎、再谨慎，万请以王安石为诫。"

太皇太后默不作声。

宫中派遣西头供奉官充待诏董士隆到苏宅传读圣旨，宣召入学士院，苏轼始供翰林学士职。

司马光自己也不可能知道：这是他对苏轼最后一次鼎力相助，在这一年（元祐元年，1086）的九月初一，司马光久疾之后薨于相位，享年六十八岁。他本人还朝主政不过一年，距王安石薨于金陵亦只迟了四个多月。

苏轼回到京城以后，被太皇太后看重，恩泽胜过宰相，虽然苏轼心中不安，一再请辞，但元祐党争与熙宁党争已有本质的不同。

熙宁党争，既要实现新政理想，也要维护社会安定，争论者为的是国家利益和人民生计，不为个人争权夺利。元祐朝士却不同，这是政治上的夺权运动，实质上是排斥异己、权势欺凌。

在司马光的葬礼上，以理学家自居的程颐跟苏轼争执起来。

司马光去世后，灵柩在灵堂中停留三日，因为遇上神宗灵位送入南郊太庙的斋戒日，文武百官遂遵循古礼为神宗斋戒。

南郊太庙的祭祀一结束，苏轼则号召同僚去宰相府吊祭。

程颐阻止大家道："孔圣人在《论语》中曰：'子于是日哭，则不歌。'一日之内，大人们在太庙中唱过颂歌，听过音乐，怎么又可以去哭吊相国呢？"

苏轼反驳道："我们祭祀神宗三日，已经做到了长幼尊先，现在为何不能去呢？"

程颐擢升为崇政殿说书，完全依仗"洛下故人"的举荐，而"洛下故人"司马光和吕公著都是当朝宰辅，司马光病逝，朝廷命他主持盛大丧礼。

朝官们听苏轼的说法有道理，便往相府走去。

程颐心有不甘，继续阻止。苏轼回敬程颐道："程说书，在《论语》中，孔圣人是说过'于是日哭则不歌'，但并未说'于是日歌则不哭'呀！"

程颐无奈，便跟着一行人走去。

按照通常礼制，司马光的公子司马康应当站在灵堂前面，向前来吊祭的客人们还礼才合乎礼节。这是几百年遗传下来的丧礼风俗，但苏轼在灵堂里竟没看到司马康的影子！他向后厅走去，找到了眼睛红肿、面颊清瘦的司马康，问道："贤侄，你当守在灵堂旁边给客人回礼才是，何以站在此处？"

司马康哭丧着脸，说道："程颐大人告诉小侄，说那样不合古礼。还说，孝子孝敬父亲，应当悲痛得不能见客人才好。"

"岂有此理？他家父去世，为何不见他'父死子殉'？"

苏轼拉着司马康回到前厅，司马康原本有些犹豫，经不住苏轼的拉扯，终于进了灵堂。

众大臣见了司马康，纷纷围了过来。

程颐见状，怒道："你来到灵堂，就是违背圣人之言！"

司马康垂着头，不敢回应程颐。苏轼走过去，横在司马康和程颐二人中间，用身子护住司马康，问道："程说书，你家是按照古礼安葬前辈的吗？"

"那当然，为体现人之至孝，必须遵循古礼。"

"你先父去世时，是按古礼办的丧事？"

"今天何以质疑此事？"

"古礼云：君死臣殉，父死子殉，夫死妻殉，当初你为何未殉父而死，现在反而活得好好的呢？"

"……"

苏轼愤愤不平地说道："己所不欲，勿施于人！程说书，你追循孔圣人，千万不要忘记孔圣人说过的话呀！"

众大臣听了这句挖苦话语，竟忘记了眼前的悲凉情景，偷偷笑起来。

程颐气得身体直打哆嗦。

2

"试馆职"是学士院的职掌。

进士候选馆职，必须试而后用。这次考试的策问题共拟三道，第一、第二两题是翰林承旨邓温伯撰的；第三道"师仁祖之忠厚，法神考之励精"题为苏轼所拟。

这三道题目由苏轼亲自缮正进呈，蒙御笔钦点，定用第三道，恰为苏轼所撰。

首先挑三拣四之人是朱光庭。

朱光庭，字公掞，偃师人，与苏轼同年进士，程颐的得意弟子，以司马光之荐，于元丰八年（1085）为左正言，乞罢《青苗法》，论蔡确、韩缜等直言耿耿，这次恶意抨击苏轼的竟是这位老朋友。

朱光庭从苏轼原题中割出本不连贯的两段，断章取义加以"笺注"，据以弹劾苏轼为臣不忠、讥议先朝，控告他有诽谤仁宗、神宗两代先帝的大罪。

然而，太皇太后根本不相信苏轼会有讥议先帝之意，明白谏官们之所以寻瑕摘疵，只是心中嫉妒，所以下诏："苏轼特放罪。"

放罪即免罪之意。

到了十二月二十七日，御史中丞傅尧俞疏论，二十八日侍御史王岩叟继起上奏，帮朱光庭说话，疏论苏轼"以文帝有蔽，则仁宗不为无蔽；以宣帝有失，则神宗不为无失，虽不明言，其意在此"，乞苏轼应得之罪。

苏轼认为，洛学弟子以国家赋予的谏权作报复私怨的工具，实为可耻！而司马门下的傅尧俞本是苏轼的多年好友；王岩叟是韩魏公的幕宾，渊渊私交，两皆深厚，现在为何出来趁火打劫？

政治上的人情诡变令苏轼十分沮丧，元祐二年（1087）正月十七日，再上辩札。

十八日，太皇太后召傅、王二人入对，目的本在于疏解，不料，傅尧俞、王岩叟二人在太皇太后帘前再一次强调苏轼策题的不当！

太皇太后十分愤怒，面诘道："这是朱光庭的私意，难道你等与朱光庭是同党吗？"

这话可不是一般之重，从太皇太后嘴里说出，傅、王二人又惊又恐，心中害怕至极，便同奏道："臣等蒙宣谕，党附朱光庭纠缠苏轼，上辜任使，更不敢诣台供职，伏祈谴斥。"

太皇太后正色道："你等究竟想把苏轼如何处置？"

傅、王二人你望着我、我望着你，心中早准备好的恶毒之语，一句也说不出来。

太皇太后继续说道："为何竟如此安静？"

他们不是安静，是害怕太皇太后追究他们的责任，遂连忙跪在地上，高呼"万岁"。最后，傅、王二人皆移任他职，缘徙其官，一场风波才告平息。

苏轼明白，这场围攻的实质依然是朝官们排斥异己，目的是争权夺利，他就不愿意跟他们再争论下去。他接连四上奏章，竭力求去。

苏轼虽因策问惹起一场风波，横遭冤诬，然而，在这次考试中，应考进士被拔擢馆职的共有九人，包括毕仲游、黄庭坚、张耒、晁补之、张舜民等诸人全部在内，此一大快慰。

毕仲游从游已有多年，这次考了第一，补了集贤校理；黄庭坚本为校书郎，亦迁集贤校理，著作佐郎；张耒为太学录，以范纯仁荐试，迁秘书省正字；晁补之为太学正，以李清臣荐试，迁秘书省正字。

苏门四学士中，只有秦观没有参加这次考试，这是因为凡除馆职，必须登进士第历任完成一定资格，经大臣保荐，才得召试学士院，考试入等才能除授馆职。秦观当时资历不足，所以未预此选。

这一年的十二月又试馆职，苏轼撰策问题，竟意外地遇到了当年的茶友廖正一。

北宋时期，蔡襄在建州（今福建建瓯）北苑制作贡茶，"小龙团"之名由此闻名遐迩。熙宁年间，贾青任福建转运使，在小龙团的基础上进一步加工，制成密云龙茶，较小龙团又更胜一等，为皇家贵戚所重。苏轼是品茶专家，将此茶视若拱璧，轻易不肯饮用。他在《和钱安道寄惠建茶》一诗中有"收藏爱惜待佳客，不敢包裹钻权幸"二句，谁才是"佳客"呢？

有一则故事说，只有"苏门四学士"黄庭坚、秦观、晁补之等人来访，苏轼才命侍妾朝云取密云龙茶待客，久而久之，竟成了苏门的不传之秘。

有一天，堂上传出"取密云龙来"之语，家人以为四学士到了，上堂一看，出乎意料，竟是廖正一。

廖正一，字明略，号竹林居士，安州（今湖北安陆）人，元丰二年（1079）与晁补之为同年进士，他与前"苏门四学士"更是游伴兼诗友，有多首韵唱和诗，不仅晁补之，连黄庭坚也对廖正一赞之不止。苏东坡见其策文，称赞他的才华和文章为"汪洋之学造微，瑰玮之文绝众"。

苏轼素爱正一的才学与茶品，曾以《行香子》一词录赠他：

绮席才终，欢意犹浓。酒阑时、高兴无穷。共夸君赐，初拆臣封。看分香饼，黄金缕，密云龙。　　斗赢一水，功敌千钟。觉凉生、两腋清风。暂留红袖，少却纱笼。放笙歌散，庭馆静，略从容。

可见，廖正一不愧茶乡蒲圻人，能与苏轼煮茶、品茶、斗茶，达到"两腋清风"的品茶入仙境界，成为苏轼晚年最得意的门人。

不久，廖正一被任命为秘书省正字，因与苏轼关系亲密，当时的声望仅亚于"苏门四学士"。

廖正一以直言敢谏著称，也因此故被贬到信州玉山（今江西玉山县）当监税官。崇宁间，蔡京为相，专横跋扈，将司马光、文彦博、苏轼等三百多人列为"奸党"，史称"元祐党禁"，廖正一因为与苏轼的关系而名列其中，最后郁郁不得志而终。这是后话。

在馆试策题案中，朔派诸公原想帮助程颐、贾易，先把风头正劲的苏轼揪下台来。但是，他们看到太皇太后脸色不对，弹劾理由也缺乏根基，遂暂时歇手。等到程颐有隙可乘时，他们居然又倒向苏轼、吕陶这边，给这位愚不晓事的圣人之徒来一个致命打击！

程颐、贾易先后罢去，洛学一派"树倒猢狲散"，一部分精明之人又被朔派吸收过去，声势更盛。朔党的矛头，毫无疑问直指苏轼。

苏轼门人毕仲游怕苏轼再惹事端，致书恳切劝谏。

毕仲游是苏轼主持馆职试中以第一名成绩入选的高才生，他如此苦口婆心地劝说，做座师的定会满心感激，然而，苏轼就是个对人对事非常纯真的人，毫不警惕眼前的形势已非常危急，性格刚正，开罪于小人之处很多。

张商英，字无尽，章惇当初将他推荐给王安石，与薛向同为新法时期的理财能手，后来却被舒亶出卖，宦途一直不得意，现在，他任知开封府的推官，眼看苏轼威望日隆，自恃与苏轼熟识，便写信求苏轼举荐，请苏轼先荐他召入台省，而后他便可利用台谏地位，助苏轼排斥异己。

恰恰此语让苏轼对他非常鄙视！

宰相吕公著也知道此事，很不高兴，便将张商英调离中枢，出为提举河东刑狱。从此便埋下祸根，到了哲宗亲政时，张商英首先弹劾元祐诸臣，原因正在于此。这是后话。

还有一事不得不提。

元祐二年（1087），朝廷命秘阁校理诸城赵挺之为监察御史，苏轼听说此人在元丰末年任德州通判时，因大力推行《市易法》，商市大乱。当时，监本州德安镇的黄庭坚向他请求道："德安镇小民贫，不堪诛求，乞稍宽缓一步。"而赵挺之悍然不许。但现在，赵挺之因大臣之荐改职，必须通过馆试，苏轼当众批评道："挺之聚敛小人，学行无取，岂堪此选。"

另外，赵挺之的岳父郭概在任西蜀提刑时，本路提举官韩玠违法虐民，朝廷下旨令郭概调查，他却趁机隐蔽韩玠罪证，被苏辙弹劾。最终，郭概、韩玠双双被问罪，因而积下此怨，赵挺之对苏氏兄弟恨之入骨！一旦朋党势成，他必定会出尽死力，成为攻击苏氏的先锋。

朋党是宋代政治的传统，远如庆历党争，闹得天翻地覆；近如熙宁年间，元老旧臣和新政派间的互相排斥，朝廷波涛汹涌，全国上下都为之杌陧不安。

到了元祐开元，太皇太后唯一信任依赖的，就是司马光！

只可惜，司马光当权为时仅及一年便谢世，后继之人没有他的德望，就开始分裂成三个派系：一是以司马光门下为骨干的官僚集团，人称朔派，刘挚为领袖；一是以洛学程颐、程颢为主的洛派；一是籍贯西南的朝士，人称蜀派。苏轼在这一派中位望最隆，这一派领袖的帽子，自然就扣在了他头上。

启用程颐这样一个学者，是司马光的失策；而一向坚守学术本位，年至半百再出来为官，更是程颐的不智。

怨恨苏轼的，固然是最先挨打的蔡确、吕惠卿等辈，而司马光门下所结成的那个官僚集团更具政治野心，嫉妒苏轼最深，最不能容忍苏轼。

但太皇太后信任苏轼，元祐二年（1087）七月，诰下，诏苏轼兼侍读，就是给少年皇帝当先生，不仅要教少年皇帝自然知识，还要将少年皇帝引向对历史、对治术发生兴趣的路子上去。

苏轼欣然接受。

3

元祐二年（1087）八月，大宋朝廷遇到一件莫大的喜事：边臣游师雄生擒吐蕃首领青宜结鬼章！

鬼章虽然被活擒，但他的主力阿力骨却退走青塘。

在满朝官僚们的一片阿谀声中，苏轼急上第一道折子，劝告众人不可称贺太早。

西夏接应了鬼章的军队，却又遣使请和。大宋执政当局有意接受西夏的要求。

苏轼再上第二道折子，态度十分鲜明："为国不可以生事，既生事不可以畏事，今欲遽纳夏使，是病未除而先止药！"

同月下旬，苏轼再上第三道折子，反对边将贪功生事，请求朝廷节制进取。他更反对留质或者杀戮鬼章，否则，必然会激发他的旧臣与阿里骨会合，北交西夏，合力报仇，其患更大！

苏轼又四上建议：利用鬼章号召他的旧部来讨伐阿里骨，事成，许以生还！此所谓"以夷制夷"之计。但最终，西夏求和，执政当局还是接受了。

这年冬天，苏轼的眼病又复发。

元祐三年（1088）正月，朝廷诏苏轼权知是年礼部贡举。

宋代防范考试作弊的方法大体沿用唐制：一是用锁把考场锁起来；二是禁止挟带，实施解衣搜身，宫里的内侍骄横凶暴，对待读书举子如小偷囚徒；三是所谓"糊名弥封制"，即在考卷上密封考生姓名，防止考官作弊；四是"誊录"，即考官所阅试卷仅为誊本，使他不能从辨认考生的字迹上发生弊端。

贡举事了，苏轼就得认真考虑自己的出处了。

太皇太后召见，当面问他："何故屡入文字请求外放？"

苏轼不提弹劾之事，只以疾病为由，请求外放。

太皇太后宣谕："岂以台谏有言之故？你兄弟自来孤立，向来进用，皆是皇帝与老身主张，不因他人。今来但安勿恤人言，不用更入文字求去。"

苏轼改乞朝廷罢免他翰林学士的位置，但求给予一个秘书监、国子祭酒之类的闲职，俾资自保。

四月四日，太皇太后将苏轼召到御书房，苏轼进门便行大礼，此时的太皇太后坐在一乘金黄色的椅子上，而小皇帝宋哲宗手里正玩着一根新折的柳枝。

太皇太后简洁明了地问道："内翰前年任何官职？"

苏轼毕恭毕敬地答道："汝州团练副使。"

太皇太后再问："今年又任何职？"

苏轼的恭敬丝毫不减，答道："翰林学士兼侍读。"

太皇太后继续问道："为何升职如此快？"

苏轼答曰："因太后和陛下圣泽。"

太皇太后说道："不关老身之事。"

苏轼不解地问道："那则出自官家？"

太皇太后说道："亦不关官家事。"

苏轼惊问："莫非是大臣们联手论荐？"

太皇太后说道："亦不关大臣事。"

苏轼大惊，说道："苏轼不才，但绝无不仁不义之念，更无不干不净之行。"

太皇太后温和说道："重用苏轼乃神宗皇帝遗愿。"

苏轼慌忙跪在地上，失声痛哭。

太皇太后和哲宗小皇帝跟着流泪。

太皇太后当即赐座、吃茶，叮嘱苏轼道："苏轼已是四朝元老，又是神宗选定的宰辅之材。今日新帝刚刚即位，苏轼须尽心尽力辅佐，即为报答先帝知遇之恩。"

苏轼再次跪在地上，连连磕头道："苏轼定将此训牢记心中。"

太皇太后随即转换话题，问苏轼道："今年开科主考，何人高中？"

苏轼答道："今年贡举，榜上第一名是章援，第二名是章持，均为章惇大人府上公子，第三名是舒亶之子。"

太皇太后大惊："章惇之子，还有舒亶之子吗？此二人之子竟高中状元、榜眼、探花？苏轼难道忘了那年的'乌台诗案'，那比天还大的冤案？"

苏轼答道："苏轼也是事后才得知，最后拆出号来，方知是章惇的公子章援、章持。"

"苏轼心中难道未曾有过半点波澜?"

"他们确是社稷有用之才,苏轼不敢昧着良心说话。"

"参试者中就没有苏轼的门生?"

怎么没有呢?

李廌参加了此次贡举考试,考完后,他找到主考官苏轼。

李廌说道:"吾文绝不在三名之下。"

"确有如此之势?"

"还望恩师慧眼识珠!"

"知道了。"

真正看到李廌之文,苏轼大失所望,进前二十名也难。

欧阳修开创出来的宋代文学的革新运动,一直到苏轼接替他继续领导当代文坛,已经奠定了非常雄厚的基础。苏轼进入中年之后,必须为这根接力棒寻到一个有资格接棒的人。

他曾经将这份心事公开于其门人曰:

国家的文运,必须要有名世之士,相与主盟,则此道统才不至于坠失,方今太平盛世,文士辈出,必定要使这一代的文运,有个宗主。

但是,李廌本人并不知道苏轼作为主考官对他应试之文的评价,试罢回家,他轻浮而不厚重的一面便表现出来了,他告诉别人道:"幸得苏公赏识,吾文应在三名之内。"他那七十岁的老乳母听过之后,忍不住流下一行浑浊的老泪来。李廌也不知道去劝慰一下老乳母,只知道傻笑。

苏轼有心帮助李廌,他详细看了考官所荐前二十名的试卷,其中一卷非常杰出,笔墨婉转起伏,遂对同官说道:"此人必为李方叔。"

拆封之后,却是葛敏修。

黄庭坚非常高兴,说道:"可贺内翰得此人。此葛敏修是黄某做宰太和县时相从的一名学子。"

苏轼心中暗暗为李廌着急,他又寻得另外一份试卷,从头至尾看了好几遍,认为必是李廌之文，对黄庭坚说道："此文必为吾友李廌之作！"遂拔置魁等。

拆出号来一看，却是章惇的公子章持！

李廌铩羽而归！他事先说出去的大话怎么收得回来？

老乳母气得吃不下晚饭，咬牙切齿地说道："说什么苏大人这次全权负责礼部贡举，我家奶儿的诗文向来俱佳，为何不可及第？"

见无人搭理，她恨恨说了一句："想奶儿从前跟苏大人那么交好，此次不中，以后还有什么盼头？"然后关上房门，一肚子怨气，上床睡觉。

李廌听不到乳娘房间的任何动静，悄悄将耳朵贴在房门上，依然没有动静。他走到屋外，踮起脚跟朝室内望，最不愿意看到的一幕终于发生：乳娘上吊自尽！

李廌只恨自己无佳运。

苏轼对太皇太后说道："苏轼门生李廌参加了此次考试，但其文不及别人！李廌落榜，苏轼非常难过。现在，李廌已经回到原籍去了。"

太皇太后说道："苏轼做事公私分明，此乃君子之杰。明日午时，先帝灵位移于宗室祠堂，你随陛下前去祭扫皇陵。"

苏轼跪在地上磕头。

苏轼告退，太皇太后从书案上拿起一尊莲花形的金烛台，说道："念苏轼忠心耿耿，特将此先帝用过的烛台赐予苏轼，望不遗余力报答先帝的知遇之恩！"

苏轼双手接过，随内侍退出了文德殿。

李廌屡屡写信抱怨苏轼，苏轼三番五次周济他。李廌回乡之时，苏轼手头没有富余银两，就写了一封言辞恳切的信，希望他在家中发愤苦读，来年再来参加考试；并将太皇太后赐的那匹御马送给他。

若日子不能维持，李廌定会卖掉这匹御马！怕买主怀疑御马的来历，苏轼亲自写了一份此马来路的证明。

李廌布衣终身而死。

4

朝廷既以国士之礼待之，苏轼此身已非己所有，他一心报答知遇，尽心尽力教授小皇帝宋哲宗这位年轻的官家。

苏轼还有特派的外交任务，如元祐元年（1086）十二月，东北边境契丹人所建的辽国曾经派使者耶律永昌、刘霄来庆贺宣仁太后的诞辰，苏轼为"馆伴"，陪同住在驿馆，趋朝、见辞、游宴等事宜均作陪伴，混合了外交和防谍的双重任务。

苏轼处处谨慎。他第一次陪刘霄饮酒吃饭，热情备至又不乏分寸，几杯酒下肚后却是面红耳赤。刘霄见状，念出他的旧作：

痛饮从今有几日，西轩月色夜来新。

苏轼面露惊奇之色，刘霄问道："苏大人真不善饮酒？"

苏轼答道："我已经喝成这样了，贵客期待我喝到趴在地上吗？"

赐宴完毕，苏轼陪同刘霄一行回到居住之馆舍。不知何故，苏轼骑的那匹马竟然失足，马背上的苏轼滚到地上来。

刘霄回头一看，惊问道："苏大人没有摔着吧？"

苏轼从地上爬起来，说道："小事一桩，实无大碍。"

刘霄不相信，又问道："苏大人没摔着吧？"

苏轼向前疾走了好几步，健步如飞。

刘霄佩服苏轼保持着大国大臣的风度，做了个友好的手势，说道："苏大人，马上请。"

到了宫殿准备觐见时，文彦博站在殿门外面，一副凛然不可侵犯之态，刘霄问苏轼道："那位老者就是大名鼎鼎的文彦博吗？"

苏轼回答："是。"

"文大人今年贵庚？"

"八十三岁。"

"好一个返老还童，真乃天下异人！"

5

苏轼门生终于均逃不过被"剿治"的命运。

至元祐三年（1088）五月，黄庭坚始得著作郎一职，却被赵挺之攻击得体无完肤！遂降归原职，一度为起居郎，旋又被攻责降。

秦观得一秘书省正字的任命，即遭到贾易严劾，狼狈出京。

毕仲游被列为"五鬼"之一，为刘安世、孔文仲所攻。

晁补之、廖正一、李昭玘竟至不能安于馆职，并出为吏。

张耒"苜蓿自甘"，在馆八年，一无进展。

李之仪在枢密院沉浮下吏。

陈师道不保一个地方学官之职位。

一日午后，苏轼在泡茶，马梦得走来说道："又一人获罪。"

"何人？"

"开封府尹钱勰，被人奏报狱空不实之罪。"

"无所不包、无所不能啊。"苏轼又问："出知何处？"

"越州府。"

"何时离京？我去送送他。"

那一日，钱勰轻松无事，其家人平静坐在船上。

钱勰忽问苏轼道："苏大人在京师的日子是否舒畅？"

"苦中作乐。不知何日再返京城。"

"为何要返京？"

苏轼题诗《送钱穆父出守越州》：

若耶溪水云门寺，贺监荷花空自开。

我恨今犹在泥滓，劝君莫棹酒船回。

十月十七日，苏轼以"右臂不仁，两目昏暗"为由，请求太皇太后给他一个"不争之地"。

病假一个月后，苏轼勉强回到翰林院去工作，又连上三状求放越州：朝廷若再留他，是非永远不解。

太皇太后只得准了他的请求，诰下："苏轼罢翰林学士兼侍读，除龙图阁学士充浙西路兵马钤辖、知杭州军州事。"

这将是苏轼第二次赴杭州任职。

元祐四年（1089）四月，苏轼离京。

太皇太后特准用前执政恩例，诏赐官服两套、金腰带一条、金镀银鞍一副、御马一匹，这是加殿阁衔的封疆大臣才能得到的宠赐。

苏轼元丰八年（1085）十二月自登州来京，如今光鲜而去，京华烟云，三年有余。

第二十二章　再赴杭州

1

天下最为富庶的杭州！重回此旧游之地，苏轼终于可以冲出牢狱般的生活，一吐胸中郁闷之气了！

因是称病请郡，遂作《病后醉中》一诗，其中不乏扬扬得意：

> 病为兀兀安身物，酒作蓬蓬入脑声。
>
> 堪笑钱塘十万户，官家付与老书生。

离开京城以后，苏轼首赴南都晋谒张方平，问候这位寂寞多病的老人。上一年（1088）的十二月，另一前辈范镇溘逝。苏轼感念平生，内心大恸，除了设位祭奠，他还要了却一件心愿，而此心愿，住在南都张家时终于了了。

他在南都静静居住了近一月，一面陪伴衰病的张方平拉家常，一面专心撰述范蜀公的墓志铭，这二老都是最早赏识并提携苏氏兄弟的前辈。

在此期间，受他推荐以布衣身份而为徐州教授的陈师道专程来看望他，二人晤叙甚欢。陈师道坐船陪苏轼到宿州，这位后来开江西诗派诗风的大诗人特别作诗《容斋随笔》呈送苏轼，如江水般滔滔不绝地表达了对苏轼的景仰之情：

> 一代不数人，百年能几见？
> 昔为马首衔，今为禁门键。
> 一雨五月凉，中宵大江满。
> 风帆目力短，江空岁年晚。

路过湖州时，苏轼心中掠过"伤心旧地，罪官重来"之句，只能把这祸福之兴衰当作过眼之云烟了，不然，只能越想越伤心。

路过吴兴时，恰碰几位"后辈"来欢迎苏轼这位"前辈先生"，他们分别是黄州已故太守徐大受的妻舅、福建路运使张仲谋，福建转运判官曹辅（子方），以左藏副使为两浙兵马都监的刘季孙（景文），临濮县主簿、监在杭商税的苏坚（伯固），以及杭人张弼（秉道），主客共有六人，相聚甚欢。

苏轼特别欣赏开封祥符籍的将军诗人刘季孙，他和苏辙一样，个子很高，那时，其兄共六人，皆已亡去，他本人已经五十八岁，垂垂老矣，但苏轼与他多有唱和，甚至把他二人比作西湖上南北二高峰，几乎将他视为亲兄弟，可见交好之深。

十五年前（熙宁七年，1074）的九月，苏轼离开杭州移知密州时，与杨绘、张先、陈舜俞、李常、刘述等五人同游松江。现在，这六人中的五人已经先后逝去，那时最年轻的苏轼，今年不过才五十四岁，却已经取代张先成为座中的年老之人了！人生如寄，苏轼不胜唏嘘。

张仲谋笑称现在的六人为"后六客"，遂请苏轼书写《后六客词》。此语提醒了刘季孙和苏坚二人，他们要求苏轼为今日的欢聚题诗。曹辅和张弼二人趁机造势。

心中想哭，眼前的情景却使人开怀大笑。苏轼略一思忖，写出了如下这阕《定风波》：

> 月满苕溪照夜堂，五星一老照光芒。十五年间真梦里，何事长庚
> 配月独凄凉。　　绿发苍颜同一醉，还是六人吟啸水云乡。宾主谈锋

谁得似，看取曹刘今对两苏张。

其时，京城有消息传来：范纯仁因为反对将蔡确流放岭外，被言官围剿，甚而指责他为"蔡确之党"！范纯仁力求罢相，出知颖昌府（今河南许昌）。

听此消息，苏轼不寒而栗！幸而及早逃脱，杭州是个非常理想的去处。

2

元祐四年（1089）七月三日，苏轼一家乘船，由京杭大运河到达杭州。

再赴杭州，苏轼恰如天涯游子，内心充满归乡之乐。

未到码头，苏轼老远看见一大群人站在那里，那一定是专门前来迎接他的百姓，是刘季孙等人事先安排好的吗？

船一靠岸，苏轼看见一身着官服的官员站在最前方，黑压压的一大片百姓站在他的身后，虽然穿着破衣烂衫，但都整齐、干净；有的戴着斗笠，有的挽起长袖，有的挽起裤腿，有的甚至打着赤脚。他们双手合十，意欲给苏轼施礼。

最前方那位官员首先跪了下来。

百姓纷纷跪了下去。

苏轼哽咽着说："快快起来！"

跪在地上的年轻官员此时抬起头来，原来是杭州府通判章援！他已被授官来杭州任职，并且是自己的下属，苏轼好生奇怪。

章援大声说道："下官章援，率府衙同僚及数位百姓，前来码头迎接恩师、太守苏大人。"

章援身后的百姓长跪不起，苏轼让章援下令，叫百姓赶快起来。章援向后挥了挥手，百姓趁势说道："苏大人可要给我们穷人找一条活路啊！"

苏轼问章援道："这些百姓都是你组织过来的吗？"

章援回答说："他们得知了消息，知道恩师今日到达杭州，看到我等走在到来的路上，就一起过来了。还有很多人在路上遇见，也一块跟过来了。"

"请什么愿，居然如此严重？"

章援有些犹豫，说道："等恩师安置好家眷，小侄再向你报告详情？"

"就在此地说！不然，百姓不会离去。"

章援依然有些犹豫，说道："这哪是议事之地？或者，我们去府衙说吧。"

"何不请出几位百姓代表来，跟我等一同协商？"

章援到底年轻，他猛地搔了搔自己的后脑勺，说道："小侄为何没想到这一点呢？"

不用章援亲点，人群中已经走出一位老者、一位瘦削的汉子、一位中年妇女，他们齐刷刷地跪在苏轼面前。

苏轼一个个扶他们起身，说道："你等有事尽管说，苏轼当尽职尽责。"

章援悄悄对苏轼说道："恩师在此说话，师娘和师弟一班人还在一旁等着。小侄让府衙中的同僚们送恩师一家先去官舍，我等再到旁边凉亭言事。这样可好？"

苏轼点头答应，遂带着那三位百姓往旁边的亭子走去。

没有散去的百姓自发地跟在他们身后，也朝亭子方向走去。

那位老者抢先说道："杭州今年是什么天气？"

那瘦削汉子接着说："浙西七州，杭州、湖州、秀州、睦州、苏州、常州、润州，全都阴阳失调，从上一年（1088）冬季开始，一直到今年春上，下了多少雨啊，路上泥泞不堪，小孩打水仗，串门要划小船！"

那中年妇女跟着说道："只求有口饭吃，我等的要求并不高，为何老天爷就是不答应呢？"

苏轼惊问："水灾如此严重？"

那老者说道："可不是嘛，下雨时间太长，一直到今年的五、六月份，积水才退去，但早稻的季节过了，无奈之下，我等只能想办法再播种晚稻秧。可是——可是——我等造了什么孽啊！"

苏轼问道："今年的雨水依然很多吗？"

瘦削汉子说道："今年正好相反，滴雨不下了！土地干得冒烟，早稻淹死，晚稻干死。"

中年妇女说道："早稻晚稻都没了，小麦棉花也没了！没了早晚稻，就没有饭吃；没了小麦，就没有包子馍馍吃；没了棉花，就没有布匹绢帛，哪里去找上等好绢呢？呜——呜——"

一行人全都站在亭子中间说话，那位老者在苏轼面前跪下了！

瘦削汉子和中年妇女跟着老者跪下！

跟过来的百姓见此情景，也跪在地上！

亭子太小，跪不了那么多人，百姓就在围在亭子外边跪着，把小亭子围了一圈又一圈。

章援手足无措，急急叫道："恩师，苏大人，你看这个——"

这是今日的第几次百姓下跪了？

百姓关心的就是两个大问题：

一是大灾之后必有大乱，苏轼作为杭州太守，必须想法筹措粮源，并平抑米价，做好准备填补明年百姓粮食的缺口。

二是如何疏通运河水源，恢复水运交通，并使杭州城内的百姓有足够的饮用水和生活用水。

关于第一个问题，苏轼要把当地的粮食需求调查清楚，就当年的收成情况来预测来年粮食缺乏的数量。

然后，苏轼于十一月（1089）间上《乞赈济浙西七州状》，向朝廷提出请求，一是减收本路上供钱斛一半或者三分之二，等年成丰熟时，分年起偿；二是请即诏令停止公家在本路各州收购常平、省仓、军粮、上供米、封桩钱等各项名目的钱米；三是乞将上供钱散在诸州税户，令买金银绸绢，以免钱荒。

经过多方努力，终获朝旨许可，准予保留上供米的三分之一，办理平粜。

第二年（1090）正月，食粮供应果然如苏轼所料，青黄不接！

苏轼便下令减价出售常平米，把不断上涨的粮价压了下去。他将竭其所能，平息人间诸如"卖儿卖女"甚至"易子而食"的悲剧！

3

提到疏浚西湖，年轻的章援苦不堪言：

他来杭州赴任不久，就有百姓请求疏浚西湖，并送来了有一百一十五人签名的请愿书。当年的西湖，葑草仅占湖面面积的十之二三，恰如美丽风景的点缀。但近年来，每逢干旱，湖水就变浅，葑草则疯长，遍布湖中的大小葑草田已经淤塞了湖面的一大半，湖水发出阵阵恶臭，哪里还能行船？

"为何不想法治理呢？"

章援惭愧一笑，原任太守任期将满，怕治理不好，落下千古骂名！

章援初出仕途，能力尚弱。

更主要的则是治理西湖需要一笔巨大开支，仅靠府衙那点存银，不能解决实际问题，只得请求朝廷拨付专门款项。

"奏章已送往朝廷了吗？"

"早就呈往京师，只等批复。"

"疏浚西湖，最主要的问题出自哪里？"

"沧海变桑田，杭州渐为城市，水质皆是又咸又苦。直至唐朝，李泌才在杭州建造六井，汲引西湖群山所出的淡水，供应给百姓饮用；再至唐朝白居易，复又治湖浚井，筑起石涵隔绝江水，饮水问题才得以充分解决。"

苏轼饶有兴趣地听章援说着这些陈年旧事，想到那年陈襄为杭州太守，苏轼为通判，钱塘六井年久失修，即使是苦水，也不够城中百姓饮用。苏轼遂命僧人仲文、子珪、如正、思坦等人负责修整，不管是丈量湖深湖宽，还是计算葑草和淤泥的数量，苏轼均参与其事。

那时是用毛竹作水管将河水引入井中，经过多年，毛竹早已腐烂；加上淤泥长年垒积，无人清理，早已堵塞了水源！井中无水，湖水不能饮用，许多人家不得不去钱塘江远道取水！

"那究竟该怎样才能解决此难题？"

刘季孙和苏坚二人得知苏轼主持疏浚西湖之事，特别赶来出谋划策，并专门送来一桶清凉水，苏轼舀了半瓢，喝到口里又苦又涩，遂问此水从何而来。

他们齐声答道："这就是未经改造的钱塘六井之水！"

刘季孙说出了一个解决办法：用瓦筒代替毛竹，将瓦筒盛放于水槽之中，两边以砖石培瓷固护，底盖力求坚厚，水道即可畅通。

苏坚说，瓦筒、石槽和清除淤泥的费用均无着落，目前动工无望。

苏轼万分焦急。

三位百姓代表要苏轼许诺，还需多久才可正式动工。

苏轼朗声宣布："十日之后，本官亲自着手治理西湖！"

将军诗人刘季孙走到苏轼面前，对着亭内亭外的大片百姓，掷地有声地说道："想当年，苏太守在杭州，曾写过描写西湖绝佳景色的《饮湖上初晴后雨二首》，其二即为佳句，'水光潋滟晴方好，山色空蒙雨亦奇。欲把西湖比西子，淡妆浓抹总相宜'！今日，苏大人当众承诺，我等只期待苏大人言而有信，还西湖一片绿水青山，真正的'西湖西子'！"

天下百姓淳朴，杭州百姓更淳朴，说不出什么灵秀之语，不知是谁带头鼓起掌来，群众遂一齐鼓掌。

治理湖泊最重要的两个条件，一是人力，二是船只，缺一不可。

苏轼给秀州太守写信，希望他派出秀州的船只前来助役；为确保万无一失，他又派章援连夜赶往秀州。

至于人力，单纯依靠以工代赈的夫役，远远不够。

苏轼第一个想到两浙兵马都监刘季孙，请他调遣士兵二千名，下湖铲除葑草，肩挑手扛湖中淤泥。

刘季孙一口应承，还主动提供营中船只三十艘，以作运泥之用。

苏轼又以赈灾余款，招募三万灾民。

苏轼眼尖，他看见人群中有一位精神健烁的老者，正是当年负责修井的四位僧人之一的子珪。

苏轼快步迎了上去。子珪施礼道："苏大人为杭州百姓做好事，请受老衲一拜！"

当年跟苏轼一道修整西湖的几位僧人，只剩子珪一人在世，虽然年已七十，但他内心宁静，气色颇好。

苏轼说道："你就在家歇息吧，等着听我等的好消息。"

他想起以前给道友写过的那首《过旧游》诗：

> 前生我已到杭州，到处长如到旧游。
> 更欲洞霄为隐吏，一庵闲地且相留。

此诗本为道友而作，今日为僧人子珪吟诵一次，苏轼无比动情。

子珪却不是一位轻易就能动感情之人，听罢苏轼的吟诵，他肃穆起来，说道："可惜现在，既无斋饭，也无白云茶。老衲年事已高，不可再参与劳作。就让老衲在寺中，日日夜夜为苏大人、为杭州百姓祈福吧。"

"苏轼该如何酬谢子珪僧呢？"

子珪连连摆手，说道："苏大人德高望重在此，我等不可如此效法吗？"

子珪从前已经获得朝廷赐予的紫衣，这一次，西湖修治完工之后，苏轼特别上状，为他请得"惠迁"师号，用以酬谢他两次修井的劳苦。这是后话。

4

元祐五年（1090）四月二十九日，苏轼起草了一份《乞开杭州西湖状》，请求朝廷赐度牒五十道，因为度牒可卖给寺院，是一笔不菲的收入，再配合府衙赈灾的结余款项，就可将湖面的葑草清除干净。

度牒是出家人的身份证明。在宋朝，度牒由中央政府专卖，一个人若要出家做和尚，须先买好度牒，才可到寺院剃度。政府出卖度牒，在财政收入中占有重要地位，有时竟超过朝廷年收入的百分之十，可见宋朝佛教发展的程度。

为防备额外开支导致停工，苏轼捐出了他这几年悄悄积攒的五十两黄金。

苏轼借钱塘门外大佛头山，即石佛院的十三间楼作为自己的临时办公地。这石佛头山，旧时称"始皇缆船石"，开工之后的七日即是端午假日，苏轼亲自在工地上督工，作词《南歌子·杭州端午》：

> 山与歌眉敛，波同醉眼流。游人都上十三楼，不美竹西歌吹古扬
> 州。　　菰黍连昌歜，琼彝倒玉舟。谁家《水调》唱《歌头》，声绕碧
> 山飞去晚云留。

湖中铲下的葑草以及挖出的湿泥，堆放何处？这个问题久久折磨着苏轼。

他从西湖原有自西向东的那条长堤以及唐代白居易所筑大堤中获得了灵感：

西湖长堤自钱塘门至西泠桥，年代非常久远，在唐朝长庆年间，白居易浚治西湖以前就已存在。而白居易所筑长堤，则是从钱塘门水闸开始，经过昭庆寺，沿着宝石山麓北行，至松木场止。

但这两条长堤均已废弃。

葑草和湖土，原本就应该取之于湖，用之于湖！

湖的东面和西面都有堤，从东往西非常便捷，但若南来北往，则要环湖步行一周，行程三十里，非常不便。苏轼原来设想将挖出的泥土，设法用小船运往钱塘江边倒掉，现在，他有了初步的想法，就是将大量葑土淤泥堆放在西湖中央，筑一条自南向北的长堤！堤岸两边密植垂柳，堤上既要修建亭子，还要修桥，营造一种"人在画中游"的美丽功效！

苏轼每隔一日便亲自巡至湖上，跟章援、刘季孙等人一起，晴天顶着烈日，雨天一身泥泞，奔走在各个施工现场之间。

那一日，施工百姓请苏轼一块吃饭，忽然看见一群僧人走来，正中央的四名僧人举起一块巨大的牌匾，上面写着"治湖造福，恩泽百世"八个大字。

一位中年尼姑踩着碎步走至苏轼面前，施礼过后，在地上燃起三炷香，朝天拜了三拜，朝地拜了三拜，最后朝西湖拜了三拜，对苏轼说道："苏大人叫贫尼好找。"她向身后挥了一下手，那块巨大牌匾就立在苏轼眼前。

中年尼姑双手合十，双目微垂，轻声说道："苏大人率民拯救西湖，功德无量，贫尼得此消息，特率众徒前来，一则向苏大人致谢，再则为西湖祈福。"

苏轼笑道："这是下官的分内之事。"

"苏大人所言极是。"

中年尼姑的相貌，苏轼觉得似曾相识。

就在此时，中年尼姑从随身佩戴的法袋中取出一个黄绢小包，郑重交给苏轼，说道："请苏大人转交给朝云施主。"

苏轼连忙将双手往衣服上擦了擦，问道："你认识朝云？"

中年尼姑没有正面回答，再次朝苏轼施礼，后转身便走。

那位中年妇女走到苏轼身边，说道："此人是灵隐寺的云心禅师，经常在寺中讲经。"

"那她阅读了多少经书圣典啊。"

中年妇女说道："那可不是吗？她一讲就是三天三夜！不说禅院里的僧人，就是灵隐寺松树上的小松鼠，全都洗耳恭听，猫在树上一动不动。大伙说说，这是不是人在做、天在看，心诚则灵？"

中年妇女趁势说道："苏大人何时得空，自己去听听去看看好了。"

云心禅师是谁呢？

苏轼想起十五年前的往事：是哪位大牌歌妓，不仅有一颗仁慈的孝心，还善于饮茶，并能写得一手好诗？

只有周韶。

她一再请求苏轼帮她脱离乐籍，那个场面佛印大师也见过。

如今的周韶已成"禅师"。

5

九月中旬，朝廷恩准了苏轼的上书《乞开杭州西湖状》，拨米一万担，银两一万贯，并赐牒五十道。

有了朝廷赏赐的经费和粮食，施工进度自然而然就快起来了，到了九月底，六井已经全部修复，以前使用的毛竹全部废除，换上了坚固耐用的瓦筒和石槽；同时，两边再以砖石培护，杭州百姓终于喝上了清亮而甘甜的井水。

南起南屏山下的花港观鱼、北接栖霞岭下的曲院风荷和岳庙的大堤，后来成为"西湖十景"之首，由南至北横卧湖中，如一道长虹，将西湖照亮，将杭州城照亮，将杭州百姓的心照亮。

横跨大堤的六座桥梁也已完工，九座亭子建成，只待苏轼为它们命名。

这一年（1090），将近冬天时，苏轼忽患寒疾，眼看大堤快要合拢，苏轼便告假在家。其时，妻王闰之的胞弟王箴和同乡仲天贶从遥远的蜀地来到杭州，秦观的弟弟秦觏（少章）也于同一时期从京城来到杭州，他们几人都住在苏轼府上。苏轼精神好时，便一同读书、吟诗，有时也一同外出，游赏杭州美景。

如今的王箴，已是四十开外的中年人了。

这一日的傍晚，一家人正在吃饭，王箴突然称呼苏轼道："姐夫，你知道不？那条长堤已经有了名字了——苏堤。"

"苏堤？我没取如此名字。"

仲天贶说道："杭州人自己取的名。"

"不是拿苏轼之名说事吗？"

秦观凑过来说道："唐代白大人居易主持修筑了一条长堤，但那堤已废，自然不可再叫'白公堤'，况且跟如今这条堤并非同一条，这堤乃苏大人主持，叫'苏堤'合适。"

但苏轼坚持要自己给大堤取名。

三个人便一齐说道："叫'苏堤'合民心，顺民意呀！"

吃完了饭，三人照例去房中休息，而苏轼按照他的养生法，会在室内一边慢慢行走，一边轻拍他吃饱了饭的肚子。旁边的侍儿数次见过这样的场面，都不作声。

苏轼突然站住，指着自己隆起的大肚皮，问旁边一个侍儿道："你且说说，这肚子里藏有何物？"

侍儿答道："是满腹经纶，还有诗书文章。"

苏轼摇了摇头，说道："不是呢。"

他又问起旁边站着的另一侍儿。

那个侍儿答道："是呈给皇上批阅的高瞻远瞩。"

苏轼依然摇头，说道："不是。"

此时，王朝云经过，见此情景，不等苏轼询问便径直答道："依然是一肚子的不合时宜呀！"

在场之人全都笑出了声。

对于"苏堤"这一称呼，苏轼心中久久放不下，王闰之说道："这是百姓自发喊叫出来的，并非你苏某人的要求，有何理不直、气不壮呢？"

王朝云的说法委婉多了："苏大人心中有百姓，百姓自然敬爱苏大人，恰如鱼和水的亲密无间！"

这样一说，苏轼心中便坦然。

苏堤俗称"苏公堤"，横贯西湖南北，全长二点八公里，将里西湖和外西湖分割开来，与白堤、杨公堤并称为"西湖三堤"，自南而北的六座桥梁分别为：

映波桥、锁澜桥、望山桥、压堤桥、东浦桥、跨虹桥。六座桥合称"六吊桥"。

映波桥与花港公园相邻，垂杨带雨，烟波摇漾。

锁澜桥近看小瀛洲，远望保俶塔，近实远虚。

望山桥上向西望，丁家山岚翠可挹，双峰插云巍然入目。

压堤桥居苏堤南北黄金分割位，是湖船东来西往的水道通行口，"苏堤春晓"景碑亭就在桥南。

东浦桥是湖上观日出的最佳点之一。

跨虹桥上看雨后长空彩虹飞架，湖山沐晕，如入仙境。

第二十三章　二年阅三州

1

元祐四年（1089）四月，苏轼离京后，六月间，苏辙即除为吏部侍郎。仅仅过了三天，改翰林学士。不久又命权兼吏部尚书。

纵然苏辙有进用条件，但其晋升速度如此之快，时间又如此凑巧，苏轼心中多有不安。

这是宣仁太皇太后的弥补手腕。

元祐五年（1090）底，太皇太后两次面谕执政，欲召苏轼还朝。

第二年（1091）正月，已有召还苏轼为吏部尚书的消息。

但苏氏兄弟为朝臣侧目的情势益发严重：正月间，原本拟召苏轼为吏部尚书，后来，任命苏辙为尚书右臣，兄弟不可同朝执政，遂于二月二十八日诏下杭州，改以翰林学士承旨召还。

苏轼即将离开杭州，章援赶到苏轼府上依依惜别。

其时，杭州的水灾尚未结束，收成皆已无望。

"苏轼离去之后，请章援将民间捐赠过来的粮食和银两，接济给孤寡老人和失去双亲的孤儿。"

"小侄听从恩师吩咐。"

苏轼下决心辞免，便决定暂缓赴京，转往南都等候朝旨。

到达南都乐全堂张方平家已是五月。张方平致仕居家的十五年间，这是苏轼第六次来到南都谒候。

在南都期间，苏轼上辞免第二状。

而太皇太后降诏，依然不允所请。

苏轼再上第三状，请求在扬、越、陈、蔡各州中，随便给予一郡。

第三状仍然不能"邀回天意"，奉诏不许。

在朝的苏辙因为推荐王巩除宿州知事，已经遭到台谏攻击，只得在家待罪。

苏轼赴京途中已经听说过此事，考虑再三，苏轼决定向太皇太后诉说过往一切，恳求曲赐保全。

宣仁太皇太后大事精明，眼看范纯仁被刘安世劾罢以后，吕大防质朴无能，容易被人操纵利用，朝局将被朔党头子刘挚独占，朝内政客也有一起归附刘相门下之势！太皇太后所以擢升苏辙，就是要他辅助吕大防以权力制衡，防止刘挚独揽政柄。

所以，苏轼请辞，越是说得呕心剒肺，太皇太后越是紧抓不放。

苏轼不能一直在南都越趄不前，否则会落下抗旨罪责，遂于五月二十四日别了张方平，继续晋京。

此次离开，便成永诀。

到了京城，他便寄居在城内第三条甜水巷里的兴国寺的浴室院中，院僧惠汶招待他在东堂住下，德香长老早已谢世，苏轼于五月二十六日上殿报到，至六月中旬搬去与苏辙同住。

苏轼一到宫门，贾易即擢升为侍御史。可怜的苏轼已成众矢之的！这是不争的事实，他本人却不知道。

八月初五，诏定：

翰林学士承旨侍读苏轼为龙图阁学士知颍州。

苏轼出知颍州，太皇太后恩礼不衰，诏赐对衣一袭，金腰带一条，银鞍

328

訾匹。

而苏辙留任尚书右丞。

同年十一月，权倾一时的尚书右仆射刘挚罢相，出知郓州，距苏轼离京不过二月，正应苏轼之诗《书破琴诗后》：

> 此身何物不堪为，逆旅浮云自不知。
>
> 偶见一张闲故纸，便疑身是永禅师。

2

元祐七年（1092）二月，苏轼知颍州（今安徽阜阳）仅半年时间，朝廷诰命改知扬州。

三月十六日，苏轼到扬州任。

哲宗皇帝已是十八岁青年，这年五月，哲宗娶眉州防御使兼马军都虞候孟元的孙女为后，吕大防、苏颂、苏辙等大臣都被派为六礼之使，忙完皇帝大婚之后，苏辙为门下侍郎，官拜副相。

八月中，诏下扬州，召苏轼还京为兵部尚书，兼差充南郊卤簿使。苏轼九月初离开扬州，至九月初九，抵达南都，径登乐全堂。此时，张方平去世已有八个多月，苏轼得机奠祭灵帏。

九月中下旬，苏轼以兵部尚书兼侍读再度还朝，将至都门。

苏辙奏请得旨准备出省迎接。苏轼先寄一诗《召还至都门先寄子由》。

跟上次一样，苏轼寄居于兴国院东院，他是外臣，不便住到弟弟的东府官邸去。

新春之后，进入元祐朝的第八个新年（1093），苏轼五十七岁了。八月初一日，苏轼多灾多难的生命历程又迎来了一个沉重的打击：妻王闰之病逝于京师，得年四十六岁。

王闰之做了二十五年的诗人夫人，气质渐佳。

苏轼写下了感天动地的《祭亡妻文》：

呜呼！妇职既修，母仪甚敦。三子如一，爱出于天。从我南行，茕水欣然。汤沐两郡，喜不见颜。我曰归哉，行返丘园。曾不少须，弃我而先！孰迎我门，孰馈我田。已矣奈何，泪尽目干。旅殡国门，我实少恩。唯有同穴，尚蹈此言。呜呼哀哉！

　　苏轼将妻的灵柩寄在国门之外的僧舍内，并立下誓言："将来唯有与你同穴而葬，才能履行一同归去的诺言。"

　　王闰之死后百日，苏轼请大画家李龙眠画了十张罗汉像，献给妻的亡魂。苏轼去世后，苏辙将他与王闰之合葬，实现了祭文中"唯有同穴"的愿望。这是后话。

　　那时，坊间流传着一个十分荒谬的谣言，说是太皇太后有意废帝，改立己子。听此消息，太皇太后陡然病倒。

　　皇位传承，心怀叵测的朝官正好借此翻云覆雨，哲宗已经成年，做有名无实的皇帝心中充满愤懑，经不起旁人挑拨。

　　九月初三，太皇太后高氏崩于寿康殿，群臣上尊号曰"宣仁圣烈太皇太后"。

3

　　宣仁太皇太后大限之后，朝廷诰下，苏轼罢礼部尚书任，以两学士充河北西路安抚使兼马步军都总管，出知定州军州事。

　　这也许是太皇太后为保全苏轼预做的最后安排，也许是哲宗皇帝听从了新党分子的唆使，先把这位师父差出，以免将来成为障碍。

　　不出苏轼所料，哲宗九月初亲政以后，朝政发生了巨大变化，元祐初被贬放的新党大臣纷纷被启用，章惇升为左仆射兼门下侍郎，李清臣为中书侍郎，曾布为知枢密院事，蔡京为翰林学士兼侍读，就连吕惠卿都恢复了官职，张商英、赵挺之等人均任要职。

哲宗改年号为绍圣。

四月，殿中侍御史弹奏苏轼在任翰林学士时"所作文字，讥斥先朝"。哲宗便罢苏轼定州任，以左朝奉郎贬知英州（今广东英德）。不久，又贬宁远军节度副使，惠州安置。

苏辙免去门下侍郎之位，被贬汝州（今河南汝阳）。

从此，苏轼就踏上了他人生中最后阶段的漫漫贬谪征途。

这一年，苏轼五十八岁。

苏轼自知此去再难回头，此前在常州宜兴买下的田产和房舍，让长子苏迈带领全家人先去居住。若以后可以回来，他宁愿去宜兴，也不愿意再去京城！

积蓄银两分发给家中歌妓和男女仆人，让他们各谋生路而去。

女仆只剩下婢女春娘，王朝云要和苏轼一起奔赴被贬之地，而春娘年幼，往后生计难以为继，苏轼为此烦恼，怜香惜玉之心渐起。

此时，一位名叫陈强的运使官来到苏府，见春娘美若天仙，陈强色心大动，提出以自己的白马换取春娘，并为此赋诗：

> 不惜霜毛两雪蹄，等闲哦咐赎蛾眉。
> 虽无金勒期明月，却有佳人捧玉扈。

苏轼想到了曹魏任城王曹彰以美人换马、后把马献给自己的哥哥文帝曹丕的故事，陈强知道此故事，定非一般举止粗鲁之俗人。况且，他家有薄产，也算性情中人，以后断不会虐待春娘！自己此去路途遥远，山高水长，福祸吉凶难料，就答应了陈强的要求，并和诗：

> 春娘此去太匆匆，不教蹄声在恨中。
> 只为山行多险阻，故将红粉换追风。

春娘听说过王朝云和苏轼间的缘分故事，除了敬佩苏大人的文品和人品，她多么希望王朝云般的幸运降临至自己身上。然而，她却遭到了一个以身换马的"奇遇"，这就是人贱马贵、人不如畜了。悲愤的春娘也和诗一首：

为人莫作妇人身，百般苦乐由他人。

今日始知人贱畜，此生苟活怨谁嗔？

吟罢，她向苏轼和陈强深深施了一礼，转身就朝苏府大门墙上狠命撞去！

苏轼和陈强大惊，只见春娘口吐白沫，额根上全是鲜血，已经气绝而亡。

苏轼懊悔不已，可为时已晚。

他想到妻子王闰之临终前交代过他的话："只需留下马梦得和朝云二人。"遂将自己的书童高俅举荐给翰林学士承旨曾布。

高俅，原本泼皮无赖，当年，苏轼在登州任上仅有短短五日时间，就是在这五日里，高俅找到登州府上，哭哭啼啼地哀求苏轼收留他。

苏轼问他是哪里人，他说是青州人。

问他为何不跟父母在一起，他说母亲早逝，父亲高敦复和兄长高伸趁他睡着，抛下他后不知前往何方！

苏轼问他有何特长，高俅从随身携带的包袱中取出文房四宝，找苏轼要了一张白笺，写出一手漂亮的毛笔字。他说他性格乖巧，最擅长抄抄写写，跟苏轼这样的诗词大家相处，他定能打下诗词歌赋功底。他还有使枪弄棒的爱好呢！

苏轼问他的名字，他怯生生地说："小生姓名曰高球。"

"'球'？此字不好，供人踢之意；不如改为'俅'吧，供人敬仰。"

"小生恭敬不如从命！"

就像当年欧阳修赏识苏氏兄弟一样，苏轼喜欢上了眼前这小青年，谁说他"无赖"？就想让他做个小小书童，苏轼成为他生命中的第一个贵人。

但曾布府中属僚太多，不乏办理文书之人，没有接纳高俅。

苏轼即将离开京城，高俅又一次哭哭啼啼，苏轼便将高俅荐给驸马都尉王诜。

王诜是宋代著名画家，以"不古不今"的画风著称，他的代表作《渔村小雪》，兼具金碧和水墨两家之长，被人视为枕中秘宝而收藏，在中国山水画中占有重要地位。王诜良好的世家加上横溢的才华，使得宋神宗把自己的妹妹，也就是英宗赵曙的女儿蜀国公主嫁给了他，得以成为宋徽宗（赵佶）的姑夫。

王诜是高俅生命中的第二个贵人。

一次，王诜与赵佶在等候上朝时相遇，赵佶忘记带篦子刀，就向王诜借了一个，修理了一下鬓角。事后，王诜送赵佶一个篦子刀，派高俅送到端王府。端王赵佶正在园子中踢球，高俅站在一旁观看。

这是哲宗元符三年（1100）的一天，高俅已在王诜府中居住了七年，因这样一个偶然之机认识了端王（宋徽宗）。

端王问他："会踢否？"高俅答："能。"二人就对踢起来。

高俅平时喜欢吹弹歌舞、刺枪使棒、相扑玩耍，亦胡乱学些诗词歌赋，他学习足球十分用心，颠、踢、踹、钩、挑、抹、切等诸般脚法全部掌握，加上他身姿灵敏，反应灵活，那一手"鸳鸯拐"绝技，让端王大喜过望，差人对王诜说，他连人带刀都收下了。

端王引高俅为知己，二人每日必搓球技，关系一日千里，加上在苏门所学的文书之用，高俅很快就成为端王最大的亲信。

一个月后哲宗驾崩，端王即皇帝位，成为宋徽宗。

宋徽宗最喜欢足球，把足球捧为"国粹"，带动宋朝的官僚和百姓参与这项运动，甚至连大门不出、二门不迈的妇女，也把踢球作为自己最喜好的文娱活动之一。

有一次，宋徽宗观赏完宫女踢球，当场赋诗一首：

> 韶光婉媚属清明，敞宴斯辰到穆清。
> 近密被宣争蹴鞠，两朋庭际再输赢。

宋徽宗登基不到半年，就破格提拔高俅担任殿帅府太尉。从此，高俅的地位拔地而起，无人可及。

宋徽宗成为高俅实际意义上的第三个贵人。

一人得道，鸡犬升天，其父高敦复升为节度使，其兄高伸位居显臣之首，高俅子弟皆为郎官，一门显耀至极。

高俅百般讨好宋徽宗，迎合徽宗好名贪功的喜好，终成为一代奸相，坏事做绝。

这是苏轼"无心插柳柳成荫"的故事。

高俅得意之秋，苏轼已经下世，若苏轼地下有知，他定会拒绝此类恶人恶事。但高俅不忘苏轼的奖掖之情，每当苏轼的子孙及亲友来到京师，他都会亲自抚问，赠金银、送财物。这是苏轼身后事。

而现在，苏轼低声吟诗，离开京城前往惠州：

> 二年阅三州，我老自不惜。
>
> 团团如磨牛，步步踏陈迹。

4

万里投荒，苏轼不愿拖累儿辈，他叫苏迨带领眷口到宜兴去跟苏迈同住，他只带苏过一人同去，二十三岁的苏过已有侍父远行能力。

朝云定要随侍苏轼南行，照顾他的饮食起居，使得苏轼对这个红粉知己不得不心许她与结发夫妻无异，希望将来能够同向三山仙去。

门人张耒特地挑选二名兵士王告与顾成，将苏轼护送到惠州。

抵南昌吴城驿，苏轼作诗《望湖亭》：

> 八月渡重湖，萧条万象疏。
>
> 秋风片帆急，暮霭一山孤。
>
> 许国心犹在，康时术已虚。
>
> 岷峨家万里，投老得归无？

中国文人一朝失意，不是吟风弄月，便是醇酒妇人，但苏轼血管里流着的志士热血，并未真的冷却。

宋不杀大臣，大臣负罪，以贬谪岭外作为最重惩罚。哪料哲宗亲政之后，第一个被贬岭外的，却是从未执行过实际政务，而且是皇上自少至长一向敬爱的师父苏轼！

绍圣元年（1094）十月初二日，苏轼一行到达贬所惠州。

忽然来了苏轼这样一位大名鼎鼎之人，偏鄙之地的惠州城轰动起来了！外乡人苏轼在惠州街头一出现，大家便都认识了他。

惠州太守詹范率领一群同僚前来欢迎苏轼，他主动上前向苏轼施礼："苏学士前来惠州，乃惠州一大幸事！"

苏轼忙回礼道："苏轼乃一有罪之身、被贬之官，詹大人带领吏民相迎，传至京城恐有连累！"

一学子说道："惠州城小，抬头不见低头见，在街里坊间遇见苏大人，还会传至朝廷？"

一老者说道："能够给皇上做八年教师者，定是为人师表出类拔萃者，我惠州小城沾染苏大人的仙气才是。"

苏轼说道："万不可呼'苏大人'，直呼'苏轼'之名即可。"

詹范是黄州已故太守徐大受的生前好友，又写得一手好诗，他说道："詹某已在府衙准备了一桌薄酒，为苏大人接风洗尘。"

惠州府衙掌书记说道："请苏大人前往府衙。"

忽听一人说道："苏大人定会让惠州文脉旺盛！"

苏轼看清此人身穿道袍、手执羽扇，一脸仙风道骨，便道："这不是吴大师吴复古吗？怎在此地相见？请受苏轼一拜。"

名曰吴复古之人上前拉住苏轼，说道："贫僧在杭州云游回京，听说苏大人贬谪惠州，便一路追赶而来。"

詹范对吴复古说道："苏大人的仙友，自是下官的朋友，同请！"

一散席，吴复古便忙着去拜访惠州城附近的道观，说了句"后会有期"就匆匆道别。

詹范在宴席上告诉苏轼，将他一行暂时安排在合江楼居住。合江楼是三司行馆，在惠州府为水西，不是谪官的久居之地，过些时日就让苏轼数口搬到嘉祐寺去住。嘉祐寺为水东，寺亦造在山边，山上有松风阁，与寺甚近。

苏轼遂作《十月二日初到惠州》一诗，中有"岭南万户皆春色，会有幽人客寓公"之句。

推开临水之窗，苏轼看见渔民在江上撒网捕鱼，肥沃的两岸边尽显绿色，高的是荔枝林，低的是绿中泛黄、将要收割的晚稻。几只白色的鹅在水边杨树下嘎嘎大叫，几条老牛在山坡上悠闲啃着青草。

只可惜，江上没有一座桥。

苏轼又作《寓居合江楼》一诗。

5

这一日一大早，苏轼刚刚起床，就见王朝云匆匆从楼下跑上来，说道："老爷，二老爷遣人送来一封急信。"王朝云不再称呼苏轼为"苏大人"而改称"老爷"了，苏轼欣然应允。

苏轼拆开信一看，弟弟那熟悉的字体映入他的眼帘：

> 窃闻宰相章惇即派程正辅往岭南，出任广南东路提点刑狱，驻节韶州。欲以程苏二家宿怨，假手于人，置兄于死地。请兄慎察之，切切为祷。

犹如当头泼下的一盆冷水，苏轼悲从心中来。

那一年的乌台诗狱，皇甫遵从京城出发前来抓获苏轼，也是弟弟抢在皇甫遵之前派人相告，苏轼的悲剧却无从幸免。这一次，看来也只有如此了。

王朝云大叫一声："老爷你这是怎么了？"

苏轼想摆手，却无力摆动，他气若游丝地说道："一时半刻，我的小命他们还取不去。"

王朝云答道："我去烧杯热茶让老爷温和一下身子骨吧。"说完这话，王朝云蹲在地上剧烈咳嗽起来。

苏轼看得心痛，说道："你的身体每况愈下，也要暖和。"

苏轼不知道，章惇任相，已下定决心整肃旧党，不会放过活口。他似乎忘记他曾多次为苏轼说话。

章惇变脸为何如此之快，并恩将仇报？他跟苏轼之间为何有如此深仇大恨？

问题的症结，源自苏轼与哲宗的关系。

哲宗对苏轼这位"八年经筵之旧"的老师具有深厚的感情；但他少年时代的信赖心，却可以被强烈的报复冲动所迷惑，使得苏轼在那一阵政治风暴的锐势之上，做了大宋第一号的牺牲品！

苏轼名满天下，绝非章惇可及，若哲宗付以权柄，章惇之辈好不容易攫到的权力将会大势去矣。

苏程两家因为苏轼姐姐苏八娘的惨死而断绝往来，横亘在这两代人之间的怨隙，自仁宗皇祐五年（1053）至哲宗绍圣二年（1095），已达四十二年之久，根深蒂固。

章惇知道苏程两家的这一段宿怨，任用程正辅这个敢作敢为的健吏来对付一个流落岭南的罪官苏轼，真是"杀人不见一滴鲜血"的政治手腕！

王朝云道："老爷可否写封信给这位提刑大人，试其动静？"

苏轼不语。

王朝云提议让程乡县令侯晋叔前往送信，苏轼刚来惠州时，他来拜访过，一身文人气质。

下一日，朝云又接到苏辙遣人送来的急信，他说他在湖口已见到程正辅的儿子和儿媳，遂得知，程正辅对苏氏兄弟早就没有了恶意，反对苏轼如今在惠州的生活情形颇为关怀。

苏轼一扫之前的晦气，吩咐朝云去炒几个小菜过来，他想喝几杯。

又过了三日，侯晋叔差人给苏轼回话，说程正辅对苏轼的生活非常关切，大约在三月初，程正辅会来惠州看望苏轼。

真是"从善如登"啊！

又接陈慥来函，说他要从隐居地来惠州，陪苏轼居住几日。苏轼忙复信劝止，道："季常安心家居，勿轻出入，老劣不烦远虑，决须幅巾草履相从于林下也。亦莫遣人来，彼此须髯如戟，莫作儿女态也。"

诗僧佛印特别托人带来一信，在信的末尾，佛印写道："三世诸佛，只是一个有血性的汉子，子瞻若能脚下承当，把三二十年富贵功名，贱如泥土，努力向前，珍重！珍重！"

这是佛印跟苏轼的最后一次往来，下一年（绍圣三年，1096），他就离开了凡尘。

6

苏轼正欲下楼，忽然见一小男孩站在楼下，手里提着一个小包袱左顾右盼，苏轼便主动上前，问道："你是来找苏学士的吗？"

小男孩似有所悟："你是苏学士？我就是想送点新鲜荔枝过来，让苏学士尝尝鲜。"

小男孩迅速打开包袱，露出几串新鲜荔枝。

"我吃一点就行，哪要这么多？得花多少银两？"

"惠州就是荔枝多，不值钱的。"

小男孩摇头晃脑，吟诵起苏轼之诗《秧马歌》来："嗟我父子行水泥，朝分一垅莫千畦。腰如箜篌首啄鸡，筋烦骨殆声酸嘶。我有桐马手自提，头尻轩昂腹胁低……"

"你这是为何？"

小男孩没了羞怯，说道："苏学士，听说你自制了秧马，雀跃泥中，行走自如，可以节约诸多劳力，减少诸多劳损，何不在这岭南之地推广？"

"大家用熟秧马了吗？"

小男孩此时才想起对苏轼施礼，说道："苏学士可提着秧马，去村子里教乡亲们使用，如何？"

王朝云从楼上下来，脚下一个趔趄，面朝黄土背朝天摔了一大跤！事发突然，她在地上滚了一两圈才停下。

小男孩十分机灵，上前拉了她一把。

苏轼痛心地说道："待我为你开个药方来……"

7

第二日，苏轼尚未起床就觉得腰酸背疼，在田间跟当地农民一起劳动不觉劳累，过了一夜却疼痛起来。

忽然接到程正辅的来信，说他下一日就要来惠州与苏轼面晤。

苏轼让苏过去往江边码头上迎接。

程正辅抵惠州的第二日就来到了嘉祐寺。

本是眉县同乡，又是两代姻亲，这二位青梅竹马的老朋友，眼见无数人的起伏跌宕，白首重逢，在离家万里的岭南之地重新握手，自会为这一片骨肉亲情所打动。

"子瞻弟身子骨可健壮？"

"经常头晕目眩，看不清物件，尚可度日。"

苏轼适时给他添满茶水。

这对表兄弟说到了阔别以来各家的情况，在甚多的唏嘘和哀叹之间，心理上的隔阂逐渐消除，迷茫的宿怨早如隔世，看不见一点踪迹，程正辅断然不会对苏轼产生杀机！章惇辈的愿望完全落了空。

苏轼喜欢游览山川，沾染上佛道色彩的山就更不用提了，他让程正辅选个日子，就近去博罗县的白水山游览。程正辅跟年轻时候一样爽快，他决定当日就去，游完了山，还要在苏轼这里住一夜。

此时，太守詹范遣人给苏轼送来了鱼、肉、酒、菜，詹范也一起来了，二人邀约詹范同游白水山。

白水山有三座，都在广东境内，一阳春，二增城，三博罗。博罗县在惠州境内，白水山上温泉最有名，另有宛如蛟龙腾空而降的九龙潭瀑布，站在温泉和瀑布这一暖一凉之间，感受博大的山川和渺小的世人，苏轼感叹造物主的伟大，遂作诗《次韵正辅同游白水山》。

8

没过几日，张耒手下身强力壮的兵士王告再来惠州，告诉苏轼，秦观因坐党籍，已出杭州。得此消息，苏轼并不觉得沮丧，远离朝廷那个是非之地，未尝不是一件好事。

苏轼特地用惠州当地的土产桄榔制作了一枚桄榔杖，让王告给张耒带去，张耒已是一把年纪了。

下一日，吴复古突然再到惠州，告诉苏轼一个惊人的消息：早上乘船过江之时，嘉祐寺住持曰何名？掉进河里去了！一起掉下去的有好几人，幸被深谙水性的年轻人江水中救起。

朝云洗完衣进门，插嘴道："我在河边洗衣，也看到了这一情景。"

苏轼便对吴复古说道："嘉祐寺住持名曰坡三，可去问问他在江上造桥一事。"

苏轼跟吴复古出门不远，看见坡三住持朝他走了过来，还有那个给苏轼送过荔枝的小男孩，莫不是他跳下江去救起坡三几人的？

看见苏轼，坡三大声说道："正想找苏大人！"

"住持请到苏轼家中就座。"

"河上必须修造一座桥，否则，还会经常发生这等事，岂不贻误更多百姓？"他指着同行的小男孩说道："救人一命，胜造七级浮屠！阿弥陀佛。"

吴复古回应道："修桥补路，乃造福万家之事，不论佛家道家。"

东江渡口是连接惠州和广州的必经之道，仅靠两条小船实不足以安全渡过，早有民间贤良人士提议造桥，无奈惠州府衙库银不足，朝廷又不拨银两，只能在望江兴叹中度过。

得知消息的太守詹范匆匆赶到。

他首先说道："下官申请拨银，人轻言微，我首先捐赠一点银两。"

苏轼说："还请太守组织工匠和营兵施工，发动惠州商户捐款。"

此时，王朝云烧好一壶茶水送来，听见他们的对话，毅然拔下头上一只金钗，脱下左手腕上一只玉镯，递给坡三住持道："奴婢代我家老爷捐了吧！"

众人皆惊。

苏轼朗声说道："当初我被授予翰林学士时，宣仁太皇太后赐我犀皮玉带一条、金鱼袋一个和镀金马靴一双，后从御马房牵出御马一匹。那匹御马送给李廌，剩下之物，今日全都捐出来。"

吴复古忙阻拦道："皇恩浩荡，太皇太后赐予苏大人的财物，捐出似有不妥。"

坡三说道："苏大人何以至此？"

苏轼却说起程正辅程大人，他是提点刑狱，需要他的支持。

有了程正辅的参与，一切指日可待。

惠州百姓群情激奋！有人力的出人力，没人力的出银出粮出物，两月多时间，便在奔腾不息的东江上筑起一座石桥，船翻人亡的悲剧从此一去不复返。

此桥名曰"东新桥"。

9

造桥期间，苏轼每日带苏过去施工现场，王朝云竟吐出大口的鲜血来，知道自己时日不多，她便瞒着苏轼。

惠州也有一个西湖，苏轼常常领着王朝云在湖畔散步，野地里竟暴露着许多白骨！那都是无力丧葬的贫穷百姓的尸骨，王朝云将骨头一块块收集在一起，集中用土掩埋。苏轼建议太守詹范筹募适当的经费，派人专门收拾白骨，立墓下葬，并作一篇《惠州祭枯骨文》，刻石哀悼。

王朝云指着西湖对面的一座佛塔，问苏轼道："老爷，那是何塔？"

"嘉祐寺对面山上是松风亭，此塔立在亭内。"

"背山望水的好地方！可在寺内烧香、拜佛。"

苏轼忽有一种不祥预感。

朝云说道："周韶师父那次不是用包袱包了一部《金刚经》给侍妾吗？待妾病体痊愈，要去松风阁内烧香还愿的。"

苏轼忙说："户外落叶萧萧，景色凄迷，老夫回家为你弹琴，你为老夫唱一曲，如何？"

"老爷想让奴妾唱什么？"

"就唱老夫来惠州所作《蝶恋花·春景》啊。"

花褪残红青杏小。燕子飞时，绿水人家绕。枝上柳绵吹又少，天涯何处无芳草？　　墙里秋千墙外道。墙外行人，墙里佳人笑。笑渐不闻声渐悄，多情却被无情恼。

朝云听了，泪如雨下。

"奴所不能歌者，当是'枝上柳绵吹又少，天涯何处无芳草'那两句。"

苏轼佯装大笑："我正悲秋，你为何却伤起春来？"他心中不祥的预感逐渐清晰起来。

病中的王朝云为苏制轼制作了一顶竹笠，竹笠四周缀满绸帛，中间开出一孔，既防晒又透风，苏轼一戴出，人们戏称这是"苏公笠"！

绍圣三年（1096）六月下旬，虚弱的王朝云不幸染上时疫。病情传染很厉害，闭塞的惠州跟外界几无联系，苏轼无计可施！

朝云却坚持要到松风阁后边的空地上去种菜，直到昏迷，倒地不醒。

惠州城里最好的几位郎中，都被苏轼请来了。

苏辙、黄庭坚、王诜、马梦得等人纷纷写信，詹范、坡三、吴复古，甚至隐居的陈慥在获知消息以后，派人送来人参、桂圆、灵芝等物。

而朝云持续昏迷不醒。

有时，她会在迷糊中醒过来，喃喃说道："老爷常在夜里读书、作诗，妾再不能为老爷磨墨、烧茶了。"

苏轼悲情难忍。

过了一会，朝云又说道："妾去后，请老爷将妾埋在嘉祐寺旁，让妾时时看到老爷的身影，让妾在地下为老爷祈福求寿。"

苏轼说道："王弗和闰之走后，均得到御封诰命，你却连个名分都没有！我原本想将你扶正，你竟不答应，适遇贬途离京。"

"这都是贱妾自愿的。"

"过儿已去城中抓药，你服了他抓回的药，便会药到病除，灾难全消。"

朝云没有动静，苏轼把手指放在她的鼻头试了一下，尚有余气。一会儿就听到了朝云的念经声："一切有为法，如梦幻泡影，如露亦如电，应作如是观。"

这是《金刚经》里的四句偈语，也是王朝云留在人世间最后的话语。

苏轼痛不欲生，走不出那个似有若无的鬼魅之境。

在苏过的帮助下，多日以后，苏轼在王朝云墓前建起一座亭子，亲自命名为"六如亭"，亭上有副对联：

> 不合时宜，唯有朝云能识我。
>
> 独弹古调，每逢暮雨倍思卿。

苏轼又作《西江月》词：

> 玉骨那愁瘴雾，冰姿自有仙风，海仙时遣探芳丛，倒挂绿毛幺凤。
>
> 素面常嫌粉涴，洗妆不褪唇红，高情已逐晓云空，不与梨花同梦。

第二十四章　九死南荒

1

绍圣三年（1096）正月，程正辅被朝廷召还，合江楼就寄居不下了。

二月间，苏轼找到归善县城东面的白鹤峰上，见一块数亩大的空地面临东江，景色甚美，就决定买下来。

俸禄少得可怜，手中的积蓄全花在建设新居上，生活越发困难。得了程正辅的帮助，六月间，苏迈得授韶州的仁化县令，即将携家带口南来，苏轼派苏过前往虔州迎接。

绍圣四年（1097）二月，白鹤峰新居落成。

惠州新太守方子容参观过后，兴奋作诗："遥瞻广厦惊凡目，自是中台运巧心。"

白鹤新居西可远眺惠州西湖，东可遥见黄墙青瓦的寺院僧楼；加上与子孙团聚的天伦之乐，苏轼诗《纵笔》瞬息即成：

> 白头萧散满霜风，小阁藤床寄病容。
>
> 报道先生春睡美，道人轻打五更钟。

闰二月初，苏迈、苏过带领两房家小一同到达惠州。苏迈长子苏箪二十岁，已经成家。次子苏符就是苏轼所谓"梦中时见做诗孙"的孙儿，由苏轼做主，娶了弟弟子由的外孙女。

三月，苏轼听到弟弟被贬过岭的消息。

其《纵笔》诗传至京城被章惇看到。章惇最忌三者：苏轼的声望和与皇帝近密的关系，范祖禹的学问气节，刘安世的刚强敢言！

这一日，朝臣议论元祐大臣被贬轻重之事，翰林学士蒋之奇抱拳说："相公，人人都说那刘安世的命出奇之好。"

章惇打断道："刘安世现贬何处？"

"南安军。"

章惇眼冒寒光："让他去昭州试试！"

曾布从门外走入，惊喊道："苏轼绝句《纵笔》散布什么'随遇而安'呢，他每日饮酒作诗，吃好睡好'春睡美'，道观敲响五更钟声他才起床！"

章惇怒火直冒："是苏轼近日所作吗？"

蒋之奇和曾布二人齐声说道："苏轼在惠州新居落成，心中惬意。"

章惇又问道："程正辅处为何还没消息？"

曾布快人快语："程正辅早跟苏轼一笑解千愁，过去的冤家重又做回今日的亲家！"

"苏轼居然活得如此快活！"

蒋之奇卖乖道："不如将他贬得更远一些，看他还能快活出什么诗！"

宰相蔡京听闻此语，大笑曰："苏子瞻谪儋州，苏子由贬雷州，黄山谷贬宜州！"

苏轼字"子瞻"，与儋州的"儋"字有同根之意，苏辙字"子由"，与雷州的"雷"字同根，黄庭坚字"鲁直"，与宜州的"宜"字同根。

竟有如此荒诞的理由？苏轼曰："如此说来，若有一日蔡京获罪，他便有理由留在京城。"

宋代不杀士大夫，对付苏轼的办法，就是将他流放至蛮荒海岛，在孤独与贫穷中受尽折磨而死。

所以，作过《纵笔》诗后，苏轼被流放海南的大灾祸，就如晴天霹雳似的突然爆发了！

苏迈的授令也发生了变故：朝廷新制，责官亲属不得在责地邻邑做官。因韶州与惠州为邻，苏迈尚未到任职已免去。

四月十七日，惠州太守方子容亲将诰命送交苏轼。

长子苏迈带着他的三个儿子苏箪、苏符、苏龠将老父送到广州江边。苏轼认为此行绝无生还之机！已将后事细细向苏迈交代过，"今到海南，首当做棺，次便做墓。乃留手疏与诸子，死则葬海外"。

苏迈知道，在海南并无棺木一物，但他不忍心对父亲说出，只有无语痛哭。

苏轼已经得知弟弟被贬雷州（今广东雷州）的消息，现在已到滕州（今广西藤县），相距二百五十里，苏轼即以诗代柬派急足送去。苏辙得讯，即从滕州折向梧州（今广西梧州）。二人终于得以执手相见。

苏辙身边只有老妻史氏和三子苏远及其妻。苏轼见弟弟一家愁眉不展，遂将他们拉进道旁一座卖汤饼的摊贩吃饭，只有玉米烤饼和清汤之类粗劣食物，苏轼也能囫囵吞下肚子，并催弟弟快吃。

苏辙想到唐武宗时宰相李德裕，李商隐称之为"万古之良相"，却在牛李党争中被贬海南，他曾作诗《登崖州城作》：

独上高楼望帝京，鸟飞犹是半年程。

青山似欲留人住，万匝千遭绕郡城。

一只飞鸟从海南飞至京城得飞上半年，哥哥此行注定有去无回！苏辙未语泪先流。

兄弟俩同行至雷州。苏辙还想跟哥哥多住几日，遂邀哥哥同游雷州罗湖，离舟登岸，到湖滨的天宁禅寺休憩，苏轼游趣仍浓，"万山第一"四个大字，就是在此时此地写下的。

四日之后的六月十一日，兄弟俩海边相别。

自此一别，中国历史上这对著名友爱的兄弟，就再也无机会见面，真成永诀了。

2

七月初二日，苏轼父子和兵丁到达儋州，苏轼吟诗：

> 四洲环一岛，百洞蟠其中。
>
> 我行西北隅，如度月半弓。
>
> 登高望中原，但见积水空。

儋州太守张中率领府衙官员到码头上恭迎。

张中，开封人，熙宁初年的进士，浮沉小吏，喜爱古典诗词，仕途甚不得意，被派到这个人人视为畏途的蛮荒岛上来，竟与奇才苏轼不期而遇，乃不幸中的万幸。

苏轼尚不知张中根底，张中为他举办接风宴，很令苏轼吃惊，他将海南喜爱读书的黎子云和黎子明兄弟俩带了过来，当着众人要拜苏轼为师，更令苏轼惊奇。

吃惊的事接二连三发生：在酒桌上，张中说了句令苏轼动容的话：“儋州虽贫穷，但只要有我张中的落脚之地，就一定会有苏学士的落脚之地；只要我张中吃饱肚子，苏学士断然就不会饿着！”

官舍是间破旧的小房子，每当下雨，房顶就漏水，“如今茅破屋，一夕或三迁。风雨睡不知，黄叶落枕前”。

张中趁苏家父子不在，派人悄悄将旧官舍修葺一新。

苏过喜爱下棋，张中也有此癖好，而苏氏父子所住官舍离府衙很近，张中就无日不来了。

苏轼接受弟弟“不要读书”的劝告，萧然静坐，看他们对弈，他不懂棋，却悟出了千古不灭的棋道哲学——胜固欣然，败亦可喜！

苏轼悄悄作《观棋》一诗，“优哉游哉，脚复尔耳”！

但张中就在身边，苏轼之诗藏不住。

这一日，他身后站着三位青年后生，除去黎子云和黎子明兄弟，另一位年龄稍大，苏轼未曾见过。那人十分羞怯，张中一把将他推至苏轼跟前，介绍道："此人乃城南秀才，名曰符确，虽是种田出身，但十分好学，下官曾粗略给他讲过四书五经，跟苏学士相比，无异于自曝其短，苏学士收他为徒最为适宜。"

苏轼问道："这儋州之地，求学无门之人多吗？"

张中答道："还有老秀才符林。另有年岁稍大的姜唐佐，竟然带着老母亲从百里之外的琼山赶来求学！还有一个叫葛延之的江阴人，他打算渡海过来拜师！怕苏学士不答应，下官前来探探口风。"

苏轼答应。

下一日，苏轼刚打开家门，见门前跪着一大排人，心中大惊，又见张中从人群后走上前来，说道："苏学士，这些人都愿意拜你为师，请收下他们吧。"

然后，他回头对跪在地上的人说道："请拜见恩师！"

话音刚落，有人就起身朝苏轼施礼，有人在地上叩拜。

他们全都穿着葛布短衫，脚上穿着木屐。黎胞平时家居或者下地劳作，皆打赤脚，只在走亲戚或拜见长辈、宾客时，才穿木屐，足见求学之诚。

因路途遥远，又要转换舟车，苏轼来儋州仅带了《陶渊明集》和《柳子厚诗文》等数册书籍，教习当地学子远远不够。

想起在惠州结识的挚友郑嘉会家中藏书颇丰，苏轼写去一信，表达了想借阅书籍的心愿，并请他托人送往儋州。

郑嘉会是一位博览群书的文职官员，十分同情苏轼在仕途上的坎坷遭遇。收到信后，他立即筹集了一千多册书籍，整整装了一车！通过广东的一位道士，用商船运往儋州。

苏轼的学生们兴高采烈前来帮忙，将《周易》《诗经》《尚书》《汉书》《唐书》等珍贵的经籍搬进他的临时住所，分门别类、一层一层地码放起来。

这些书籍不但解了苏轼的缺书之困，更像一场及时雨滋润干旱之禾！为此，苏轼连夜写了一首《获陶赠羊长史并序》。

当学子们传阅苏轼此诗时，门外走来一位婆婆，未见其人，先闻其声，她说道："苏学士的一场春梦啊，从京城延续到我们海南儋州了，大善人、大善事！"

苏轼哈哈大笑。原来，苏轼刚到此地便到处闲逛，去到一个没有牛栏、大树等指标的地方时，他迷路了，便向一位婆婆问路。

苏轼来儋州的第一日，人们就认识他，这位婆婆开口道："翰林学士昔日富贵，如一场春梦，吹啊吹啊！"她一边说，一边双手做出风吹状。苏轼大惑。

婆婆猜出苏轼心思，问道："苏学士要回家吗？"苏轼无语。

婆婆说道："让老妇送苏学士回家吧。"

苏轼说道："投梭每困东邻女，换扇惟逢春梦婆。春梦婆，你知道我住哪里啊？"

"春梦婆？你如此称呼我吗？""春梦婆"的称呼从此流传开来。

这些人中，符确给苏轼印象最深。

有一天，学堂放假，符确没有回家，趴在书桌上读书。

苏轼和黎子云在荷塘边垂钓，见一对燕子飞过来，便说道："春暖燕知归。"黎子云要求构想下联，好长时间却想不出，看到符确手拿诗书走过来，便叫符确对下联。

符确说道："道明人觉晓。"

苏轼在"儋州学府"里传播中原文化，培养出了王霄、姜唐佐、黎子云、符确等后起之秀。在苏轼去海南之前，海南无人登第，苏轼北归后，姜唐佐便举乡贡，举明经科的有王霄、陈功、李迪等人，举文字科的有杜介之、陈中孚等人。又数年，符确成为海南历史上的第一位进士！《琼台记事录》中载："宋苏文公之谪居儋耳，讲学明道，教化日兴，琼州人文之威，实则公启之。"

3

有一次，苏轼去看望黎子云兄弟，不巧遇天下雨，他便向一位农妇借了一斗笠和木屐穿上。他很不习惯这身打扮，上一脚东倒，下一步西歪，跟醉酒一般模样，路边的孩子们傻傻大笑。

这一日清晨，苏轼起床很早，本想沿着海边散散步，忽见一位上了年岁的婆婆，一边做环饼，一边叫卖环饼。

她的手指出奇灵活，雪白的面粉到了她的手中，加水、和面、擀面皮，一层层绕来绕去，一座阁楼般的环饼就做成了。苏轼看得眼花缭乱，尚不明其理。

婆婆看出苏轼的惊奇，主动说道："苏学士要是觉得好吃，就多拿几块去，不收你一文。"

"你知道我是苏轼？"

"早就知道！自古英雄多磨难，不要想太多。"

二人拉起家常来。

那甜而不腻的环饼滋味，仿佛在他舌上无声消融，他跟着消融！苏轼挥笔写下一首七绝：

纤手搓来玉色匀，碧油煎出嫩黄深。

夜来春睡知轻重，压扁佳人缠臂金。

婆婆不知苏轼写了些什么，让苏轼念给她听。听完婆婆乐不可支，念念有词道："愿菩萨保佑苏学士长命百岁、全家安康！"

苏轼没走多远，看见几个人牵扯着一头牛向屠宰坊方向走去，苏轼断定此牛已病。为首的那名老者是当家人。

耕牛生病不请医生却相信巫师，若巫师没有办法，就送往屠宰场杀掉。但有病之牛肉能食用吗？

苏轼走到老者跟前，施礼道："下官苏轼这厢有礼。"

老者欲再往前行，却听苏轼又道："你家牛生病了吗？"

老者说牵牛去屠宰场，苏轼便问："你家有几头牛？"

"仅此一头。"

"那就更不能宰杀！以牛劳作比出苦力强多少倍呀！"

"但谁为我家病牛医治呢？"

苏轼跪在地上察看病牛的眼睛、口腔、喘着粗气的鼻孔。牛喘出的气味很难闻，恰巧此时，从牛嘴里流出一堆泡沫来，滴到苏轼仰望的脸上，苏轼也没顾上抹一把，就跟没事一样。

旁边几人很吃惊。

苏轼站起身来，摸了摸病牛一起一伏的肚子，向老者一一说出药方，嘱其就此药方抓药，熬中药汁给病牛喝。

老者将信将疑，让那几人将病牛牵回家去。

不出三日，病牛药到病除！又过三日，病牛就能下地劳作了。

老者不知如何感谢苏轼，亲自接苏轼去他家中饮酒，却遇苏轼犯了痔疮，每晚疼痛，难以入睡。

当地每日的饮水都很浑浊。海南雨水多，有人将木桶放在大门前，桶口跟屋檐上的瓦片槽对好，雨水滴下来，正好滴在木桶里……这样方可喝到清水。

苏轼遂下决心帮助大家讲究饮水卫生，他找到太守张中，比比画画说了一会儿，张中喜笑颜开。

苏轼将苏过带在身边，指导当地人勘察水脉，画出图纸，最后终于打出了一口又一口水井，彻底告别不洁之水！

就像他在惠州教农人如何使用秧马一样，他耐心劝说当地黎民百姓，必须以农业为生存之本，又指导大家耕作的方法，并写出《和陶劝农六首》诗歌，真诚说道："若听我苦言，其福必良久！"

苏轼喜欢吃肉，当地的生活却十分清苦，无肉可吃，怎么办呢？

儋州人以山芋为主食，苏轼发动苏过，煞费苦心，创造出来一道美食，名曰"玉糁羹"，并以诗记之："香似龙涎仍酽白，味如牛乳更全清。"

再怎么好吃，仅只包含了一种主食料，苏轼就开始冒险，他在《闻子由瘦儋耳至难得肉食》一诗中写道："五日一见花猪肉，十日一遇黄鸡粥。土人顿顿食薯芋，荐以薰鼠烧蝙蝠。"

有一次，当地土著百姓送来一些生蚝，苏过用刀将它们剖开，把肉放进锅里煮，苏轼突发奇想，倒进一些酒掺杂其间一并煮起，味道竟然十分鲜美。

苏轼一边吃，一边嘱咐儿子不要对外人谈起："恐北方君子闻之，争欲为东坡所为，求谪海南，分我此美也。"

谁会为了一道口味好的食物而求贬海南呢？况且还是自制的！苏轼以一颗乐观而富于童趣的心，淡化了自己的生之沧桑。

4

宋绍圣四年（1097），苏轼在集市上遇见一位挑着担子卖柴的中年黎胞，这位黎胞见苏轼头戴方巾，身着长衫，连忙放下柴草拦住他，边说话边用双手比画。他说话的速度很快，苏轼尚未完全听懂，但他已将一卷鲜艳的吉贝布塞到苏轼手心里。

苏轼坚决不肯接受。

黎族在战国时代就能织出富有彩纹的"织贝"，就是这种吉贝布，作为进贡的特产，深受最高统治者喜爱。以吉贝布制作服装，是黎族同胞穿戴的显著特点。《宋史》中记载："琼人以吉贝布织为衣裳。"《方舆汇编》中也有记载："生黎各有峒主，贝布为衣，两幅前后为裙，掩不至膝。"

这时，不少路人围拢过来。原来，这位卖柴的汉子早就听说了苏轼大名，他让妻子织出这卷吉贝布，送给苏轼抵御冬季的寒风。

苏轼十分感动，一面施礼，一面双手接过汉子的吉贝布。

回家后，他将此事告诉了儿子苏过，写了一首《和拟古》，中有"黎山有幽子，形槁神独完。负薪入城市，笑我儒衣冠。生不闻诗书，岂知有孔颜……遗我吉贝布，海风介岁寒"之句。

此时，早来晨读的学子们已陆续到达，苏轼为他们讲解《论语》。

苏轼看见张中在窗外焦急地朝室内张望，他不便打断苏轼为学子们授课，便在外边干着急。苏轼出了一个词牌，让学子们按照格式填词，自己则走到教室外面。

张中急不可耐地问道："苏学士到了海南这蛮荒之地，宰相章惇竟还不放过？"苏轼忙问发生了何事。

张中说道："害怕苏学士受到惊吓。"

苏轼让他快说。

张中告诉说，章惇、蔡京派吕升卿和董必察访岭南，吕升卿是吕惠卿之弟，一旦落入其手，岂有生还之理？而那董必，更是著名的刽子手。

他们一到雷州，就想法为难苏辙。苏辙原本借住在太庙斋郎吴国鉴的老宅中，但他二人一到，就诬陷苏辙"强夺民居"。苏辙却似有先见之明，与吴氏签有"租赁契约"，他拿出来给他们看，才算躲过一场劫难！雷州太守张逢却没有那么幸运，董必奏劾他，说他宴请从此路过的苏氏兄弟，又帮苏辙租赁房屋，还按月接济酒馔等物。最终，苏辙被贬往循州安置，张逢则被勒停免职！

下一步，他们必来儋州，到儋州必会连累张中。

苏轼要从官舍搬出。张中却说，那官舍本来闲置，适合"罪臣"居住。

章惇为进行残酷的报复运动，成立了专职机构——诉理局，目的就是为将元祐旧党赶尽杀绝！重新得罪的有八百三十余人！即使远在千里之外也会被捕，然后遭到刑讯逼供，多人遭到钉足、剥皮、拔舌等酷刑！

就在董必等人准备渡海到儋州时，董必的随行人员彭子民成为苏轼的救星。

彭子民对董必说起他前一晚做的噩梦，一个官员被剥皮后活活痛死，其妻其子泪流成河。从那泪河中竟游出一条巨兽来，张开血盆大口，将其妻其子吞进巨口之中！

董必听得手脚发抖。

彭子民趁机说道："董大人，人人都有子孙啊！"

董必说道："那就不去了。"

不去儋州则拿不出凭证向章惇交代，董必便派彭子民带人过海，只需将苏轼父子逐出官舍就行。彭子民原本无意要苏轼之命，加上他心里同情苏轼，他对苏轼在儋州的作品、书信和人际交往便都不提。

彭子民带去的几名士兵如狼似虎，连夜将苏过从被子里拖出来。苏轼正在灯下读书，他一个箭步冲至苏过跟前，不让狠毒的兵士动手打苏过，又赔着笑脸说道："即刻搬走！"彭子民亲手将苏轼的书一本本摆好，亲手交给苏轼，苏轼受宠若惊。不足喝杯茶的工夫，苏轼父子便抱着被褥书籍离开。

突然下起密集的雨点来，苏轼忙叫苏过去附近的桃椰林中避雨。

二人将被子和书籍放在一座废弃的茅亭中，再摘下几片宽大的叶子顶在头上，站了一夜。

张中因多方照顾苏轼受到"冲替"处分，亦即免职，另候任用。

苏轼却没能力救助他，只能写诗《和陶与殷晋安别送昌化军使张中》相送，后来又写《再送张中》《三送张中》，是诀别，也是感激。

5

第二日一大早，这个消息便在附近黎胞中传开了，黎子云等人在桄榔林中找到了苏轼父子。

过了一会儿，姜唐佐、葛延之等人慌慌张张地赶过来了。

符确手里拿着一件一干二净的旧衣，披在苏轼身上，心疼地说道："苏学士不是有风湿伤寒的老毛病吗？海南天气虽暖，也不要感冒着凉啊。"

听着符确的话，姜唐佐忙将自己身上的褂子脱下来递给苏过，苏过不愿意穿上！姜唐佐低语了几句，苏过就换上了这件黎装。

黎子云和黎子明兄弟说："这片桄榔林原本是我家族的祖产，我等愿为恩师在桄榔林中搭建住房！"

他的提议得到了众人的响应，有人送来了木料、毛竹、砖石，有人送来了门窗、家具、竹席，屋架搭建起来以后，有人砍下椰子树的树叶盖在屋顶上，还在旁边搭起了一个土灶，为大家烧水、做饭……不到三天，桄榔林里便盖起了三间茅屋，一间栖身，两间教习学生！

隐居的陈慥又写信过来，说是要来海南看望苏轼。

苏轼又一次写信回绝，称自己过着"食无肉、病无药、居无室、出无友、冬无炭、夏无寒泉"的生活，一不得食官粮，二不得住官舍，三不得签书公事。

眼前的局面豁然开朗！苏轼提笔在茅屋门楣上写下了"桄榔庵"三个楷字，还撰写了《桄榔庵铭并序》，作《新居》诗。

黎子云又出主意，可在他家空闲的院子里建造一座学馆！苏轼不但可以宣讲中原文化，以敦化儋州，还可向学生们教授四书五经。

有人送来了桌椅，有人送来了树苗，有人忙着凿一口深井，儋州城的商铺店主送来捐银，仅半月时间，学馆就建成了！苏轼取《汉书·扬雄传》中"载酒问学"的典故，为学馆取名"载酒堂"，每天都能听到读书声。

苏轼特别心仪姜唐佐，几次参加科考未中，又带着老母前来拜师苏轼，遂在他的扇子上题写了二句诗："沧海何曾断地脉，珠崖从此破开荒。"并鼓励他说："异日登科，当为此成此篇。"

豪爽不俗的姜唐佐听闻此语，竟啜泣不止，终至号啕大哭。

有个小孩被其父送至载酒堂读书，但他一心想着下河摸鱼，上树抓鸟，他"扬言"说："若东坡学士对得赢我的诗，我就去跟他读书习字！"

苏轼得此消息，正襟危坐地等候在载酒堂前。

苏轼让他出上联，他焦急万分，不停搔耳朵，就要苏轼以小动物作诗，燕子啊苍蝇啊都行。

话音未落，便听苏轼吟道：

> 钩帘归乳燕，穴牖出痴蝇。

那可恶的老鼠和飞来飞去的蛾子也能入诗吗？

苏轼又吟出：

> 爱鼠常留饭，怜蛾不点灯。

小孩忙跪在地上，表示从今开始，每日到载酒堂来读书。

6

这一日，苏轼忽然接到惠州郑嘉会的来函：哲宗皇帝病重，已经不能上朝理政！

苏轼可回朝了吗？

下二日的下午，吴复古又一次云游到儋州，他告诉苏轼说，返回中原之日不远了！苏轼遂让他细细道来。

宋哲宗元符三年（1100）的正旦，二十五岁的哲宗皇帝昏迷不醒，皇太后向氏问他谁可以继承大统，哲宗无力回话，正月初八驾崩。

哲宗未遗子嗣，向太后连夜召集辅政大臣商议立君事宜。商议结果则是从先帝神宗皇帝的诸皇子当中择贤而选。

章惇主张立燕王，曾布、蔡京等人主张立端王，章惇即改变主意，立年长的申王，而申王失去一目，无法补救。蔡京、曾布、许将等人便倾向于向太后的意见立端王。章惇再次改变主意：立年仅十五岁的简王。

向太后最后一锤定音："端王的文采、面貌、孝悌，皆胜过其他皇子。立端王为帝，符合先帝和大行皇帝意愿。"

端王即位，成为宋徽宗，先大赦天下。

元符三年（1100）四月二十一日，诏书送达儋州：苏轼以琼州别驾，廉州安置，不得签署公事！

苏辙诰授壕州团练副使，岳州居住。

苏轼赴廉，兄弟二人不得越境相会。

不断有消息传至苏轼耳中：章惇被封为申国公，韩忠彦为尚书右仆射兼中书侍郎，起用一批被贬的元祐大臣。黄庭坚、晁补之、张耒等得到重新任职，秦观奉命放还，苏辙徒岳州……

朝中有官员建议重用苏轼、苏辙，但宋徽宗坚决不用元祐党争人物，苏轼还是党争领袖！

苏轼将离开海南的消息如狂风暴雨席卷海南。

儋州百姓成群结队地赶到桄榔庵，那个小男孩哭得泪雨涟涟，苏轼勉励他说："用心读书，不积跬步，无以至千里；不积小流，无以成大海。"

《别海南黎民表》随口吟出：

我本海南民，寄生西蜀州。

忽然跨海去，譬如事远游。

平生生死梦，三者无劣优。

知君不再见，欲去且少留。

7

船抵雷州徐闻县，秦观和雷州太守候在岸边向苏轼父子招手，苏过将父亲背下船。

"苏门四学士"中，黄庭坚已起复为监鄂州税，不赴，往游苏氏的故乡眉山去了；张耒起复为黄州判官，时方移知兖州；晁补之在监信州酒税，现已召还，迁官吏部郎中兼国史院编修。

这几人暂不能与老师再见一面，只有秦观到此。

秦观见恩师满头白发，瘦骨嶙峋，一双眼睛倍显精神，不禁泪流满面。苏轼阻止道："少游千万莫作女儿态，我九死一生返回大陆，能够再次见到你，已属万幸。"

"学生能见恩师一面，是喜极而泣，绝非女儿态。"

秦观多情，落拓的宦途，漂泊的生活，哀伤的恋情不断折磨着他，使他变为一个伤心厌世的词人！今见恩师，心中更苦。

他不再英俊潇洒，连腮的胡须似一堆枯草，精灵的双眼如两湾死井！苏轼悲从心生，拉住秦观的手说道："是为师的对不住你啊。"

雷州太守设宴欢迎苏轼，欲让苏轼风光离开，他说："美酒、美人、美曲，再配一种怡然自得的美好心情。"

秦观道："让学生来填吧。"

文房四宝搬上来，秦观写《江城子》：

> 南来飞燕北归鸿，偶相遇，惨愁容，绿鬓朱颜重见两衰翁。别后悠悠君莫问，无限事，不言中。　　小槽春酒滴珠红，莫匆匆，满金钟，饮散落花流水各西东。后会不知何处是？烟浪远，暮云重。

歌妓拿去唱，声若悦耳小鸟，苏轼却听出丝丝悲观。

同行的吴复古竟然害起病来，他终年四海为家，苏轼为他焦急之际，他却执意外出云游。

苏轼七月初四到达廉州合浦，八月初十奉到诏告，迁舒州（今安庆）团练副使，量移永州（今湖南零陵）。永州在湖南长沙附近，苏辙如在岳州即在邻近，而现在他已回到许昌，兄弟二人的距离又拉远了。

苏轼奔波道途，突然听闻秦观急病死于滕州的噩耗。秦观被赦，自蒙放还。八月十二日到了滕州以后，秦观与友人同游华光亭，笑谈他梦中所得诗词之时，竟含笑而逝！秦观才五十二岁，苏轼恸哭道："少游不幸死道路，世岂复有斯人乎！"

苏迈和苏迨二人带了孙子和女眷们都来到广州，一家人东分西散已经七年，至今方得团聚。

年号已改至建中靖国，苏轼南行途中，竟无意中听到一位友人之子说起那挟权恃势打击苏轼的章惇，已被徽宗贬到雷州来了！

一日大清早，苏轼刚刚开门，一名衣着凌乱的中年人匆匆走来，见到苏轼便跪在地上，手举几张白生笺，说道："学生章援拜见恩师。"

"章援怎知我在此？"

章惇贬往雷州，章援一路跟来，听到苏轼即将入相的传闻，猜测不会放过其父，便写了一封七八百字的长函，亲自送来。

苏轼将章援请至室内，并将苏过支开。

章援说道："家父做事不为人齿，恩师切勿记挂于心。"

"你父现在何处？"

章援朝城楼的戍楼指了指，说道："就在那里。"

"那是何地？"

苏过悄悄跟上去。

这是一座年久失修的戍楼，如一座烧制砖瓦的窑子。地上放着一些生活杂物，还有一双破鞋，隐约能闻到其间散发出来的丝丝汗臭味，却不见章惇其人。

"家父近日茶不思、饭不闻；适逢旧疾复发，出去求医问药了吧。"

苏某人也能开药方啊，正欲说出此语，苏轼忽然意识到，是章惇无颜面对他苏轼，有意躲藏起来了。遂说道："或者，我回去先开具药方，让过儿送给你父吧。"

"多谢恩师。"

这个世界真要大变了吗？

8

沿途不断接到诏令，赶到永州时，诰命又变：恢复苏轼朝丞郎提举成都玉局观，自由居住。

他要去常州宜兴定居，永不进京城！

果断掉头向东而去。船到虔州却遇江水枯竭，一停就是两个多月。这两个多月，当地发生疫情，苏轼终日为当地百姓诊脉、开方、配药、熬药。虽未染疫，痢疾又复发，终至不能行走。

到达常州时，苏轼已卧床不起，但码头上有成群结队的常州百姓。

苏轼让家人帮他穿上绯色官服，梳顺一头白发，再让家人将他扶到船板上，无法开口说话，只有向大家频频招手致意。

九死也难复生！百姓大哭，议论谁是常州城最优秀的郎中，让其家人赶紧去买来苏轼平时最喜欢吃的食物。

但苏轼已是粒米未进，滴水未沾，每天腹泻数十次。

后来，实在泻不出什么来了，只能躺在床上出虚汗。

到后来，虚汗也没有了，只听他呼呼吸气。

再后来，呼吸也轻了。

苏轼知道自己已无时日，最心痛的是无法再见子由一面！遂把苏迈叫至榻前，吩咐苏迈，父亲的墓志碑文要让叔叔撰写，父亲去后，要与其母合葬，地点在眉山。

七月二十八日，喜讯从京城传到常州，朝廷下诏：苏轼以本官致仕！

苏轼睡在病榻上，已经听到其子朗声念出诏书，再次想到他在金山寺的题诗，遂以微弱之声吟道：

心似已灰之木，身如不系之舟。

问汝平生功业，黄州惠州儋州。

家人回头一看，苏轼已安然入睡，这个不可救药的乐天派，他是百姓的朋友，又回到百姓当中喝酒去了，给百姓写诗作画去了。